Andre Mairock

Der Jäger vom Roteck

Verwehte Saat

rosenheimer

© 2007 Rosenheimer Verlagshaus GmbH & Co. KG, Rosenheim

Titelfotos: Bernd Römmelt, München (oben)
und Studio v. Sarosdy, Düsseldorf (unten)
Druck und Bindung: GGP Media GmbH, Pößneck
Printed in Germany

ISBN 978-3-475-53907-7

Andre Mairock

Der Jäger vom Roteck

Roman

Der Tag hatte geendet. Auf den Bergspitzen leuchtete das Rot sommerlicher Schönwetterzeichen. Breit und kühl lag der Schatten der hochrückigen Rotwand auf der Bergwiese und brachte Abfrischung nach sengender Tageshitze. Aus der Bodmer-Alm, die gleichsam eingeklemmt im Sattel eines grünen Höckers stak, kam jetzt das Vieh und verstreute sich über die Höhe, und sein harmonisches Geläute füllte auf einmal die große, weite Stille. Ganz kurz nur leuchteten in der schwarzen Türöffnung die weißen Stutzärmel einer Sennerin auf, dann wurde die Tür geschlossen, und die Hütte lag wieder in ihrer beschaulichen Unbekümmertheit in der Bergeinsamkeit.

Vom Hochkamm der Rotwand herab, über einen steilen Geröllsturz, sprang ein junger Jäger, den rechten Arm auf den Lauf der Büchse gestützt, die an einem breiten Riemen um seine Schulter hing. Unter seinem grauen, verwitterten Hut fielen ein paar blonde, schweißfeuchte Strähnen hervor und hingen ihm in die Stirn, und die Bräune seines Gesichtes, das Gesundheit und Jugendfrische atmete, verriet, daß die Strahlen der Höhensonne ihm mächtig zugesetzt hatten. Trotzdem blickten seine graublauen Augen voll staunender Begeisterung nach der idyllischen Alm zu seinen Füßen.

Er lenkte seinen Schritt geradenwegs darauf zu, lief dann quer über die Bergwiese, mitten durch das weidende Vieh, stand noch eine Weile in beobachtendem Verharren, drückte schließlich gegen die niedrige Tür und bückte sich durch das Gerüst.

Als er sich in die Küche schob, trat ihm zuerst nichts als

qualmender Rauch entgegen, der in dicken Schwaden durch ein offenes Fenster abzog. Dann erst sah er ein paar runde, braune Frauenarme, die eben einen schweren Kupferkessel auf das Feuer setzten, und nur ganz allmählich tauchte aus dem Dämmer des abziehenden Dampfes die ganze Gestalt der Sennerin auf, eines Mädchens mit dichten braunen Haaren, großen, verwunderten Augen und mit einem Gesicht von auffallend schönen Zügen.

Die Erscheinung hatte den jungen Jäger so sehr überrascht, daß er auf den üblichen Gruß ganz vergaß. Er stand nur da und schaute sie an.

„Was willst du?" fragte die schöne Sennerin mit reiner und ein wenig tiefer Stimme.

Das wußte er nicht. „Ich? Eigentlich nichts", antwortete er. „Ich kam bloß gerade hier vorbei..."

„Ich hab' dich noch nie gesehen."

„Das glaub' ich schon. Ich bin auch erst seit drei Tagen hier am Roteck. Ich bin der neue Förster", stellte er sich vor.

Nun betrachtete sie ihn doch etwas genauer. „So? – Und ich bin die Sennerin von der Bodmer-Alm", antwortete sie mit einem Anflug des Lächelns. „Eigentlich bin ich auch neu, denn ich bin erst vor fünf Wochen heraufgezogen. Heuer das erste Mal."

Sie hantierte wieder am Herd herum, stellte dann das Feuer ab und legte einen Deckel über den Kessel. Der Rauch war jetzt weg.

Ob er eine Schale gekühlte Milch trinken wolle, oder ob es ihn sonst hungere, fragte sie nach einer Weile. Und als er nickte, goß sie für ihn aus einer blinkenden Zinnblechkanne die Milch in ein Glas und reichte es ihm.

Der Jäger nahm die Büchse von der Schulter und lehnte sie in die Ecke. Dann setzte er sich an den Tisch. „Wie heißt du denn?" wollte er plötzlich wissen.

„Christl."

Er nickte. „Wenn du einmal etwas über einen Bert Steiner hören solltest, dann mußt du wissen, daß das ich bin, Christl", antwortete er und schaute sie recht verliebt an. „Komm, setze dich doch ein wenig her zu mir!"

Sie verließ den Herd und näherte sich ihm.

„Fürchtest du dich denn nicht so allein auf der verlassenen Alm?" fragte er.

„Was soll ich denn fürchten?" lachte sie, und ihre weißen Zähne leuchteten sehr anzüglich aus ihrem braunen Gesicht.

„Nun ja, ich mein', so ein junges und schönes Mädchen ist immer ein bißchen in Gefahr! Und du könntest nicht einmal jemanden herbeirufen, wenn du in Not bist!"

Sie schüttelte lachend den Kopf. „Du bist der erste junge Mann, der in meine Hütte kommt, seit ich da bin."

„Wirklich? Aber es wird bald überall bekannt sein, daß auf der Bodmer-Alm jetzt eine junge und sehr schöne Sennerin haust. Und dann? Den Burschen im Tal wird das nicht so ganz gleichgültig sein."

Sie lachte wieder. „Dann werden sie sehen, daß diese junge Sennerin keine furchtsame Zitterpappel ist!"

Er stimmte in ihr Lachen ein und schaute auf die festen runden Arme. Er mußte zugeben, daß sie schon wehrhaft war, wenn es darauf ankam. „Trotzdem möchte ich so alle paar Tage nachfragen, wie es dir geht. Darf ich das?"

Sein Blick suchte ihre dunklen Augen.

„Wenn du Freude dran hast, warum nicht."

Er griff nach seinem Hut und legte ihn vor sich hin auf den Tisch. „Ich war heut droben auf der Rotwand", sagte er. „Man muß schließlich die Welt kennenlernen, in der man die nächsten Jahre zu leben gedenkt. Und da hab' ich diese hübschen Bergprimeln gefunden." Er nahm die Blumen vom Hut und streckte sie ihr hin. „Wenn du eine Freud' daran hast, dann schenk' ich sie dir."

Sie griff nach dem Sträußchen, liebkoste es und steckte es dann in ein Glas. Dann ging sie wieder an den Herd und nahm die Arbeit auf.

Er sah ihr zu und erzählte ihr einige heitere Dinge aus seinem Leben und von dem glücklichen Zufall, der ihn ausgerechnet zum Jäger vom Roteck werden ließ.

Draußen dämmerte der Abend, und die tönende Luft trug das Weidgeläute des Viehes von der Almwiese herüber.

Sie achteten nicht darauf, sie saßen im Dunkel des niedrigen Raumes und unterhielten sich recht lebhaft. Und wenn er etwas sehr Lustiges sagte, klang das Lachen des Mädchens auf wie Silber.

Er hätte sich ja längst schon auf den Weg machen müssen, aber er kam nicht los von ihrer Gesellschaft. Es war etwas in seinem Herzen zum Erwachen gekommen, eine Rastlosigkeit, ein heimliches Verlangen, von dem er nicht wußte, wie es zu stillen war...

„Wenn du heut noch bis zum Forsthaus willst, dann darfst du dich jetzt aufmachen", mahnte sie plötzlich und brannte die verrußte Lampe an, deren Schein nicht bis in die Ecken drang.

„Vom Wollen ist nicht die Rede, aber ich werde wohl müssen. Hier kann ich die Nacht kaum bleiben. Oder doch?"

„Nein."

Er stand nicht gleich auf. Die Unstillbarkeit seines heimlichen Begehrens machte ihn nervös. Er war unzufrieden mit sich, weil er nun gehen sollte, ohne ihr etwas davon zu sagen, ohne ihr die Regungen in seinem Herzen verraten zu haben. Herrgott, sie waren doch beide jung! Blutjung! Was war denn natürlicher, als daß man sich da Hals über Kopf verliebte?

Sie merkte sein Zögern und beobachtete ihn heimlich.

Und da wurde plötzlich die Tür aufgestoßen. In ihrem Rahmen erschien ein Mann von etwa vierzig Jahren, groß, kräftig, mit groben, satten Gesichtszügen, die seine großbäuerliche Abstammung und Lebensweise verrieten. Er war nach Art des begüterten Hochwild-Herrenjägers gekleidet. An seiner Schulter hing ein Jagddrilling.

Bert Steiner war es nicht entgangen, daß die junge Sennerin bei seinem Eintritt erschrocken aufgeschaut hatte, um dann voll respektvoller Zurückhaltung in ihrer Arbeit fortzufahren. Daß der Eintretende ihr Dienstherr, der Bauer und Sägewerksbesitzer Melchior Rüst, war, dessen Gehöft und Schneidwerk drunten am Gefäll des Katzbaches lagen, das konnte der junge Jäger nicht wissen. Er kannte die Leute noch nicht. Deshalb schaute er sehr verwundert von einem Gesicht in das andere, ohne sich zu rühren.

Man sah es dem Bauern an, daß die Begegnung ihn überrascht hatte und daß ihm die Überraschung nicht paßte. Zuerst schien er zwischen Entschlüssen hin und her zu schwanken und zu überlegen, ob er bleiben oder wieder gehen sollte. Dann nahm er aber doch plötzlich die Flinte von der Schulter und lehnte sie in die Ecke. Dabei entdeckte er den Drilling des Jägers.

Er wandte sich blitzschnell dem fremden Gast zu. „Wer bist du? Wo kommst du her?" fragte er.

„Ich bin Bert Steiner, der neue Jäger vom Roteck, und erst seit ein paar Tagen hier."

„Ach so! – Dann kannst du nicht wissen, daß die Bodmer-Alm keine Gäste bewirtet!"

„Aber eine kurze Rast wird doch wohl gestattet sein? Und mehr wollte ich ja gar nicht."

Melchior Rüst antwortete nicht darauf. Seine Stirn war umwölkt. „Vor etwa einer Stunde fiel drüben im Rotecker

Forst ein Schuß. Mich wundert, daß dich das so gleichgültig läßt."

„Ein Schuß?"

Der Jäger wechselte mit der Sennerin einen überraschten Blick. Nein, sie hatten nichts von einem Schuß gehört.

Bert Steiner holte seine Büchse aus der Ecke, hängte sie um und stellte sich so vor den Bauern hin. „Wenn ich hier zu Unrecht eingebrochen bin, dann geschah es ohne Absicht. Wenn Sie, wie ich annehme, der Besitzer der Bodmer-Alm sind, dann bitte ich um Entschuldigung. Daß Sie zugleich auch der Besitzer der jungen Sennerin da sind, das brauch' ich doch nicht auch anzunehmen? Oder doch?"

Er sah, daß das Gesicht des Herrenbauern in Bewegung geriet, und er fühlte, daß er mitten ins Schwarze getroffen hatte. Dann schaute er hinüber zu dem Mädchen, erwartete in ihrem Gesicht irgendeinen stillen Triumph; denn er hatte ihr, so glaubte er wenigstens, einen guten Dienst erwiesen.

Aber er mußte feststellen, daß sie mit ihm höchst unzufrieden war. Ihr Gesicht war blaß geworden, und ihre Augen blickten abweisend auf ihn.

Da zuckte er verächtlich die Schulter, grüßte kurz und ging.

Melchior Rüst schaute noch eine Weile betreten auf die Tür, die hinter dem jungen Jäger zugeknallt war. Die freche Rede hatte ihn einen Augenblick verwirrt. Schließlich wanderte er durch die Stube, griff nach den Primeln auf dem Tisch, betrachtete sie eine Weile in seiner Hand und schleuderte sie schließlich roh zu Boden. Dabei schaute er der Sennerin lauernd ins Gesicht. „Von ihm?"

Sie nickte.

Er wanderte wieder, stellte sich dann ans Fenster und schaute hinaus. „Ich komm' vom Schneehorn und bin müd", begann er dann. „Ich bleib' heut nacht hier. Hast du etwas dagegen?"

„Ich kann es nicht verbieten, aber..."

„Was aber...?

„Es schickt sich einfach nicht!"

„Ah! – Heut auf einmal! – Ist daran vielleicht der junge Rotecker schuld?"

Das Mädchen schwieg. Nach einer Weile erst schüttelte es den Kopf.

„Wer dann?" Er warf die Joppe ab.

„Daß der Attenberger bei dir war und du bei ihm, das hört man bis zur Bodmer-Alm herauf sprechen!" –

„Was geht mich der Attenberger an? – Ich will die Attenberger-Hanna nicht! – Und was die Leute reden, ist ein leeres Geschwätz! Deshalb hab' ich dich zur Alm geschickt, daß man einmal Ruh hat vor den verdammten Aufpassern! – Bin ich nicht frei? Kann ich nicht tun, was ich will?"

„Nein! – Du bist reich – und ich bin ein armer Teufel, den man jeden Tag vom Haus jagen kann!" –

„Aber schön bist du, Christl! – Die Leut' mögen reden, was sie wollen! Du mußt mir bloß vertrauen. Und wenn wieder so ein böses Maul dazwischen will, soll es am eigenen Gift krepieren!"

Er schlug mit der Faust auf den Tisch, grob und gereizt.

Christl erschrak vor dem Ausdruck seines Gesichtes, vor den zugekniffenen, lüsternen Augen. Sie kannte ihn und fürchtete ihn, wenn er so anfing, mit seinen brutalen Händen nach ihr zu greifen.

Sie wich ihm aus, wehrte sich sogar mannhaft gegen seine Annäherung und machte schließlich Anstalten, davonzulaufen. –

Da ließ er plötzlich ab von ihr, setzte sich an den Tisch und kraulte seine Haare, bis sie wie ein wirrer Knäuel in-

und gegeneinanderstanden. Dann fing er an zu reden, leise und jämmerlich, daß er sich zeitweise einfach nicht anders helfen könne, als in die Berge zu laufen. Er habe versucht, sie zu vergessen, habe sie deshalb auf die Bodmer-Alm geschickt. Umsonst! – Die Liebe lasse sich so wenig verlieren wie verkaufen. – Vielleicht wäre er heut schon mit der Attenberger-Hanna verheiratet, wenn sie, die Christl, nicht dazwischengekommen wäre, mit ihren dunklen, schönen Augen, mit ihrem sinnlich bewegten Mund und ihren dicken, schwarzbraunen Zöpfen. Und wenn er auch heute noch nicht wüßte, wie es einmal komme, das eine aber könne er ihr sagen, daß seine Hochzeit auch dieses Jahr noch nicht stattfände – weil er mit Hanna keine Hochzeit wünsche!

So war er, der Bauer und Schneidwerksbesitzer Melchior Rüst, der trotz seinen vierzig Jahren und trotz Reichtum und Geschäft, für keinen Berg- und Talbewohner so recht verständlich, Junggeselle geblieben war. Es sah niemand hinein in sein zerrissenes Herz, mit seiner beispiellosen Wankelmütigkeit in Dingen der Liebe. Niemand hatte eine rechte Vorstellung von seiner Art, mit Frauen zu verkehren. Sie hielten ihn alle für geizig und der Hochwildjägerei so verfallen, daß er darob Weiber und Häuslichkeit vergaß. Wenn auch der eine und andere liebe Mitmensch von einem verborgenen Verhältnis zu seiner schönen, jungen Magd zu tuscheln wußte, was hatte ein Melchior Rüst sich um Menschengerede zu kümmern? –

Und die Christl, seine junge, schöne Magd? – Nein, sie liebte ihn nicht. Aber sie war ein armer Teufel, der allein auf der Welt stand und vom Leid und von allen möglichen Niederschlägen des Erdenlebens sattsam heimgesucht war. Das war ihre Schwäche.

Und es stand zu befürchten, daß sie sich eines Tages von seiner Leidenschaft mitreißen ließ.

Wütend hatte der junge Jäger vom Roteck die Bodmer-Alm verlassen. Zuerst folgte er einem schmalen, schlechten Weg hinab ins Tal, den er jedoch im Dämmerlicht alsbald aus den Augen verlor. Er richtete seine Schritte dem Wald zu, lief dann am Rand talwärts, wie wenn es gälte, eine Wette auszutragen. Aber das waren nur die Gedanken, die ihn voranhetzten, als müßte er einem unglücklichen Schicksal entlaufen.

Dumm war es, furchtbar dumm! – Welcher Teufel mußte ihn auch in die verfluchte Hütte führen? Beinahe und ganz unversehens hätte er sich da verliebt und womöglich in einen Hexenkessel verloren. Mit dem Bauern mußte etwas nicht stimmen. Verständlich: die Christl war zweifellos ein Mädchen, wie es die Männer gern sehen. Und warum sollten die Menschen hierorts besser sein als anderswo in der Welt? Es war nun einmal so jetzt: Bei schönen Frauen mußte man vorsichtig sein! Das hatte er nun wieder erfahren. Die Schlechtigkeit der Zeit hatte auch in die fernsten und einsamsten Winkel der Erde gefunden. – Fort damit! Er war Förster vom Roteck. Und seine erste Sorge hatte seiner neuen Arbeit zu gelten! –

Er pfiff leise vor sich hin, riß sich gewaltsam los von seinen Gedanken.

Der Wald ging zu Ende, oder besser, er wurde unterbrochen durch einen freien Platz, der sich grün zwischen beide Fichtenschneisen legte: der Frauenhügel war das, mit seiner stillen, verlassenen Waldkapelle. Über der Wiese lag ein hauchdünner Nebel, der im Dämmerlicht geisterbleich aufleuchtete. Umgeben von einer unbeschreiblichen Stille, in die ein schwacher Wind ab und zu fernes Almläuten hineintrug, ragte das Türmchen aus dem Dunstrauch und fing mit seiner Spitze das erste Licht des aufgehenden Mondes auf.

Durch den Quellenschnitt eines Sturzbächleins von der

Kapelle getrennt, stand ein einziges altes Haus noch auf dem Hügel. Das modernde, wetterzernagte Dach, das geschwundene Gerüst der Tür und die trüben, blinden Fenster verrieten, daß das Haus schon lange nicht mehr bewohnt war.

Trotzdem drückte der Jäger seine Nase an das Fenster und suchte einen Blick hineinzutun. Wie wenn er die Zerreißung eines Zaubers befürchtete, trat er sehr leise auf, horchte ab und zu hinein in die Stille, als müßte er etwas hören vom Leben und Handeln der Menschen früherer Tage. Er fühlte, hier lag ein Stück der Zeit begraben, einer Zeit mit vielleicht ganz anderem Gesicht, aber auch mit Menschen, die Freud und Leid in ihren Herzen trugen. –

Sein Blick kam nicht los von der alten, stillen Waldkapelle. Der Dunst hob sich von der Erde weg und gab den Hügel frei. Er sah, daß sich etwas vor der Tür bewegte. Oder täuschte ihn das Zwielicht?

Nein, da war schon jemand, jetzt war es deutlich zu erkennen. Da mochte er sich wundern, soviel er wollte: es war die Gestalt einer hell gekleideten Frau, die vor dem runden Türfenster stand und weiß Gott in welcher Absicht Einlaß oder mindestens Annäherung mit dem Innern suchte. Aber jetzt um diese Zeit? Wo bereits die Nacht ihren Gürtel um die einsame Höhe legte?

Er fühlte, daß sie ungesehen sein wollte, und es war ihm irgendwie unlieb, Zeuge ihres Treibens geworden zu sein. Unschlüssig blieb er stehen, wagte sich nicht zu rühren, aus Furcht, sie zu erschrecken.

Aber er stand da sehr unglücklich und mußte von ihr einmal gesehen werden. Deshalb versuchte er einen Busch zu erreichen, hinter dem er sich hätte verbergen können.

Dabei mußte sie ihn bemerkt haben, denn sie lief plötzlich von der Kapelle weg und dem Weg zu, fliehend, erschrocken.

„Bitte, bleiben Sie doch! – Ich tue Ihnen nichts!" Mit ein

paar Sätzen hatte er sie eingeholt und war an ihrer Seite. Und wie staunte er da, in der geheimnisvollen Beterin ein noch so junges Mädchen zu entdecken, mit feinem, ernstem Gesicht und großen, leuchtenden Augen. „Ich bin der neue Jäger vom Roteck, und es wäre doch recht dumm, wenn Sie sich vor mir fürchten wollten!"

Sie wurde auch gleich ruhiger, sah ihn sogar an und lächelte verschämt.

„Sie wollen hinab ins Taldorf?"

Sie nickte.

„Dann darf ich Sie wohl begleiten?"

Sie überlegte eine Weile, dann schüttelte sie den Kopf. „Nein, es ist besser, wenn ich allein gehe!"

Das war ihm nicht recht verständlich. „Lassen Sie sich wenigstens durch den Forst bringen. – Man hat erzählt, daß dort heut abend ein Schuß gefallen sei. Wer weiß, was sich darin herumtreibt!"

Diese Worte blieben nicht ohne Wirkung. Es schien ihr nun doch ganz recht zu sein, daß er an ihrer Seite blieb.

„Sie gehören aber nicht dort in das Dorf?" fragte er und beschäftigte sich mit ihrer schlanken, wohlgefälligen Gestalt. Ihr Schritt hatte etwas Vornehmes, Elastisches an sich und war nicht vereinbar mit der üblichen Derbheit und Großschrittigkeit der Landbewohner.

„Doch, doch! Ich bin hier zu Hause!"

Auch ihre Sprache war anders, gesitteter. Er zweifelte deshalb immer noch. „Aber bestimmt noch nicht lange!"

„Ich bin hier geboren. Ist das nicht lange genug?" Sein Rätselraten schien ihr Spaß zu machen.

„Dann allerdings", gab er zu, und er hätte nun gern weitergefragt, wenn er nicht plötzlich seinen heiteren Gleichmut verloren hätte. War es ihre Erscheinung oder der weiche, gütige Klang ihrer Stimme, was ihn so mächtig beeindruckte? So brav wie ein kleiner Junge ging er neben ihr her zu Tal.

„Daß Sie aber so eine unpassende Zeit für Ihre Wallfahrt gewählt haben?" fragte er dann doch plötzlich nach einer Weile Schweigens.

„Wallfahrt?" Woher er denn wüßte, daß sie gebetet habe? Er lachte. „Wozu sonst sucht man denn eine Kirche auf?"

Sein Freimut gefiel ihr. Sie wurde auf einmal zugänglicher, vertraulicher. „Ich wollte nicht gesehen werden, deshalb hab' ich die Dämmerung abgewartet."

„Darf man nicht wissen, daß Sie in irgendeine Not, oder was es sonst sein mag, geraten sind?"

„Not! Ja, man kann es auch so heißen", sagte sie ernst und leise. Dann schwieg sie.

Sie näherten sich dem Rotecker Forst. Schwarz und still breitete er sich über den Hang.

„Mein Gott, die Welt ist heut voller Leid", begann er nach einer Weile wieder, so ernst und so nachdenklich, daß er mit seinem heiteren, hellen Gesicht in einen Widerspruch geriet. „Ich hab' viel davon gesehen draußen: Blut und Tod – und schließlich Ströme vertriebener Menschen, die Gut und Heimat verloren hatten und von Not und Verzweiflung gejagt durch die Länder irrten."

Sie nickte. „Ja, es war eine jammervolle Zeit!"

„Ich hab' mich oft gewundert, daß diese Menschen ihren Glauben an die Gerechtigkeit und an eine Wende zu Besserem beibehalten konnten."

„Schrecklicher noch empfindet man wohl den Verlust der persönlichen Freiheit! Und dazu noch den Verrat des Herzens!" rief sie plötzlich, und es klang wie ein Wehschrei.

Er schaute ihr überrascht ins Gesicht. Das ging sie selbst an. So konnte nur ein Mensch sprechen, der die Enttäuschung des Lebens in der letzten Bitternis gekostet hatte.

Aber was mochte denn diesem jungen Wesen widerfahren sein?

Es war dunkel geworden, so daß er ihre Züge kaum noch zu unterscheiden vermochte. Nur die großen Augen leuchteten feucht in die Mondnacht. „Warum sind Sie unglücklich?"

Er fühlte sogleich, daß er so nicht hätte fragen dürfen, aber er tat es in bester Absicht.

Das empfand sie auch wohl, denn sie zeigte keinerlei Ungehaltenheit. „Unglücklich? Ja, Sie haben schon recht: es ist ein Unglück, wenn man einem Mann gehören soll, den man nicht liebt, den man einfach nicht lieben kann! Einen Mann, der dazu noch schändlichsten Verrat übt! Und wenn man das Unglück allein tragen muß, ganz allein! Wenn man keinen Glauben findet, nicht einmal beim eigenen Vater."

Sie brach plötzlich ab in der Erkenntnis, daß sie viel zuviel gesprochen hatte zu einem Menschen, den sie gar nicht kannte, der ihr da nur heut' in den Weg gelaufen war. Aber was nützte die Reue? Gesprochene Worte waren nicht mehr zurückzuholen. —

Der Weg führte sie jetzt mitten durch den Forst. In bleichen Streifen fiel das Mondlicht durch das Geäst und geisterte in das Dunkel des Dickichts. Ihre Schritte fielen roh in die behütete Stille.

„Und deshalb waren Sie heut in der Kapelle?" fragte er sehr leise.

„Nicht nur heut — "

„Ich wünsche nur, daß Sie die erhoffte Hilfe dort finden, wenigstens den Trost und die Kraft, die Sie brauchen!"

Schweigend suchten sie den schmalen Weg durch den Wald. Wellenförmig hob und senkte sich der Boden, und ihr Atem wurde hörbar. Da fing sie plötzlich wieder an zu reden: Die meisten Leute wüßten es gar nicht mehr oder sie hätten es im Auf und Nieder des Zeitenlaufes vergessen, daß der Frauenhügel einmal große Wunder vollbrachte und früher als vielbesuchter Wallfahrtsort bekannt gewesen sei. Warum sollte das heut nicht mehr sein? Nur weil die Menschen sich geändert hätten und nichts mehr wissen wollten von übersinnlichen Dingen und Kräften? – Als kleines Mädchen schon sei sie an der Hand des Großvaters oft zur Kapelle hinaufgestiegen, wobei der alte Mann ihr manche Geschichte von der Wunderkraft der heiligen Stätte erzählt habe: einmal von einem Feuerregen, der vom Himmel gefallen sei, nieder auf den Frauenhügel, als gerade eine Herde verhetzter Menschen brandschatzend die Kirchen des Landes beraubte und zerstörte.

„Was ist's?" unterbrach sie ihre Erzählung, als sie bemerkte, daß er den Schritt verhielt und schnell nach rückwärts schaute.

„Nichts", beruhigte er sie. Daß aber seine Hand den Jagdstutzen plötzlich griffertig umspannte, das sah sie nicht, auch nicht, wie er sehr achtsam in das Dunkel des Dickichts horchte.

Aber es kam nichts.

Als sie den Wald verließen, erlangten sie freie Sicht hinab ins Taldorf. Sie sahen jetzt nur die einzelnen Lichter aus jenen Bauernstuben, wo noch Menschen wachten.

„Jetzt müssen Sie mich allein lassen", sagte sie. „Ich danke Ihnen für die Begleitung! Ich hätte mich vielleicht doch sehr gefürchtet durch den Wald."

Er stand auf einmal sehr bekümmert da und suchte ihr Gesicht in der Dunkelheit zu enträtseln. Manche Frage lag ihm noch auf der Zunge, aber er fürchtete, ihr damit lästig zu werden.

Ob sie wirklich in dieses Dorf gehöre, fing er abermals an zu zweifeln. Er konnte sich nicht denken, was sie dort tat.

Soviel er wußte, waren es nur Bauern, die dort lebten. Und sie war doch – nein, sie war doch bestimmt kein Bauernmädchen!

„Ja, ich hab' hier meine Heimat, schon seit ich zur Welt kam."

„Und Sie bleiben auch weiterhin da?"

„Wahrscheinlich –"

„Und Ihren Namen darf ich nicht erfahren?"

Sie mußte lachen über seine hartnäckige, zähe Art des Ausfragens. „Johanna – das muß Ihnen zunächst genügen", sagte sie und reichte ihm die Hand.

„Darf ich Sie wiedersehen, Fräulein Johanna?" – Das war schon ein Schritt zu weit; er fühlte das, sobald die Frage von der Zunge war.

Sie überlegte ein wenig. „Nur wenn es der Zufall will! Sonst hat es keinen Zweck. Sie müssen wissen, ich bin nicht frei!"

Er senkte den Kopf. Es war alles so vornehm, was sie sagte, so klar und aufrecht, daß er ihr nicht zu widersprechen wagte.

Er drückte leicht ihre Hand. „Gute Nacht!"

Ihm war seltsam zumute. Die wenigen Tage, die er nun im Roteck war, waren so still und gleichförmig verlaufen, daß er sich vorkam wie ein vom Leben Unberührter, der gleichsam über den Zaun auf das Geschehen in der Welt schaute. Die Erlebnisse dieses Abends aber hatten ihn plötzlich hineingezogen in den neuen kleinen Menschenkreis, und er fühlte sich beteiligt am Lauf unbekannter Dinge. Bei einer weniger glücklichen Veranlagung wäre ihm vielleicht ein bißchen Angst geworden vor dem Kommenden; denn unverkennbar warf hier ein Unglück seine Schatten voraus. Aber er war nun einmal kein Grübler und hatte sich nur zunächst verliebt. Gleich zweimal hintereinander und auf zweierlei Art!

Zuerst in die schmucke Sennerin auf der Bodmer-Alm, mit ihren Schwarzaugen und dem braungebrannten Gesicht. Sie hatte ein seltsames, heißes Verlangen in ihm geweckt, eine ziemlich quälende Unzufriedenheit, und er war eben daran gewesen, Herz und Kopf an sie zu verlieren, als der Herrenbauer das Idyll zerstörte. Deshalb war er wütend geworden, wütend auf den Störenfried, wütend auch auf das Mädchen, das mit bleichem Gesicht und ohne leiseste Willensregung die Störung geschehen ließ.

Und dann war er davongelaufen wie ein geprügelter Junge und hatte sich ahnungslos einem neuen Erlebnis zutreiben lassen, das ihn dann in seiner Eigentümlichkeit und stillen Größe das erste ganz vergessen ließ. Vom ersten Augenblick an, schon als er es am versperrten Eingang der Kapelle erblickt hatte, fühlte er sich mit dem Schicksal dieses Mädchens verknüpft. Er wußte, daß er diese Johanna suchen und sich um sie kümmern würde, auch wenn es ihn Ruhe und Frieden kosten sollte.

Sein Blick folgte ihr, bis ihr helles Kleid drunten in der Nacht verschwand, und dann regte er sich noch nicht gleich, sondern verfolgte seinen Gedanken bis zum Ende.

Halt! – Er mußte ja noch einmal zurück in den Forst. Die Pflicht war ja auch noch da! Ein Schuß war dort gefallen, und hatte er nicht selbst den leisen Schritt gehört und kurz den Schatten eines Menschen über den Weg fliehen sehen, als sie aus einer tiefen Bodensenkung gekommen waren? Er konnte ihn nicht gleich verfolgen und mußte erst einmal das Mädchen wegbringen aus dem Wald.

Nun war er aber wieder frei von Rücksichtnahmen auf andere, und er erschreckte niemanden mehr, wenn er seinen Jagdstutzen anschlagfertig machte.

Und so kehrte er nochmals zurück in den nachtschwarzen Tann, horchte angespannt in die Stille, auf die schwirrenden

Flügelschläge eines Nachtvogels oder auf das leise Knacken dürrer Reisen unter den Läufen eines flüchtigen Wildes.

Er wußte noch sehr genau, wo er die schattengleiche Gestalt bemerkt hatte: es war in jener tiefen Quellsenkung, zu deren Seiten der Wald sich schwarz verdichtete. Hier blieb er stehen, schaute und lauschte. Aber es rührte sich jetzt nichts mehr. Droben vom Kamm des Waldes herab kam das heisere Gebell eines Fuchses.

Mit dem Blendlicht suchte er den Boden nach Spuren ab. Im Dickicht lag noch die Regenfeuchte. Hier fand er eingedrückte Tritte. Also doch! Schade, daß sie sich auf dem harten Weg verloren! Er hätte jetzt seinen Hund gebraucht, um die Spur verfolgen zu können.

Gut, also dann morgen! Einmal würde er dem heimlichen Streuner schon begegnen. Warum hatte man ihm verschwiegen, daß im Rotecker Forst gewildert wurde?

Spät erst verließ er den Forst und klomm ein unwegsames Steingeröll hinab zu seinem Jagdhaus, das dunkel und einsam an der Berglehne hing.

Das Taldorf lag in sonntäglicher Stille. Es war die Stunde, in der die Menschen, vom vormittägigen Kirchgang zurückgekehrt, untätig und träge herumstanden und darauf warteten, zum Essen gerufen zu werden. Schwül drückte die Sonne ins Tal.

Bert Steiner betrat das Dorf, schaute rechts und links in die Höfe und fragte schließlich einen Bauern, der eben faul am Gerüst der offenen Stalltür lehnte, nach dem Haus des Ortsvorstehers.

Der Bauer wies wortlos die steile Anhöhe hinauf, wo ein einzelner prächtiger Bauernhof stand, ein herrschaftlicher Gutsbesitz, von alten, dichten Laubbäumen beschattet. Vor den Fenstern waren Blumen, und unter dem vorspringenden, flachen Dach lief eine freundliche Altane um das ganze Geviert des Hauses herum. Auf den ersten Blick verriet diese Heimstatt Wohlhabenheit und Bürgerwürde. Eine gutgebaute Straße führte zu dem Anwesen hinauf und breit mitten hinein in den sauber aufgeräumten Hofraum.

Kein Mensch war um die Wege, als der junge Jäger zögernden Schrittes eindrang, das Haus betrat und an die Tür der Amtsstube klopfte.

Lorenz Attenberger, der Herr dieses Hauses und seit undenklich langer Zeit schon mit der Wahrung und Vertretung gemeindlicher Interessen des Taldorfes betraut, ein ebenso freundlicher als auch seines Ansehens bewußter Mann, war allein in der großen, schmucklosen Amtsstube und gerade damit beschäftigt, eine Anzahl von Schriftstücken in einen Akt zusammenzutun, als der Jäger bei ihm eintrat. Fragend und ein wenig erstaunt schauten seine klugen Augen aus den buschigen Brauen dem Besucher entgegen. Sie verrieten Offenherzigkeit und Güte, wenngleich die kantig hervortretenden Backenknochen seines Gesichtes ein gewisses Maß von Härte und Unnachgiebigkeit vermuten ließen.

Bert Steiner stellte sich vor: Er sei der neue Förster vom Roteck, und obgleich er schon vor etlichen Tagen seinen Dienst angetreten habe, komme er erst heut dazu, seine Anmeldung und dem Herrn Bürgermeister seine Aufwartung zu machen.

Damit legte er das Handschreiben des Jagdherrn vor dem Ortsgewaltigen auf den Tisch.

Attenberger stand auf, reichte dem Jäger zunächst die Hand. Er war groß und kraftvoll. Mit kühler Sachlichkeit las er das Empfehlungsschreiben, so wie es seine Pflicht war. Dann setzte er sich wieder und bot auch dem Jäger einen Stuhl an.

Dann begann das Gespräch. Verständlich, daß der Alte

zuerst nach dem Woher des jungen Mannes fragte, der auf ihn keinen üblen Eindruck zu machen schien. Offen gab er seiner Verwunderung Ausdruck, daß er gerade am Roteck die Laufbahn seines beruflichen Lebens begann.

Bert Steiner beantwortete aufrecht und klar seine Fragen, und dann erzählte er dem weltfremden Mann einige markante Dinge aus den Zeitläuften und aus dem Geschehen draußen im großen Hasten der Menschheit.

Attenberger gefiel seine Rede und seine Einstellung zum Leben, und er hielt nun nicht mehr zurück, auch von sich aus über die Verhältnisse im Dorf zu sprechen, so daß der Jäger ein ganz klares Bild von seinem Tätigkeitsfeld bekam.

Die Zuneigung Attenbergers ging schließlich so weit, daß er seinem Besuch sogar ein Glas zuschob und es aus einer Flasche mit beißendem Obstschnaps füllte.

Der Jäger sah darin eine besondere Ehre und trank das Glas auf einen Zug aus, wenn er auch einen Augenblick glaubte, Rachen und Kehle verbrannt zu haben, und schmerzlich aus tränenden Augen auf das breite, lachende Gesicht des Bauern schaute.

„Nun?" fragte Herr Attenberger immer noch lachend.

„Ausgezeichnet!"

„Na also! – Wir werden uns schon gut verstehen!" sagte der Alte, stand auf und klopfte ihm freundschaftlich auf die Schulter.

Und als Bert Steiner ging, begleitete er ihn sogar noch hinaus vor die Tür.

Im Haus war es so still, wie wenn es von niemandem sonst bewohnt wäre. Aber gleich draußen im Hof trafen sie mit zwei Frauen zusammen, die eben erst vom Kirchgang oder sonst von einem Besuch heimzukehren schienen. Sie trugen beide die feierliche Tracht des Oberlandes.

Zuerst fiel der Blick des jungen Jägers auf das ernste,

mütterliche Antlitz der älteren, wechselte dann sogleich hinüber auf das der jüngeren – und da geschah es, daß er einen Augenblick verlegen und hilflos stehen blieb; er sah sich ganz unversehens dem Mädchen gegenüber, das er vor wenigen Tagen vom Frauenhügel durch den Wald gebracht hatte.

Kein Zweifel: es waren Mutter und Tochter. Sein Mund begann bereits den Ausruf ihres Namens zu formen, aber als er den Schrecken in ihren Augen sah, schwieg er.

„Der neue Jäger vom Roteck", sagte Herr Attenberger in die Stille.

Nur die Mutter reagierte darauf, lächelnd betrachtete sie ihn. „Ein bißchen jung noch für die Rotecker Einsamkeit", meinte sie.

„Vielleicht an Jahren", sagte der Jäger. „Gemessen aber am Erleben, ist die Ruhe hier schon recht für mich. Es ist heute nicht mehr so wie früher! Denn wer ist noch jung heute?" Er schaute von Gesicht zu Gesicht, bis sein Blick auf dem des Mädchens ruhen blieb.

Attenberger sprach etwas dazu, aber er hörte es nicht, denn seine Aufmerksamkeit galt den leise, rasch und angstvoll ihm zugeworfenen Worten des Mädchens: „Bitte, schweigen Sie!"

Als ob er das nicht auch so getan hätte! Was fürchtete sie denn von ihm? Etwa, daß er hier öffentlich bekanntgab, daß er sie vor etlichen Tagen an der Kapelle auf dem Frauenhügel gesehen habe und Zeuge ihrer seelischen Pein geworden war?

„Was sagst du, Hanna?" fragte die Alte.

„Ich? – Nichts, Mutter!"

In diesem Augenblick ratterte ein Kraftrad die Höhe herauf, fuhr herein in den Hof und landete vor der Tür.

Lorenz Attenberger lief dem Ankömmling sehr lebhaft entgegen und schüttelte ihm die Hand.

Es war Melchior Rüst. Er nahm die Schutzgläser von den Augen, kniff die Brauen herab und schaute sehr boshaft hinüber zu dem jungen Jäger.

„Der neue Jäger vom Roteck, ein ganzer Kerl!" sagte Herr Attenberger.

Melchior Rüst tat, als ob er es nicht hörte. Sein Blick kreuzte den des Jägers.

Bert dünkte er so scharf wie eine Degenklinge. Und da wußte er, daß er ihn haßte.

Zwischen den beiden stand das Mädchen, regungslos, beschäftigt mit weiß Gott welchen quälenden Gedanken. Da war es ihm klar, daß Melchior Rüst der Mann war, den sie nehmen sollte, den sie nicht liebte und der sie betrog!

Ja, sie hatte recht: er betrog sie, er war vielleicht heute nacht schon wieder droben auf der Bodmer-Alm bei der Sennerin gewesen.

Das Auge des Jägers blitzte. Ja, er haßte ihn, diesen Herrenbauern, der nichts von der Not der Menschen und dem Leid der Welt zu ahnen schien, der gewohnt war, alles zu besitzen, was er begehrte, der ohne Rücksichtnahme auf die Würde anderer Menschen nur eigenen und niedrigen Trieben frönte!

„Auf Wiedersehen!" sagte der Jäger laut und ging.

Ohne sich noch einmal umzusehen, verließ er den Hof und stieg die Straße hinab, weil er es plötzlich nicht mehr hätte sehen können, wie das schöne Mädchen mit dem widerwärtigen Bauern unter das gleiche Dach ging.

Während Attenberger seinen Gast in die gute Stube führte, wo bereits zum Essen angerichtet war, trafen die Frauen in der Küche die letzten Vorbereitungen.

Melchior Rüst fühlte sich hier schon annähernd wie zu Hause. Er wanderte durch die Stube, nahm eine Zigarre aus dem Kistchen und brannte sie an, schenkte aus einer Flasche den Schnaps in das Glas und trank nebenbei. Er wußte, daß er sich das leisten durfte. Hinter ihm standen reichgesegnete Erdengüter und der Wert größten Ansehens und der Abhängigkeit des ganzen Dorfes. In seinem Dünkel glaubte er sich geradezu zu vergeben, wenn er der Tochter des Ortsvorstehers Attenberger, der sich mit seinem Besitz bestimmt auch sehen lassen konnte, die Hand zur Heirat reichte. Was tat es noch, wenn sie auch um achtzehn Jahre jünger war?

„Ja, dieser neue Jäger vom Roteck", begann Melchior Rüst, brach aber sofort wieder ab und zog an seiner Zigarre.

„Was ist mit ihm?"

„Ich weiß nicht – er gefällt mir irgendwie nicht!"

Attenberger wartete eine Weile auf die Begründung dieser Ansicht. Als aber nichts kam, bemerkte er, daß er gegenteiliger Meinung sei. Seine frische, muntere Art habe besten Eindruck auf ihn gemacht, und er glaube nicht, daß es zu irgendwelchen Konflikten komme, wenigstens nicht, soweit es an ihm liege.

Melchior Rüst zog die Stirne kraus. „Er ist mir zu keck für sein Alter!"

„Die jungen Leute von heute haben viel erlebt!"

„Meinetwegen! Was gehen mich der Rotecker Forst und sein Jäger an! Meine Hochwildjagd hat jedenfalls nichts mit ihm zu tun!"

Und dann sprachen sie von anderen Dingen, von der täglichen Arbeit, von Erfolgen und Planungen. Melchior Rüst entwickelte dabei ein ganzes Jahresprogramm.

Attenberger lachte dazu ganz verständnisvoll. „Eines aber, und gerade die Hauptsache, hast du vergessen: die Hochzeit!"

„Nein, nein! Die ist natürlich eingerechnet: du wirst doch nicht sagen wollen, daß sie alleinigen Anspruch auf den Mann hat?"

„Und ob! Wir kennen das, mein guter Melchior! Eine junge Frau hat alle Gewalt über den Mann. Und die sogenannten Flitterwochen wollen oft kein Ende nehmen. Was kümmern einen da noch andere Dinge? Man kriegt das Krabbeln im Blut und läßt alle Pläne fahren."

Lautes Gelächter der beiden füllte die Stube, als die Attenbergerin das Essen auftrug. Sie freute sich an der guten Stimmung der Männer und hatte nichts dagegen einzuwenden, als ihr Mann seine Arme plötzlich um ihre sehr stattliche Leibesfülle legte und sie zu küssen versuchte.

Bei heiterem Geplauder begann man mit dem Essen. Daß Johanna nicht gleich am Tisch war, empfand man noch nicht als eine Ungehörigkeit. Vielleicht hatte sie noch in der Küche zu tun oder sie war in der Kammer und bereitete sich zu Ehren des Gastes besonders schön vor.

Als sie aber nach einer geraumen Weile immer noch nicht erschien, ging die Attenbergerin hinaus in die Küche und, als sie dort nur die Mägde allein sah, hinauf in die Kammer. Dort war sie, saß auf einem Stuhl am offenen Fenster und achtete kaum darauf, als die Mutter eintrat.

„Was ist denn mit dir? Was tust du da?"

Das Mädchen wandte ihr langsam das Gesicht zu. Es war sehr bleich, und in den Augen standen Tränen. „Laß mich, Mutter!"

„Aber das geht doch nicht! Heut, wo der Melchior da ist!"

Johanna schüttelte den Kopf. „Eben deshalb –" Sie stand auf und fiel dann plötzlich aufschluchzend der Mutter an die Brust. „Ich kann nicht, Mutter! Ich liebe ihn nicht! Nie! Warum wollt ihr mich in das Unglück jagen? Der Melchior ist ein Schuft!"

„Um Gottes willen! Weißt du, was du sagst?" Die Attenbergerin geriet aus der Fassung und wußte nicht, was sie beginnen sollte. „Der Vater hätte das nicht hören dürfen!"

„Der Vater! Er sieht nur den Reichtum, den sich Melchior und sein Vater schon weiß Gott mit welcher Gewissenlosigkeit zusammengeraubt haben!"

„Pst! Du weißt, welches Ansehen der Melchior im Dorf genießt!"

„Ansehen! Ja, er hat es verstanden, alle Leute von sich abhängig zu machen: es wagt ja keiner mehr, anders zu sagen und zu tun als er! Jeder hat Angst vor ihm! Und an einen solchen Menschen will man mich verschachern, weil man bloß das Geld sieht, den Besitz, die Partie!"

Die Attenbergerin stand wie geschlagen. Sie wußte nicht mehr, was sie sagen sollte, und schwieg deshalb.

Das Mädchen ging an das Fenster. In seinem Schritt lag plötzlich Entschlossenheit, Trotz.

„Du bist aufgeregt heut; morgen wird alles wieder anders sein! Komm jetzt!"

„Nein!"

„Und wenn dich deine Mutter darum bittet?"

„Nein! Laß mich jetzt!"

Die Attenbergerin ging wieder hinab. Es war ein Schleppen in ihrem Gang, als sie zu den Männern zurückkehrte.

„Die Hanna ist krank und mußte sich hinlegen. Du möchtest sie bitte entschuldigen, Melchior", sagte sie.

Lorenz Attenberger furchte die Stirn.

„Krank?"

„So, auf einmal?" fragte Melchior Rüst bedeutungsvoll.

„Sie war schon in der Früh nicht recht wohl, und jetzt hat es sich verschlimmert mit ihr."

Attenberger stand auf und ging hinaus. Polternd hörte man seinen Schritt auf der Stiege.

Der Mutter kam wohl ein Ahnen. Ihr Gesicht wurde unruhig und ein wenig bleicher. Aber sie mußte jetzt bleiben; man konnte den Gast doch nicht gut allein sitzen lassen. Sie versuchte gleichgültig zu erscheinen, fing sogar irgendein Gespräch an, aber es half nichts: ihre Gedanken wanderten immer wieder ab.

Und nach einer Weile wurde sie nervös. Der Mann blieb so lange aus. Sie entschuldigte sich und verließ die Stube.

Schon auf der Stiege vernahm sie die unterdrückte, zischende Stimme Attenbergers und wußte, was sich dort zutrug.

Lorenz Attenberger, bekannt als gutmütiger, ruhiger Mann, von dem man glaubte, daß ihn nichts aus der Ruhe brächte, hatte sich verändert. Schon äußerlich: Die Augen glichen denen eines gereizten Tieres und waren katzengrau und kalt, das kantige Gesicht starr und hart wie Schnitzwerk.

Als die Mutter eintrat, packte er eben das Mädchen am Arm und zerrte es an die Türe. Aber es gelang ihm nicht, ihren Trotz zu brechen.

Da hob er die Hand wie zum Schlag.

Die Attenbergerin ging dazwischen. „Um Gottes willen, Lorenz!"

Er besann sich. „So ein Trotzkopf!"

„Laß sie jetzt!" befahl die Attenbergerin. „Morgen ist alles wieder anders. Komm jetzt!"

Lorenz Attenberger schwieg. Sein Atem pfiff vor Erregung. Man wußte nicht, auf was er sich gerade besann.

Die Mutter griff nach seinem Arm. „Komm! Es fällt ja sonst auf!"

„Wir sprechen noch darüber!" rief er der Tochter zu. Dann ging er.

Die Attenbergerin blieb noch. Sie horchte hinaus und überzeugte sich, daß er die Treppen hinabstieg. Ihre Augen ruhten auf der kauernden Gestalt ihrer Tochter, und in ihrem Herzen regte sich Mitleid.

„Was soll denn werden?" jammerte sie.

„Jetzt ist es so weit!" sagte Hanna, und man merkte, daß sie entschlossen blieb.

„Aber wie kommt es, daß du gerade heut auf einmal –"

„Auf einmal? Nein, Mutter! Ich laß mich nicht verhandeln wie ein Stück Vieh! Lebendig bringt er mich nicht an diesen Mann!"

Die Alte schwieg. Vielleicht kam ihr langsam das Verstehen, das mütterliche Rechtsgefühl. Aber sie sah den Frieden des Hauses bedroht, und davor fürchtete sie sich. „Besinn dich doch, Kind!"

„Ja, ich besann mich, Mutter, und deshalb ist es so weit gekommen! Du mußt mir helfen, Mutter! Ich kann nicht die Frau Melchior Rüsts werden, ohne daß die Seele in mir stirbt!"

Die Attenbergerin schüttelte nur entsetzt den Kopf. Sie sah, daß alles Zureden erfolglos blieb und daß man zunächst sonst nichts tun konnte als warten.

Deshalb ging sie wieder hinab, und sie kam gerade noch zurecht, um sich von Melchior verabschieden zu können. Er hatte eben sein Kraftrad bereitgestellt, und Attenberger stand bei ihm.

Es war ein böser, teuflischer Zug im Gesicht des Bauern und Schneidwerksbesitzers Melchior Rüst. Die Attenbergerin sah ihn heut das erste Mal so – oder war sie beeinflußt von der eben geschehenen Auseinandersetzung mit der Tochter?

Er wollte nicht länger stören heut und wünsche Johanna eine gute Besserung, sagte er ein wenig höhnisch und ließ den Motor anspringen.

Die Attenbergerin kehrte zurück ins Haus.

Melchior winkte den Alten zu sich heran. „Ich weiß, was ihr fehlt", sagte er in das Rattern der Maschine. „Der Jäger vom Roteck ist ein ganzer Kerl! So ähnlich hast du doch gesagt. Vielleicht ist die Hanna auch dieser Meinung!" Mit Vollgas, daß der Motor aufheulte wie ein gepeitschtes Tier, fuhr er zum Hofe hinaus.

Attenberger verweilte mit hartem Gesicht vor seinem Haus, wie wenn ihm ein schrecklicher Zorngedanke auf der Stirn stünde.

Wenn Melchior Rüst in schlechter Stimmung war, lief ihm sein Schatten gleichsam voraus, und dann hatte seine menschliche Umgebung sich schon verkrochen, noch ehe er zu Hause ankam. Das war nicht nur heute so, weil gerade Sonntag war, sondern auch an den Werktagen gingen ihm alle Arbeiter und Dienstboten aus dem Weg, wenn er in solch rasendem Tempo und von dicken Staubwolken gefolgt die Straße heraufkam.

Sein Besitztum lag frei zu beiden Seiten des Katzbaches, der mit starkem Gefäll, aus dem hochgelegenen, finsteren Flexensee kommend, durch eine Bergenge zu Tal sprang. Das Gehöft auf der einen Seite war umgeben von saftgrünem Weidgrund, und das Schneidwerk auf der anderen Seite schaute hinter hoch vorgelagerten Rundholz- und Bretterstößen hervor. Tor und Türen waren heute überall verschlossen, und unverbraucht fielen die Wassermassen in die tiefe Rinnbahn.

Daß kein Mensch um die Wege war, wußte Melchior Rüst. Deshalb schob er sein Kraftrad selbst hinein in den Schuppen. Als er aber auch Küche und Stube leer sah, wurde er wütend. Er lief durch das ganze Haus und fand Sabin, die alte Magd, endlich im hintersten Winkel über einem Berg von Flickzeug.

„Wo sind denn die Leut' heut?" fuhr er sie an.

Sabin, die schon ein halbes Menschenalter lang als dienstbarer Geist im Haus war und seit mehr als einem Jahrzehnt als Wirtschafterin den frauenlosen Haushalt führte, hatte bereits das notwendige dicke Fell erworben und machte sich am wenigsten aus seinen Launen. „Warum? Es ist doch heut Sonntag!" sagte sie wehrhaft und spitz.

„Bring mir etwas zum Essen!"

Die alte Magd wunderte sich. „Ich hab' gemeint, du warst bei Attenbergers?"

Diese Frage brachte ihn in neue Wut. Aber er nahm sich plötzlich doch zusammen. „Was soll ich dort? – Komm, ich möchte auf die Jagd gehen!"

Sabin kramte mit ihren knochigen Fingern den Flickkorb ein und nahm die Brille von den Augen.

Melchior lief in seine Kammer, zog sich um, kam zurück und schlang rasch und wortlos das Essen hinunter. Dann hängte er die Flinte an die Schulter und ging, obwohl hinter den Bergen ein schweres Gewitter stand.

Aus den Tiefen stieg ein drückender, schwüler Flimmerdunst. Melchior Rüst mußte dann und wann anhalten. Er litt heute irgendwie an Atemnot. Oder war er zu rasch gestiegen?

Dieser neue Jäger vom Roteck hatte einen Teufel in sich. Wie ein Spürhund war er gerade da, wo man ihn nicht wollte. Innerhalb ganz kurzer Zeit war er ihm nun zweimal in die Quere gekommen und hatte ihm die Stimmung verdorben – und es sollte ihn nicht wundern, wenn er nun wieder auf der Bodmer-Alm zugegen wäre. Aber dann könnte ihm wahrlich die Geduld reißen: ihn, einen Melchior Rüst, den Ersten im Dorf, sollte so ein hergelaufener Jäger zum Narren halten?

Die Entrüstung trieb den Mann die scharfe Steigung hinauf. Sein Atem pfiff, und auf seiner Stirn perlte der Schweiß.

Die Sonne hatte sich in das Gewölk verkrochen, aber es blieb unerträglich heiß.

Noch bevor Melchior Rüst den Bergwald erreichte, rollte der erste Donner über die Höhe hinweg und zerbröckelte drüben am Steinmassiv der Tiroler.

Da prüfte er den Himmel und erkannte, daß er in ein schweres Gewitter hineinlief und die Bodmer-Alm wohl kaum mehr erreichte, bevor es losging. Da fielen auch schon die ersten Tropfen, und der Sturm rauschte durch die Tannen.

Dunkel wurde es unter den Bäumen, und die Blitze traten ihm gleichsam vor die Augen. Da fing er an zu laufen, aber er kam nicht sehr weit, da prasselten die Hagelkörner durch das Geäst und trommelten auf den Boden.

Droben am großen Schlag wußte er eine Nothütte der Holzhacker. Darauf hielt er zu. Aber seine Kleider troffen vor Nässe, als er die Hütte erreichte. Er stieß die Tür auf und stand endlich unter dem schützenden Dach. Eben war ihm noch das Feuer vor den Augen gewesen, so daß er eine Weile wie geblendet in der Hütte stand.

Da hörte er sich von einer schnarrenden Frauenstimme beim Namen nennen. Unwirsch über den Anruf schaute er in die schwarze Tiefe der Hütte, mußte aber warten, bis der grelle Schein eines Blitzes aufleuchtete, ehe er das Weib auf einem Holzsparren sitzen sah. „Ach, du bist's, Urschl?" sagte er leichthin.

Die Urschl war das Weib des Guido, seines zwielichtigen Knechtes, einer Kreatur, wie er sie sich selbst in ihm herangezogen hatte.

„Gut, daß du gekommen bist!" sagte das Weib aus dem Dunkel. „Es ist zum Fürchten!"

Melchior Rüst lachte. „Bist du so furchtsam? Warum bleibst du nicht drunten im Haus? Oder hast du nach dem Guido gesucht?"

„Ja", gestand sie. „Ich will nicht, daß er den ganzen Tag herumstreunt und am Abend betrunken zur Tür hereinfällt."

Donner um Donner rollte über die Berge hin, und auf das dünne Dach der Hütte platschte der Regen. Sie mußten schreien, wenn sie sich verständigen wollten.

Das Weib bekreuzigte sich und fing an zu jammern.

„Was hast du?" sagte der Bauer. „Ich wüßte nicht, was daran so schrecklich ist. Noch hat man nicht gehört, daß einer in den Bergen vom Blitz erschlagen worden wäre!"

„Doch!"

„Weißt du einen?"

„Den Zwiesel-Korbin", antwortete die Urschl.

Melchior Rüst atmete verdrossen auf. Er schaute durch das Türloch in das hellere Freie und hatte die Geschichte vom Zwiesel-Korbin im Kopf. Vor einigen Jahren hatte man ihn mit zerschmetterten Gliedern im sogenannten Hirschsprung tot aufgefunden. Bei einem schweren Gewitter war er über die Gotteskanzel gestiegen und vom Blitz getroffen worden und abgestürzt. So wurde es überall erzählt...

Urschl hatte sich aus ihrer Hockstellung aufgerichtet und war dicht hinter den Bauern getreten. „Warum sagst du nichts?"

„Jaja, es stimmt schon. Ich hab' nur nicht gleich daran gedacht!"

Sie ließ noch nicht ab von ihm. „Weil du nicht daran denken willst, Melchior Rüst!"

„Was willst du damit sagen?"

„Daß du sehr froh gewesen bist, damals. Der Zwiesel-Korbin war doch dein Feind!"

„Ja. Er hat mir den Katzbach gesperrt, er war mir ständig zum Schaden. Kann ich dafür, daß er sein letztes Geld vertan hat um einer fixen Idee willen? Meine Schneidsäge steht schon seit Generationen, und das Nutzungsrecht auf die Kraft des Katzbachs hatte schon mein Großvater. Das weiß das ganze Dorf. Und da will auf einmal dieser vergantete

Einödler mir alle Rechte streitig machen! Als ob er es je vermocht hätte, ein Schneidwerk an den Bach zu bauen!"

„Der Guido hat früher nicht getrunken. Erst seit dem Tod des Zwiesel-Korbin geht es mit ihm bergab. Ich mein' manchmal, daß ihn ein böses Gewissen plagt."

Melchior Rüst drehte sich plötzlich nach ihr um. „Was redest du da für ein wirres Zeug?"

„Wenn der Guido betrunken ist, entkommt ihm manchmal ein Wort, das mich erschüttert. Dann fängt er an zu lästern, als hätte er mit dem Teufel einen Bund geschlossen."

„Du bist hysterisch, Urschl!"

„Nein! – Der Tod des Zwiesel-Korbin kam dir recht. Er war dein Feind. Es ist öfter als einmal zwischen dir und ihm zu Gewalttaten gekommen. Der Guido war dir hörig wie ein Hund. Er hat immer getan, was du wolltest. Drum ist es so weit mit ihm gekommen!"

„Schweig jetzt!"

„Ich kann nicht mehr schweigen, ich kann nicht mehr länger zusehen, wie der Guido mehr und mehr heruntterkommt!"

„Ich hab' ihm nicht befohlen, daß er saufen soll. Bist du in Not? Warum kommst du nicht zu mir? Du weißt, daß ich dich nicht hungern lasse. Ich werd' nie vergessen, daß dein Mann mein bester und treuester Arbeiter war. Aber laß jetzt dein unsinniges Geschwätz! Der Zwiesel-Korbin ist vom Blitz erschlagen worden. Ich bin nicht gefragt worden, ob mir das recht ist oder nicht."

„Ich weiß schon, du kennst das nicht, was wir anderen Menschen Gewissen nennen."

„Was hat das mit dem Gewissen zu tun?" Melchior Rüst wurde wütend.

„Ich denk' immer an einen Mord!" schrie das Weib.

„Halt dein –" Das Gesicht des Bauern wurde drohend.

„Noch ein solches Wort, und ich lass' euch beide, dich und den Guido, aus dem Dorf peitschen!"

Er stieß die Tür auf und sah, daß die Sonne durch die Äste brach. Ohne sich noch weiter um das verrückte Weib zu kümmern, ging er davon. Er hatte nun wahrlich genug des Verdrusses.

Die Bäume tropften noch vom Regen, als der Bauer und Schneidwerksbesitzer Melchior Rüst mit umgehängter Jagdflinte den Weg bergan stieg. Er war nicht der Mann, der an seiner Vergangenheit zog wie an einem Schlepptau. Er wollte leben und sich freuen und ging rücksichtslos über jegliche Belange anderer Menschen hinweg. Er wußte um seine Geltung und Achtung im Dorf, er wußte, daß sie ihn alle fürchteten, sowohl die Feinde als auch die Freunde. Sein Besitztum lag heut so fest am Katzbach begründet, daß es von keiner Ungunst mehr erschüttert werden konnte.

Als er aus dem Wald war und unter der Sonne über die freie Höhe stieg, war die Urschl und ihr Geschwätz vergessen. Sein Auge suchte droben im Bergsattel die idyllische Bodmer-Alm. Und da wußte er wieder, um was es ihm heute ging: schadlos wollte er sich halten an den verheißungsvollen Schwarzaugen, an dem sinnlich bewegten Mund, in den runden, braungebrannten Armen des jungen Weibes da droben für den heute erlebten Verdruß.

Die Christl war eben im Stall fertig geworden, hatte ein farbenfrisches Kleid angelegt und ihre dicken, dunklen Zöpfe aufgesteckt, als er bei ihr eintrat. Sie sah so verlockend, so liebreizend aus, daß er sie statt aller Worte am liebsten gleich an sich gerissen hätte.

„Du bist allein?" fragte er. Auf einmal war er mißtrauisch geworden.

„Ja. Warum?"

„Er ist nicht mehr gekommen?"

„Wer?"

„Der Jäger?"

„Nein."

„Seitdem nicht mehr?"

„Nein."

Er lehnte seine Büchse in die Ecke, warf Hut und Jacke ab. „Ich ertrag' so etwas nicht. Verstehst du, Christl? Ich will nicht, daß er noch einmal durch die Tür da geht!"

Sie schaute verwundert in sein breites, üppiges Gesicht, fand, daß er sich sehr erhitzt hatte, und bereitete schweigsam einen kühlen Trunk für ihn. Er war schließlich doch der Herr der Alm.

Er setzte sich an den Tisch und wischte den Schweiß vom Gesicht.

„Das Vieh ist da, wenn du es sehen willst", sagte sie.

„Nein. Deswegen bin ich nicht gekommen. Ich weiß schon, daß du alles in Ordnung hast."

„Du bist auf dem Weg zur Jagd?"

„Vielleicht. Aber erst später."

Sie brachte ihm das Getränk.

Da packte er sie plötzlich fest am Arm. „Christl! Du siehst heut gut aus!"

„Laß das!" sagte sie und wollte sich losmachen.

„Warum?" Wie wenn er ihr warmes Blut gespürt hätte, sogen sich seine Finger an ihrem nackten Arm fest.

„Ich lauf' dir davon!" rief sie, und es war ihr ernst damit; denn ihre Schwarzaugen wetterleuchteten.

Da ließ er sie los.

Es war auf einmal ganz still zwischen ihnen und im ganzen Haus. Nur von draußen hörte man die Quelle in die Tränke plätschern.

Da sah er, daß die Tür nur angelehnt war. Er ging, um sie zu schließen, schob sogar den Riegel vor.

„Warum das?" fragte sie.

„Die Bodmer-Alm ist heut geschlossen", lachte er und ergötzte sich an ihrer Verwirrung. Er hätte ihr sagen können, daß er eben beschlossen hatte, nicht eher von hier wegzugehen, als bis sie in seinem Besitz war. Aber das durfte er nicht. — Warum sie sich so schön gemacht habe, fragte er statt dessen. Nachdem sie doch niemanden erwartet und auch nicht wissen konnte, daß er zu so früher Stunde schon zukehre!

„Der Sonntag wird auch auf der Bodmer-Alm gehalten, solange er nicht vergessen wird!" antwortete sie.

Er merkte, daß er noch himmelweit von seinem Ziel entfernt war. Aber obgleich er seine Leidenschaft kaum mehr bezähmen konnte, verlor er doch nicht die Berechnung. Er fing jetzt von Dingen an zu reden, die so belanglos waren, daß sie nicht im geringsten seinen geplanten Anschlag ahnte. Nur in seinen Augen brannte manchmal ein gefährliches Feuer auf, einer Stichflamme gleich, die nach Verzehrung griff. Aber das sah sie nicht.

Im Gegenteil, das Geplauder tat ihr nach Tagen des Schweigens in ihrer Bergeinsamkeit wohl. Sie machte Feuer im Herd, bereitete ein Essen, das sie zusammen einnahmen.

Und als der Abend dämmerte, war er immer noch da, half ihr sogar das Vieh ablegen und der Weide zutreiben.

Als sie wieder im Zwielicht in der Hütte saßen, sagte er auf einmal, daß er das Verhältnis zur Attenberger Johanna gelöst habe.

Wenn sie ihm auch nicht glaubte — denn wie oft hatte er das schon gesagt? —, so konnte sie doch nicht leugnen, daß er heute anders war, viel gefälliger, viel aufgeräumter, wie wenn er sich tatsächlich allen Unmut und Unfrieden vom Hals geschafft hätte.

Wie und warum der Bruch zustande gekommen war, sagte er nicht. Er erzählte ihr nur, daß ihm beim Aufstieg zur Bodmer-Alm der Gedanke gekommen sei, wie wenig er eigentlich nach den Menschen zu fragen habe, und wie dumm es von ihm sei, sich um die öffentliche Meinung zu kümmern. Sein Besitz, seine Unabhängigkeit gewährten ihm doch unbedingte Freiheit im Handeln, im Planen, in allem.

„Christl, kann ich nicht tun, was ich will?"

„Sicher", meinte sie.

„Nein", besann er sich plötzlich. „Ich bin dazu vielleicht doch schon ein bißchen zu alt!"

Da mußte sie lachen. „Alt?"

„Nun ja – weißt du, was ich will, Christl? Ich will, daß du mir gehörst! Ich liebe dich, das weißt du – aber ich war bis heut zu dumm, um mich frei zu machen! Ganz frei zu machen für dich!"

Sie stand auf und ging nach der Tür.

Er lief ihr voran und stellte sich davor. „Christl, hör mich an! Ich mach' keinen Spaß! Du sollst mir gehören! Heut noch – und immer!"

Auch als die Nacht schwarz über den Bergen hing, war die Bodmer-Alm immer noch ohne Licht. Still war es um das Haus. Nur die Quelle plätscherte laut in die Tränke, und vom Weidgrund herüber läutete das Vieh.

Ein schwüler Wind trieb die Wolken herauf, bildete ein Gewitter, und die halbe Nacht fiel ein dichter Regen auf die heiße Erde, und das Wasser der Rinnbäche rauschte und donnerte zu Tal.

In dieser gleichen Nacht, bald nachdem das Licht über den Bergen erloschen war, nahm Bert Steiner, der Jäger vom Roteck, seinen Hund an die Leine und stieg noch hinauf in den Forst. Träge und lautlos war ihm dieser Tag vergangen – das erste Mal hatte er sich irgendwie einsam gefühlt in seinem schmucken und paradiesisch gelegenen Jagdhaus. Eine Unrast war heute in ihm gewesen, und alle Augenblicke war er vor die Tür getreten und hatte in die Täler geschaut und auf die Wege, aber nur um dann zu sehen, daß er allein war.

Unruhig stöberte er in seiner Junggesellenburg, reinigte die Flinten, ordnete seine Kleider, wirtschaftete herum in den Räumen, nur um etwas zu tun.

Bert Steiner, der junge Jäger vom Roteck, hatte sich verliebt.

Seine Gedanken waren drunten im Taldorf, das er heute das erste Mal betreten hatte, und sie kamen nicht los von dem wohlbestellten Haus des Ortsvorstehers Attenberger. Johanna, das schöne, stolze, unglückliche Mädchen, war ihm zum Gegenstand eines sehr lebhaften Sehnens geworden.

So ging es an, das wußte er schon von früher – und jetzt hätte irgendeine Veränderung in sein Leben treten müssen, wenn sein Herz wieder frei und unbekümmert schlagen sollte. Er wußte, daß es nun tagelang dauern konnte, bis er diesem Mädchen irgendwo wieder in den Weg lief, weil das nur ganz zufällig geschehen konnte; denn es gab nichts, was ihn berechtigt hätte, in das Haus Attenbergers zu gehen.

Schwül drückte die Luft ins Tal, und hinter den Bergen zuckte ein Wetterleuchten. Höher stieg der Jäger, und sein braver Hund schaute mit wachen Sinnen in die Nacht.

Nein, der Schuß, der in seinem Forst gefallen sein sollte, das war eine Lüge des Bauern gewesen. Er wollte ihn aus irgendeinem Grund weghaben von der Bodmer-Alm. Ja, jetzt war er wirklich weg davon, himmelweit sogar, und die schöne dunkelhaarige Sennerin Christl, die ihm damals wie ein unwahrscheinliches Zauberbild ins Auge gefallen war und sein Herz in sehr stürmische Bewegung gebracht hatte, war heute kaum noch in seinem Erinnern geblieben. Seine ganze Vorstellung war heute nur noch von dem schönen, vom Ernst des Lebens geadelten Antlitz Johannes beherrscht.

Er zweifelte nicht, daß der Bauer und Schneidwerksbesitzer Melchior Rüst von seiner schönen Sennerin droben auf der Bodmer-Alm mehr verlangte als nur rechtschaffene Arbeit und Pflichterfüllung einer Magd. Und deshalb haßte er ihn. – Allein deshalb? Nein, er sah in ihm den glücklichen Erdenmenschen, dem alles zu Glück wurde, wonach er langte, der eine Johanna Attenberger freien konnte, ob sie ihn nun liebte oder nicht. Und er dagegen, der arme Teufel, der er war, verzehrte sich in Sehnsucht.

Schwarz trat der Wald vor ihm aus dem Mantel der Nacht. Die Stille, die um ihn war, schürte die Unlust in seinen Gedanken.

Nein, er glaubte nicht an eine Wilddieberei in seinem Forst. Es war nur irgendein Störenfried, weiß der Teufel welcher Art, der nächtlings dort im Wald sich herumtrieb. Vielleicht glückte es ihm einmal, ihn zu fassen, und dann würde man ja sehen!

Ob sie die einzige Tochter Attenbergers war? Schon wieder waren ihm die Gedanken abgewandert. Der Vater machte den Eindruck des gemütvollen Biedermannes. Aber seine Backenknochen waren zu hart und die Augen zu kalt, zu rechnerisch. Die Mutter war gut, aber zu schwach, um ihrem Kind zu helfen. Es würde nicht gut ausgehen.

Unwillig riß er den Hund an sich, der plötzlich heftig an der Leine zog.

Vor dem Wald kreuzte sein Weg eine Straße, die breit über die Höhe führte. Und an dieser Kreuzung bewegte sich etwas wie ein schwarzer Schatten.

Bert Steiner war so sehr mit seinen Gedanken beschäftigt gewesen, daß ihm diese Merkwürdigkeit entgangen wäre, wenn nicht der Hund plötzlich so erregt an der Leine gezogen hätte. So aber sah er gerade noch, wie eine menschliche Gestalt rasch und einem Schatten gleich in die Bäume entwich.

Da stimmte etwas nicht! Er konnte sich im Augenblick nicht denken, was dieser Nachtwandler in seinem Wald zu suchen hatte: weder das Taldorf noch die ihm bekannten Einöden ließen sich von da aus erreichen.

Der Hund knurrte.

„Ruhig, Schack!" mahnte er.

Der kluge Hund zog ihn lautlos mit sich hin an den Wald, nahm die Spur auf und drängte weiter, daß er kaum mehr unhörbar zu folgen vermochte.

Es war unmöglich, unter dem dichten Tann mehr zu sehen als gerade eine Schrittweite des Weges. Dann machte der Hund plötzlich eine Wendung bergan und lief quer in das Gehölz. Sie kamen nur langsam vorwärts und mußten achthaben, nicht an die Bäume anzurennen.

Und auf einmal war in der Nähe ein Geräusch. Ein Ast knackte. „Halt!" rief der Jäger und war schußfertig.

Aber da verloren sich droben die Schritte. Das Licht der Blendlaterne blitzte auf. Nichts.

„Weiter, Schack!" Der Jäger machte sein Licht wieder aus. Sie klommen und krochen wieder bergan, durch Büsche und Bäume, den ganzen Forst hinauf.

Der Hund hing fest an der Spur des Verfolgten.

„Brav, Schack!" munterte Bert das kluge Tier manchmal auf.

Er wußte nicht mehr, wo sie sich befanden, nicht mehr, wie lange sie schon gingen. Aber das wußte er, einmal kamen sie an das Ziel. Nur nicht nachgeben und müde werden!

Endlich wurde es lichter vor ihm. Sie waren vielleicht schon stundenlang unterwegs; der Rotecker Forst dehnte sich weit aus und griff weit hinauf über den Rücken der Rotwand.

Als sie den Wald verließen, kamen sie auf einen Weidgrund, dann über Heide und Geröll – und auf einmal stießen sie auf einen schmalen, schlechten Weg, der steil bergan durch die Mulde einer tiefen Quellklamm in eine breite, kesselartige Hochniederung führte. Duftiger Wiesenboden war es, was sie jetzt betraten. Latschen und Fichtenkümmerlinge verbargen die Einöde, die gedrungen im Winkel der Berge lag. Aber das Licht, das aus einem der unteren Fenster fiel, verriet sie.

Der Hund zog ihn bis vor die Tür, dann blieb er stehen, schaute mit hängender Zunge auf seinen Herrn, als wollte er sagen: Hier ist er!

Dumpf und schwer drückte die Luft in den Kessel. Über dem Gebirge stand ein Gewitter.

Bert drückte gegen die Türe, aber sie war versperrt. Da klopfte er entschlossen ein paarmal heftig mit der Faust an und lauschte auf das dumpfe Verhallen der Schläge im Haus.

Zuerst blieb alles still. Dann kamen Schritte. Der Riegel rasselte, und die Tür ging auf.

„Was gibt's?" fragte eine Männerstimme aus dem Schwarz der Öffnung.

„Ich bin der Jäger vom Roteck", antwortete Bert. Und als keine Entgegnung von drinnen kam, fuhr er fort: „Ich muß ein paar Fragen stellen!"

Da rollte eben über die Berge der erste Donner des aufziehenden Gewitters. Die Luft fing an sich zu regen.

„Komm!" sagte der Mann und ließ ihn ein.

Bert tastete sich ihm nach über einen ausgetretenen Steinboden, bückte sich dann durch einen niedrigen Türrahmen hinein in eine große, getäfelte Stube. Das Licht lag nur über einem kreuzbeinigen Tisch, die Ofenecke und der Faulheitswinkel blieben im Trüben. Ein kanapeeartiges Gestell stand dort, auf dem ein altes Weib saß und gerade ein paar Katzen um ihre nackten Füße streichen ließ.

Bert sah, daß der Mann, der ihn eingelassen hatte, noch sehr jung war. Eine Knielederhose und ein weißes Hemd waren seine Bekleidung. Aus den hochgekrempelten Ärmeln traten ein paar sehnige Arme hervor, die er über der breiten, stolzen Brust verschränkt hielt. Die blonden Haare lagen wirr und zeigten wenig Pflege. Das Gesicht war düster, aber nicht unschön, und die Augen schauten lauernd auf den Jäger.

„Was will der Jäger bei uns?" ließ die Alte sich sogleich mit hölzerner Stimme hören.

Der Bursche zuckte die Schultern: „Was weiß ich?"

„Du warst im Rotecker Forst", sagte Bert Steiner freiweg. „Und gestern auch, überhaupt in all den letzten Tagen – und immer erst, wenn die Nacht kommt. Ich will und muß wissen, was du dort tust!"

„Ich weiß schon, was du meinst!" entgegnete der Bursche, ohne den Ausdruck seines Gesichtes zu ändern.

„Der Kaspar wildert nicht!" rief die Alte dazwischen, und ihre Augen blickten feindselig.

„Laß", wies der Bursche sie zurecht. „Er kann es nicht besser wissen!"

Bert ließ seine Augen durch die Stube wandern. An der Wand hing ein Stutzen, aber es war bei der trüben Beleuchtung nicht zu sehen, ob er ein Gebrauchs- oder nur ein Dekorationsstück war. „Es ist vor einigen Tagen im Rotecker Forst ein Schuß gefallen!" sagte er.

„Und du hast das selbst gehört?"

„Man hat es mir erzählt."

Der Bursche lachte verächtlich auf. „Man erzählt im Taldorf viel, was nicht wahr ist!"

Der Wind schlug einen Laden zu, und hinter dem Haus rauschten die Bäume. Das Gewitter hatte sich genähert.

Die Alte stand auf, zeigte sich viel regsamer und rüstiger, als sie vorhin in ihrer sitzenden Stellung vermuten ließ. „Der Kaspar wildert nicht!" sagte sie noch einmal und ging hinaus. Die Katzen liefen ihr treulich nach.

Der Jäger schaute auf die Tür, die hinter ihr ins Schloß fiel. „Du wirst doch nicht sagen, daß du aus bloßem Vergnügen im nächtlichen Wald herumstreunst?" begann er nach einer Weile wieder, froh darüber, die zählebige, wehrhafte Alte los zu sein. „Wenigstens war der Weg, den du heute gegangen bist, nicht sehr einladend!"

„Nicht so schlimm, wenn man ihn kennt! – Aber man muß tief hineinhorchen, wenn man den Wald sprechen hören will – und man darf dabei die Geduld nicht verlieren; es glückt einem selten! Das mußt du als Jäger wissen!" Auf einmal wurde er gesprächiger.

„Was willst du damit sagen?"

„Was man im freien Licht nicht tun oder sprechen will, das tut oder spricht man im Verborgenen des Waldes! Oder nicht? Ich hab' dort drin im Rotecker Forst einmal etwas gehört, aber nicht recht – doch es war so, daß ich es unbedingt noch einmal hören muß!"

Verwundert betrachtete Bert Steiner den jungen Burschen, der in seiner Wildheit und Urwüchsigkeit ihn auf einmal seltsam beeindruckte. „Du bist doch der Zwiesel-Kaspar?" glaubte er fragen zu müssen.

Der Bursche nickte. „Warum? Was haben dir die Leut' über mich gesagt?"

„Daß du ein guter Schütze sein sollst."

„Ich weiß nicht, ob ich es besser kann als andere, ich leg' nicht so viel Wert darauf."

Ein heftiger Donner erschütterte das Haus. Dann schlug

der Regen platschend an die Fenster. Der Zwiesel-Kaspar öffnete die Tür: „Kath! Kath!" rief er, bis irgendwo droben eine Stimme antwortete.

„Schließ im Söller die Laden! Das Wetter kommt vom See!"

„Die werden immer schlimm, die vom See kommen, und die hören ewig nicht auf", sagte er zurückkehrend zu dem Jäger. „Setz dich derweil!" Er zog die Bank heraus unter dem Tisch und bot ihm Platz an.

Bert Steiner setzte sich. Was sollte er sonst tun?

Wie wenn alle Naturkräfte sich entfesselt hätten, tobte draußen das Gewitter.

Der Kaspar ließ sich auf dem kanapeeartigen Gestell nieder. Im Dämmerschein des Lichtes war sein Gesicht auf einmal wieder wild und düster.

„Willst du mir nicht sagen, was du im Rotecker Forst suchst?" fragte Bert plötzlich.

Der Bursche überlegte. „Später vielleicht. Wie lang bist du schon da?"

„Eine Woche erst."

„Kennst du Melchior Rüst, den Schneidsäger vom Katzbach?"

„Ein wenig."

„Er ist der größte Mann im Tal. Alle tun, was er will. Wehe dem, der es nicht täte! Mit seinem Geld und seinem Maul beherrscht er das ganze Dorf. Er haßt mich – und darum darf es dich nicht wundern, daß mich keiner mag!"

Er setzte aus, weil eben ein Donnerschlag so heftig nachrollte, daß er nicht zu verstehen gewesen wäre.

„Ich habe niemandem etwas getan! Ich bin kein Wildschütz! Mit meiner Muttertant, der alten Kath, treib' ich mein kleines Sach da um! Aber die da drunt, im Taldorf, die haben mir etwas getan!"

Wieder mußte er aussetzen, weil ein Donner seine Stimme übertönte. „Man hat meinen Vater ermordet!" sagte er auf einmal dumpf und grollend.

Er schwieg jetzt, und auch Bert wußte nichts zu sagen. Er schaute in das Gesicht des jungen Mannes und wartete darauf, daß er die wilde Haarsträhne zurückwerfe, die ihm über die Augen gefallen war.

„Ist das nichts?" rief der Kaspar plötzlich laut. „Und drei Monate später ist meine Mutter aus Gram gestorben. Das war vor ein paar Jahren. Seitdem bin ich allein mit der Kath!"

„Wer war dein Vater?" platzte der Jäger plötzlich heraus.

Der Kaspar antwortete nicht gleich. Der Regen fiel unvermindert nieder und trommelte an das Fenster, und in gleichmäßigem Ticken klopften die Wassertropfen vom Gesims herab auf den Stubenboden.

„Man hat erzählt, daß ihn der Blitz auf der Gotteskanzel getroffen hätte, aber das ist nicht wahr! Umgebracht hat man ihn!"

Es war wieder still zwischen den beiden. Wie eine Schlange kroch das Wasser in die Stubenmitte. Der Kaspar rührte sich nicht. Er war mit seinen Gedanken ganz woanders als mit den Augen.

„Ich habe einmal tief drin im Rotecker Forst darüber sprechen gehört, und seitdem weiß ich, daß man meinen Vater umgebracht hat. Aber ich werde mich rächen! So wahr ein Gott im Himmel ist!" Einem Schwur gleich sprach er die letzten Worte, langsam, laut, entschlossen.

Dem Jäger wurde es allmählich herb um das Herz. Er wußte nicht, was er dem Burschen darauf entgegnen sollte, und schwieg.

Das Gewitter war gegen das Flachland abgewandert,

aber der Regen fiel weiter. Statt des Windes hörte man jetzt das Wasser in den Rinnbächen rauschen.

„Weißt du nun, was ich im Rotecker Forst suche?" fragte der Bursche plötzlich.

„Ja", antwortete der Jäger und erhob sich.

Sogleich kroch der Hund unter der Bank hervor.

„Du kannst jetzt nicht ins Tal", sagte der Kaspar. „Die Wege stehen unter Wasser, und der Steig ist glatt und schlüpfrig!"

„Was soll ich sonst tun?" meinte der Jäger.

„Ich hab' schon Platz für dich!" Er ging hinaus, kam mit einer Schüssel und fütterte den Hund.

Auch dem Jäger brachte er Brot und Käse.

Dann führte er ihn hinauf über eine Stiege in eine kleine dunkle Kammer mit nur einem einzigen, sehr kleinen Fenster. Aber ein Bett war da.

So kam es, daß der Jäger Bert Steiner im Hause des geächteten Zwiesel-Kaspar nächtigte. Im Dorf, wenn sie das erfuhren, gab es einen bösen Klatsch.

Am Morgen des nächsten Tages war wieder heiterer Himmel. Die Bergwälder dampften unter den wärmenden Strahlen der aufsteigenden Sonne.

Gleich beim ersten Tagesgrauen schon hatte Bert sein Quartier verlassen und wanderte auf dem freien, trittfesten Höhenweg hinüber zum großen Geröllsturz, unter dem die Bodmer-Alm lag. Anfänglich wollte er den Heimweg durch den Wald machen, aber dort hatte bei jedem Schritt der durchwässerte Boden gegluckst, so daß er schließlich umkehren und einen anderen Abstieg suchen mußte.

Als er über das Geröll absprang, war der Tag noch so jung, daß sich um die Alm kein Leben regte. Tür und Fenster waren fest verschlossen.

Er wäre auch ganz achtlos daran vorbeigegangen, hätte nicht plötzlich ein Geräusch seine Sinne hingelenkt auf die Tür, hinter der der Holzriegel zurückgeschoben wurde.

Er sprang hinter einen Felsfindling und wartete darauf, daß die Tür aufging und die schöne Sennerin erschien, um ihren schlaftrunkenen Blick in den frischen Morgen zu tauchen.

Und als nach einer Weile die Tür leise geöffnet wurde, ein Mann lautlos herausschlich und sich eilends davonmachte, war sein Erstaunen darüber so groß, daß er an der Wirklichkeit seiner Wahrnehmung zweifeln wollte.

Er hatte ihn schon einmal so gesehen, den Mann, in der gleichen Hochwildjägerkleidung und mit der Büchse an der Schulter, aber nicht so leichtfüßig, so geheimtuerisch, wie wenn der Weg, den er ging, für ihn verboten wäre.

Melchior Rüst! Bei einem Haar hätte der Zufall ihn schon wieder mit ihm zusammengeführt. Aber wie peinlich hätte das für den allmächtigen Mann sein müssen!

Daß er diese Nacht in der Alm geschlafen hatte, war unschwer zu erraten; auch daß es nicht allein nur das nächtliche Gewitter war, das ihn hier festgehalten hatte, war für ihn, den Jäger, ebenfalls klar.

Vorsichtig hob er den Kopf über den Stein und überzeugte sich, ob der Bauer weit genug war, um nicht etwa auf den Gedanken zu kommen, schnell noch einmal umzukehren. Er sah, wie er in flottem Abstieg dem dampfenden Bergwald zuhielt und dann drunten hinter einem filzigen Höcker hinabtauchte.

Da lief er schnell der Tür zu, drückte dagegen und sah, daß sie unverschlossen war. Und da bückte er sich durch das niedrige Gerüst lautlos hinein.

Christl kniete vor dem Herd und blies in das Feuer. Sie brachte keinen Zug zustande, weil die Sonne auf den Kamin drückte.

So kam es, daß sie sein Kommen gar nicht bemerkte.

Aus den Ringen stieg gekräuselter Rauch und biß in die Augen, bis endlich doch ein leises Brummen in den Kamin kam.

Da stand sie auf, wandte sich um und sah ihn.

Die Überraschung verschlug ihr die Stimme. Mit großen Augen schaute sie ihn an.

„Was schreckt dich denn so?" fragte er.

Seit er sie nicht mehr gesehen hatte, hatte sie sich merklich verändert. Oder täuschte er sich? Es war heute etwas in ihrem Gesicht, das in seiner Vorstellung gefehlt hatte. Es ließ sich nicht so einfach sagen, was es war, etwas wie Scheu, Furcht, Scham – irgendein unglücklicher Zug. Sie kam ihm auch weit bleicher vor und die Augen weiter und ängstlicher. Aber er konnte sich auch täuschen; denn seine Bekanntschaft mit ihr war noch sehr kurz. Er mußte wieder feststellen, daß sie schön war.

„Wo kommst du her?" fragte sie endlich.

„Woher kommt man zu dieser Stunde? Aus dem Bett!" scherzte er.

Sie blieb ernst, schaute nach der Feuerung und zog einen Kessel auf die Ringe. „Ich müßt' dich eigentlich hinausweisen!" sagte sie.

„So? Im Auftrag?"

„Ja."

Er sah, daß sie auf einmal sich ganz angelegentlichst beschäftigte und streng darauf bedacht war, ihn nicht ansehen zu müssen.

„Warum tust du's dann nicht?" fragte er.

Sie antwortete nicht gleich. „Solange du mir nichts tust...", meinte sie nach einer Weile. Aber sie bot ihm heute weder einen Platz zum Sitzen noch einen Trunk oder sonst etwas an.

„Ich hab' vorhin Melchior Rüst zu Tal gehen sehen", sagte er plötzlich mit einem leisen, lauernden Ton. „Er fängt seinen Tag wohl sehr früh an, wenn er heut schon bei dir war!"

Sie steckte ihren Kopf in den Dampf des Kessels. Aber er hätte wetten mögen, daß ihr Gesicht plötzlich rot angelaufen war. „Er scheint große Freude an seiner Alm zu haben, weil er so häufig nach ihr sieht!" bohrte er weiter.

„Er kommt da viel vorbei, weil er droben im Bärgrund seine Jagd hat", sagte sie.

„– und auf der Bodmer-Alm eine Sennerin, die ihm auf dem Gemüt liegt wie dem Auerhahn ein Maimorgen!"

Da ging ein Blitzen über ihre schwarzen Augen. „Und wenn? Geht es dich etwas an?"

„Nein, und es kann mir auch ziemlich gleich sein, was Melchior Rüst tut und treibt, das heißt, es wäre mir gleich, wenn ich nicht wüßte, daß er im selben Zug ein Mädchen drunten vom Dorf betrügt und belügt."

„Woher willst du's wissen? Lern doch erst die Leut' hier kennen!" Sie wurde jetzt wirklich angriffslustig. Ihre Augen blitzten, und ihre wehrhaften, braunen Arme entwickelten Regsamkeit und Kraft.

„Ich kenn' die Leut' schon, zum mindesten einen großen Teil: ich kenn' den Bauern und Sägewerksbesitzer Melchior Rüst! Ich kenn' dich!"

„Mich?"

„Warum willst du leugnen, Christl? Melchior Rüst war diese Nacht hier bei dir! Du bist ein armer Teufel, der nichts besitzt als Sorgen und Arbeit, du hast nicht einmal eine Heimat! Schau, das ist deine Schwäche, Christl! Du siehst den reichen Bauern, er tut dir schön, verspricht dir womöglich alles, er sagt, daß er dich liebt, daß er ohne dich nicht sein kann, daß du nur zu wollen brauchst, um morgen mit teilzuhaben an seinem Besitz. Und was der Mensch gerne hört, das glaubt er! Auch du hast ihm geglaubt, hast vergessen, daß du doch viel zu jung bist für diesen Mann, hast übersehen, daß es gerade deine Jugend ist, dein hübsches Gesicht, dein frischer, gesunder Körper, was er will!"

Ein paarmal warf sie den Kopf hoch, als wollte sie ihm entgegnen. Aber sie kam nicht dazu; denn die Worte schossen ihm nur so heraus. „Du darfst nun nicht meinen, daß ich etwa eifersüchtig auf ihn bin. Ja, am ersten Abend hat es mir schon geschienen, als hätte ich mich über beide Ohren in dich verliebt. Aber das war eine Täuschung! Und ich bin froh darum; denn ich bin der gleiche arme Teufel wie du – und ich kann dir das nicht versprechen, was Melchior Rüst dir versprochen hat, aber ich möchte dir sagen, daß er es nie halten wird! Daran denk, wenn er zu dir kommt, denn sonst ist es eines Tages zu spät!"

Jetzt schwieg er, auch das Mädchen wußte nichts zu sagen. Im Herd brannte das Feuer, und im Kessel brodelte die Milch. Warum ging er nicht? Sie wagte nicht mehr zu ihm hinzuschauen, sie fühlte seinen beobachtenden, lauernden Blick, der ihr überallhin folgte.

Er stand immer noch auf dem gleichen Fleck, hielt den Kopf etwas gesenkt und steif, aber seine Blicke waren lebhaft und ruhten versonnen und lauernd auf der Gestalt des Mädchens. Sie hantierte am Herd, tat, als ob sie ihn gar nicht mehr beachtete.

„Oder ist es vielleicht schon zu spät?" fragte er plötzlich.

Sie schaute auf, hielt inne mit ihrer Arbeit: „Was willst du damit sagen?"

In diesem Augenblick wußte er, daß etwas geschehen war, was nicht recht ist. Es war zweifellos ein Zug in ihrem Gesicht, der nicht hingehörte, der die Schönheit, die Reinheit irgendwie befleckte. „Schade! Du hast viel verloren seitdem, Christl!" sagte er, und man merkte, daß er es ernst meinte.

Aber diese Worte vertrug sie schlechter, als wenn er irgendeinen rohen Spott gebraucht hätte, so wie es die Jäger gewöhnlich tun.

„Geh!" sagte sie plötzlich. „Ich habe dich nicht gerufen, und die Bodmer-Alm geht dich gar nichts an!"

„Du willst also nicht, daß ich später wieder einmal komme?"

„Nein!"

Er stand noch einige Augenblicke unschlüssig, dann ging er der Tür zu. „Es könnt' sein, daß es dich einmal reut!" sagte er noch.

Sie gab ihm keine Antwort mehr. Auf einmal schien sie mit Arbeit überhäuft zu sein. Rührig schöpfte sie das dampfende Wasser aus dem Kessel, wusch und fegte das Milchgeschirr und hatte keine Zeit mehr für ihn.

Da ging er.

Großäugig und vom Morgendunst umtrübt schaute die Sonne über den Berg herab. Almvieh näherte sich, gesättigt von der Nachtweide, und stand verwundert vor der verschlossenen Tür.

Der Jäger ließ den Hund von der Leine und wanderte zu Tal. Das Erlebnis hatte ihn seltsam verstimmt. Wie wenn er sich auf der Flucht befände, eilte er den Hang hinab.

Das Mädchen wollte ihm nicht aus dem Kopf. Er hatte das Empfinden, daß über kurz oder lang eine Tragödie folgen müßte, so schrecklich, wie sie nur ein Melchior Rüst heraufbeschwören konnte. Und dann war sie allein, die schöne Sennerin von der Bodmer-Alm. Nur Berge hatte sie um sich, schweigende Wälder und Einsamkeit.

Wie eine vergessene Welt träumte der Frauenhügel in den

Morgen. Irgendein Bauer mußte dieser Tage die struppige Wiese gemäht haben, denn kahl und nackt lagen der Hügel und das elende verlassene Haus, das mit der Kapelle die Einsamkeit teilte, wie ein aus längstvergangenen Zeiten zurückgebliebenes Fundstück, das nicht vergehen konnte und nicht mehr in unsere Tage paßte.

Dieses Haus ließ er heute unbeachtet. Sein Blick war auf die Kapelle gerichtet, mit dem breiten, stumpfen Türmchen und den schmucklosen, verwitterten Mauern. So war es natürlich heute nicht, daß Johanna wieder vor der versperrten Tür lehnte. Das hatte er auch nicht erwartet, und trotzdem schaute er. Die Erinnerung daran belebte ihn, und sein Herz wurde wieder voll von dem unruhigen Drängen und Sehnen, das ihn gestern in der Nacht noch aus dem Forsthaus trieb.

Er sprang über den Quellschnitt hinweg und näherte sich der Kapelle. Von irgendeinem Gefühl bestimmt, mußte er sie näher betrachten. Er kam heute nicht daran vorbei.

Über der Tür war eine Schrift zu sehen, aber nur mehr schwer zu lesen, weil Wetter und Zeit daran genagt hatten. Er gab sich Mühe, die Buchstaben zusammenzustellen. „Ad votum 1648" brachte er heraus. Weiß Gott, aus welch furchtbarer Not heraus da einmal ein Mensch in Erfüllung eines heiligen Gelübdes die Kapelle erbaut hatte!

Es war kein eigentliches Fenster da in der Tür, sondern nur eine Öffnung ohne Glas und stark vergittert. Er griff in die Stäbe und drückte das Gesicht daran. Eine kühle Luft schlug ihm entgegen mit Modergeruch, gleichsam wie aus einer Gruft steigend. Jahr und Tag hatte hier niemand um die Lüftung sich gekümmert, und die Feuchtigkeit hatte sich in die Wände gesetzt und übte ihr Zerstörungswerk.

Er sah einen steinernen Altar mit einem Madonnenbild und einigen geschnitzten Heiligen- und Engelfiguren. Die Farben mochten einmal lebhaft und prächtig gewesen sein.

Jetzt waren sie verblichen. Die auf den Leuchtern aufgesteckten Kerzen hatten sich herabgekrümmt, und an den Tüchern fraßen Motten.

Davor waren massive, kunstvoll geschnitzte Betstühle, zugedeckt von Staub. Bunt wie ein Regenbogen fiel das Licht durch zwei hohe Fenster. Eine Hummel, die sich hinein verirrt hatte, summte hin und her und wußte keinen Ausweg zu finden.

Diese Verlassenheit bedrückte ihn seltsam. Es tat ihm irgendwie leid, daß die Menschen so gründlich vergessen hatten, was ihren Vätern heilig war.

Vielleicht war gerade deshalb das Leid so groß geworden in der Welt, weil die Menschen andere Wege gingen und sich von all dem befreiten, was ihnen hinderlich zu sein schien in ihrem Streben nach Gewinn und Wohlstand.

Schack, der Hund, knurrte.

Bert wandte sich herum. Der Hund saß mit gespitzten Ohren neben ihm. Dann hörte er selbst Schritte, die hinter der Kapelle hervorkamen.

Es war Melchior Rüst, der da vorbeiging. Er pfiff leise ein Lied vor sich hin und schien ihn nicht zu beachten. Wo kam er denn her? Hatte er sich irgendwo aufgehalten?

Ohne sich zu rühren, schaute ihm der Jäger nach. Es lag etwas Abstoßendes in der breiten, klobigen Gestalt. Der Schritt und die Haltung trugen Merkmale von Aufgeblasenheit. Man sah, er war es bereits gewöhnt, als Herr angesehen zu werden.

Der Teufel wollte es, daß er plötzlich den Kopf drehte und zurückschaute. Und da sah er ihn. Sofort hielt er an, schob den Hut zurück in den Nacken, als müßte er sich ein freies Blickfeld schaffen.

„Sieh an, der Jäger vom Roteck! Wie kommt's, daß du immer da bist, wo du nicht hingehörst?"

Wäre das bisher Gefühlte eine Täuschung gewesen, diese Rede allein schon überzeugte den Jäger von der gehässigen Einstellung des Mannes, wenn er auch den Grund hierfür nicht kannte.

Aber er war nicht der Mann, der alles unerschütterlich hinnehmen konnte. Sein Gesicht lief rot an vor Zorn und Wut. „Daß ich hier bin, das geht schon in Ordnung, aber daß der Bauer Melchior Rüst um diese Zeit von der Bodmer-Alm kommt, ist weit bedenklicher!"

Jetzt kam Melchior Rüst heran, schaute drohend und gefährlich. „Was willst du damit sagen?"

Bert begegnete seinem Blick offen und kalt. „Warum die Szene? Ändert das etwas an der Sache? Du warst heute nacht droben. Und ich weiß auch, warum. Also?"

„Ich sag' dir, wenn du mir noch einmal nachschnüffelst –"

„Dann?"

„Dann kannst du deinen Abschied nehmen vom Roteck! Du hast andere Aufgaben, Bursche! Ich werd' mit dem Jagdherrn sprechen müssen!"

„Schuft!"

Melchior Rüst stand einen Augenblick fassunglos. Hatte er auch recht gehört? Ihn, den angesehensten Bürger des Taldorfes, wagte der hergelaufene Fremdling zu beschimpfen?

„Das nimmst du zurück, Bursche!"

„Nein!"

„Deine Frechheit wirst du bereuen, so wahr ich da vor dir stehe!"

Bert schaute ihn kalt und offen an, und plötzlich deutete er auf die Kapelle hin. „Und so wahr ich da vor dir stehe, wirst du eines Tages vor dem Kreuz da kriechen! Wer gibt dir das Recht, den armen Teufel da droben zu narren und zu schänden? Bloß weil du reich bist, unabhängig, meinst du alles tun zu dürfen, was du willst!"

Melchior Rüst lachte laut und höhnisch auf. Er wußte augenblicklich nichts anderes zu tun.

Dann wandte er sich von ihm ab. „Ich mein' doch, du solltest darauf achten, daß wir uns nimmer so allein im Gebirg begegnen!"

Ohne eine Antwort abzuwarten, ging er davon.

Der steile Paßsteig, der über die sogenannte Gotteskanzel in das breite, wegsame Stülptal führte, war nicht als allgemeiner Übergang zur weltverbindenden Fernstraße anzusehen. Man konnte ihn nicht ohne Gefahr begehen, denn dort, wo der Katzbach aus dem hochgelegenen Flexensee trat und durch eine abgründige Schlucht zu Tal stürzte, waren ein paar sehr waghalsige Schritte zu überwinden, um über den sogenannten Hirschsprung hinweg zu kommen. Trotzdem wurde er von den ortskundigen, berggewöhnten Talbewohnern der Nähe wegen begangen, wenn sie aus irgendwelchen Gründen Verbindung mit den Nachbardörfern oder mit der Amtsstadt suchten.

Melchior Rüst sah es nun freilich nicht gern, wenn einer der Leute seinen Weg über die Gotteskanzel nahm. Nicht daß er sich wegen der lauernden Gefahren für sie gesorgt hätte – seinetwegen durfte jeden Tag ein Unbelehrbarer in die Schlucht abstürzen –, aber er hatte dort sein festgefügtes Wehr, durch das er den Wasserzugang für seine Schneidsäge regelte. Der Pegelstand des Flexensees war nicht immer gleich. Nach starken Regengüssen und Schneeschmelze schwoll der See oft bedrohlich an und mußte zurückgehalten werden, damit die Wassermassen nicht verderbenbringend ins Tal einbrachen.

Während des unseligen Streites, den er mit dem Zwiesel-Korbin wegen des Wasserrechts geführt hatte, war ihm klargeworden, zu welchem Schaden er kommen konnte, wenn je einmal unberechtigte und mißgünstige Hände sich an seinem Wehr zu schaffen machten.

Der Zwiesel-Korbin war tot. Er war beim Übergang auf der Gotteskanzel vom Blitz getroffen worden und in die Todesschlucht abgestürzt. So wenigstens wurde sein plötzliches Ableben im Dorf registriert. Von ihm hatte Melchior Rüst nichts mehr zu befürchten. Trotzdem blieb er mißtrauisch und bewachte den Übergang sehr sorgfältig.

Der Zwiesel-Korbin hatte einen Sohn. Wenn er auch noch sehr jung war, kaum dem Knabenalter entwachsen, so zeichnete sich in seinem Gesicht doch schon die unberechenbare, gefürchtete Hinterhältigkeit des Vaters ab. Er schlich sich durch das Leben wie ein Mensch, der von unstillbarem Rachedurst getrieben nach bösen Taten sucht. Kein Wunder, daß er aus der Gemeinschaft des Dorfes mehr und mehr verdrängt wurde, daß keiner mit ihm etwas zu tun haben wollte. Man kümmerte sich nicht darum, wie er mit der alten Kath droben in seinem Einödhaus lebte und ob er fertig wurde mit den täglichen Sorgen und Belangen. Alles, was im verborgenen an Unrechtem geschah, wurde ihm zugeschoben. Man nahm es als selbstverständlich hin, daß er wilderte und stahl, obwohl er bis heute noch keiner strafbaren Handlung überführt werden konnte.

Einmal schon hatte Melchior Rüst den verwilderten Burschen auf der Gotteskanzel angetroffen. Er hatte das Marterl, das zum Gedenken an den unglücklichen Tod seines Vaters an der Gotteskanzel errichtet worden war, von der Wucherung der Flechten befreit und die Inschrift mit schwarzer Farbe nachgemalt.

Dabei hatte er ihn, den Bauern, mit so viel Haß angesehen, daß er noch lange und mit viel Widerwillen an diese Begegnung denken mußte. Ebenso hatten ihm die Worte, mit denen er ihn und die Leute vom Taldorf bedacht hatte, zu denken gegeben.

Er hatte ihn damals kurzerhand weggejagt und ihm jeglichen Zutritt zum Wehr untersagt.

Trotzdem war Melchior Rüst gegen den Kaspar, den Sohn seines einstmaligen Feindes und Widersachers, mißtrauisch geworden...

Er erinnerte sich der schrecklichen Katastrophe, die vor vielen Jahren – er stand damals noch in seiner Jugend – durch den Katzbach über sein Vaterhaus und über das ganze Dorf hereingebrochen war. Damals war nach einer Reihe von Unwettern der gefürchtete Gnadgott-Bach, der mit den verborgenen Wasserkräften des Berges in Verbindung stand, lebendig geworden. In reißenden Fluten war er durch den Spalt herabgekommen und hatte Tag und Nacht seine Wassermassen in den See geworfen, der unter solchem Zuwachs zu schwellen begann und dann die Dämme sprengte. Was nützte da noch die Verbauung! Planlos waren die Wassermassen niedergestürzt, durch Wälder und Weiden, alles mit sich reißend, was sich ihnen in den Weg zu stellen wagte. Der Bach führte in rasender Hochflut Erdreich, Felsgeröll und Bäume mit zu Tal, legte seine schrecklichen Muren über die Auen, verdeckte mit schlammigem Brei das blühende Land und ging zerstörend und vernichtend über das Dorf hin. Neben ungeheuren Sach- und Viehverlusten waren auch Menschenleben zu beklagen gewesen.

Nun, der rätselhafte Gnadgott-Bach hatte bis heute keinerlei Tätigkeit mehr gezeigt, sein Bett lag vertrocknet, seine Quellöffnung am Berg hatten die Jahre verschüttet. Man hatte inzwischen den Lauf des Katzbaches nach den neuesten Erkenntnissen und Erfahrungen verbaut, so daß sich nach menschlichem Ermessen die Katastrophe nicht mehr wiederholen konnte.

Matthias Falber, der Sohn des vor Jahren verstorbenen Kapellen-Barthels, der unter Anleitung geschickter Meister zu einem namhaften Bildschnitzer geworden war, hatte eine Wetter-Madonna geschnitzt und sie auf der Gotteskanzel aufgestellt. Sie sollte den nachfolgenden Geschlechtern zur Erinnerung sein an das furchtbare Unglück, das durch den Katzbach über das Dorf gekommen war, aber auch zum ewigen Schutz vor den zerstörenden Naturkräften. Man war damals noch tief unter dem Eindruck des furchtbaren Geschehens gestanden, und so hatte sich ein mächtiger frommer Zug dem Dorfpfarrer angeschlossen, als er zur Einweihung der Wetter-Madonna zur Gotteskanzel hinaufgeschritten war.

Man hatte über die Madonna ein Dach gezimmert, damit nicht Regen und Wetter am Holz nagen konnten, man hatte an die Wunderkraft des Bildes geglaubt und erlebt, daß der geheimnisvolle Bach verschwand und sein Bett bis zur bröckelnden Verwitterung eintrocknete.

Die Madonna vom Katzbach gelangte zur Berühmtheit. Von weit her waren die Menschen gekommen, um sie zu sehen, und der Glaube an ihre Wunderkraft verbreitete sich über den ganzen Berggau.

Matthias Falber, der Schöpfer des Bildes, war in die Welt gezogen und im Lauf der Jahre verschollen. Nicht ein einziges Mal war er heimgekehrt, nicht einmal an jenem Tag, an dem sein Vater aus dem alten Küsterhaus auf dem Frauenhügel hinab zum Friedhof geholt wurde.

Nach und nach wurde er von den Leuten im Taldorf vergessen und mit ihm auch die Madonna auf der Gotteskanzel. Die Zeit mit ihren Händeln und Kriegen, mit ihrem Jagen nach Wohlstand und Wohlleben und ihrer krassen, egoistischen Daseinsform, ließ die Menschheit immer mehr abrücken von Frömmigkeit und Edelmut. Sogar in das weltabgeschiedene und in der Verborgenheit der Berge gelegene Dorf brach der neue Zeitgeist ein. Der Abstand zu der furchtbaren

Katastrophe des Katzbaches war nun groß genug geworden, um sie gar nicht mehr ernst zu nehmen. Man belächelte bereits die Furcht von damals und konnte heute kaum mehr verstehen, daß man sich keiner anderen Abwehr der Wassernot zu bedienen wußte, als sich in den Schutz einer geweihten Madonna zu stellen, die der Sohn eines verarmten Sonderlings vom Frauenhügel geschnitzt hatte.

Und doch hatte noch niemand gewagt, die Statue anzurühren oder gar zu entfernen. Nicht einmal Melchior Rüst, für dessen Tun und Wollen es keinerlei Schranken gab...

Bei jedem Gang, den er hinauf zur Alm oder zu seinem Jagdrevier machte, stieg er hinauf zum Wehr und schaute nach dem Rechten. Dann wanderte sein Blick über die Höhe und haftete eine Weile grimmig und mißtrauisch auf dem verlotterten Einödhaus des Zwiesel-Korbin, das hinter einem vom Windbruch gelichteten Baumbestand hervorsah. Gewöhnlich sah er dort nichts von menschlichem Regen. Nur ein paar graue Kühe weideten über den höckerigen Bergrücken.

Es gab keine ordentliche Wiese mehr da heroben. Überhaupt waren keine Grundstücke da, die eine Grundlage für eine richtige Wirtschaft bildeten. Der Zwiesel-Kaspar holte den Wintervorrat wie sein Vater schon von den grünen Höhen und Strichen, er stahl an Wildheu zusammen, was er erreichen konnte.

Noch war ihm niemand dieserhalb entgegengetreten, weil man keinen eigentlichen Schaden hatte. Im Gegenteil, wer wollte sich schon die ungeheure Mühe des Wildheuens machen?

Solange es also bei diesem rechtschaffenen Plagen blieb, solange es dem Einödler nicht einfiel, in den bequemeren, hauseigenen Wiesen einzubrechen, ließ man ihn gewähren.

Es war Nacht geworden, als Melchior Rüst die Bodmer-Alm verließ. Es war ein heftiges Gewitter niedergegangen, und das wilde, tosende Rauschen der Sturzbäche ließ die Menge des Niederschlags errechnen.

Er stieg hinauf zum Wehr, ging am geschlängelten Lauf des Katzbaches hin, der polternd über die Steinbänke sprang und ihm das Wasser ins Gesicht spritzte.

Hinter dem Berg versteckt stand der Mond und goß sein Licht über den bewölkten Himmel. Wie eine böse Faust lag die Gotteskanzel in der goldenen Flut und hob das schwarze Bild der Wetter-Madonna über die Silhouette des Gebirgstockes.

Melchior Rüst sah nichts von diesem wunderbaren Lichtspiel. Seine Aufmerksamkeit war einer ganz anderen Wahrnehmung zugewandt. Er hatte über den Grat den Schatten eines Menschen fliehen sehen. Es mochte sein, daß irgendein Talbewohner gerade vom Stülptal kam und auf dem Heimweg war. Aber Melchior Rüst war mißtrauisch. Er ließ den Schatten nicht aus den Augen und versuchte, ihm den Weg abzuschneiden.

Es gelang ihm auch, den nächtlichen Wanderer im dunklen Schatten des Berges zu stellen und ihm das Blendlicht vor das Gesicht zu halten.

Es war der Zwiesel-Kaspar, der verwilderte, streunende Sohn seines einstmaligen Todfeindes.

„Also doch wieder!" zürnte der Bauer. „Hab' ich dir nicht gesagt, du sollst dich nicht mehr an meinem Wehr erwischen lassen!"

„Tu dein Licht weg!" grollte der unheimliche Bursche geblendet.

Melchior Rüst drückte das Licht ab. Seine Hand lag um den Jagddrilling gekrallt. „Was hast du da zu schaffen? Sag nur nicht, daß es wieder das Marterl deines Vaters ist, das du aufgesucht hast."

„Was sonst?"

„Das Wehr!"

„Was kümmert mich das Wehr!"

„Dein Vater hat sich gern damit beschäftigt."

„Das ist nicht wahr!"

„Was weißt du davon? Er hätt' es gern gesehen, wenn das Wasser meine Schneidsäge drunten zertrümmert und weggerissen hätte. Und dir trau' ich ebenso wenig! Du streunst mir zuviel in der Gegend herum!"

„Geht es dich etwas an?"

„Ja. Man hat nicht gern einen Wildschützen in seinem Gehege!"

Der Bursche schnellte hoch. „Ah! Das kommt wohl von dir?" schrie er. „Du also hast diese gemeine Lüge ins Dorf gestreut! Hast du mich einmal beim Wildern gesehen?"

„Zu deinem Glück, nein. Was du drüben im Roteck machst, geht mich nichts an; aber wenn ich dich einmal in meinem Revier ertappen sollte, dann knall' ich dich über den Haufen! Ebenso, wenn es dir einfallen sollte, dich an dem Wehr dort zu schaffen zu machen!"

„Das glaub' ich dir schon. Was liegt dir am Leben eines anderen Menschen. Die Hauptsache ist, daß es dir gutgeht! Aber ich fürcht' dich nicht!"

„Und jetzt geh mir aus den Augen! Ich kann dich nicht mehr länger ertragen!"

„Warum nicht? Lieg' ich dir gar auf dem Gewissen? Aber du hast ja gar kein Gewissen!"

„Hörst du nicht? Du sollst gehen!" drohte Melchior Rüst.

„Ich bin kein Lump!" verteidigte sich der Kaspar und schrie, daß es über die Höhe hallte. „Ich hab' niemand etwas genommen! Ich hab' niemand betrogen! Was ich suche, ist kein Wild, das weißt du so gut wie ich! Ich will den Lumpen finden, der meinen Vater umgebracht hat!"

Melchior Rüst lachte höhnend auf. „Du Narr! Deinen Vater hat der Blitz erschlagen!"

„Nein!"

„Dann such halt, wenn du glaubst, daß es anders ist!"

„Du hast das Dorf gegen mich und mein Einödhaus aufgebracht! Heut halten sie mich drunten für einen Lumpen! Aber eines Tages wird man erfahren, wer ein Lump in unserem Dorf ist! Ein Lump? Nein, ein Mörder!" schrie der Bursche, daß es in den Ohren gellte.

Seine Augen wichen nicht von der klobigen Gestalt des Bauern. Sie überwachten alle Bewegungen. Sie sahen die Drohung in der Haltung.

Aber noch einmal erscholl das höhnische Gelächter.

Der Kaspar geriet in ein Rasen. „Ich weiß schon, du bist heut der Herr im Dorf, und was du machst, ist gut und recht, auch wenn du auf der Bodmer-Alm mit deiner Sennerin gemeine Schändung treibst!"

Jetzt fuhr etwas wie ein Strom durch den massigen Körper des Bauern. „Geh!" schrie er.

„Nein", trotzte der Kaspar. „Das kannst du wohl schlecht hören? Du Schuft!"

Der Mond lag jetzt frei am Himmel. Die Gotteskanzel warf ihren langen Schatten über den Hang. Und der Katzbach stürzte tosend durch die Klamm.

Melchior Rüst schrie irgend etwas Unverständliches. Es war wie der Laut eines Tieres, furchtbar, mit Gewalt ausgestoßen. Er riß die Flinte von der Schulter und entsicherte sie.

Da sprang ihn der Zwiesel-Kaspar an wie eine Katze. Sie stießen zusammen, hingen aneinander und stießen keuchend Laute aus. Wenn es dem Burschen auch nicht gelang, den starken Bauernfäusten das Gewehr zu entreißen, so vermochte er ihn wenigstens am Abschuß zu hindern.

Melchior Rüst warf die Flinte weg, um seine Hände frei zu

haben, dann würgte er den Burschen am Hals und schmetterte ihn mit solcher Wucht zu Boden, daß ein dumpfes Dröhnen über das Erdreich ging.

Der Zwiesel-Kaspar blieb wie tot liegen.

Melchior Rüst stieß ihn roh mit dem Fuß an, wälzte ihn auf den Rücken und leuchtete ihm mit seinem Blendlicht in das blutleere, zuckende Gesicht.

Dann langte er nach seinem Hut, der ihm vom Kopf gefallen war, griff nach seiner Flinte, hängte sie um und ging davon.

Es dauerte eine geraume Weile, bis der Zwiesel-Kaspar aus seiner Betäubung erwachte. Aber er erholte sich rasch und stand alsbald auf den Füßen. Er griff an den Hals, als müßte er sich aus einer würgenden Umklammerung befreien.

Mühsam schleppte er sich den Berg hinab. Langsam kam ihm die Erinnerung an das Erlebte. Er sah wieder die Gefahr, in der er geschwebt hatte, als der Bauer seine Flinte von der Schulter riß, er spürte wieder seinen würgenden Griff um den Hals, unter dem er das Bewußtsein verlor.

So wurde heut mit ihm verfahren! Man durfte ihn, den unbequemen Widersacher und Mahner, einfach beiseite schaffen. Melchior Rüst durfte es tun, der Herrenbauer und Schneidwerksbesitzer, der Leuteschinder und Teufel.

Als Kaspar an eine Quelle kam, wusch er das Gesicht. Das tat wohl und machte frisch. Die Stille, die ihn umgab, war kaum zu ertragen. Er sprang über das Quellbett und lief talwärts.

Drunten in der Bodmer-Alm sah er noch Licht. Er empfand dies so tröstlich, daß er einen Augenblick aufatmend stehen bleiben mußte. Die Einsamkeit konnte grausam sein – auch für ihn, den Zwiesel-Kaspar.

Breit fiel das Licht aus der offenen Tür. Die Sennerin

mußte noch unterwegs sein, vielleicht sah sie nach den Kühen, die hinter dem Bergkamm läuteten.

Er stieg hinauf zur Hütte, ging hinein, schaute in die Küche, und als er niemanden sah, setzte er sich auf den Dreifuß am Fenster. Er fühlte sich müde, und am Hals und über den Rücken tobte ein Schmerz.

Seine Augen lagen zornlohend auf dem Zylinder der Lampe, um den die Mückenschwärme tanzten. Er dachte an Rache und Vergeltung und fluchte auf das Dorf, das sich dem Willen eines einzigen Mannes unterordnete, nur weil dieser Mann reich und grob war, nur weil sie ihn alle fürchteten.

Nach einer Weile kam die Christl herein. Sie erschrak nicht, als sie ihn sitzen sah, die junge, schöne, heitere Sennerin, die er heute beinahe nicht mehr erkannte.

„Was hast du denn gemacht? Du blutest ja!" sagte sie.

Er wischte mit der Hand über das Gesicht. Wirklich, das war Blut! Er mußte irgendwo eine tiefe Wunde haben.

„Das ist von ihm", sagte er dann, immer noch seinen Blick auf ihrem Gesicht. „Und du weinst, Christl! Auch von ihm? Aber das ist schlimmer."

Sie wandte sich plötzlich ab, als könnte sie seinen Blick nicht mehr länger ertragen.

„Er war doch heute abend bei dir, der Bauer?"

Sie antwortete nicht.

„Ich bin ihm in den Weg gelaufen, und er hat mich gewürgt!"

„Warum?" fragte sie.

Er winkte ab, als fände er es nicht der Rede wert. Seine Augen lagen im trüben Tischwinkel, wo zu früheren Zeiten ein Kruzifix hing. Jetzt war ein Wetterhäuschen dort.

„Du bist nicht die erste Sennerin von der Bodmer-Alm. Jedes Jahr zog eine neue auf, um dann auf einmal wieder zu verschwinden. Aber geweint haben sie alle!"

Sie sagte nichts darauf. Sie kniete vor dem Herd und schnitt Späne.

Da stand er auf. „Kennst du den Melchior Rüst? Er begeht einen Mord, wenn es zu seinem Vorteil ist!"

Sie warf das Holz weg und sprang auf. „Nein!" schrie sie.

Er stand unschlüssig, denn er merkte, daß hier das Unglück schon zu weit fortgeschritten war.

„Verzeih mir's, wenn ich dir weh getan hab'! Es war ehrlich gemeint! Gute Nacht!"

Aus dem Grün der Wälder leuchteten bunte Rostflecken, und in den Bergkaren lagerten die Hochnebel. Das waren Zeichen des beginnenden Herbstes. Aber er zeigte heuer ein gar freundliches Gesicht und brachte jeden Tag Sonne; ihre Strahlen lagen müde und kraftlos auf dem Rotecker Forst. Falken kreisten über den Gründen, und vom Wald herab kam das abendliche Röhren der Hirsche.

Die Bauern vom Taldorf trugen ihr Wiesenheu von einmahdigen Hängen in Bürden zu Tale und holten das Obst von den Bäumen. Johanna, des Attenbergers Tochter, führte mit ihrem Vater Krieg um ihre Freiheit. Obwohl es zu keinem eigentlichen Auftritt mehr zwischen ihnen gekommen war, hatte die Spannung nicht mehr nachgelassen seit jenem Sonntag, an dem Melchior Rüst bei ihnen zu Gast gewesen war. Diese Ruhe, wenn auch unnatürlich und drückend, war zumeist mütterlicher Diplomatie zu verdanken; denn die Attenbergerin verstand es, Vater und Tochter geschickt abzuleiten.

Die Ernte war unter Dach. Die Frauen saßen in der Stube vor dem Nähzeug. Attenberger war draußen bei den Knechten, die bereits damit anfingen, Schneewände um die Höhe zu stellen, damit der Winter, der oft überraschend früh sich einstellte, nicht Hof und Wege verschüttete.

An einem Spätnachmittag verließ Johanna das Haus und wollte durch eine kleine Wanderung einen quälenden Druck vom Herzen bringen. Sie ging langsam über den Hügel dem Wald zu.

Da trat Attenberger aus einem Hohlweg auf sie zu.

Diese unerwartete und von der Mutter ungeschützte Begegnung bereitete ihr einen mächtigen Schrecken.

„Wo gehst du hin?" fragte er.

„Nur hinüber zum Wald und wieder zurück."

„Laß es nicht zu spät werden: du sollst am Abend da sein!"

Sie schaute ihn fragend an.

Er mußte sich anstrengen, um fortzufahren: „Der Rüst will kommen."

Sie stellte fest, daß sein Gesicht herb wurde, aber zwischen den harten Backenknochen verbarg sich doch viel Güte. Sie sah, wie sein Blick um Verständnis und Einsicht bettelte. Ihr Inneres jedoch wehrte sich trotzig dagegen.

„Sei doch vernünftig!" sagte er.

„Kommt er meinetwegen?"

„Er will dich sehen!"

Sie überlegte. „Ich bin schon da", sagte sie plötzlich entschlossen, und wußte nicht, woher sie den Mut zu dieser Antwort nahm.

Sein Gesicht wurde milder. Er lächelte sogar.

Mein Gott, es mußte doch wieder einmal Friede werden zwischen ihnen.

Mit diesem Gedanken ging sie weiter und war froh, daß es so gekommen war. Melchior Rüst verblieb im Schatten ihres Denkens. Sie sah ihn in ihrem Erinnern nur durch einen Schleier, und er war weit, weit weg von ihrem Herzen.

Sie ging bis zum Wald und dann am Saum eines schmalen Pfades bergan. Die Sonne war hinter dem Berg hinabgetaucht, kühl und wohltätig strich die Luft um ihr Gesicht.

Nein, sie wird nie Melchior Rüst gehören können! Das mußte sie ihm einmal selbst sagen, und daß es keine Macht gäbe, die sie dazu zwingen könnte. Er nicht, und auch der Vater nicht!

Dieser Entschluß belebte sie seltsam. Alles durfte sie verlieren, nur die Freiheit nicht.

Der Schrei eines brünstigen Hirsches, der von drüben aus einer nahen Lichtung kam, riß sie aus den Gedanken. Furchtbar verhallte das Röhren in der Tiefe des Waldes.

Sie fühlte die nahe Gefahr, wandte sich jäh um und lief zurück.

Da hörte sie hinter sich ihren Namen rufen. „Bleiben Sie doch. Er tut Ihnen nichts!"

Es war der Jäger vom Roteck, der aus irgendeinem Versteck gesprungen war und mit großen Schritten den Steig herabeilte.

„Er hat ja keine Zeit, sich um uns zu kümmern. Die Liebe bereitet ihm im Augenblick mehr Kummer als die Menschen!" Lachend streckte er ihr die Hand hin und vermochte seine Freude über dieses unerwartete Zusammentreffen nicht zu verbergen.

Sie hatte ihn lange nicht mehr gesehen. Seine Nähe machte sie beklommen. Sie fand nicht einmal das rechte Wort, seinen Gruß zu erwidern.

„Wollen Sie ihn sehen?" fuhr er begeistert fort. „Gleich hinter dieser Einbuchtung steht er, in einer Lichtung. Ein prächtiger Platzhirsch! Sechsender! Kommen Sie!"

Ohne ihre Antwort abzuwarten, schlich er voran, hart am Wald hinauf.

Es blieb ihr nichts anderes übrig, als ihm zu folgen.

Dann nahm er plötzlich seinen Weg durch den Wald, unter dichten Bäumen hindurch, bis sie an einen breiten Holzschlag kamen. Und da blieb er betroffen stehen.

„Fort!" sagte er. „Schade!" Man merkte, es tat ihm wirklich leid, ihr das grandiose Naturbild nicht zeigen zu können. „Seien Sie mir bitte nicht böse, wenn ich Sie für nichts da heraufgequält habe!"

„Natürlich nicht! Er will eben keine Zuschauer, und drum!"

Sie lachten beide.

Durch die Fichten ging ein leises Rauschen. Ein leichter Wind war aufgekommen, aber der Himmel schaute heiter und kupferrot durch das Geäst.

Sie drängte zurück zum Weg. Der Abend kam jetzt schon früh.

„Sie waren wohl auf dem Weg zum Frauenhügel?" fragte er.

Sie schüttelte den Kopf.

„Sie waren schon lange nicht mehr dort? Nein, sonst hätte ich Sie einmal sehen müssen!"

„Sie haben an der Kapelle auf mich gewartet?"

„Nein, aber ich war um die Wege, seit unserer ersten Begegnung. Ich wollte Sie wiedersehen. Ist das schlimm?"

Sie gingen sehr langsam am Saum des Waldes hinab.

Sie schwieg und schaute vor sich hin auf den Weg. Um ihren Mund war ein schwaches Regen und Bewegen. Plötzlich blieb sie stehen. „Warum wollen Sie mich wiedersehen?"

Ihre Blicke trafen zusammen. Er spürte, wie dabei das Blut ihm zu Herzen drang, und er atmete laut und schwer auf.

„Ich weiß nicht. Es verlangte mich einfach danach. Wir haben uns nie mehr gesehen, trotzdem habe ich Sie nicht vergessen. Ich weiß schon, Sie sollen einmal die Frau Melchior Rüsts werden. Ich habe kein Recht, Ihnen zu sagen, daß Sie das nicht tun dürfen, aber wünschen darf ich es! Und ich wünsche es von ganzem Herzen!"

„Daß ich ihn nicht nehme?"

„Ja."

Langsam legte sich die Dämmerung über den Wald und umfing das ganze Land und mit ihm die beiden einsamen Menschenkinder. Aber sie merkten es nicht.

„Warum wünschen Sie das?" fragte sie plötzlich.

„Weil ich Melchior Rüst kenne. Er wird Sie sehr unglücklich machen! Das wäre furchtbar. Auch für mich!"

„Warum für Sie?"

„Lassen Sie doch diese Frage, Johanna! Fräulein Johanna!" verbesserte er sich. „Sie wissen, ich bin ein armer Teufel und unglücklich genug! Ich kann es Ihnen nicht sagen und darf es Ihnen nicht sagen. Lassen Sie mir wenigstens diese Freude, mit Ihnen sprechen zu dürfen, wenn wir uns gerade auf irgendeinem Wege begegnen!"

Sie schaute ihn überrascht an. Wie er vor ihr stand in seiner Jugend, in seiner Gesundheit, sah sie wohl, daß es so kommen mußte. Und sie fühlte sich hingezogen zu ihm, mehr als je zuvor zu einem Mann. Aber er hatte schon recht: sie durften sich nicht verlieren in unerfüllbare Wünsche. Er war daran, sich eine Existenz zu schaffen, mußte sich heraushalten aus den störenden Kräften menschlicher Leidenschaften, mußte sich fernhalten von Liebe und Haß.

„Sind Sie mir böse?" fragte er.

„Ich? Nein!"

Da brach sein heiteres Wesen wieder durch, er lachte frisch und plauderte lustig.

„Nun wären wir bald in eine Sackgasse geraten!" erwog er.

„– und haben dabei übersehen, daß es Nacht wird! Ich sollte jetzt schon daheim sein!"

Er ging mit ihr noch zum Hügel hinauf, hinter dem das Attenbergersche Anwesen lag.

„Bleibt alles, wie es war?" fragte er zum Abschied.

„Natürlich!"

„Aber lassen Sie mich nicht abermals so lange warten. Es wird allmählich einsam im Wald!"

Sie versprach es ihm.

Aus der Stube kam Licht. Ein wenig schauderte sie doch, als sie der Tür zuging. Das breite Gesicht Melchior Rüsts, der plötzlich in ihre Vorstellung trat, verdarb ihr alle Freuden, die eben noch ihr Herz berührt hatten.

Aber sie trat entschlossen ein.

Zu ihrem Erstaunen waren nur die Eltern da. Von Melchior Rüst war nichts zu sehen.

„Du kommst spät!" sagte Attenberger.

„Ich bin zu weit gegangen", gestand Johanna. „Aber wie ich sehe, ist es noch früh genug!"

Man wartete noch mit dem Nachtmahl, sprach von allen möglichen Dingen.

Eine Stunde verging so. Da wurde Attenberger unruhig. Plötzlich befahl er das Essen. „Jetzt kommt er nicht mehr. Vielleicht irgendein geschäftlicher Zwischenfall", sagte er.

Die Attenbergerin dankte Gott. Das erste Mal sprachen Vater und Tochter wieder miteinander, und es hatte den Anschein, als ob der alte Hausfrieden wieder eingekehrt sei.

Attenberger hatte schon recht: es war tatsächlich zu einem Zwischenfall gekommen, der Melchior Rüst an seinem versprochenen Kommen hinderte; nur war er nicht geschäftlicher Art, sondern eine Angelegenheit von äußerst peinlicher privater Natur, die auch in Herrn Attenberger, wenn er davon gewußt hätte, einen Schock bewirkt hätte.

Nachdem der Bauer und Sägewerksbesitzer Melchior

Rüst über eine Woche der Bodmer-Alm ferngeblieben war, hatte seine Sennerin sich droben veranlaßt gesehen, ihm durch den Laufburschen eine briefliche Botschaft zu tun, die ihm dergestalt zusetzte, daß er auf der Stelle zur Alm aufbrach.

Trotzdem brauchte er heut die doppelte Zeit zum Aufstieg, weil ihn bisweilen das Nachdenken in seinem Schritt einhalten ließ. Auch kam er ein paarmal vom Weg ab, weil er den Kreuzungen keine Beachtung schenkte.

Es war schon Nacht geworden, als er auf der Alm ankam. Die Sennerin hatte die Lampe angebrannt und brachte die Milch zur Verarbeitung in die Stotzen.

Sie sah sein umdüstertes Gesicht und wagte nichts zu sagen. Sie legte die Arbeit weg und sah ihm schweigend zu, wie er durch die Küche wanderte und nach dem rechten Wort suchte. Man merkte, daß sie von einer Angst gepackt worden war; denn ihre schwarzen Augen wurden weiter.

„Unsinn!" sagte er und blieb vor ihr stehen. „Es ist ja nicht möglich!"

Sie antwortete nicht, wartete, bis er zur Vernunft gelangt wäre.

Wie er sie so betrachtete, mußte ihm doch etwas an ihrem Gesicht zu Herzen gegangen sein. Auf einmal strengte er sich an, etwas nachsichtiger mit ihr zu sein. Er ging an den Tisch, schob die Lampe höher. „Komm, setz dich her zu mir, damit wir einmal darüber reden!"

Christl folgte ihm und ließ sich ihm gegenüber auf einen Stuhl nieder.

„Ist das Vieh im Stall?" fragte er zuvor noch. Denn die Nächte waren jetzt kalt, wenn der Himmel heiter und voller Sterne war.

Sie nickte.

„Also, wenn es schon so ist, müssen wir schauen, wie wir

damit fertig werden", begann er dann und trachtete vergebens, ihren Blick einzufangen. „Es ist heut nicht mehr so wie früher, daß ein Mädchen an den Folgen einer Liebe ein Leben lang zu schleppen hat. Gott sei Dank! Ich kenn' Leute, die da helfen können, und Geld habe ich auch!"

Da wich ihr das Blut aus dem Gesicht. Sie sprang auf. „Nein!"

Aber er packte sie am Arm und zog sie auf den Stuhl zurück. „Bleib! Laß dir erst einmal erklären, wie ich das meine!"

Einen Augenblick war Totenstille in der Stube. Seine Augen ruhten auf ihrem bleichen Gesicht. Er suchte darin nach jenen Zügen, die einmal seine Leidenschaft geweckt hatten. Aber er fand heute nur Kummer, Angst, Verzweiflung. Und da regte sich in ihm ein Gefühl der Überdrüssigkeit.

„Du weißt, wie die Leut' im Taldorf denken, du kennst das Ansehen, das ich genieße. Es wäre wirklich eine Schande, wenn es hieße: der Bauer und Schneidwerksbesitzer Melchior Rüst hat es mit seiner Magd!"

„Schweig! Daran hättest du denken müssen, als du das erste Mal zu mir auf die Alm gekommen bist!"

„Du verstehst mich nicht; ich denke nicht anders als damals. Du bist mir die gleiche wie am ersten Tag. Aber, beim Teufel, wir müssen doch einen Weg aus dieser Lage finden! Drum hab' ich gemeint, daß ich eine ganz zuverlässige Person zu dir schicke. Wer weiß denn etwas davon? Die Einsamkeit der Bodmer-Alm kommt uns ja so schön zustatten! In ein paar Tagen ist alles vorbei, und du wirst wieder frei sein, lustig – und schön!"

„Nein, es geht nicht um mich! Es geht um das Kind!"

„Was hilft's? Es bleibt uns kein anderer Weg!"

„Keiner? Ich meine doch, es bliebe noch ein anderer: ich meine, es ist keine Schande, wenn ein reicher, geachteter

Mann ein armes Mädchen zur Frau nimmt. Und wenn du glaubst – dann wenigstens des Kindes wegen!" –

Er lachte laut auf. „Mein Gott! Wenn man mit euch Weibern ein vernünftiges Wort reden könnt'!" Er stand auf, wanderte durch die Küche, verharrte eine Weile nachdenklich mit abgewandtem Gesicht am Fenster. „Unsinn! Alles Unsinn!" schrie er plötzlich, ohne sich umzuwenden. „Wer ist schuld? Natürlich ich allein! Und unglücklich bist allein du! War es nicht immer so?"

Da kamen ihr die Tränen.

Er kam zurück. „Schluß! Ich weiß schon jemand, der hier helfen kann. Ich schicke ihn morgen zu dir. Du kannst dich ihm unbedenklich anvertrauen!"

Aber da stand sie neben ihm. Ihre Augen fieberten. „Nein! Das ist Mord!"

Er lachte wieder auf. „Ein Kind, das noch nicht lebt, kann man nicht ermorden!"

„So sagst du! Ich will aber nicht!"

„Morgen denkst du anders. Das eine merke dir, wenn du diese Nacht überlegst: ich heirate nicht!"

Da sah sie, daß alles umsonst war, was sie sagte. Deshalb schwieg sie jetzt.

Es kam ihr manches in den Sinn, was die Menschen schon über Melchior Rüst gesagt hatten, vor allem der Jäger vom Roteck und zuletzt der Zwiesel-Kaspar.

Er sprach unterdessen eifrig auf sie ein, suchte sie zu überreden zu einer Tat, die vor Gott und der Welt einfach Mord war. Aber sie hörte ihn gar nicht mehr an.

Erst als er nach dem Hut langte und der Tür zuging, fühlte sie das Unglück in seiner ganzen erdrückenden Schwere auf sich hereinbrechen. Sie stürzte sich vor ihm auf die Knie. „Ich kann nicht!" schrie sie verzweifelt.

Er zog sie empor. „Heut nicht, du dummes Kind; morgen

denkst du anders, wenn du eingesehen hast, daß kein anderer Weg bleibt!"

„Du sagst, daß du nicht heiratest. Wirst du das auch der Attenberger-Hanna sagen?"

Er wurde unsicher unter ihrem Blick. „Ich weiß nicht, was du willst! Die Attenberger-Johanna – das ist doch etwas ganz anderes! Verstehst du denn das nicht?"

Er zog den Hut ins Gesicht und ging rasch davon.

Sie stand eine Weile fassungslos, schien gar nicht zu merken, daß er nicht mehr da war. „Feigling!" schrie sie und eilte hinaus zur Tür.

Der Himmel war mit Sternen übersät. Kühl schlug ihr die Luft entgegen. Nichts mehr hörte sie, keinen Laut, keinen Schritt. Er hatte es eilig gehabt, ihren Fragen zu entkommen.

Eine Stunde stand sie unter der Tür und schaute in die Sterne. Einige Sternschnuppen waren lautlos über den Himmelsbogen herabgeglitten.

Über ihre bleichen Wangen rollten die Tränen, dick und heiß. Sie sah, sie war allein, von allen verlassen, und hinter ihr drohte das Gespenst des Unglücks. Eines Tages wurde des Attenbergers Tochter Frau und Herrin da, und dann würde man sie aus dem Haus jagen, wenn es nicht schon viel früher geschah.

Sie ging in den Stall, warf Heu in die Raufen. Die Kühe lagen kauend und schauten mit großen, verwunderten Augen.

Die erste Kuh sprang auf, schüttelte sich. Sie hing sich ihr um den Hals und schluchzte. Es war ihr Lieblingstier.

Dann löschte sie das Licht und ging.

Still und dunkel lag die Bodmer-Alm in der Herbstnacht. Nur im Stall rasselten noch eine Weile die Ketten, wenn die Kühe nach dem Heu in der Raufe langten.

Wie ein schwarzes, böses Auge lag der Flexensee in einem vom Felsmassiv eines Berges getragenen und gleichsam zum Himmel emporgehobenen Kessels. So gesehen, ahnte wohl kein Mensch, daß das geheimnisvolle dunkle Wasser bei Gewitterstürmen, die bisweilen durch die Felstore pfiffen, gegen die Ufer peitschen und branden konnte wie ein aufgewühltes Meer. Dadurch verriet sich die unberechenbare Tiefe und Gefährlichkeit, von der die Sage manche schreckhafte Begebenheit zu berichten wußte.

Wie jeden Abend waren eben noch Gemsen tränkend am Ufer gestanden und dann über die Sandstürze geklommen. Jetzt lag silberhell das Mondlicht auf dem Spiegel, über den ein leises Zittern ging, wenn ihn der Nachtwind schauernd berührte. Umfangen von der Stille und Einsamkeit der Hochregion lagen Wasser und Berge.

Seit einer Stunde schon saß auf einem Felsstein ein Mann und schaute in die klare Spiegelung des Nachthimmels. Er saß so still und regungslos, daß er nicht einmal von den Gemsen bemerkt worden war.

Er war beim Einbruch der Nacht aus dem Stülptal gekommen, hatte dann ermüdet seinen schweren Schnürsack abgeworfen und sich auf den Stein gesetzt.

Jetzt saß er schon über eine Stunde da, sah zu, wie die Nacht das eiförmige Seebecken immer dichter umwob und dachte nach über Zweck und Sinn dieses nächtlichen Wanderweges, der weit mehr Ansprüche an seine Kraft stellte, als er es sich auf der guten breiten Straße gedacht hatte.

War es die Einsamkeit, die Stille oder der Anblick des geisterhaften Wassers, was ihm so schwer auf die Seele drückte? Immer wieder meldete sich der Wille und forderte, daß er nun endlich den Weg fortsetzte. Aber die Glieder gehorchten nicht. Ruhig und versonnen blieb er auf dem Stein sitzen und hörte hin auf das ferne Rauschen des

Katzbaches, der drüben über dem Kamm durch die Felsbreche stürzte.

Plötzlich hob er den Kopf, und seine Augen suchten den Schleier der Nacht zu durchdringen; am Ufergrat der Seespitze war eine Gestalt aufgetaucht, nur eine Rufweite von ihm entfernt. Trotzdem mußte er sich anstrengen, um in der Gestalt eine Frau zu erkennen, und vielleicht wäre ihm das nicht geglückt, wenn nicht die weißen Stutzärmel ihrer Bluse sie als solche verraten hätten.

Natürlich wurde er aufmerksam. Es war ungehörig für eine Frau, um diese Zeit in solch wilder Gegend allein über die felsigen Ufergrate des heimtückischen Sees zu wandeln. Auch fand er keine Erklärung für einen Sinn dieses Tuns.

Er stand sogar auf, und da zeigte es sich, daß er ungewöhnlich groß war. Dann machte er ein paar Schritte vorwärts, denn auf einmal glaubte er den Sinn ihres halsbrecherischen Handelns erkannt zu haben. Er wollte schreien, aber da war es schon zu spät.

Er hörte, wie der Körper dieses Menschen drunten auf das Wasser platschte, sah die Ringe aufkreisen.

Was half da noch Raten und Erwägen? Er streifte die Joppe ab und die Schuhe von den Füßen, sprang an das Ufer und stürzte nach.

Als es ihm gelungen war, die Ertrinkende zu fassen, kam es zu einem stillen, erbitterten Kampf, und er mußte rücksichtslos zugreifen, um nicht in die Tiefe hinabgerissen zu werden.

Immer heftiger schlugen die Wellen gegen das felsige Ufer, und wenn der Kopf des Mannes über dem Spiegel erschien, füllten keuchende Atemstöße die Stille.

Erst als der Körper leblos und schwer in seinem Arm hing, konnte er das Ufer anschwimmen und dann mit ungeheurem Kraftaufwand der Flut entsteigen.

Von Todesangst getrieben, klomm er, seine Last auf beiden Händen tragend, den steilen Uferhang hinauf. Noch wußte er nicht, wen er da der Flut entrissen hatte, er kümmerte sich auch nicht darum; denn die vor ihm Liegende gab kein Zeichen des Lebens mehr, woraufhin er, ihr zu Häupten kniend, künstliche Atmung an ihr versuchte, unentwegt und mit geübter Hand.

Endlich, nach langem Mühen, blieb leiser, zaghafter Atem, und über den Körper zuckten die ersten Schauer. Da lief er um seinen Schnürsack, entnahm ihm eine Wolldecke, schlug sie um den nassen, fröstelnden Körper. Dann schlüpfte er selbst in seine Joppe, nahm die Schuhe an die Füße, hob die Bewußtlose auf die Arme und wanderte mit ihr schnellen Schrittes über die Gotteskanzel hinab in das heimatliche Tal.

Nun wäre die Bodmer-Alm freilich die nächstgelegene Heimstatt gewesen, wo der Todkranken geholfen hätte werden können. Er stand auch eine Weile vor der dunklen Hütte, rief und schlug an die Türen. Als aber keine Antwort kam, lief er mit seiner Bürde hinab gegen den Frauenhügel. Seine Arme wurden müd und lahm, er wagte es jedoch nicht, die menschliche Last zu schultern. Er mußte acht haben auf das wiedererweckte, schwache Leben, und war schon zufrieden, wenn dann und wann ein Stöhnen über die Lippen der Ohnmächtigen kam.

Er war ein großer und starker Mann und hatte über gewaltige Kräfte zu verfügen. Trotzdem merkte er, daß er langsam damit zu Ende war. Seine Knie zitterten, und über seine Arme legte sich eine Lähmung. Es war höchste Zeit, als er endlich den Turm der Kapelle still und schwarz vor sich zum Himmel aufwachsen sah.

Er lief um die alte, verlassene Hütte, achtete nicht einmal des Verfalls und der Ausgestorbenheit. Das Ringen um das Leben dieses jungen Menschen auf seinen Armen ließ ihn im

Augenblick der Heimkehr das so gefürchtete Wiedersehen des verödeten Vaterhauses gar nicht zum Bewußtsein kommen. Er spürte, daß die ersten Nebelstreifen naß und kalt sich auf den Atem legten und daß er mit der Todkranken unter ein Dach mußte, ehe die herbstliche Nachtkälte einbrach.

Er stieß mit dem Fuß heftig die Tür ein, trat ohne zu zögern in den finsteren Gang und tappte nach der Stube. Aber noch ehe er sich Licht verschaffte, öffnete er alle Fenster, nachdem er seine Bürde behutsam auf eine Lagerstätte in der dunklen Ecke abgelegt hatte. Die Luft war schlecht und modrig und stank entsetzlich.

Dann griff er in seinen Schnürsack, holte eine Kerze hervor und machte Licht. Jetzt erst zeigte sich der düstere, niedrige Raum, mit wenigen wertlosen Klamotten einer Einsiedlerstube. Tisch, Stuhl, ein Feldbett, alles alt, verbraucht, dürftig. Zitternd lag der Schein der Kerze über den Händen und auf dem bleichen, leblosen Gesicht der Kranken.

Scheu suchte sein Blick in den schönen, jungen, fremden Zügen des Mädchens nach Merkmalen des Erwachens.

Aus einer kleinen, alten Kommode holte er einiges Dekken- und Wäschezeug. Es war dürftig, aber trocken und warm.

Ein Frösteln über seinem Rücken gemahnte ihn daran, die Fenster zu schließen, das eigene nasse Hemd zu wechseln. Dann befreite er das Mädchen von seinem durchnäßten Kleid und bettete es warm und weich auf das Lager zurück.

Draußen in der Lege suchte er nach Reisig und Holz und machte ein Feuer in dem alten, dickbauchigen Ofen, mühte sich um den Abzug des Rauches und war herzlich froh, als die ersten Wärmewellen durch die Stube zogen.

Er setzte sich, rückte den Stuhl ganz in die Nähe des Lagers. Sein Blick ruhte unentwegt auf dem Gesicht, über das dann und wann ein Zucken ging. Schwarz und wellig waren die feuchten Haare in die Stirn hereingefallen, und in den dicken Wimpern glänzten Tropfen.

Mit scheuer, zitternder Hand strich er ihr die Haare aus der Stirn und saß wieder still, den Blick unentwegt auf dem schönen jungen Gesicht.

Bis zum Einbruch der Nacht hatte er dem Sinn und Zweck seiner Heimkehr nachgesonnen und hatte keine Antwort darauf gefunden. Jetzt wußte er sie auf einmal. Schrecklich, dieses junge Leben wäre nun ausgelöscht, wenn er nicht gerade zum rechten Augenblick droben über der Gotteskanzel auf einem Stein gesessen hätte...

Frage um Frage drängte sich ihm auf, während sein Blick unentwegt auf dem bleichen Gesicht der schönen Fremden ruhte. Er vergaß Müdigkeit und Hunger. Nichts in der Welt hätte ihn von seinen Gedanken abzulenken vermocht.

Und so verging Stunde um Stunde, ohne daß etwas geschah. Nur die Kerzenflamme geriet bisweilen in flackerndes Zucken, und dann zitterte ihr Schein durch den düsteren, stillen Raum.

Plötzlich geriet sein Herzschlag ins Stocken. Die Fremde hatte die Augen aufgeschlagen, ganz kurz nur, groß und angstvoll. Dann sanken die Wimpern wieder herab.

Das war so rasch gegangen, daß es ihm kaum zum Bewußtsein kam. Aber er hatte den kurzen Blick in sich eingesogen. Schwarz waren die Augen gewesen, schwarz und heiß, wie wenn ein Feuer darin gebrannt hätte.

Er wartete, daß die Wimpern sich ein zweites Mal hoben. Einmal mußte ja das Erwachen kommen. Aber es kam nicht. Ihr Atem ging kräftiger.

Da wurde er von der Müdigkeit übermannt und nickte ein.

Langsam brannte die Kerze herab.

Und so blieb es, bis sich das erste schwache Grauen am östlichen Himmel zeigte.

Er schrak auf und merkte, daß er geschlafen hatte.

Die Augen des Mädchens lagen bang und groß auf ihm. Das Gesicht des fremden Mannes, wetterbraun und von markanter Härte, beschäftigte es vielleicht schon eine gute Weile.

Er hatte ja geschlafen und wußte nicht, wann sie erwacht war.

„Wer bist du?" fragte sie, vielleicht schon wiederholte Male, bis er endlich ihre Stimme vernommen hatte.

„Ach ja, du kennst mich ja nicht: Ich bin Matthias Falber, gestern eben erst nach fünfzehn Jahren Fremde, Verirrung und Enttäuschung heimgekehrt..."

„Wo bin ich?"

„Auf dem Frauenhügel."

„Nein!" Sie wollte sich aufrichten.

Er drückte sie sanft in die Kissen. „Du sollst ruhen! An nichts denken! Hörst du? Du warst schwer krank!"

Sie sank zurück und schloß die Augen.

Auch er schwieg.

Nach einer Weile fing sie wieder leise zu sprechen an, die Augen starr nach der Decke gerichtet. Er hörte ihre Stimme wie aus der Ferne. „Du hast mich aus dem See geholt. Warum? Warum ließest du mich nicht sterben?"

Er antwortete nicht. Gedankenschwer schaute er auf den Kerzenstumpen nieder, ohne jedoch zu bemerken, daß die Flamme mit letztem breitem Flackern über dem Leuchter tanzte. Er horchte auf die Worte, die leise und jammernd vom Lager her kamen, und bald wußte er die ganze Geschichte ihres unglücklichen jungen Lebens: ihre Wiege lag drüben über den Alpen in einem sonnigen Südtiroler Tal.

Früh verlor sie die Eltern und wurde von Verwandten aufgezogen, nicht aus Liebe und Erbarmen; denn sie mußte alsbald schwer arbeiten, wurde gequält und geschlagen, bis sie eines Tages ausriß, in die Berge floh und bei den Bauern kärglichen Unterhalt bekam. Ein Zufall hatte sie später in das Stülptal geführt und dann über die Gotteskanzel herab in dieses Dorf, wo sie im Gehöft des Melchior Rüst Arbeit und Aufnahme fand.

Dann wurde ihre Stimme leiser, stockender, aber sie sagte alles wie bei einer Beichte, bis zum Abend, wo sie am Leben und an der Gerechtigkeit der Menschen verzweifelte. Sterben wollte sie, jawohl! Wenn schon ihr Kind kein Recht auf das Leben hatte.

Sie schluchzte auf, verlor die Kraft und sank wieder zurück. Ihr Gesicht war fahl geworden und über die geschlossenen Wimpern lief ein Zucken.

Er saß regungslos da. Sein hartes Gesicht zeigte keinerlei Spuren von innerlicher Erregung. Ihr plötzliches Schweigen ließ ihn den Blick vom Licht weg dem Lager zuwenden. Dann merkte er, daß sie eingeschlafen war.

Das Licht an der Kerze schlug ein paarmal noch auf und erlosch.

Nun war es dunkel um ihn. Aber an den Fenstern zeigte sich das erste Grau des anbrechenden Tages.

Dann stand er auf, ging leise hinaus und stellte sich unter die Tür. Kühl und feucht schlug ihm die Luft entgegen. Die Frische tat wohl; denn sein Kopf war heiß geworden und dumpf in der drückenden Stube.

Er schaute hinüber zur Kapelle, die mit ihrem Turm gleichsam wie mit erhobenem Finger aus der Dämmerung trat. Mein Gott, die gute alte Nachbarin! Wie oft hatte er als kleiner Junge durch das Gitter in das feierliche Kirchlein geschaut, wenn der Vater abendlich im Glockenhaus am

Strang zog und den hallenden Angelussang über die Höhe schickte.

Ja, der Vater! Wie oft hatte er draußen an ihn gedacht im Bewußtsein unrechten Tuns. Aber er hatte ihn ja selbst fortgeschickt, weil das Stückchen Erde um das alte Haus und die paar kärglichen Groschen aus gelegentlichen Diensten nicht ausgereicht hatten zum Leben für zwei. Dann war der Rausch beginnenden Ruhms gekommen, als er die große Wetter-Madonna, das erste schöpferische Werk seiner Hand, auf die Gotteskanzel gestellt hatte...

„Kümmere dich nicht länger um mich!" hatte der Vater eines Tages zu ihm gesagt. „Mein Leben liegt in Gottes Hand und endet in seinem Frieden. Dein Platz ist nicht hier! Du mußt hinaus in die Welt! Bewahre, was ich dich gelehrt habe!"

Gehorsam hatte er sein Bündel geschnürt und war in die große, fremde Welt gezogen. Er hatte in Werkstätten gearbeitet, Altäre und Engel geschnitzt, er war von Stadt zu Stadt gezogen, immer dem Ruhm nach, er ließ sich verführen von den Lockungen des Lebens und verlor immer mehr an Frömmigkeit und Halt. Der Teufel der Zeit hatte ihn in seine Gewalt bekommen. Die Madonna vom Katzbach war vergessen...

Obwohl ihn nie eine Nachricht vom Tod des Vaters erreicht hatte, war ihm doch eines Tages in erleuchteter Stunde die klare Gewißheit geworden, daß das alte Haus auf dem Frauenhügel leer und verlassen stand. Auf einmal hatte sich in ihm die Reue geregt. Er schämte sich, aus seiner heiligen Kunst ein Werk der Lust und Sinnengier gemacht zu haben, daß er, vom Teufel verführt, nur noch Werke geschaffen hatte, die er unter die Reichen der Welt zu Markte trug...

Auf einmal waren ihm die Augen aufgegangen. Er sah die Not und das Elend der Menschen, er sah die Sünden und ihre Folgen, Verbrechen und Mord. Und plötzlich hatte er haltgemacht auf seinem Weg, er wollte zurückfinden zum Frieden des Herzens, zur Freude am Guten und Schönen. Aber was er schuf, war schlecht. Die Madonna vom Katzbach ließ sich nicht mehr wiederholen.

Er wurde zum Stümper und verarmte bis zum Bettler. Da überfiel ihn ein unbeschreibliches Heimweh. Er wollte zurück in sein Tal, das so schön und grün war, in das Paradies seiner Jugend. Er wollte noch einmal ganz von vorn beginnen im alten Haus auf dem Frauenhügel, als Nachbar der stillen wundertätigen Kapelle.

Und eines Tages stand er auf der Straße, wanderte durch Städte und Dörfer, getrieben vom Heimweh, als ein im Leben Gestrauchelter.

So war er zurückgekommen in sein Tal. Und jetzt? Jetzt mußte er erleben, daß die Not der Menschheit auch in den friedlichen Gau der Berge eingebrochen war.

Der erste Mensch, dem er drüben am Flexensee begegnet war, hatte in der Verzweiflung den Tod gesucht.

Was war aus seinem Heimattal geworden?

Langsam wurde es hell. Über der Rotwand stand die Röte der aufsteigenden Sonne, und die Nebel im Tal gerieten in ein Wallen wie ein vom Sturm aufgewühltes Meer.

Er mußte jetzt sorgen, daß etwas zum Essen da war, daß ein Feuer in den Ofen kam. Für den Augenblick reichten die mitgebrachten Vorräte – aber für den Abend mußte er einige Dinge aus dem Taldorf besorgen.

So gut es ging, arbeitete er ganz geräuschlos. Das schöne fremde Mädchen schlief noch fest und gut, und als es erwachte, fiel bereits die Sonne durch die trüben, verstaubten Fenster.

Die Augen folgten dem Mann, der behutsam seine Arbeit tat. Groß war er und stark und nicht mehr jung. Das Gesicht war hart, aber in seinen Augen war etwas Vertrauenerweckendes, ein gütiger Ernst.

Er bemerkte alsbald, daß sie erwacht war. Da kam er sogleich heran zu ihr. „Kannst du mir vertrauen, Christl?" fragte er ruhig und gerade. Sie schaute ihn verwundert an. Sie verstand es nicht, daß er noch so fragen konnte, nachdem er doch alles wußte. Aber von seinem Blick ging so viel Kraft, so viel Ehrlichkeit aus, daß sie ihm dankbar zunickte.

„Dann wird alles gut werden!" sagte er und ließ sie wieder allein.

Das kleine Wirtshaus im Taldorf, das zwischen Bäumen an der Straße stand, zeigte jetzt, nachdem die große Arbeit getan war und die Abende länger wurden, wieder einigen Betrieb. Täglich fand sich ein Häuflein Männer zusammen, um beim Krug sich über die Begebenheiten der Tage zu unterhalten oder ein Kartenspielchen zu machen.

Auch Bert Steiner war schon ein paarmal dort gewesen, hatte eine warme Suppe gelöffelt und sich dann noch ein Stündchen an den Gesprächen der Bauern beteiligt. Und diese abendliche anspruchslose Unterhaltung gefiel ihm und wurde ihm immer mehr zum Bedürfnis, seit das Jagdhaus in den Feierabendstunden nur noch von Nacht und Nebel umgeben war. Man konnte doch nicht jeden Tag schon mit den Hühnern zu Bett gehen!

Wenn er die Straße herabkam, schaute er sehnsüchtig hinauf zum Gehöft des Attenbergers, wo immer in einigen Fenstern das Licht war, aber nicht einmal hatte er das Glück, das geliebte Mädchen irgendwo zu erblicken oder gar zu treffen. Nun hätte es wohl diesen oder jenen Vorwand gegeben, das Haus betreten zu können. Aber dazu war er viel zu zurückhaltend. Und was hätte es ihm genützt? Daß er Johanna liebte, das wußte niemand. Auch konnte es ihm niemand verbieten. Aber gehören konnte sie ihm nie. Er mußte sie aus seinem Kopf bringen. Je eher dies geschah, desto besser!

Als er wieder einmal gleich vom Wald die Wirtsstube betrat, fand er eine ganz besondere Gesellschaft von Männern versammelt. Sie saßen eng zusammengerückt um einen Tisch und machten den Eindruck einer beratenden Körperschaft. Es waren lauter Männer von guter Kleidung und Haltung, die sich ihres Ansehens bewußt waren. Mitten unter ihnen saß Herr Attenberger, der ihm bei seinem Eintritt freundlich zugrüßte.

Er wollte sich an einen leeren Tisch setzen und nur schnell einen Krug leeren, aber Attenberger rückte seinen Stuhl und forderte ihn auf, an seiner Seite Platz zu nehmen. Das tat er dann auch und ließ es sich gefallen, daß er ihn den Männern als den Jäger vom Roteck bekannt machte. Dabei erfuhr er, daß sie aus den Nachbardörfern des Tales waren und sich hier zusammengefunden hatten, um über den Bau einer neuen Talsperre für einen Wildbach zu beraten, der im letzten Frühjahr bei der Schneeschmelze gar großen Schaden angerichtet hatte. Die Beratungen waren allerdings abgeschlossen und die Gespräche nur noch allgemeiner Natur.

Der junge Jäger hatte sich gar bald der Gesellschaft angepaßt und hatte mit seinem frischen, aufrichtigen Wesen bereits die Geneigtheit aller gewonnen – da ging die Tür auf, und herein kam Melchior Rüst.

Mit einem breiten Lächeln auf seinem glatten, bäuerlichen Gewinnergesicht blieb er breitspurig vor dem Tisch stehen und entschuldigte sein spätes Kommen mit dringlichen geschäftlichen Erledigungen.

Er schob einen Stuhl zwischen zwei besetzte, und dann wanderten seine grauen forschenden Augen von Gesicht zu Gesicht.

Und da geschah es, daß sein Blick den des Jägers kreuzte,

und es war unverkennbar, daß dabei ein böses Blitzen über seine Augen ging.

Attenberger gab ihm in wenigen Sätzen das Ergebnis der Beratung bekannt, wonach von allen Angrenzern ein Gespann und eine männliche Arbeitskraft zur Verfügung gestellt werden sollte, um dem Wildbach, noch ehe der Schnee kam, den gefährlichen Sturz abzugraben und durch eine Talsperre die Kraft zu nehmen. Sie hätten dabei sein, des Melchior Rüsts, Einverständnis vorausgesetzt.

Melchior Rüst überlegte. Sein Blick kehrte abermals auf den Jäger zurück. Dann begann er, nicht ohne herausfordernde Feindseligkeit, zu sprechen. Nur das eine sei ihm nicht ganz klar, was bei diesen Beratungen der Jäger vom Roteck mitzureden habe. Zum ersten komme der Wildbach mit dem Forst überhaupt nicht in Berührung, und zum zweiten sei es allein Sache des Jagdherrn selbst, hier eine Meinung zu äußern. Bert Steiner wollte aufstehen, aber Attenberger hielt ihn zurück.

„Das ist ein Mißverständnis. Der Jäger war bei den Beratungen nicht zugegen, sondern wurde von mir selbst an diesen Tisch gezogen."

Aber Melchior Rüst gab sich nicht zufrieden. Auf alle Fälle habe er feststellen müssen, daß der Jäger sich in Dinge einmische, die ihn nichts angingen. Es sei seine, des Attenbergers Sache, beim Jagdherrn Rückfrage darüber zu halten, wie weit die Befugnisse seines Forstwartes gingen!

Jetzt aber war Bert Steiner in der Höhe. „Pfui Teufel!" schrie er. „Wenn ich jetzt in der gleichen Gemeinheit antworten will, dann muß ich sagen –"

„Schweig!" Melchior Rüst war gleichfalls aufgesprungen. Sein Gesicht war bleich vor Wut.

Ein Nachbar nahm ihm den Krug aus der Hand, den er drohend durch die Luft schwang.

Und in diesem Augenblick ging die Tür auf: Groß und wuchtig mit umdüstertem Gesicht und von keinem erkannt, stand Matthias Falber in der Stube.

Alle schauten auf ihn und wußten nicht, was er wollte.

Der Wirt näherte sich ihm fragend.

„Ich suche Melchior Rüst", sagte er.

„Was gibt's?" Melchior Rüst wandte sich nach ihm um.

Matthias Falber ließ seine Augen eine Weile in ruhiger Betrachtung auf ihm liegen. Sie standen fast im gleichen Alter, waren auf dem gleichen Boden aufgewachsen, und jetzt stellte er fest, daß sie nach ganz verschiedenen Richtungen ausgetrieben hatten. Er war ein Herrenbauer geworden, lebens- und lustsüchtig, das verriet sein runder glatter Kopf mit den wulstigen Lippen, und hemmungslos in der Begierde, das sagte ihm der Blick aus den bösen kleinen Augen.

„Auf der Bodmer-Alm schreit das Vieh hinter zugesperrten Türen", sagte Matthias Falber.

„Das Vieh? Was ist mit dem Vieh? Es ist doch eine Sennerin da!" Melchior Rüst zog die Wimpern herab und wurde zusehends finsterer. „Das ist nicht möglich!" schrie er.

Matthias zuckte die Schultern.

Noch hatte Melchior Rüst ihn nicht erkannt. „Und was geht es dich an?"

„Natürlich nichts, wenn du schon nicht willst, daß das Vieh verreckt."

Rüst schaute unsicher zu ihm auf. „Wo ist die Christl? Warum ist sie nicht beim Vieh?"

„Das mußt du wissen. Und du weißt es auch." Es lag ein kräftiger Nachdruck in diesen Worten, so daß der Bauer die fremde hünenhafte Gestalt näher zu betrachten anfing.

Aber Matthias Falber ließ ihm keine Zeit dazu. „Geh, dein Vieh ist seit zwei Tagen ohne Versorgung!" Damit wandte er sich ab und ging hinaus in die Küche, um sich von der Wirtin einiges Notwendige geben zu lassen für den Unterhalt droben in der Hütte.

Der Wirt trat an den Tisch zu Attenberger. „Das war der Matthias, der Sohn vom Kapellen-Barthel!" sagte er leise, aber von allen gehört, weil es sehr still war in der Stube.

Attenberger überlegte, dann nickte er ein paarmal nachdenklich.

Melchior Rüst stand in düsteren Gedanken, schrak dann plötzlich auf, griff nach seinem Hut, entschuldigte sich mit ein paar zusammenhanglosen Worten und eilte davon.

Attenberger schüttelte den Kopf und schaute dem Wirt ins Gesicht.

„Was da sein mag?" sagte er.

Bert Steiner trank seinen Krug leer, er kam der Lösung dieses Rätsels wohl am nächsten. Aber er schwieg. Er hatte den großen fremden Mann sehr genau beobachtet und an seinem Gesicht erkannt, daß er weit mehr wußte, als bloß von dem Schreien des Viehes auf der versperrten Bodmer-Alm.

Bald nach Melchior Rüst verließ er das Wirtshaus.

Matthias Falber war inzwischen in der Küche bei der Wirtin gewesen, hatte sich vollgepackt mit den Dingen, die er brauchte, und machte sich gleich wieder auf den Heimweg.

Als er das Dorf verließ, trat ihm plötzlich ein Mann in den Weg. Es war tiefe Nacht, so daß er von seinem Gesicht nichts sah. „Ich bin der Jäger vom Roteck", sagte er und machte sich an seine Seite.

Matthias Falber wunderte sich über diese plötzliche Anrede. „Was willst du von mir?"

„Ich war beim Wirt und hab' mit angehört, das mit dem Melchior Rüst –"

„Und?"

Sie gingen nebeneinander dem Berg zu.

„Ich möcht' wissen, was mit der Christl ist!"

„Kennst du sie?"

„Sie war der erste Mensch, der mir hier in dieser Berg- und Waldeinsamkeit tröstlich begegnet ist..."

„Ach so!" Matthias Falber schaute überrascht auf seinen Begleiter.

„Nein! Nicht so. Sie hat mich bald fortgeschickt wegen dem Melchior Rüst."

Schwarz trat jetzt vor ihnen der Wald aus der Nacht. Matthias Falber schwieg.

„Und jetzt soll sie auf einmal fortgelaufen sein?" begann wieder der Jäger.

„Man hört das Vieh bis herab zum Frauenhügel schreien."

Sie waren am Wald angekommen, und Matthias stieg sogleich gegen die Höhe an.

„Warum ist sie denn plötzlich davongelaufen?"

Matthias schwieg.

„Warum red'st du nicht?"

„Was soll ich denn sagen? Ich bin erst vor zwei Tagen heimgekommen und kenne die jungen und neuen Menschen nicht mehr, und auch die alten sind anders geworden. Fünfzehn Jahre haben da viel geändert!" Matthias Falber blieb plötzlich stehen. „Liebst du sie, die Christl?"

„Nein, so mein' ich das nicht! Es wäre nur schad', wenn sie wegen Melchior Rüst in ein Unglück käme. Er würde vor keiner Gemeinheit zurückschrecken, wenn er ihrer überdrüssig geworden ist."

„Das mag wohl sein, aber er wird keine Gelegenheit mehr dazu haben." Er sagte das absolut sicher.

Bert Steiner schaute zu ihm auf. Er fühlte die Ruhe und Kraft, die von diesem stillen, starken Menschen ausging. „Hast du hier deine Heimat?"

„Ja, wenigstens bin ich hier geboren und groß geworden."

„Kennst du Melchior Rüst? Er ist der böse Geist von Berg und Tal! Es wird noch ein Unglück geben!"

Matthias schwieg, man hörte nur seinen Atem blasen, weil sie schnell gingen.

„Du bist in dem alten Küsterhaus neben der Kapelle? Ich möcht' einmal zu dir kommen. Du mußt mir helfen gegen ihn! Darf ich?"

Matthias blieb stehen. „Heut noch nicht und morgen auch nicht. Ich hab' noch keine Ordnung. Aber dann kannst du kommen. Was fürchtest du von Melchior Rüst?"

„Daß er mich hier um meine Arbeit bringt. Er haßt mich seit der ersten Stunde und will mich hinausschaffen aus dem Dorf! Ich bin ein armer Teufel, und wo kommt ein junger Forstmann heut unter? Ich hab' als Jäger vom Roteck begonnen, nur um endlich Boden unter die Füße zu bekommen. Und da ist nun dieser Melchior Rüst! Das sag' ich: ehe er mich auf die Straße bringt, gehe ich ihm ans Leben!"

Leidenschaftlich erregt stieß der Bursche diese Drohung aus.

Matthias griff an seine Schultern und schüttelte ihn. „Halt! So schafft man sich keine Hilfe!"

„Ja, ich liebe ein Mädchen, es ist nicht die Christl, sondern eine andere – ich werde sie wohl nie heiraten können, aber ich möchte sie retten vor Melchior Rüst!"

Hinter den Bäumen, ganz in der Nähe, röhrte ein Hirsch. Schauerlich verhallte der Schrei im Grund des Waldes.

„Wenn du über den Frauenhügel kommst, dann klopf an meine Tür. Vielleicht weiß ich dann, was du tun sollst", sagte Matthias Falber und wollte gehen.

„Du hast mir noch immer nicht gesagt, was mit der Christl ist."

„Vielleicht weiß ich auch das bis dahin!"

Dann trennten sie sich.

Langsam hatte die Christl sich im einsamen Küsterhaus erholt. Matthias Falber war die Tage über fort. Was er tat, wußte sie nicht, und sie fragte ihn auch nicht. Sie wollte ihm zeigen, daß sie ihm vertraute. Er war gut und freundlich, quälte sie mit keiner Frage. Sie suchte nach Arbeit, brachte das Stübchen und das Haus in Ordnung und fand ganz allein und von selbst langsam einen Weg aus der Verzweiflung.

Nur am Abend, wenn immer noch schwaches Fieber sich einstellte, ließ sie den Kopf traurig hängen, aber da kam er groß und frisch zur Tür herein und brachte neues Leben heim.

Am dritten Tag kam er früher als sonst. Während er die mitgebrachten Sachen aus der Tasche kramte und ein einfaches Essen bereitete, fing er erstmals an von Dingen zu sprechen, die ihnen beiden so nahe lagen, sie aber mit so viel Scheu erfüllten, daß sie es von Stunde zu Stunde aufschoben: Ob sie sich kräftig genug fühlte, mit ihm über den Berg zu gehen? Er habe alles bereitet für die nächste Zeit. Die Meinung der Menschen habe eben kein Verständnis für diese Art des Zusammenseins, und sie würde eines Tages über ihn den Stab brechen. Ob sie ihn auch recht verstehe?

Dieser Gedanke, so nah er auch lag, war ihr noch nicht gekommen, und sie zeigte nun einige verschämte Verlegenheit.

Er merkte das und lachte.

„Was soll ich tun?" fragte sie.

„Mir weiterhin vertrauen!"

Früh kam jetzt schon die kühle Nacht. Eingehüllt in ein warmes Tuch folgte sie ihm über den Berg. Er trug ein Bündel unter dem Arm und ging achtsam und langsam bergan. Wenn ein Hindernis in den Weg kam, wartete er auf sie und half ihr darüber.

Sie gingen lange schweigend. Die Wälder versanken drunten im Nebel, und die Luft kam kalt aus freier Höhe.

Sie fröstelte und zog das Tuch straffer um die Schultern. Ihr Blick lag unentwegt auf seiner hohen, leichtgebeugten Gestalt. Sie hörte seinen Atem und wunderte sich über sein Verhalten.

Aus einem tiefen Weidgrund strahlte ihnen ein Licht entgegen.

„Ach", sagte sie. „Du meinst, ich soll –?"

Er blieb stehen und griff nach ihrer Hand. „Ja, hier hast du Ruhe."

Sie standen eng beisammen. An ihrer heißen Hand spürte er, daß sie immer noch fieberte. „Es ist auch Zeit, daß du in gute Pflege kommst!"

Sein Blick suchte ihr Gesicht. An seinem starken Atem merkte sie, daß er sehr erregt war. Aber er schwieg.

„Warum gerade hier?" fragte sie bang.

„Ich kenn' die Leute und weiß, daß du hier gut aufgehoben bist."

Sie zweifelte noch, aber sie wollte ihm nicht mehr widersprechen.

„Christl", sagte er plötzlich mit verändertem Ton in der Stimme. „Was wird sein, wenn Melchior Rüst dich zurückholen will?"

„Mein Gott! Das darf nicht sein!"

„Er wird nach dir suchen!"

Sie antwortete nicht.

„Versprich mir, daß du nichts tust, ohne mich zu fragen!"

Er drückte ihre Hand so kräftig, daß sie meinte, aufschreien zu müssen.

„Ich will Melchior Rüst nicht mehr sehen!" rief sie.

„Gut, ich werde dafür sorgen!"

„Was willst du tun?"

„Nichts – ich –, nein, ich bin ein Narr! Du bist ja noch so jung, Christl. Lassen wir das! Komm!" –

Er führte sie über den Weidgrund und unter Bäumen an das stille Haus heran.

Auf sein Klopfen öffnete der Zwiesel-Kaspar und ließ sie ein.

In der Stube stand die alte Kath, nickte ihnen zu, nahm ihm das Bündel aus dem Arm, griff nach einer Kerze und führte das Mädchen gleich über die knarrende Stiege, wortkarg, aber nicht ungut.

Daran merkte sie, daß alles vorbereitet war, und sie fügte sich ihrem Schicksal. Sie konnte ja arbeiten, der Alten sich nützlich machen in Haus und Stall. Im Zwieselhaus gab es ja zu tun. Das war tröstlich – und man konnte dann warten, warten.

Falber kehrte den nächtlichen Weg zurück. Es lag ihm etwas wie ein schwerer Druck auf dem Herzen, so daß er bisweilen seinen Atem tief und laut ausstieß. Sein Blick lag auf den einzelnen Lichtlein, die drunten im Taldorf aus den Fenstern strahlten. Auch drüben in der Bodmer-Alm war noch eine Weile Licht gewesen, dann aber war es plötzlich erloschen. Es war doch spät geworden.

Was mußte werden, wenn er sich wirklich in die Christl verliebt hatte? Vielleicht war es doch nur eine Täuschung gewesen, so im Eindruck des Geschehens. Sie war ja noch so jung, viel zu jung, um eine Entscheidung treffen zu können. Und sie war furchtbar einsam in ihrem Unglück.

Jetzt mußte er zuerst einmal einen Weg finden zurück ins tägliche heimatliche Leben bei Arbeit und Sorge um sein Fortkommen. Er hatte nur seine alte Hütte und ein paar geschickte Hände. Sonst nichts.

Die Pläne, die er mitgebracht hatte, paßten auf einmal nicht mehr in die Wirklichkeit. Er mußte nach neuen Möglichkeiten suchen, sich einreihen in die Dorfgemeinschaft, die ihm fremd geworden war. Und dann, dann –. Herrgott, ja! Er war nicht mehr allein! Das Schicksal hatte es so gewollt! Er war ja auch noch nicht alt! Vierzig Jahre. Zehn davon verloren! Aber die Kraft war da und der Wille – und das Haus!

Mit solchen Gedanken, wirr und stürmisch, eilte er hinab auf den Frauenhügel, seiner Hütte zu. Stumm und ernst streckte die Kapelle ihren schweigenden Turm in den Nachthimmel, aber er sah es nicht.

Vor der Tür seines Hauses stand ein Mann und klopfte an die morsche Füllung. –

„Da bin ich! Was gibt's?" sagte er ankommend.

„Da bist du? Ich hab' dich letzthin nicht erkannt drunten beim Wirt. Ich bin Melchior Rüst und wollte mit dir reden!"

Falber schloß die Tür auf. „Komm!"

Sie tappten in die dunkle Stube. Matthias Falber zündete eine Kerze an und stellte sie auf den Tisch. Die Unordnung, durch den raschen Aufbruch hervorgerufen, lag noch da. Melchior Rüst sah das, und sein Blick suchte aufmerksam in allen Ecken. „Du bist nicht allein?"

„Doch. Warum?"

Melchior Rüst schaute hinüber auf ein Wandbänkchen, wo Geschirr und Bestecke lagen. „Es geht mich ja nichts an. Ich will wissen, wo meine Sennerin hingelaufen ist."

Matthias Falber antwortete nicht. Seine Augen lagen düster und scharf auf dem Herrenbauern, folgten ihm, als er einen Stuhl hervorzog, sich breit daraufsetzte und die Jagdflinte zwischen die Knie nahm.

Melchior Rüst hob den Blick und begegnete diesen Augen.

„Nun?"

Falber stand mit verschränkten Armen. „Was nützt es

dich, wenn du es weißt? Sie ist fort, und ich hoffe, daß die Bodmer-Alm keinen Schaden genommen hat."

„Natürlich hab' ich jemand dort. Aber, beim Teufel, wie kam sie denn dazu?"

Matthias ließ ihn nicht aus den Augen. „Ich hab' es erfahren draußen, wohin man kommt, wenn man mit der Ehre und dem Recht der Menschen spielt –"

Melchior Rüst sprang auf.

Matthias blieb unbeweglich. „Du freilich weißt ja nichts davon. Derweil andere Menschen ins Elend fielen, bist du reich geworden!"

„Warum sprichst du so zu mir? Ich kenn' dich nicht mehr, Matthias!"

„Kann schon sein. Ich war fünfzehn Jahre fort. Ich kenn' auch vieles nicht mehr daheim. Auf der Gotteskanzel steht ein Marterl, habe ich gesehen. Man wundert sich, was alles geschehen kann: Wie viele sind bei Gewitter über die Gotteskanzel gegangen! Aber der Zwiesel-Korbin mußte es sein, den der Blitz dort getroffen hat!"

„Was schaust du mich so an? Ist das etwa meine Schuld?"

„Das hab' ich nicht gesagt. Warum hat man den kleinen Waldrechtlern ihre Anteile genommen und den ganzen Forst in gemeindliche Treuhand gebracht?"

„Was geht das mich an?" schrie Melchior Rüst. „Schweig davon, wenn es dich schon nicht berührt!"

„Nein, es geht mich selbst nichts an, aber man denkt halt so, wenn man das auf einmal so sieht. Hast du nie bedacht, Melchior Rüst, daß du das Mädchen unglücklich machen könntest? Unglücklich für das ganze Leben?"

Melchior Rüst lachte. „Unglücklich? Ich?" Sein Kopf lief rot an vor Lachen.

„– und daß sie in ihrer Verzweiflung, nun sagen wir, daß sie sich etwas antun könnte?"

Jetzt verstummte der andere. „Woher weißt du?"
„Der Zufall hat es so gewollt. Ich weiß alles, Melchior!"
„Wo ist sie? Ist sie – tot?"
Falber schüttelte den Kopf. „Sie lebt schon, aber du wirst sie nicht mehr sehen!"
Der Bauer sann eine Weile nach. „Ich werde sie suchen, bis ich sie gefunden habe!"
„Das wirst du nicht tun! Ich werde dich daran hindern, pflichtgemäß! Verstehst du?"
„Pflichtgemäß?" Melchior Rüst funkelte ihm entgegen. „Sie gehört mir!"
„Nein! Nicht mehr!"
Melchior Rüst schwieg.
Nach einer Weile schaute er wieder auf. In seinem Gesicht stand jetzt ein Zug des Hasses, der Widerlichkeit. „Du also? Nach zwei Tagen schon? Ja, ich hab' mir's immer gesagt: sie ist eine Dirne!"
Matthias streckte sich und sah sehr drohend aus. Mit der Hand wies er nach der Tür. „Hinaus!"
„Du bist ein Narr geworden! Wenn du schon bei uns im Tal zu bleiben gedenkst, bist du denn nicht ein armer Hund? Ich könnte dir auf die Füße helfen, und du weißt, ich hätte es getan!"
„Ich will nichts von dir! Hinaus!"
„Dann geh meinetwegen zugrunde, du Narr!"
Matthias hörte die Türen fliegen und draußen die Schritte schnell zornerfüllt verhallen.

Die alte Kath vom Zwieselhaus mußte verstanden sein, man konnte sich die Finger brechen an ihrem harten, struppigen Wesen. Das einsame Leben, umgeben von Berg und Wald, die Kämpfe mit der Natur, mit bösen Geschicken und mit Menschen, hatten sie so gemacht. Sie war im Zwieselhaus geboren und ihr ganzes Leben dort verblieben; auch als ihr Bruder, der Korbin, eine Frau ins Haus brachte, kam es ihr nicht in den Sinn, selbst auch einem Mann in die Ehe zu folgen. Zäh hielt sie fest an ihrem kindlichen Hausrecht, behielt ihre Arbeit im Stall und auf dem Feld und sprach in allen häuslichen Dingen nach wie vor mit.

Und das war gut so. Denn als der Kaspar die Eltern verlor, war er noch ein unfertiger Junge und bedurfte nun dringend ihrer Obhut und Lenkung. Sie sorgte für ihn und hatte acht auf ihn wie eine Mutter. Die schwere, strenge Arbeit ließ ihr wenig Zeit, sich um Dinge zu kümmern, die außerhalb der eigenen Liegenschaften geschahen. Kaum daß sie sonntags im Taldorf die Kirche besuchen konnte.

Jetzt wurde sie alt, und es ging ihr nicht mehr alles so von der Hand, wie sie es wollte. Dafür aber war der Kaspar größer geworden und brachte mit Manneskraft neuen Schwung in die Einöde. Jetzt wartete sie nur darauf, daß er eines Tages eine junge Frau ins Haus brachte, so wie sein Vater damals, und wollte darauf achten, daß es die Rechte wäre.

Indes, die junge Frau kam nicht. Dafür aber ein modernes, junges Weibswesen, wie vom Wind dahergeweht. Und, so wahr es für sie einen Gott im Himmel gab, sie hätte das Mädchen von der Tür gewiesen, wenn nicht Matthias Falber um ihre Aufnahme gebeten hätte.

In den ersten Tagen weinte Christl in die Kissen in ihrer Verelendung. Sie verstand das Schweigen und die kurze, harte Sprache der Kath nicht. Auch das düstere, gedrückte Wesen des Kaspar wußte sie nicht zu deuten und fühlte sich wie auf einen fremden Stern verbannt.

Es war Nacht geworden. Christl stand auf der Wiese und trug Streu aus dem Wald zum Trocknen. Über einen grünen Weidhügel läutete das Vieh. Still und verträumt lag das

Zwieselhaus in der Niederung, mit kleinen, gedrungenen Fenstern, die so starr und finster in die Welt schauten, wie die Augen eines unfrohen Menschen.

Das Mädchen schaute auf zu den blauen Häuptern der Berge. Sie drückten heute wieder so schwer auf ihr Gemüt, und in ihren Augen standen Tränen. Zehn Tage war es nun schon her, daß Matthias Falber sie in dieses Haus geführt hatte, und seitdem war sie sich selbst überlassen. Nicht einmal mehr hatte er sich um sie gekümmert. Hatte er sie deshalb dem Tod im Flexensee entrissen, damit sie hier langsam seelisch zugrunde ging?

„Was ist mit dir?" sagte plötzlich jemand hinter ihr.

Es war Kaspar. Er hatte so eine Art, plötzlich dazustehen, ohne daß sein Kommen gehört wurde.

„Ich mach' schon", sagte sie und wollte zurück in den Wald.

„Nein, nicht so!" rief er. „Ich meine anders. Du hast geweint?"

Sie wich seinem Blick aus.

„Gefällt es dir nicht bei uns?"

„Doch, doch!" log sie. „Aber man hat halt manchmal so Gedanken –"

„Heimweh? Nein! Ich weiß schon, es ist einsam bei uns. Die Kath mag nicht reden, auch mit mir nicht. Aber sie meint es nicht so, glaub mir!"

Sie wunderte sich, daß er plötzlich so zu ihr sprach.

„Sie ist schon gut. Es wird dir nichts geschehen. Drunten sind sie schlimmer, die Menschen, wenn sie auch viel mehr reden. Aber sie können morden!"

Sie wußte, was er damit sagen wollte, und fand heute nicht die Kraft, ihm zu widersprechen.

Die alte Kath hatte gar bald gesehen, daß das Mädchen den besten Willen hatte, sich der Ordnung und Gewohnheit des Zwieselhauses anzupassen, und daß sie die Arbeit liebte. Aber ihr struppiges Wesen verbarg ihre gute Meinung, bis sie an einem Abend, als sie allein in der Stube unter der Lampe saßen und das Flickzeug auf die Knie nahmen, plötzlich ein paar neue Flanellstücke vor das Mädchen hin auf den Tisch legte. Langsam, meinte sie, so über die Wintermonate, Stück um Stück, damit das Kleine nicht wie ein nackter Wurm im Korb zappeln müsse.

Da wußte die Christl, daß die Alte gut war. Sie hätte sich am liebsten hingeworfen aus Dankbarkeit für so viel Güte. Aber das hätte die Kath nicht verstanden. So schaute sie sie nur mit feuchten Augen an und nahm die Dinge mit einem Wort des Dankes zu sich.

Klein und eng war das Fenster ihrer Kammer, und zwei eiserne Gitterstäbe hinderten sie, den Kopf hinauszustekken. Sie war sich hier immer wie eine Gefangene vorgekommen. Heute aber fand sie alles ganz anders; sie fühlte sich sicher und geborgen unter diesem Dach, vor der Welt draußen und ihren Anfeindungen.

Sie stand im Dunkel und schaute nachdenklich in die stille Nacht. Kühl drang die Luft durch das Fenster herein, und drunten zwischen den Bäumen lag ein schmaler Lichtstreifen. Die Kath war also immer noch auf und fand wieder einmal kein Ende in der Arbeit. Oder wartete sie auf den Kaspar, der noch aus dem Haus war?

Da trat in den Lichtstreifen plötzlich die Gestalt eines Mannes. Sein Schritt war leise und gemächlich. Und er war groß, viel größer als der Kaspar. Und daran erkannte sie ihn. Sie mußte in die Stäbe des Fensters greifen, um ruhig zu bleiben. Sie wußte im Augenblick nicht, was sie tun sollte.

Der Mann blieb stehen, wie wenn er überlegen wollte.

„Matthias!" rief sie leise.

Sofort richtete er seinen Blick herauf. „Ach, du gehst zu Bett? Ich wollte nur schnell sehen, wie es dir geht."
„Gut!"
„Wirklich? Kein Rückschlag?"
„Nein!"
„Dann schlaf gut!"
Er streckte ihr die Hand entgegen und machte ein paar Schritte.
„Der Kaspar ist nicht da", sagte sie.
„Ich brauch' ihn nicht. Gute Nacht!"
Er verschwand aus dem Licht, und unter den Bäumen verhallten seine Schritte.

Das Gesicht des alten Küsterhäuschens auf dem Frauenhügel hatte sich gewandelt. Man konnte nicht so recht sagen, woran das lag. Bestimmt nicht allein an den blankgeputzten Fenstern und an dem Rauch, der ein- oder zweimal des Tages aus dem Kamin quirlte. Man merkte es einfach, daß wieder ein lebendiger Mensch darin hauste.

Matthias Falber hatte drei Tage gearbeitet wie ein Wütender, um einige Ordnung in die alte Wohnstatt zu bringen. Vieles an den Möbeln war vom Schwamm und vom Wurm so zerfressen, daß es erneuert werden mußte, und durch das Dach sickerte der Regen.

Und dann trug er einen Holzblock in das Stübchen, griff nach Messer und Stichel und begann mit der Arbeit. Noch hatte er keinen festen Plan und war ohne eigentliche Absicht; er wollte nur einmal arbeiten und die Kunst des Holzschnitzens wieder auf heimatlichem Boden üben.

Ob es nochmals glückte? Er war älter geworden, aber der Wille war noch unvermindert da, und reifer war er, abgeklärter.

Ob es in seine Pläne paßte, daß ihm dieses Mädchen auf

so ungewöhnliche Weise in den Weg kam? Er konnte dieses bleiche, schöne Gesicht, so wie er es das erste Mal im Lichtschein der Kerze sah, einfach nicht mehr vergessen. Es beschäftigte ihn Tag und Nacht. Er wollte nicht wahrhaben, daß er liebte, weil ja alles keinen Sinn hatte. Aber auf seinem Herzen blieb ein Druck, und oft tobte das Verlangen so ungestüm in seinem Innern, daß er mit Gewalt an sich halten mußte, um nicht auf der Stelle zum Zwieselhaus hinaufzulaufen.

So ging er an die Arbeit – und wirklich: die Zeit zerrann ihm gleichsam zwischen den Fingern.

An einem Abend klopfte es an die Tür. Schnell warf er ein Tuch über die begonnene Arbeit und öffnete.

Es war der Jäger vom Roteck, der zu ihm wollte. „Kennst du mich?" fragte er und schaute seltsam beeindruckt in das ernste, versonnene Gesicht des Mannes, das er heute viel angenehmer, aufgeräumter fand als damals unter dem Lampenlicht der Wirtsstube. Das dunkle Haar legte sich lang und wellig über den Schädel, mild und ruhig sahen die Augen auf ihn.

„Komm!" sagte Matthias Falber und bat ihn herein.

Sie setzten sich auf die Ofenbank. Die Kacheln strahlten eine behagliche Wärme aus.

„Ich hätte es nicht geglaubt, daß du so gut wohnst!" sagte Bert Steiner, und er meinte es ehrlich.

Falber lächelte. „Jetzt geht es schon wieder, aber es war nicht leicht, Ordnung zu schaffen."

„Und wovon lebst du?"

Falber zuckte die Schultern. „Das muß ich erst sehen!"

Bert Steiner überlegte, während sein Blick durch die Stube wanderte. „Es ist schon schwer, hier zu Verdienst zu kommen. Vielleicht als Arbeiter drunten im Schneidwerk? Oder als Holzfäller?"

Falber schüttelte den Kopf. „Ich wollte eigentlich nicht länger als ein paar Tage hierbleiben. Aber so, wie es nun ist, werde ich wohl bleiben müssen!"

Dem Jäger war das nicht ganz klar, und er wartete eine Weile, damit er fortfahre im Reden. Aber es kam nichts. „Vor zwei Tagen hat der Rüst abtreiben lassen. Die Bodmer-Alm ist leer und zugesperrt", sagte er und gab dem Gespräch eine Wendung.

„Freilich, es kommt der Winter."

„Wo wird die Christl wohl sein?"

„Sie ist in guten Händen."

„Sie lebt also?"

„Ja." Matthias Falber stand auf und ging durch die Stube. Ohne seinen Gast anzusehen, sprach er jetzt. „Es war ein seltsamer Zufall, daß ich gerade da heimkehrte, ich habe sie aus dem Flexensee geholt –"

„Sie wollte also –?"

„Ja, sie wollte sich ertränken. Sie erwartet ein Kind!"

„Ein Kind?"

„Von Melchior Rüst."

Da war auch der Jäger auf den Füßen. „Dann hat er sie dazu getrieben, glaub mir!"

Falber nickte.

Und dann schwiegen sie beide. Es wurde dämmerig in der Stube, und Falber zündete die kleine Lampe an, die über dem Tisch an der Decke hing.

„Und jetzt?"

„Nichts. Er wird sie nicht mehr sehen."

Bert Steiner schaute in die Lampe und sinnierte. „Und das alles hier inmitten der Berge!" rief er. „In einem weltfremden Tal, unter einem Häuflein Menschen, von denen man draußen sagt, daß sie noch die alte Frömmigkeit bewahrt hätten!"

Falber sagte nichts. Er zog eine Joppe über den Kittel und richtete sich zum Gehen.

„Willst du fort?" fragte der Jäger.

„Ich geh' noch ins Tal. Da könnten wir reden."

Aber sie gingen dann zuerst schweigend über den Hügel, als scheuten sie sich, die Stille um die Kapelle mit einem Wort zu entheiligen.

Die Blicke des Jägers beobachteten heimlich das Gesicht und Gebaren seines Begleiters. Er stellte fest, daß er der Kapelle genauso wenig Beachtung schenkte wie all die anderen Leute des Tales.

„Dein Vater war der Küster der Kapelle, hab' ich gehört", fing er dann an.

„Ja, er hat sie versorgt und die Abendglocke geläutet. Es wurde früher manchmal ein Gottesdienst hier gehalten."

„Jetzt nicht mehr?"

„Ich weiß es nicht."

Bert Steiner schaute hinüber zur Kapelle und dann wieder auf den Mann an seiner Seite, und sein Blick zeigte einige Verwunderung. „Darf ich dich etwas fragen?"

Falber hob den Blick weg vom Boden.

„Glaubst du an Gott?" fragte der Jäger.

Falber schaute ihm ins Gesicht und blieb stehen. „Ja", antwortete er dann und setzte seinen Weg fort. „Warum fragst du so?"

„Ich hab' dich am Sonntag in der Kirche erwartet, hab' dich aber dort nicht gesehen."

„Hast du Melchior Rüst gesehen?"

„Ja."

Vergeblich wartete Bert Steiner auf die Fortsetzung des Gespräches. Falber gab ihm keine weitere Erklärung darüber, wie er das meinte. Erst später, als sie bereits dem Dorf zugingen, fing er wieder an zu sprechen:

„Man hat hier einmal gelebt wie im Paradies. Keiner störte den anderen, man half einander in der Not, man lebte in Frieden, freute sich und litt zusammen, wie es bei einer großen Familie so ist. Und dann muß einmal etwas geschehen sein, was nicht recht ist. Die friedliche Eintracht ging verloren, Neid und Haß und Mord brachen in das Tal, und man braucht nur in die Gesichter der Menschen zu sehen, dann weiß man, daß viel Leid um das Heute ist!"

„Wie kommt das?"

Falber zuckte die Schultern. „Es sind ein paar reich geworden, und die bestimmen über das Schicksal der anderen."

Sie betraten das Dorf. Die Häuser lagen schon still, aber überall kam Licht aus den Fenstern.

„Du gehst zum Wirt?" fragte Bert Steiner.

„Nein, zum Attenberger. Einmal muß ich meine Heimkunft melden."

Bert Steiner zeigte plötzlich eine große Lebendigkeit. „Der kommende Schwiegervater von Melchior Rüst, sagt man."

„Die Johanna?"

„Kennst du sie?"

„Sie war damals noch ein kleines Kind."

„Heut ist sie ein recht schönes und kluges Mädchen. Sieh zu, daß du mit ihr sprechen kannst. Du wirst mir Recht geben: Sie ist undenkbar als Frau eines Melchior Rüst! Die verdammte Kuppelei!"

An der Kreuzung trennten sie sich. Bert lief dem Wirtshaus zu, er wollte noch eine warme Suppe zu sich nehmen. Und Matthias Falber stieg zum Gehöft des Attenbergers hinauf.

Er stand eine Weile im breiten, dunklen Gang des Hauses. Die Küchentür hinten stand auf und ließ soviel Licht heraus, daß man gerade noch die Schwelle zu Attenbergers Amtsstube finden konnte.

Aber sein Klopfen blieb unbeantwortet. Da ging er zur Küche, schaute zuerst durch die offene Tür, konnte aber niemand sehen. Erst als er ganz eintrat, sah er zwei Frauen an einem Tisch sitzen und Holunderbeeren von den Stauden zupfen. Sie waren damit so beschäftigt, daß sie ihn nicht bemerkten. Die ältere der beiden erkannte er sogleich als die Attenbergerin. Die junge war offenbar die Tochter. Sie machten beide ernste, fast betrübte Gesichter und hatten sich wohl über unliebsame Dinge unterhalten.

Als er dann ein lautes Grußwort sprach, erschraken sie und schauten verwundert auf den fremden, großen Mann, der da so plötzlich bei ihnen in der Küche stand.

Falber entschuldigte sich und erklärte, daß er Herrn Attenberger hätte sprechen wollen, ihn aber nirgends gefunden habe.

Die Attenbergerin bedauerte, daß ihr Mann gerade vor wenigen Minuten das Haus verlassen habe und vielleicht sehr spät zurückkomme, aber wenn es sehr dringend wäre, könnte er ihn in der Rüstsäge finden...

Falber sah, daß die Frau ihn nicht mehr erkannte. Nein, so dringend sei es nun nicht: er hätte sich nur anmelden wollen, weil er doch vor etlichen Tagen wieder heimgekehrt sei.

Jetzt aber schaute die Frau ihn genauer an, sie hatte jedenfalls von seiner Heimkehr gehört. „Dann bist du der Matthias, der Sohn vom Kapellen-Barthel?" rief sie und reichte ihm die Hand.

Sie bot ihm einen Stuhl an und hatte sogleich eine Menge Fragen zu stellen. Falber erzählte, und es entspann sich alsbald eine lebhafte Unterhaltung.

Johanna sagte nichts, aber sie hörte aufmerksam zu, und ihre schönen, ernsten Augen lagen bisweilen bewundernd auf dem Gesicht des Mannes.

Erst als die Attenbergerin einmal hinausging, um ein Getränk aus dem Keller zu holen, mußte sie in das Gespräch eingreifen. Er sagte, daß er in ihr das Kind von damals natürlich nicht mehr erkannt hätte. Aber er müßte ihr schon sagen, daß sie ein hübsches Mädchen geworden sei.

Sie wollte sich dieses Lobes erwehren; aber er ging noch weiter und fiel mit der Tür mitten ins Haus. „Übrigens soll ich dir Grüße bestellen", sagte er plötzlich sehr leise.

„Mir? Von wem wohl?"

„Vom Jäger vom Roteck."

Da wurde sie über und über rot im Gesicht. „Kennst du ihn denn?"

„Natürlich, er kommt doch täglich ein paarmal an meiner Hütte vorbei. Er ist fast noch zu jung für die Einsamkeit da droben und wird wohl nicht lange da sein."

Ohne daß sie es bemerkte, beobachtete er ihr Gesicht. Sie schaute auf ihre Arbeit nieder, aber der Glanz, der in ihre Augen getreten war, galt anderem als den schwarzen Beeren, die sie durch ihre Finger in die Schüssel rollen ließ. Er war erfahren genug, um ihre heimlichen Gedanken zu erraten.

„Und da erzählen die Leut', daß du zur Hochzeit rüstest", sagte er plötzlich nach einer Weile ganz unvermittelt.

Sie schaute ihn erschrocken an, hielt inne mit der Arbeit und wartete, daß er fortfahre mit seiner ungehörigen Rede.

Aber er sagte nichts.

Da kam die Attenbergerin zurück, stellte ein Glas Apfelsaft vor ihn hin auf den Tisch und einen angeschnittenen Brotlaib.

Während er von dem Dargebotenen nahm, sprachen sie wieder von allgemeinen Dingen.

So war eine geraume Zeit vergangen, und Falber dachte schon an Aufbruch und Heimweg, als sie den Schritt des Hausherrn im Gang hörten.

Attenberger, der ihn ja damals im Wirtshaus schon gesehen hatte, erkannte ihn sogleich wieder, und er freute sich sichtlich, daß er zu ihm gekommen war. Und als er hörte, daß er, Falber, nun in der Heimat zu bleiben gedenke, war er mit guten Ratschlägen für Arbeit und Fortkommen zur Stelle. Er erbot sich, für ihn bei Melchior Rüst vorzusprechen, damit er in dessen Betrieb lohnende Arbeit fände, und es war ihm nicht ganz recht, als Falber dieses Anerbieten dankend ablehnte und ihn vielmehr um Überlassung einiger billiger gemeindlicher Pachtwiesen bat, damit er eine Kuh erhalten könnte, die er von seinen Ersparnissen zu kaufen gedachte.

Merkwürdigerweise war auch die Attenbergerin mehr für die Kuh als für eine Arbeit in der Säge, und sie unterstützte ihn kräftig in seiner Bitte, bis Attenberger ihm die Weidegründe des Frauenhügels zusagte.

Dann kamen sie auf die Ereignisse im Dorf zu sprechen. Matthias Falber klagte darüber, daß die Veränderungen, die mit dem Heimattal vor sich gegangen seien, ihn schmerzhaft berührt hätten. Er meinte nicht den Tod des Vaters, denn es stand ja nicht zu erwarten, daß er ihn noch lebend antreffen würde. Aber die Menschheit sei eine andere geworden, wie wenn der Teufel sein Gift über sie ausgespritzt hätte. Er sei gekommen, um noch einmal von vorn zu beginnen mit seiner Kunst und die Einfachheit und Frömmigkeit des Herzens wieder zu finden, die ihm in der großen Welt verlorengegangen seien und ohne die sein Schaffen fruchtlos bliebe. Statt dessen habe er Neid und Haß, Zwietracht und Furcht gefunden...

Attenberger gab zu, daß sich manches verändert hatte. Es sei eben nicht aufzuhalten, daß das Übel sich auch in die abgelegenen Gebirgsdörfer einschleiche. Die Furcht, von der er spräche, sei vor allem auf den Gnadgott-Bach zurückzuführen, der gerade jetzt wieder ein paarmal Lebendigkeit gezeigt habe. Sollte es sich erweisen, daß er wieder seine großen Wassermassen aus dem Berg führe, dann würden gewiß entsprechende Vorkehrungen getroffen werden, damit es sich nicht noch einmal zu der Katastrophe von damals kommen könnte. Er möge also ganz getrost seine Arbeit beginnen, und er heiße ihn herzlich willkommen in der Heimat...

Matthias Falber war von dieser Rede des Bürgermeisters wenig überzeugt, aber er sagte nichts. Sein Blick suchte das Gesicht Johannas. Er hatte das Gefühl, daß sie schwer unter den Verhältnissen litt. Dann und wann hob sie plötzlich aufhorchend den Kopf, als wollte sie eine Einwendung machen, diese dann wohl nicht wagte...

Attenberger brachte nun eine Wendung in das Gespräch und gestand, daß er ihn am Abend im Wirtshaus nicht erkannt hätte. Sie hätten ihn auch längst alle für tot geglaubt, weil man nie etwas von ihm gehört habe. Wer könnte sagen, was aus dem armen Vieh der Bodmer-Alm geworden wäre, wenn er zwei oder drei Tage später sich eingefunden hätte! Aber es müßte schon immer alles so sein, wie es recht ist! Ob man immer noch nicht wisse, wo die pflicht- und ehrvergessene Magd hingelaufen sei? Er habe nichts mehr darüber gehört.

„Doch, das weiß man. Man weiß auch, daß sie nicht pflicht- und ehrvergessen war! Keine Dirne, wie man im Dorf behauptete, sondern ein dummes, unglückliches Ding!" Das Gesicht Falbers war finster geworden, und seine hünenhafte Gestalt wurde auf einmal lebendig und gestrafft.

Attenberger schaute verwundert auf. Auch die Frauen fühlten die Spannung, die mit einem Male heraufgezogen war.

„Man läuft nicht einfach weg und läßt das angehängte Vieh unversorgt stehen!" grollte Attenberger.

„Und wenn ihr Unglück so groß war, daß sie den Tod im Flexensee suchte?"

Falber war aufgestanden, als müßte er durch Größe und Kraft seinen Worten Nachdruck verleihen. Unter den drei Zuhörern war ein lautloses, entsetztes Aufhorchen.

„Heilige Madonna!" rief die Attenbergerin.

„Ich habe sie herausgeholt", fuhr Falber fort. „Der Zufall hat es gewollt, daß ich grad' zu dieser Stund' auf meinem Heimweg über die Gotteskanzel war..."

Alle drei sahen sie nun erschüttert auf den Mann, der in seiner Düsterkeit wie ein Richter der Zeit dastand.

Attenberger schüttelte den Kopf, und seine grauen Augen blickten hart und scharf. „Und warum hat sie das gemacht?"

Falber zögerte. Er schaute unsicher auf die beiden Frauen, die mit ihren Blicken an seinem Mund hingen.

Attenberger verstand ihn. Was er zu sagen hatte, war nichts für die Ohren der Frauen, und er überlegte, ob er sie hinausschicken sollte. Dann aber besann er sich auf ein Besseres. „Komm!" sagte er und ging ihm voran hinaus auf den Gang und in die Stube.

Mutter und Tochter sahen sich erstaunt an, und dann war es, als ob ihnen zu gleicher Zeit das Verstehen gekommen wäre.

„Mutter!" rief das Mädchen, und es war ein Schrei der Erlösung.

„Pst! Wir wollen warten, was daraus wird! Ich glaub', es liegt jetzt nicht mehr allein an uns, ein Unheil abzuwehren!"

Attenberger wollte seinem Gast Platz anbieten. Aber Falber setzte sich nicht.

Sie sprachen nur leise, als fürchteten sie, durch die Tür gehört zu werden.

„Sie erwartet ein Kind", begann Matthias Falber.

„Das ist kein Grund zum Selbstmord."

„Daran hätte sie eben schon früher denken müssen!'" Attenberger blieb unnachsichtlich.

„Sie hat sich von Versprechungen betören lassen. Und als es geschehen war, wollte es der Vater nicht wahrhaben, mehr noch: als er um die Tatsache nicht mehr herumkam, wollte er sich vor den Folgen drücken, verlangte von ihr, daß sie einen Mord an ihrem Kind begehe, noch ehe es zum Leben kam. Daran erkannte sie, daß sie ihm nur zur Lust war, daß er sie wegwarf wie ein verbrauchtes Zeug. Und daran ist sie verzweifelt."

Attenberger schwieg. Das Schicksal des Mädchens schien ihm nun doch zu Herzen zu gehen. Er hatte sie selbst gekannt, die heitere, lebensfrohe Magd, deren Lieder über den Wäldern verklangen, wenn er am Hochberg das Gras mähte. „Wer ist der Vater?" fragte er herb, als hätte er vor der Antwort etwas zu fürchten.

„Melchior Rüst!"

Das Gesicht Attenbergers war grau geworden. „Lüge!" rief er.

Falber blieb ruhig. „Warum? Weil er reich ist und im Dorf ein großes Ansehen hat? Nein, Attenberger, nicht vom Gnadgott-Bach kommt das Unglück in unser Tal, sondern von solchen Menschen, die in ihrem Nächsten nur Ausbeutung sehen! Es ist gut, daß du mich gefragt hast heut; ich hab' gehört, daß dein Kind dem Rüst versprochen ist. Ob er der rechte Mann ist, darüber sollst du selbst entscheiden!"

Attenberger schaute mit düsterem Blick an ihm vorbei. Und als lange keine Entgegnung kam, glaubte Falber, daß ihm seine Gegenwart zur Last fiel und wollte gehen.

„Halt! Wo ist die Christl? Führ mich zu ihr, ich will mit ihr reden!"

„Das muß ich dir leider abschlagen: sie ist eben dabei, sich selbst wiederzufinden, und braucht Ruhe! Aber mit dem

Rüst kannst du reden, und auch deine Tochter sollst du fragen, ob sie nach all dem noch will."

Mit einem kurzen Gutenachtgruß ging Matthias Falber davon.

Es war eine elende Hütte, in der der Knecht Guido mit der Urschl hauste. Das Gemäuer bröckelnd, das Holz vom Wetter und dem Zahn der Zeit zernagt, das Dach aus dem Winkel gedrückt und schadhaft, so stand sie vom Dorf abgerückt, das Gesicht verschämt einem verwilderten engen Hohlweg zugekehrt an der Schneise des Waldes. Sie gehörte zum Besitz der Säge und stand auf grundeigenem Boden. Da sie schon lange zu nichts mehr nütze war, hatte sich nie mehr jemand um das alte Wrack gekümmert. Man ließ es stehen, bis es von selbst zusammenfiel. Guido hatte das alte Haus für sich und sein Weib erbeten, es notdürftig zusammengeflickt und erfreute sich der größeren Freiheit, wenn er nach Beendigung des Tagwerks in der Säge in den eigenen Stall zurückkehren konnte. An diesem primitiven, unwürdigen Wohnen hatten sich weder er noch sein Weib je gestoßen. Sie kamen beide aus schlechten Verhältnissen und hatten noch nie eigentliche Behaglichkeit gespürt.

Seit einer Reihe von Jahren hausten sie nun schon hier. Eine besondere Not kannten sie nicht, wenigstens früher nicht. Guido hatte das ganze Jahr in der Säge seine Arbeit, und sommers über half auch die Urschl drüben im Rüsthof mit. Was hatten sie schon für einen Verbrauch? Das Holz holten sie aus dem Wald, die Reparaturen am Haus besorgte der Mann selbst, und das Geld, das er durch seine Arbeit verdiente, trug er bei Heller und Pfennig heim.

Und auf einmal fing Guido zu trinken an. Sein langes, hageres Gestell verlotterte zusehends. Sein Gesicht glich einer Wüstenei; unrasiert, ungewaschen lief er herum, versoff seinen Taglohn und wurde unflätig und grob.

Lange hatte die Urschl nach der Ursache dieses plötzlichen Absackens gesucht, und nun glaubte sie, daß es mit seinem Gewissen zusammenhing, daß ihn irgendeine Schuld drückte, von der er sich nicht mehr anders zu befreien vermochte als durch betäubende Trunkenheit. Sie ahnte, daß er sich in eine dunkle Machenschaft verstrickt hatte und ausweglos dem Willen seines Herrn verfallen war.

Und Melchior Rüst war ein Teufel...

Wenn sie einmal durch eine Frage in Guidos Wissen vorzustoßen wagte, dann griff er nach dem Hut, stieß sie grob beiseite und ging davon, um dann erst in später Nachtstunde betrunken heimzukehren.

Also schwieg sie und wartete.

An einem dieser Abende kam er früher heim als sonst. Sie hatten in der Säge einen Wellenbruch und konnten nicht weiterarbeiten, bis der Schmied den Schaden repariert hatte.

Er war gut gelaunt und erzählte, daß Melchior Rüst seit ein paar Tagen ein so bösartiges Gesicht zeige, daß die ganze Dienstbotenschaft ihm wie das scheue Hühnervolk aus dem Weg liefe. Sein Schreien und Schimpfen übertöne sogar das Rattern der Säge, und unter seinen Flüchen erbebe die Erde.

„Vielleicht macht ihm der Gnadgott-Bach Sorgen, der seit einigen Tagen wieder lebendig ist", meinte die Urschl.

Sie löffelten die Suppe und dachten den Dingen nach.

„Es ist bis jetzt nur ein lächerliches Rinnsal, das der Gnadgott-Bach führt. Es wird viel dummes Zeug geschwätzt. Sie haben alle Angst und wissen nicht, wovor."

„Die Leut' denken halt an das Unglück, das der Bach schon über sie gebracht hat!"

„Und stecken voll Aberglauben! Nein, nein, es sind andere Dinge, die den Melchior gerade ergrimmen."

Sie hatten ihr bescheidenes Mahl bald beendet, und die Urschl räumte den Tisch ab. Vor dem Fenster stand die Dämmerung. Es wurde düster in der Stube. Aber sie sparten das Licht. Bei ihrem Tun sahen sie noch genug.

Die Urschl bückte sich unter das Fenster. „Da kommt er!" sagte sie. „Was will er noch?"

„Wer?"

„Melchior Rüst."

Guido murmelte einen Fluch. Er wollte sich eben faul hinstrecken.

Da waren auch schon die Schritte des Bauern vor der Tür. Er trat ohne Zögern ein. Im Dunkel der Stube war sein Gesicht nicht genau zu sehen. Aber sie fürchteten beide, daß über seiner Stirn ein böses Wetter lag. Er suchte unter den Klamotten und dem Hausrat nach einer Bequemlichkeit zum Stehen oder zum Sitzen in dem viel zu kleinen Raum.

Die Urschl wollte die Laterne anzünden.

„Laß!" sagte er. „Ich hab' bloß mit dem Guido zu reden. Dazu brauchen wir kein Licht."

Damit schickte er sie hinaus.

Guido war am Tisch zurückgerückt, damit er sich zu ihm setzen konnte.

Melchior Rüst horchte zuerst hinter der Tür, um sich zu vergewissern, daß er von dem Weib nicht gehört wurde. Dann begann er: „Du weißt ja, es geht jetzt gerade ein Geschwätz über mich und die entlaufene Sennerin."

Guido nickte.

„Was hast du gehört?"

„Daß sie sich im Flexensee ersäufen wollt..."

„Warum?"

Auf das verwahrloste Gesicht des Knechtes legte sich ein breites, wüstes Lachen. Aber er zögerte. „Sie soll ein Kind erwarten", gestand er dann.

„Ja, und das Kind soll von mir sein!" zischte Melchior Rüst. „Kurz, ich will und muß drei Dinge in Erfahrung bringen: Erstens, wer den Dreck ausgestreut hat, zweitens, wo das Luder von einer Dirne heut steckt, und drittens...", er machte eine bedeutsame Pause, „... ob zwischen dem Jäger vom Roteck und der Attenberger-Johanna gewisse Beziehungen bestehen. Verstehst du mich?"

Guido nickte und zupfte mit seinen ungestalteten Fingern an seinem wilden Bart.

„Du wirst mir zunächst einmal darüber Bescheid geben!" fuhr der Bauer fort.

„Und dann?" fragte der Knecht. In seinen Augen war ein hinterhältiges Lauern.

„Das müssen wir erst sehen." Melchior Rüst griff in die Tasche und warf dem Mann ein paar Banknoten hin, die der gierig ergriff.

„Das für heut", sagte der Bauer. „Es soll dein Schaden nicht sein, wenn du mir recht bald darüber etwas zu erzählen weißt."

Nachdem Melchior Rüst die Hütte verlassen hatte, kam die Urschl zurück, und da sah sie, daß ihr Mann sich wieder angekleidet hatte und gerade nach dem Hut griff. „Wo gehst du hin?" fragte sie besorgt.

„Fort. Ich hab' einen Auftrag bekommen."

„Welchen Auftrag?"

„Das geht dich nichts an."

„Guido! Du läufst in dein Verderben!"

Er lachte laut auf. „Da!" rief er und streckte ihr eine von den Banknoten hin. „Ist das nichts? Dafür kann man schon einiges tun!"

„Von ihm?"

„Was sonst?"

„Melchior Rüst gibt dir Geld! Ausgerechnet er, der bekannt ist als größter Geizkragen! Er bezahlt seinen Knecht mit Banknoten! Wofür denn?"

„Ich hab' dir schon gesagt, es geht dich nichts an!"

„Ich will es aber wissen! Du rennst ihm nach wie ein Hund! Weiß Gott, welche dunklen Dinge du für ihn schon getan hast!"

„Laß mich in Ruh! Ich muß jetzt gehen!"

„Ich lass' dich nicht fort!"

Da schleuderte er sie grob beiseite und ging.

Tage waren seitdem vergangen. Immer noch schien die Sonne warm und kräftig in den Bergwinkel. Der Gnadgott-Bach, der durch sein Erscheinen die Gemüter der Menschen in großen Aufruhr versetzt hatte, war wieder zum Schweigen gekommen. Sein felsiges Bett, das sich schmal und tief von der Quellöffnung zum Flexensee zog, lag von der Sonne ausgetrocknet.

Vor der Madonna auf der Gotteskanzel stand Matthias Falber und studierte die Linien und Züge des Gesichtes, er tastete mit der Hand über die wunderbare Wallung des Mantels und versuchte das Geheimnis seiner eigenen Kunst zu ergründen...

Der Zwiesel-Kaspar holte das letzte Wildheu herab vom steilen „Grantl", einem Hangsturz, der hoch über der Bodmer-Alm der Rotwand hing. Dieses grüne Fleckchen Erde inmitten der grauen Steinregion lieferte eine Ernte, die für den Zwiesel-Kaspar einen Schatz bedeutete. Vom „Grantlheu" gaben die Kühe die beste und reichlichste Milch. Und wahrlich auch heuer rochen die Kräuter wieder wie Blüten und Balsam.

Freudig stach der Kaspar die Häuflein an die Gabel und schleppte sie bergab zu seinem Haus.

Die Christl half ihm dabei. Sie stieg am Steilhang auf und ab und schob das kostbare Almheu in Schochen zusammen, damit der Kaspar sie nur anzustechen und wegzutragen brauchte. Sie konnte die Bodmer-Alm von ihrem Standort aus gut sehen. Die Einsamkeit und Stille, die die geschlossene Hütte heute umgaben, zeigten ihr, daß der Abtrieb bereits erfolgt war. Sie sah den Wasserfall aufblitzen, der aus der Holzröhre in die Tränke floß, wenn er vom Sonnenlicht getroffen wurde.

Furchtbar war die Vorstellung, wenn sich irgendwo die Gestalt Melchior Rüsts gezeigt hätte! Sie fürchtete ihn als den Dämon ihres Lebens. Es war unausdenkbar, was geschehen würde, wenn er sie eines Tages entdeckte oder ihr gar unversehens gegenübertrat.

„Mörder!" schoß es ihr durch den Sinn, und in ihre Augen trat Entsetzen.

Sie war jedesmal froh, wenn der Kaspar den Hang heraufstieg, dann die Gabel in die Erde steckte und verschnaufend ein paar Worte mit ihr sprach. Angesichts der Bodmer-Alm hatte sie Angst vor dem Alleinsein...

Und an diesem Tag geschah es noch, als der Kaspar gerade wieder drunten im Haus war, daß sie auf einmal mitten in der Arbeit erschrocken den Kopf aufwarf, als hätte sie plötzlich durch alle Sinne die Nähe eines Menschen gefühlt.

Es waren nur ein paar Steine, die drüben am Geröll in die Tiefe kollerten. Dorthin richtete sie ihren aufgeschreckten Blick und sah gerade noch, wie die Gestalt eines Menschen in die Mulde tauchte.

Sie hatte den Mann nicht erkannt, aber sie hatte eben noch in ihrer ganzen Vorstellung das Gesicht Melchior Rüsts in seiner ganzen Roheit und Gemeinheit vor Augen gehabt, daß sie einfach in jeder ungewöhnlichen Wahrnehmung eine bedrohliche Gefahr witterte.

Sie stieß auch gleich einen gellenden Hilferuf aus.

Da kam auch schon der Kaspar den Hang heraufgeeilt. „Was ist geschehen?" schrie er, als er ihre in Schrecken aufgelöste Haltung sah.

Sie deutete hinüber auf die Mulde. „Dort!" sagte sie.

„Wer? Der Rüst?"

Darauf wußte sie keine Antwort.

Der Kaspar sprang, die Gabel nach sich ziehend, hinüber zur Mulde und verschwand in die Tiefe.

Zunächst sah er nichts an dem höckerigen, zerklüfteten Gelände, aber er hörte den flüchtenden Schritt und folgte ihm bis hinauf zu den Ausläufern des Bergwaldes. Dort holte er den Flüchtenden ein, lief ihm den Weg ab und konnte ihn in einem schmalen Hohlweg stellen. Der plötzliche Zusammenprall an der scharfen Biegung des Weges bereitete ihm jedoch einige Überraschung und Enttäuschung.

„Du bist's?" sagte er.

Es war Guido. Auch in ihm schien die plötzliche Begegnung Unwillen auszulösen. Sein Gesicht umwölkte sich, und in seine Augen trat ein böses Flackern. „Wozu schleichst du mir nach?" sagte er.

„Weil ich wissen will, was du auf dem Grantl zu suchen hast!"

„Kann ich nicht hingehen, wo ich will?"

„Als ob du wolltest! Du tust, was dir der Rüst anschafft. Du bist eine Kreatur! Vielleicht solltest du sie über den Fels stoßen?" Der Kaspar geriet in Wut.

Guido ballte seine großen Hände und sah sehr bedrohlich drein. „Geh mir aus dem Weg, du Holzkatze, du schleichende! Ich zeig' dir sonst, wer über den Fels gestoßen wird!"

„Zuvor renn' ich dir die Gabel in den Leib!" tobte der Kaspar. „Ich weiß nicht, wer meinen Vater in die Klamm geworfen hat, aber oft denk' ich mir, daß du mit dabei warst, du Hund! Aber das sollst du merken: wenn ich es weiß, und einmal find' ich den Mörder, dann ist es geschehen! Und sollte der Christl etwas widerfahren, dann wirst du dafür büßen! Das kannst du dem sagen, der dich auf die Suche geschickt hat!"

Damit ließ der Kaspar den Knecht stehen und war wirklich nach Katzenart irgendwo im Gebüsch verschwunden.

Der Christl, die in banger Angst auf seine Rückkehr gewartet hatte, sagte er nur, daß es der Guido war, den sie über der Mulde gesehen hatte.

Aber auch sie ahnte, daß ihr Versteck nun verraten war.

„Hab keine Angst", ermutigte sie der Kaspar. „Wir werden ein wenig achtsamer sein. Das Haus wird er nicht betreten!"

Regenwetter beendigte über Nacht das schöne Herbstwetter. Kalte Schauer gemahnten an den baldigen Einbruch des Winters. Das Hochwild begann zu wandern und begab sich in tiefere Lagen, weil auf die Steinregion Neuschnee gefallen war.

Matthias Falber war am Morgen mit krankem Kopf aufgestanden und hatte ein paar Stunden an seiner Figur geschnitzt. Dann hatte ihn ein solches Frösteln befallen, daß er den Ofen anschürte und den Rücken an die Kacheln drückte. Der Regen klopfte an die Fenster, und im Kamin sang der Wind. Lustlos und zu keinem Tun entschlossen stand Matthias am Ofen, und ein Gefühl der Hinfälligkeit überkam ihn. Da wußte er, daß er sich erkältet hatte. Er war in der Nacht sehr eilig zum Zwieselhaus aufgestiegen, weil ihn plötzlich eine Unruhe ergriffen hatte: es war ihm gewesen, als hätte die Christl nach ihm gerufen, wie wenn sie seine Hilfe brauchte. Der Schweiß lief ihm über Gesicht und Rücken, als er vor dem einsamen, stillen Haus stand. Stube und

Küche lagen schon dunkel, nur droben aus dem kleinen Fenster der Kammer kam noch Licht. Er wußte, daß die Christl hier schlief, stellte sich unter die Bäume, wartete und horchte. Er merkte es nicht, daß plötzlich ein kalter Wind schwarze Wetterwolken herauftrieb, daß sein erhitzter Körper erschauerte. Er sah nur das Licht in dem Fenster und wunderte sich, daß alles so ruhig blieb. Wie lange er so stand, wußte er nicht. Auf einmal zeigte sich ihre Gestalt am Fenster, verharrte eine Weile und verschwand wieder. Und dann erlosch das Licht.

Da wußte er, daß alles in Ordnung war, daß ihn die Phantasie genarrt hatte, und achtsam entfernte er sich wieder und lief zurück.

Und jetzt war er krank.

Nein, da half nichts, er mußte sich hinlegen, trachten, daß er zum Schwitzen kam.

Unaufhörlich tropfte der Regen auf das Dach. Bis über die Schultern eingepackt lag Matthias Falber regungslos auf seinem Feldbett und schaute in das Gebälk der Decke. Irgendwo im Dach mußte noch eine schadhafte Stelle sein: über dem Türgerüst schimmerte ein Tropfen, wurde größer und klopfte dann auf den Boden. Und dann kam der nächste. Dem Ticken einer Uhr gleich war dieses Klopfen der Wassertropfen.

Das Fieber jagte seine Gedanken. Er dachte an den Vater und an sein einsames Sterben hier in dieser Stube. Die Leute hatten ihm erzählt, daß er sich am Abend zuvor noch hinüber zur Kapelle geschleppt habe, um mit der letzten Kraft die Glocke zu läuten für „Unsere Liebe Frau". Ach ja, er war ein frommer Mann gewesen, der Vater, und er würde sich entsetzen über die Unbekümmertheit seines Sohnes. Noch nicht einmal hatte er sich die Zeit genommen, nach dem großen Schlüssel zu suchen, um endlich wieder einmal die

Tür zur heiligen Stätte aufzusperren. War das nicht wunderlich? Nein, kein Mensch hatte sich gewundert. Auch im Taldorf hatte man die Kapelle vergessen, und man wäre dort wohl nicht wenig erschrocken, wenn auf einmal die Glocke wieder geläutet hätte.

Nein, sie paßte nicht mehr herein in diese Welt, die Kapelle und auch die Glocke nicht. Und das fromme Marterl neben der Madonna droben auf der Gotteskanzel sah aus wie eine Lüge! Wer dachte heute noch an den Zwiesel-Korbin? Höchstens der Kaspar, und auch der kümmerte sich mehr um die Rache als um das Seelenheil seines Vaters... Auch das schwarze Auge des Flexensees hatte sich getrübt.

Sein Körper kam ins Schwitzen, und auf seinem Gesicht stand der Schweiß. Der Regen draußen hatte aufgehört. Am Schwinden des Lichtes merkte er, daß der Tag sich geneigt hatte.

Da ging die Tür draußen. Leise klopfte es, und herein schob sich die Gestalt einer Frau, eingehüllt in Mantel und Kapuze.

Die Überraschung nahm ihm die Sprache. Er schaute nur.

„Ach, du bist krank?" sagte eine leise, zaghafte Stimme. Sie schlug die Kapuze zurück und schüttelte den blonden Kopf.

Es war Johanna, des Attenbergers Tochter.

„Du kommst zu mir?" sagte er verwundert.

„Verzeih! Ich hab' ja nicht gewußt, daß du krank bist!"

„Bloß eine Erkältung. Es ist mir schon wieder besser."

Sie ging an den Ofen, schürte das Feuer nach und stellte ein Wasser auf.

„Gib mir doch das Tuch dort!" bat er.

Sie nahm das Handtuch vom Nagel, trocknete ihm den Schweiß vom Gesicht und wendete die Kissen.

Er atmete erleichtert auf. „Ich danke dir, Johanna!"

„Hoffentlich ist es nichts Schlimmes; sonst darfst du nicht allein bleiben!" sagte sie bekümmert.

„Nein, nein! Ich kenn' das, morgen bin ich wieder auf dem Damm."

Sie setzte sich auf die Bank. Es war kalt in der Stube, und die Luft roch feucht, modrig. „Ich wollte dich etwas fragen", begann sie nach einer Weile. „Was ist in der Bodmer-Alm geschehen? Seit du bei uns warst, ist etwas mit dem Vater. Aber er spricht nicht, nicht einmal zu der Mutter. Ich weiß, es ist etwas um den Melchior. Was hat er denn getan?"

Matthias schwieg. Seine Augen lagen an der Decke.

„Verstehst du nicht, daß ich das wissen muß?" drang sie weiter in ihn.

„Doch, ich versteh' dich; du hast ein Recht darauf als Braut des Rüst. Du wolltest dich mit ihm verheiraten?"

„Der Vater wollte es."

„Jetzt wird er es nicht mehr wollen!"

„Was war denn mit der Christl?"

„Er hat sie sehr unglücklich gemacht, ist an ihr zum Verbrecher geworden! Aber laß das jetzt. Für dich war es eine große Gnade, daß es so gekommen ist. Du liebst ja einen anderen, Johanna! Freilich, dein Vater wird sich erst langsam an ihn gewöhnen müssen!"

Sie wurde rot im Gesicht. „Woher weißt du das?"

Er lachte. „Solche Geheimnisse lassen sich leicht erraten. Aber du brauchst nichts zu fürchten: ich halte schon dicht."

Sie schwiegen. Im Herd brannte das Feuer. Das Wasser im Topf fing an zu singen. „Ich mach' dir einen Tee", sagte sie ablenkend, zog eine Schublade auf und suchte nach passenden Kräutern.

Während sie das Getränk bereitete und in einer Tasse an sein Lager brachte, sprach er ihr zu, in allem gleichmütige

Ruhe zu bewahren. Denn über kurz oder lang müßte ihr Vater doch einmal ein offenes Wort zu den Dingen sagen.

„Und was wird Melchior Rüst tun?"

„Er wird dich hassen, wie er alle haßt, die ihm nicht willens sind. Aber du brauchst dich nicht zu fürchten vor ihm: er hat mehrere Feinde im Dorf!"

„Nicht um mich hab' ich Angst, aber um dich, um die Christl, um den Jäger vom Roteck. Du kennst ihn ja nicht! Er wird sich furchtbar rächen!"

Matthias streckte die Hand aus der Decke und langte nach dem Tee. „Wenn er dazu kommt: es geht manchmal seltsam zu im Leben. Du hast ja auch vom Gnadgott-Bach gehört..."

„Du glaubst auch daran?"

„Warum nicht? Wer weiß denn bestimmt, was morgen sein wird? Sind nicht über Nacht schon Berge eingestürzt? Und schöne, grüne Täler zugedeckt worden mit Wasser und Schlamm? Was haben die Lawinen schon angerichtet! Und dreimal in der Geschichte ist unser Tal ausgestorben an der Seuche. Die Menschen haben ebenso gelebt, gehofft, geliebt und gehaßt! Wer spricht heut noch von ihnen? Vielleicht die alte Kapelle da drüben, die keiner mehr beachtet. Melchior Rüst ist heut ein reicher und geachteter Mann. Ob er es morgen noch ist?"

Das Mädchen schaute hilflos. Es war ja noch viel zu jung, um für solche Gedanken Verständnis zu haben.

Es wurde langsam düster in der Stube. Johanna warf noch ein paar Holzkloben in das Feuer und zog dann die Kapuze über den Kopf.

„Ich werd' morgen wieder nach dir sehen, wenn es dir recht ist", sagte sie.

„Ich danke dir!"

Dann ging sie. Leise fiel draußen die Tür ins Schloß, und

dann war es wieder still in der Küsterstube. Nur das Feuer brummte noch eine Weile im Ofen.

Der Neuschnee im Gebirge reichte schon fast bis zum Zwieselhaus herab. Die Sonne brach zeitweilig durch das Gewölk, das dick und trüb die ganzen letzten Tage den Himmel verdeckt hatte. Der Kaspar schleifte mit dem Ochsen ein paar Langholzstücke vom Wald herab, die er dieser Tage zur Ausbesserung des Gebälkes am Haus zurechtzimmern wollte, und die Christl warf drüben am Hang den warmen Mist über die Weidegründe, damit die zu erwartetenden Fröste keinen Schaden machten. Nur die Kath hatte sich in die warme Stube geflüchtet. Seit sie alt geworden war, konnte sie die nasse Kälte nicht mehr ertragen und jammerte über ein Reißen in den Gliedern und auf dem Rücken. Sie hatte einen Stuhl an den Ofen gezogen und trieb in müder Gelassenheit ein Butterfaß.

Wer sie so sah, hätte nicht geglaubt, daß es etwas auf der Welt gab, was sie aus dieser beschaulichen Ruhe hätte bringen können.

Als es an die Tür klopfte und ein Mann in die Stube trat, kam zunächst noch keine Störung in ihre Tätigkeit. Gleichmütig wanderten ihre Augen der Gestalt an der Tür zu – und dann ließ sie plötzlich die Butterrühre stehen. In ihr hartes Gesicht kam etwas wie eine Starre, und der Mund blieb ihr offen.

Der Eingetretene war Melchior Rüst.

Er schaute sich in der Stube um wie einer, der hier fremd ist und sich erst zurechtfinden muß. Dann lagen seine Augen auf der Alten.

„Du kennst mich wohl nicht?" fragte er.

„Doch, aber ich mein', daß du dich verirrt hast!" entgegnete sie.

„Ach so, weil man mich da herin noch nicht gesehen hat? Nein, ich bin schon recht: ich weiß schon, was ich will. Bist du allein?"

„Der Kaspar holt ein paar Baumlängen vom Wald –"

„Und die Magd?"

Die Alte schaute hart und kalt. „Magd? Im Zwieselhaus hat man nie eine Magd gehabt."

Melchior Rüst lief das Blut zum Kopf. „Lüg mich nicht an, du altes..."

„Warum wirst du bösmaulig? Hab' ich dir etwas getan?"

„Meine Magd hast du aufgenommen, die mir davongelaufen ist! Du hältst sie hier versteckt..."

Die Kath fing wieder an, das Faß zu rühren. Sie schenkte ihm keine Beachtung mehr; er war ihr zu grob.

„Nun?" fragte er, nachdem er eine Weile vergebens auf ihre Antwort gewartet hatte.

„Was willst du?"

„Wo ist die Christl?"

„Du bist früh daran, nach ihr zu schauen! Geh heim und laß sie in Ruh! Und laß uns in Ruh! Wir haben genug gelitten durch dich!"

„Durch mich?"

„Das magst du fragen? Was ist denn auf der Gotteskanzel geschehen? Wie lange wird man noch glauben, daß der Blitz den Korbin erschlagen hat? Lüg ich? Hast du dem Korbin nicht alles genommen, Gründe, Wiesen, den Bach? Und zum Schluß hat man ihn unter der Gotteskanzel gefunden!"

Die Alte lachte rauh und bitter auf. Dann rührte sie wieder weiter.

Sie schwiegen jetzt beide. Da hörte man dumpfes Stampfen hinter dem Haus.

„Er kommt", sagte Melchior Rüst, „hole ihn herein, ich habe mit ihm etwas zu reden."

„Der Kaspar will mit dir nicht reden!" antwortete die Kath.

Melchior Rüst sah, daß die Alte nicht zu bewegen war. Er warf ihr einen wütenden Blick zu und ging.

Der Kaspar zog die Kette von den Bäumen und warf sie über die Schulter. Vor ihm stand der Ochse.

Eben wollte er wenden und zum Wald zurückkehren, da sah er Melchior Rüst vom Haus herabkommen. Seine Augen blitzten scharf und drohend. „Wen suchst du denn bei uns?"

„Dich!" Melchior Rüst blieb bei ihm stehen. „Ich hab' mit dir etwas zu reden."

Der Kaspar äugte hinauf zum Wald. Er war um die Christl besorgt. Wenn es nun das Unglück wollte, daß sie ihm in den Weg kam. „Wir haben nichts miteinander zu reden!" grollte er.

„Vielleicht doch – es ist wegen dem Grantl." Das ging ihm eben noch rechtzeitig durch den Kopf, nachdem er gesehen hatte, daß er mit einer Frage nach der Christl bei dem Burschen ebensowenig ankam wie vorhin bei der Alten.

Der Kaspar drehte sich herum. „Was ist mit dem Grantl?"

Melchior Rüst drückte die Brauen herab, daß seine Augen klein und scharf hervorschauten. „Es gibt da schon lange etwas zu klären. Das heißt, geklärt ist es schon, aber du willst dich nur nicht daran halten. Du holst Jahr für Jahr das Heu vom Grantl, ohne ein Recht zu haben!"

„Recht? Seit das Zwieselhaus steht, hat man vom Grantl das Heu gemäht. Mein Großvater schon hat es gemacht. Es muß also schon das Recht auf dem Haus sein, mein' ich!"

„Und steht es geschrieben?" lauerte Melchior Rüst.

„Geschrieben? Es ist doch ein Wildheu, und dafür gibt es ein ungeschriebenes Recht. Und das haben wir!"

„Der Grantl gehört zur Bodmer-Alm und ist einmal von uns käuflich erworben worden."

„Und das weißt du erst heute?"

„Nein, aber ich hab' dich gewähren lassen, weil schließlich jeder Mensch leben will. Doch von jetzt ab ist es vorbei damit! Das wollt' ich dir sagen!"

Der Zwiesel-Kaspar stand wie zur Abwehr. Seine Faust umspannte krampfhaft die Kette, die ihm von der Achsel hing. „Nein!" schrie er dann. „Das Wildheu vom Grantl gehört mir! Und keiner wird es mir wehren können, daß ich es nächstes Jahr wieder herabhol'! Auch du nicht!"

„Das sehen wir dann schon. Auf alle Fälle weißt du, wie es sich damit verhält."

„Wo hast du den Kaufbrief?"

„Den bring' ich dir. Wenn du willst, morgen schon."

Der Kaspar stand in wilder Verzweiflung. Nein, er konnte auf dieses Bergheu nicht verzichten, es war das Gut seines Hauses, sein Verdienst, seine Existenz. Er sah in die bösen Augen des Bauern und mußte mit aller Gewalt an sich halten, um ihm nicht die schwere Kette an den Kopf zu schleudern.

Melchior Rüst merkte, daß der Bursche in unglücklicher Ratlosigkeit war. Eine Weile beließ er ihn so, dann hob er plötzlich die Brauen, und sein Gesicht drückte auf einmal eine listige Bereitschaft aus. „Wenn du aber durchaus nicht verzichten willst, dann schlage ich dir einen Handel vor: Ich lass' dir dein Grantl, und du –"

„– und ich?"

„Du jagst dafür das Frauenzimmer aus dem Haus, das du aufgenommen hast!"

Die Augen des Kaspar lagen auf dem Gesicht des Bauern. Nun wußte er plötzlich, um was es hier ging. Ihn schauderte vor soviel Niedertracht. Und da kam ihm plötzlich ein seltsamer Gedanke, er dachte an den Vater – nein, auch die Bodmer-Alm war einmal nicht da. Vielleicht hatte da, wo sie heut stand, der Vater das Wildheu geholt – und dann hat man es ihm streitig gemacht. Und er hat sich gewehrt – und dann war alles so geschehen, was kam: Leid und Unglück, Not, Mord.

Vielleicht fand er jetzt den Mörder. Herrgott! Er konnte nicht mehr weiterdenken. Es wirbelte ihm alles viel zu wild und zu ungeordnet durch den Kopf. „Nein!" schrie er. „Ich will nicht!"

„Das wirst du bereuen, du Narr!" sagte Melchior Rüst, und dann ging er.

Kaspar schaute ihm nach, wie er über den Hof unter den Bäumen davonlief.

Dann ließ er den Ochsen stehen und eilte ins Haus.

Die Sorge um die Christl war vergessen. Wirr und wild war sein Denken.

Die Kath schaute verwundert auf, als sie ihn so ungestüm eintreten sah.

„Kath!" rief er. „Sag mir, was war früher dort, wo die Bodmer-Alm steht?"

„Nix. Der Korbin, dein Vater, hat dort Wildheu gemäht."

„War es auch so gut wie das vom Grantl?"

„Besser noch. Aber der Rüst hat es ihm genommen."

„Und er hat sich's nehmen lassen?"

„Nein, aber er ist doch dann an der Gotteskanzel abgestürzt."

„Kath!" schrie der Kaspar. „Ich glaub', ich find' ihn jetzt, den Mörder."

Die Alte schüttelte den Kopf, halb zweifelnd, halb verwundert. „War der Melchior Rüst bei dir?"

„Laß mich jetzt, Kath! Ich werd' dir schon erzählen, aber jetzt will ich nachdenken, Kath!"

Noch ehe die Alte ihn zur Vernunft bringen konnte, war er hinausgestürzt.

Als Melchior zum Zwieselhaus hinaufgestiegen war, war ihm der Jäger vom Roteck unbemerkt gefolgt, und dann hatte er von einer Waldhöhe aus das Haus eine Weile im Auge behalten. Er sah den Kaspar mit seinem Ochsen die Langholzstämme herabschleifen, während Melchior Rüst sich im Zwieselhaus aufhielt. Er wunderte sich, daß alles so ruhig blieb – und da bemerkte er plötzlich drüben auf dem Weidgrund die Christl, sah, in welcher Gefahr sie sich bei ihrer einsamen Arbeit befand. Der Kaspar war weit von ihr entfernt, war ahnungslos und unbesorgt und mit seinem Gespann beschäftigt. Wenn Melchior Rüst aus dem Haus kam und sich nur ein wenig umschaute, mußte er sie sehen...

Er schlich sich am Rand des Waldes über die Höhe, bis er in der Nähe des Mädchens war. Hinter einem Busch schaute er hinab, auf den Grund und auf das Zwieselhaus, sah die Christl fleißig und unbekümmert ihre Arbeit tun und am Zuweg drunten den Ochsen stehen. Aber der Zwiesel-Kaspar war verschwunden.

Und ganz plötzlich stand Melchior Rüst im Gelände, nur eine kleine Weile, dann verkroch er sich in den Wald und kam nun fast den gleichen Weg auf der Höhe herüber, in der unverkennbaren Absicht, unbemerkt an das Mädchen heranzukommen.

Bert Steiner meinte, die Christl müßte die Nähe der Gefahr spüren. Es war unfaßbar für ihn, daß sie unbekümmert bei der Arbeit blieb und nicht ein einziges Mal aufschaute. Denn sonst hätte sie sehen müssen, wie Melchior Rüst, in die Mulde gebeugt, an sie heranschlich.

Dann stand er hinter ihrem Rücken, klobig, mit brutaler Rücksichtslosigkeit.

Endlich fühlte sie, daß jemand hinter ihr stand. Sie wandte sich nach ihm um, begegnete seinem unbarmherzigen Blick, sah seine breite, gedrungene Gestalt und das volle, runde Gesicht, und sie erschrak so sehr, daß das Werkzeug ihrer Hand entfiel.

„Und du hast gemeint, du könntest dich vor mir verstekken!" sagte er.

Sie schaute hilflos hinab zum Zwieselhaus. Kein Mensch war um die Wege. „Laß mich!" schrie sie.

„Warum bist du mir davongelaufen?"

„Wie du bloß fragen kannst! Geh und laß mich in Ruhe!" sagte sie, ohne ihn weiter noch anzusehen.

Aber er stand unbeweglich. In seinen Augen lichterten List und Wut. „Und was willst du tun? Vielleicht hier warten, bis alles vorbei ist – und dann meinen Namen verdrekken?"

„Geht es nur um dich?" Plötzlich hob sie die Stimme und schrie ihn an. „Ja, ich bleib' hier!"

Er verzog das Gesicht. „Ach so! Du meinst, für den Kaspar seist du immer noch gut!"

„Laß die Gemeinheit!"

„Du bleibst nicht da. Und wenn ich die ganze Hütte räumen muß!"

Da schaute sie ihn wieder an. Sein Gesicht verriet die Entschlossenheit zu bösester Tat. Gott mochte wissen, mit welchen Absichten er sich trug. „Was willst du tun?"

Er antwortete nicht. Ihre großen, schönen Augen, das bleiche, erregte Gesicht unter den schwarzen lockigen Haaren, der wellige, sinnliche Mund weckten plötzlich wieder jene leidenschaftlichen Gefühle in ihm, die ihn einmal mit dieser Frau verbanden.

„Nichts, wenn du vernünftig bist! Ich will sogar alles vergessen und will dir dein Ausreißen verzeihen. Du mußt fort aus dem Tal! Ich werde dafür sorgen, daß du irgendwo unterkommst. Und dann – ich mein', es kann nicht alles aus sein zwischen uns, Christl!"

„Ja, es ist aus!" rief sie. „Du mußt wissen, daß ich dich hasse! Ich geh' meinen Weg selber und so, wie ich will!"

Ihr Widerstand reizte ihn. Mit einem raschen Griff packte er sie am Arm und zog sie mit roher Kraft an sich.

Aber sie wehrte sich und schlug ihm ins Gesicht. „Du Mörder!"

„Wie? Wie nennst du mich?"

„Dein Kind wolltest du morden! Leugne es doch, wenn du kannst!"

Er hielt plötzlich ein. „Du bist aufgeregt und weißt nicht, was du sagst. Darüber reden wir später. Jetzt merk dir: versuche es nie, zu irgend jemand ein Wort zu sagen! Und morgen bist du fort!"

„Geh! Laß mich!"

„Nein! Ich komme morgen wieder. Und wenn du immer noch da bist, dann – Christl, ich liebe dich immer noch – nur die Leute da drunten sollen es nicht wissen. Verstehst du das nicht?" Er packte sie noch einmal zugleich an beiden Armen und hielt sie fest.

„Hilfe!" schrie sie.

Der Jäger vom Roteck war aus dem Wald getreten und zeigte sich droben auf der Höhe. Er klopfte mit einer Gerte an den Stiefelschaft und machte sich bemerkbar. Dann kam er herab, ging in der Nähe vorbei und lief querfeldein über die Weide.

Als Melchior Rüst ihn bemerkte, ließ er das Mädchen los und stand wartend. Seine Augen folgten dem Jäger und beobachteten scharf sein Benehmen. Er ahnte die Absicht dieses Zusammentreffens, und der Ärger trat in sein Gesicht.

Auch Christl schaute ihm nach. Sie sah, daß er sich unbekümmert von ihnen entfernte, und daß sie gleich wieder mit diesem schrecklichen Mann allein sein würde. Die Angst wuchs mit jedem seiner Schritte.

„Wart!" schrie sie plötzlich laut und hilflos, unbedacht des ungehörigen Zurufs.

Der Jäger hielt an und schaute zurück. Ohne Melchior Rüst eines Blickes zu würdigen, wandte er sich an das Mädchen. „Meinst du mich?"

Melchior Rüst stieß ein mißtönendes Lachen aus. „Niemand meint dich", sagte er. „Geh zu, du hast auf dem Grund kaum etwas zu suchen!"

„Genau soviel wie du! Du hast hier nichts zu sagen, Rüst!" Dann wandte er sich an Christl: „Du hast doch eben gerufen? Wenn ich mich aber getäuscht habe, dann entschuldige bitte!" Er tat, als wollte er seinen Weg fortsetzen.

„Bleib!" rief Christl.

Melchior Rüst fluchte.

„Gut, dann bleib' ich", sagte der Jäger und stellte sich breit hin. Sein Blick lag herausfordernd auf dem finsteren Gesicht des Bauern.

Der war einen Augenblick ratlos. Plötzlich streiften seine Augen das Gesicht der Christl. „Das wird dir vielleicht heut bloß nützen!" zischte er. „Ich komme wieder!" Und dann wandte er sich an den Jäger. „Du wirst deine Frechheit bezahlen! Wir rechnen ab!"

Dann ging er davon.

Sie schauten ihm nach, bis er draußen auf dem Weg war und hinter den Kummerföhren, die den Berghang säumten, verschwand.

„Komm!" sagte der Jäger.

Christl griff nach der weggeworfenen Gabel, und dann gingen sie wortlos hinab zum Zwieselhaus.

Der Ochse stand immer noch da und riß das Laub von den Stämmen. Der Kaspar war verschwunden.

„Du mußt vorsichtiger sein!" sagte Bert, als sie drunten ankamen.

„Er wird mich immer verfolgen!" meinte sie mutlos.

„Es kommt der Winter, da gehen keine Wege mehr zum Zwieselhaus", wollte er trösten.

„Sag dem Matthias, was geschehen ist!" bat sie ihn.

Das Licht fing an, zu schwinden. Sie holte den Ochsen herein, entschirrte ihn und führte ihn in den Stall.

Bert Steiner aber machte sich auf den Weg und eilte zu Tal.

In den folgenden Wochen stiegen die männlichen Talbewohner täglich mit Pickeln und Schaufeln hinauf über die Gotteskanzel zum Flexensee und leisteten Frondienste. Attenberger hatte dazu aufgerufen. Verschiedene untrügliche Anzeichen ließen darauf schließen, daß früher oder später wieder ungeheure Wassermassen aus dem Berg brechen würden, um durch die tiefe Rinne des Gnadgott-Baches in den See zu stürzen. Wenn es dazu noch einen schneereichen Winter gab, konnte es zu verhängnisvollen Überschwemmungen kommen. Wiederholte Male in seiner Geschichte war diese Gefahr über das Dorf gekommen, und die letzte große Katastrophe lag der älteren Generation noch immer auf dem Gemüt.

Alle waren dem Ruf Attenbergers gefolgt und erfüllten rührig ihre Arbeitsauflage. Sie festigten und verbauten die brüchigen Dämme mit Gestein und Faschinen, sie verrammten die Wuhrmauern und legten tiefe Wassermühlen in den Katzbach, die der Flut, wenn sie trotzdem kommen wollte, die große Kraft zerschlagen sollten.

Auch der Zwiesel-Kaspar leistete willig seinen Frondienst ab. Dabei kam er das erste Mal wieder mit den Männern vom Dorf zusammen. Es war merkwürdig genug, daß es unter ihnen auf einmal Leute gab, die ihn kameradschaftlich mitankommen ließen, von einzelnen wurde er sogar in den Rast- und Essenspausen ins Gespräch gezogen. Attenberger selbst klopfte ihm einmal auf die Schulter und lobte seinen Fleiß...

Dem Kaspar kam das nicht geheuer vor. Er konnte sich nicht denken, was die Menschen zu diesem plötzlichen Meinungswechsel bewog. Bis heute hatte er als Geächteter gegolten, als ein zu jeder bösen Tat fähiger Lump, dem man nicht über den Weg trauen wollte.

Seiner Meinung nach konnte es nur der Jäger vom Roteck oder der Holzschnitzer Matthias Falber gewesen sein, die für ihn gesprochen hatten.

Aber er war bis in das Herz hinein froh, endlich wieder als Mensch zu gelten.

Melchior Rüst beteiligte sich selbst nicht an diesem Gemeinschaftswerk, und man hatte es auch nicht erwartet. Dafür schickte er seinen Knecht Guido.

Der Zwiesel-Kaspar hatte seine lange, schlenkernde Gestalt bald entdeckt, und er wich ihm auf allen Wegen aus.

Doch einmal war es nicht zu umgehen, daß er mit ihm zusammentraf. Sie schleppten einen mächtigen Rammblock über unwegsames Geröll bergan. Guido ging voran, der Kaspar folgte. Unter dem schweren, geschulterten Holz keuchten beide.

„Was hat dir der Rüst dafür bezahlt, daß du ihm die Christl verraten hast?" fragte der Zwiesel-Kaspar plötzlich.

Der Knecht antwortete nicht, aber es ging ein Stoß auf den Kaspar zurück, verursacht durch das plötzliche Stocken des Schrittes.

„Fängst du wieder damit an?" fragte Guido mürrisch.

„Er war in meinem Haus – natürlich wegen der Christl! Er hat nichts erreicht, und er wird auch nichts erreichen. Aber es ist Tag geworden in mir. Heut weiß ich: wenn mein Vater in die Schlucht gestoßen wurde, dann war es der Rüst!"

Der Knecht antwortete nicht. Aber sein Schritt geriet

abermals ins Stocken. Seiner Brust entrang sich ein unverständlicher gurgelnder Laut.

Der Kaspar belauerte ihn mit scharfen Augen. „Oder warst du es?" fragte er plötzlich.

Da warf der Knecht die Last von der Schulter, wandte sich um und schaute mit düsterem Blick auf den Kaspar. Sein Gesicht verfiel.

„Warum erschreckt dich das so?" fuhr der Kaspar rücksichtslos fort. „Du bist ein guter Knecht, Guido. Du tust alles, was dein Herr sagt, auch das Böse!"

„Schweig!" zischte der Knecht und war nahe daran, sich auf ihn zu stürzen.

„Nimm das Holz und geh!" sagte der Kaspar. „Oder ich schreie es laut vor den Leuten!"

Es war kein Zweifel, daß er seine Drohung wahrmachen würde. Da griff Guido nach dem Rammblock und schwang ihn auf die Schulter.

Dem unbedingten Lebenswillen der Talbewohner und dem daraus erwachsenden Fleiß war es zu danken, daß das große Gemeinschaftswerk gerade noch fertig wurde, ehe der Winter einbrach. Attenberger konnte zufrieden sein. Fest standen die Wuhrmauern am See, und der Katzbach war nach den neuesten Erfahrungen und Erkenntnissen verbaut. Nach menschlichem Ermessen konnte das Dorf von keiner unmittelbaren Gefahr mehr bedroht werden, es sei denn, der Himmel selbst hätte seinen Untergang beschlossen.

Erleichterten Gemüts ging das Dorfoberhaupt an diesen Tagen von Haus zu Haus, um den Helfern zu danken. Vielleicht hätte er sogar noch das Einödhaus des Zwiesel-Kaspars aufgesucht, denn es war allgemein bekannt und gerühmt worden, daß gerade der Kaspar mit unvergleichlichem Fleiß und seiner letzten Kraft sich an den Arbeiten beteiligt hatte, obwohl für seine Heimat mit ihrer Lage hoch am Berg überhaupt kein Anlaß dazu bestand.

Aber Attenberger erreichte das Zwieselhaus nicht mehr. Schon Tage zuvor, als über das Tal noch Regen und Schauer zogen, hatte der Winter das Einödhaus erfaßt und mit dichten, unüberwindlichen Schneemauern umgürtet. Dann nahm er seinen Weg hinab über die Gotteskanzel, den Frauenhügel und das Roteck, bis er dann das ganze Land unter seine Herrschaft gebracht hatte.

Fast über Nacht war das Leben der Menschen zur Ruhe gekommen. In dumpfer Stille lag das Dorf, aus den Kaminen stieg der Rauch und lag dünn und grau über den Dächern. Die Wild- und Sturzbäche grollten unsichtbar unter den Verschüttungen. Die Krähen zogen in dunklen Schwärmen schreiend über die Bergwälder. Wie aus dem Sinn der Menschheit verloren, lag das Zwieselhaus in seiner Einsamkeit.

Und immer noch fiel in unverminderter Dichte der Schnee, alles mit seiner Decke verschüttend.

Über die Straßen im Tal gingen Schneepflüge und durchbrachen die winterliche Einkreisung des Dorfes.

Melchior Rüst lag krank im Bett, schon seit mehreren Tagen. Es war im Tal noch hartgefrorener Boden gewesen, als er zu später Nachtstunde noch unterwegs gewesen war. Auf einem verborgenen, stillen Grund war er mit Matthias Falber zusammengestoßen. Es war zwischen den beiden Männern zu einer heftigen Auseinandersetzung gekommen. Die neuerliche Bedrängnis, in die der brutale Bauer die Christl auf dem Hausgrund des Zwieselhauses gebracht hatte, war dem besonnenen, ruhigen Bildschnitzer über die Beherrschung gegangen. Er wußte um ihre Not und um ihren mühsam zusammengerafften Mut für die Erwartung der unglücklichen Mutterschaft. Und so sah er in den fortdauernden Verfolgungen des Mannes ein tödliches Verderben.

Was nun zwischen den beiden Männern bei dieser nächtlichen Begegnung geschehen war, hatte keinen Zeugen. Matthias Falber war ein Hüne, der, in Wut gebracht, mit seinen bloßen prankenhaften Händen Eisen biegen konnte. An ihm hatte der robuste Bauer sich wohl verrechnet, als er ihn für seine Anschuldigungen und Anklagen würgen wollte.

Als er in den Morgenstunden immer noch nicht heimgekehrt war, schickte die alte Sabin die Knechte auf die Suche über den Berg.

Sie fanden ihn zerbrochen auf dem hartgefrorenen, kalten Weidegrund und brachten ihn heim.

Aber er wollte keinen Arzt, keine Hilfe, keine Pflege. Schweigend lag er in seiner Kammer und reagierte auf keine Frage, als hätte er der ganzen Menschheit Krieg angesagt. Nicht einmal seinen Knecht Guido wollte er sehen, der ihm doch so wichtige Dinge hätte sagen sollen, wie die Anklage des herausfordernden Zwiesel-Kaspars oder seine auf Schleichwegen eingezogenen Erkundigungen über die heimlichen Beziehungen der Attenberger-Tochter zum Jäger vom Roteck.

Nichts wollte Melchior Rüst in diesen Tagen hören. In schweigendem Grübeln schaute er zum Fenster, auf das Treiben des Schnees; er horchte auf den Sturm, der am Haus rüttelte. Er klagte nicht über Schmerzen, obwohl er bei jeder Bewegung sein Gesicht zu einer Grimasse verzog.

Aber in seinen Augen war ein sehr regsames Lauern. Man fühlte den Haß, der unter diesem ungewöhnlichen Schweigen in seinem Innern arbeitete.

Der Winter baute emsig weiter an seiner Herrschaft. Schon türmten sich die Schneemassen um die Häuser bis über die Fenster auf.

Attenberger fuhr im Schlitten nach Schwand, einem kleinen Marktflecken, in dem die Bewohner der Dörfer sich mit den Gebrauchsgütern versorgten. Neben ihm saß Johanna und teilte mit ihm die Decke über den Knien. Die Kälte hatte ihr Gesicht frisch gerötet, und ihre Augen lagen bewundernd auf den weißen Bergen, die wie mächtige Zuckerhüte zum grauen Himmel ragten. Silberhell bimmelten die Glöckchen am Halfter des Pferdes. Es war die erste Schlittenfahrt, die sie zum Beginn des heurigen Winters machte. Sie war dem Vater dankbar, als er sie ganz überraschend dazu einlud.

Sie dachte an die kommende Weihnacht und schaute hinauf zu den Tannenwäldern, auf denen schwer und weiß die Last des Neuschnees lag. Ein heilsamer Friede ging aus davon, der die Stimmung ihres Herzens hob und eine Reihe kindlicher Erinnerungen in ihr wachrief und ein Sehnen nach unerfüllbaren Wünschen.

„Über der Gotteskanzel lockert sich der Nebel, es wird Frost geben", sagte Attenberger in das Schweigen.

Es war nur ein ganz kleines Stück blauer Himmel, das aus dem grauen Gewölk schaute, aber die wetterkundigen Bergbewohner wußten alle Zeichen des Himmels zu deuten.

Dünner und körniger fiel jetzt der Schnee, und auch der Wind kam vom flachen Land herauf.

Johanna nickte schweigend und zog die Decke fester um die Füße.

„Es liegt etwas in der Luft – und ich bin so froh, daß der Bach verbaut ist!"

„Warum? – Es ist doch alles so friedlich, so still, so feierlich, Vater!"

„Ich spür's einfach, daß etwas über uns kommen wird!"

„Ach, du meinst vom Gnadgott-Bach?"

Attenberger schwieg. Sein hartes Gesicht drückte eine Menge Sorgen aus. „Ich erinnere mich an die Zeit, wo auch so ein Unfriede im Dorf war. Allerdings war es Sommer damals, als man den Zwiesel-Korbin unter der Gotteskanzel gefunden hat. Nichts als Streit und Unfrieden."

„Unfrieden? Wo ist denn Streit im Dorf?"

„Daß man den Melchior niedergeschlagen hat, ist das nichts?"

Johanna erschrak bei diesem Namen. Es war das erste Mal wieder, daß der Vater ihn vor ihr aussprach. Über ihr Gesicht flog ein Schatten. Sie wußte nicht, was er damit wollte, aber sie fühlte, daß er mit Absicht auf Melchior Rüst zu sprechen kam.

„Weiß man denn, daß er niedergeschlagen wurde?" fragte sie nach einer Weile.

„Ja", sagte er nur und schwieg dann.

Sie schaute heimlich hinüber auf ihn, sah sein hartes, versonnenes Gesicht und fühlte sich auf einmal beunruhigt. Vergessen waren der Winterzauber und all die friedlichen Gedanken, die eben noch ihr Gemüt beglückt hatten. Melchior Rüst! Die ganze Qual des verzweifelten Wehrens, die ganze Herzensnot traten wieder vor ihre Seele und erfüllten sie mit Unlust und Ekel.

„Ich hab' dir einmal Unrecht getan, Hanna, aber du sollst nicht denken, daß ich es nicht gut gemeint habe! Ich konnte ja nicht wissen, daß..."

Er brach ab und hielt die Zügel fester. Sie fuhren über eine abschüssige Stelle. Der Markt Schwand lag vor ihnen. Der Weg war unberührt, und weit und breit war kein Mensch zu sehen.

Sie wartete eine Weile, daß er fortfahre mit seiner Rede. Aber er schien mit seinen Gedanken in eine Sackgasse geraten zu sein und fand nicht den rechten Ausweg. Sein hartes Gesicht hatte sich verändert, und die Lippen waren herb geschlossen.

„Warum wollen wir uns die Laune verderben, Vater?" sagte sie.

Er warf ihr einen Blick zu. „Es muß einmal sein, daß wir darüber reden. Ich wollt' es ja schon lange: der Rüst ist kein Mann für dich! Er ist zu alt!"

„Bloß zu alt?"

„Wohl auch zu grob! Und dann, es ist wahr, du hast seinen Reichtum nicht nötig, und jung bist du auch noch."

„Vater!" Sie wollte aufjubeln.

„Und der Hof braucht einmal einen Bauern."

„Daran sollst du nicht denken, Vater! – Du bist noch rüstig und rührig!"

Ein schwaches, geschmeicheltes Lächeln verscheuchte die Düsterkeit aus seinem Gesicht.

Sie fuhren die Marktstraße hinauf, und Attenberger erledigte rasch einige Geschäfte. Auch Johanna hatte Besorgungen zu machen, und dann besuchte sie noch ein paar Verwandte. Die kurze Aussprache mit ihrem Vater hatte sie mächtig beeindruckt. Überall, wo sie hinkam, wunderten sich die Leute über ihr fröhliches, lebhaftes Wesen, das man an ihr sonst nicht kannte. Es war, als wäre ihr irgendein großes, unerwartetes Glück widerfahren, das sie aus der Ruhe gebracht hatte.

Als Attenberger sie zur Heimfahrt abholte, dämmerte bereits der Abend. Da der Weg noch keine rechte Bahn aufwies, wollte er nicht in die Dunkelheit kommen und trieb das Roß an.

Nur ganz selten wechselten sie ein Wort, aber sie waren versöhnt und froh, daß sie wieder zusammengefunden hatten.

Der Schnee war naß und schwer, und an den Steilhängen am Weg klafften breite Sprünge in der weißen Decke.

Als sie über einen ausgesprengten Wegsims fuhren, kam

über ihnen der Schnee ins Rutschen, und rauschend kam die ganze Masse auf sie herab. Das Pferd scheute. Der Schlitten kam der Böschung zu nahe, rutschte ab und kippte um.

Bis die beiden sich aus dem Schnee gewerkelt hatten, war das Pferd mit dem umgekippten Schlitten ein weites Stück davon und hätte womöglich noch irgendein Unglück angerichtet, wenn es nicht droben am Steig von einem Mann aufgefangen worden wäre.

Als Attenberger sah, daß sie beide keinen eigentlichen Schaden genommen hatten, mußte er zur ganzen Sache lachen, nahm Johanna bei der Hand und zog sie mit hinauf zum Steig.

Sie sahen, wie der Mann droben den Schlitten auf die Kufen stellte und dann, das Pferd am Zügel haltend, auf sie wartete.

Es war Bert Steiner, der Jäger vom Roteck.

Sogleich erkundigte er sich, ob sie sich weh getan hätten, und als er sah, daß beide heil und gesund geblieben waren, gewann alsbald seine gute Laune wieder die Oberhand.

Auf Einladung Attenbergers setzte er sich zu ihnen in den Schlitten, so, daß Johanna in die Mitte kam; er ergriff die Zügel und ließ das Pferd in flottem Lauf dem Taldorf zugehen.

„Man könnt' meinen, du wärst immer schon mit Pferden umgegangen. Bei einem Jäger ist das sonst nicht der Fall", meinte Attenberger anerkennend, als er ihn eine Weile beobachtet hatte.

„Bin ich auch!" sagte der Jäger. „Meine Heimat war ein Bauernhaus."

Sie schauten ihn nun beide an.

„Wie kommst du dann zur Jägerei?" wollte Attenberger wissen, dem ein solcher Berufswechsel nicht ohne weiteres verständlich war.

„Meine Eltern sind tot. Das Haus ist niedergebrannt. Es stand einsam im Grenzland. Ich hab' meine Heimat verloren für immer. Gute Menschen haben mir zu diesem Jägerrock verholfen. Und ich bin zufrieden: Der Wald ist meine Heimat, und die Jagd war unser Hausrecht und ist mir nicht fremd."

Sie schauten beide auf den jungen frischen Mann, als könnten sie es nicht glauben, daß schon so schwere Schicksalsschläge sein Leben erschüttert hatten.

Er merkte, daß sie ihn beobachteten und ahnte ihre Zweifel. Deshalb erzählte er noch einige Dinge mehr von zu Hause, wo man ganz so wie hier in diesem Bergland mit der Erde, dem Wasser und dem Wetter zu kämpfen hatte, wo es Dürre und Überschwemmung gab und ein moosiges, kümmerliches Erdreich kein rechtes Wachstum hervorbrachte. Nur Wald gab es, tiefen, dunklen Wald.

Attenberger war sehr nachdenklich geworden. Die Geschichte und Geschicke des jungen Mannes gingen ihm lebhaft im Kopf um. Er kam nicht einmal dazu, neue Fragen zu stellen.

Auch Johanna schaute ernst vor sich nieder und schwieg. Die kalte Luft, die ihnen auf freiem Feld jetzt entgegenschlug, machte sie frösteln, so daß sie die Hände unter die Decke vergrub.

Im Dorf gingen die ersten Lichter auf, als sie die Steigung hinabfuhren. Gebändigt durch die festen, sicheren Griffe des Jägers, jagte das Pferd in gestrecktem Lauf der Niederung zu.

„Wir hatten weite Wege zu machen, daheim", begann Bert nach einer Weile wieder. „Und strenge Winter gab es und oft viel Schnee."

Attenberger nickte. „Mich wundert's, daß du dich so dreingefunden hast als Jäger."

„Was will man machen als armer Teufel? Aber es läßt sich schon leben im Forst. Die Hirsche an der Rotwand haben sich gesammelt. Ich werde morgen mit dem Füttern beginnen, denk' ich."

„Das ist noch zu früh. Der Winter hat ja erst angefangen."

„Aber wir bekommen Frost, und der Schnee liegt droben bis über die Knie!"

Sie fuhren hinein in das Dorf. Im Hof des Attenberger-Hauses erwartete sie bereits ein Knecht. Er hatte an dem Läuten der Glöckchen ihr Kommen gehört und nahm nun Pferd und Schlitten in Empfang.

Attenberger nötigte den Jäger noch ins Haus, und da die Attenbergerin gern frohe junge Leute um sich sah, mit denen man auch einmal heitere Dinge reden konnte, gab es noch einen gemütlichen Abend.

Als der Jäger aufbrach, begleitete ihn Attenberger selbst noch vor die Tür und ging mit ihm sogar noch über den Hof bis zur Straße hinaus. „Wenn es dir einmal zu einsam wird drüben im Forsthaus oder wenn es dich zu den Rossen zieht, dann weißt du, hoff' ich, wohin! Ich versteh' das schon: man kann nicht immer ohne das sein, wenn man ein Bauer ist!"

Bert dankte ihm.

Und als er einsam durch die Winternacht zu seinem Forsthaus hinaufging, war ihm alles wie im Traum. Hatte er denn wirklich erlebt, daß das geliebte Mädchen neben ihm im Schlitten saß, ihren fröstelnden Körper an den seinen schmiegte, Wärme und Schutz suchend, daß er die Zügel eines Pferdes in Händen hielt, nach langer, langer Zeit wieder ein Gefährt durch die verschneite Landschaft leitete?

Dann blieb er stehen, schaute zum Dorf zurück, suchte das Licht, das zum Attenberger-Haus gehörte, und verlor sich in die unmöglichsten Gedanken und Wünsche.

Aber was wollte er denn? Der Jäger vom Roteck, der nicht

einmal den Rock, den er trug, sein eigen nannte! Und sie, die Tochter des größten und angesehensten Bauern des Dorfes!

Müde und verdrossen stapfte er weiter durch den Schnee, hinaus in das weite Land.

Kapelle und Küsterhaus auf dem Frauenhügel waren eingeschneit. Tief beugten sich die Äste der Bäume unter der Schneelast, und wie Glaskörnchen blinkte und flimmerte der Frost auf der reinen, weißen Decke, die bis auf einzelne Wildspuren und verwehte Menschenschritte unberührt unter der kalten, klaren Sonne lag. Vom Kamin der Hütte trieb der Rauch, und vom Dach tröpfelte an der Sonnenseite das Wasser, um gleich wieder zu gefrieren und lange Eiszapfen zu bilden.

Matthias Falber war dieser Tage nicht aus dem Haus gegangen. Vom Morgen bis zum Abend arbeitete er in seiner Stube an dem großen Bildwerk, das jetzt langsam Gestalt annahm und ein wundersames Ding zu werden schien. Wenn er sich sinnend vor sein Werk stellte, schüttelte er oft – verwundert über das eigene Tun – den Kopf und konnte nicht begreifen, daß, entgegen ursprünglichen Vorwürfen, einfach und eigenwillig ein Frauenkopf daraus wurde. War es nicht, als ob irgendeine geheimnisvolle Kraft seine Hand geführt hätte?

Er war aus der Welt zurückgekommen, um an der Wetter-Madonna auf der Gotteskanzel heimzufinden zu seiner Kunst. Aber das, was er jetzt schuf, war etwas anderes, etwas unendlich Größeres: eine neue Madonna, deren Antlitz von unbeschreiblicher Anmut, Wärme, Mütterlichkeit und Güte war. Durchzuckte einen nicht gleichsam ein Schrei nach dem Himmlischen? Wurde man nicht geradezu erfaßt von der Kraft des ewigen Heimwehs? Und das alles wurde unter seinen Händen, ohne daß er es wollte!

Er sah nun das Antlitz in letzter Vollendung, und visionär schaute er die Gestalt in ihrem Mantel, weit und wallend, mit weichen geschwungenen Falten – und den Kopf deckte ein Tuch, eng gebunden, die Stirne bis zur Hälfte umschlingend – und dann war es ihm, als regte sich der Mantel, und eine Hand nestelte sich heraus, eine Hand von unvergleichlicher Form.

„Madonna!" flüsterte er.

Die Stille weckte ihn. Er schaute hin auf die alte Wanduhr, die stehengeblieben war, weil das Gewicht am Boden aufsaß. Ganz aufgeregt war er auf einmal, warf das Tuch über das Bildwerk, knöpfte die Joppe zu und zog eine Mütze über den Kopf...

Er wollte plötzlich nicht mehr allein sein. Es trieb ihn, einen Menschen zu suchen, dem er das alles mitteilen könnte. Einen Menschen! Er war ja so einsam: Wer wollte denn etwas von ihm hören und von seinen Träumen im alten, vergessenen Küsterhaus?

Der Schnee reichte ihm bis über die Knie, als er vom Haus weglief und bergan stieg. Trotzdem ging er rasch weiter. Frostkalt schlug ihm die Luft entgegen, und sein Atem dampfte. In unbeschreiblicher Stille lag der Wald.

Seine Gedanken waren immer noch daheim im dämmerigen Stübchen. Hatte er denn geträumt? Das Bild der Madonna hatte sich seinem Gedächtnis unauslöschbar eingeprägt. Jeder Zug ihres Gesichtes, jedes Fältchen ihres Mantels, alles, was an der Erscheinung war, stand klar und deutlich vor seinem Auge, so daß er es mit sicherer Hand hätte nachbilden können.

In solchen Gedanken ging er planlos über das verschneite Land; er achtete nicht einmal darauf, wohin er ging. Er stieg weiter bergan, ging unter vereisten Wäldern und merkte kaum, daß der Tag verlosch...

Es war schon Nacht, als er vor dem Zwieselhaus stand. Aus dem Fenster der Stube strahlte das Licht der Lampe, und hinten im Stall ging eine Tür. Sie mußten eben Feierabend gemacht haben; denn unter dem Vordach stand ein mit Holz beladener Hörnerschlitten, der kurz zuvor herangefahren worden war, die Spur im Schnee war frisch.

Er ging der Tür zu, bückte sich hinein in den Gang.

Sie saßen eben alle drei beim Nachtessen und schauten verwundert, als er plötzlich zu ihnen in die Stube kam. Mit kurzem Gruß setzte er sich auf die Bank am Fenster.

„Was ist geschehen?" fragte die Christl und legte den Löffel weg.

„Nichts. Wenigstens mir nicht", antwortete Matthias Falber.

Der Kaspar stand auf und kam zu ihm an die Bank. „Daß du heut zu uns kommst? Es geht doch kein Weg!"

„Ich bin schon durch tieferen Schnee gegangen."

Die alte Kath rückte den Stuhl und machte sich bemerkbar. „Die Hirsch kommen seit gestern ans Haus: es wird einen bösen Winter geben!"

Die Christl schaute stumm herüber zu ihm und studierte sein ernstes, nachdenkliches Gesicht. Sie hatte ihn schon einige Wochen nicht mehr gesehen, aber es dünkte sie, als ob er sich inzwischen verändert hätte. Es mußte doch etwas mit ihm gewesen sein.

„Der Melchior ist nicht mehr gekommen seitdem", sagte Kaspar.

Matthias Falber nickte nur, als finde er das ganz in Ordnung.

Der Kaspar schaute ihn fest an. „Warst es vielleicht du, der ihn zu Boden geschlagen hat?"

Matthias antwortete nicht gleich. „Nun ja, ich hab' mich nur gewehrt, und auch für die Christl. Er soll wissen, daß sie nicht schutzlos ist!"

„Mein Gott! Er wird sich rächen!" rief das Mädchen.

„Nein!" entgegnete Matthias sicher, daß sie es ihm glaubten.

„Und den Grantl geb' ich ihm auch nicht!" schrie der Kaspar.

Matthias beruhigte ihn: „Jetzt läge ja Schnee auf dem Land, und Gott mochte wissen, was noch alles über die Menschen komme, bis die Alpen wieder zu grünen begännen. Er sei kein Prophet, aber das möchte er schon sagen: es läge etwas in der Luft, wie ein aufziehendes Gewitter, von dem man nicht wüßte, was es brächte und wen es träfe..."

Die Kath öffnete die schläfrigen Augen. „Der Gnadgott-Bach hat noch nie Gutes gebracht! Aber die jungen Leut' glauben nicht daran!" sagte sie.

Die Christl war aufgestanden und herangekommen. „Warum bist du heut so seltsam?" fragte sie.

Er schaute sie an. Aus seinem Blick sprach ein verhaltenes Feuer, das jeden Augenblick auszubrechen drohte. „Ich weiß selbst nicht, wie ich heute gerade zu euch heraufkomme. Ich mag gern allein sein, aber ich muß wissen, daß ich zu Menschen kommen kann, wenn es nottut!"

Die Kath hatte einen Teller gebracht, schöpfte eine Suppe aus der Schüssel und legte einen Löffel auf den Tisch. „Komm!" lud sie ihn in ihrer kurzen Antwort zum Essen ein.

Matthias setzte sich an den Tisch und löffelte die warme Suppe.

Christl kramte aus der Kommode das Flick- und Nähzeug, um an die gewohnte abendliche Winterarbeit zu gehen.

Sein Blick folgte allen ihren Bewegungen. Er stellte fest, daß sie gesetzter, fraulicher geworden war und daß ihr diese häusliche Geschäftigkeit gut stand. Alles an ihr war Besorgnis und Leben, und er wehrte sich gegen den Gedanken, daß dieses Menschenkind einmal in Verzweiflung den Tod gesucht hatte. Noch einmal stieg der Groll aus seinem Herzen.

Er legte den Löffel weg und stand in seiner Größe und Wuchtigkeit plötzlich aufrecht mitten in der Stube.

„Sollte Melchior Rüst noch einmal zu euch ins Haus kommen, dann muß ich es wissen!" sagte er.

Als er ging, begleitete die Christl ihn vor die Tür. Still und weiß lag das Bergland. Der Mond hing am frostkalten Himmel.

„Du bist heut so seltsam", sagte sie. „Ist nicht alles gut?"

Er schaute sie an und suchte ihre Augen. „Ich weiß nicht – ich kann es dir nicht sagen, Christl. Ich glaub', daß ich nicht alles recht mache – nein, ich mache so vieles falsch! Ich steige zwei Stunden durch den Schnee herauf zum Zwieselhaus, weil ich einfach muß. Ich will dich immer etwas fragen, Christl, und tu's doch nicht!"

Sie sah ihn an, hing an seinem Mund.

Er schwieg eine Weile. „Wie lange hast du noch?" fragte er plötzlich.

Sie wurde verlegen und antwortete sehr leise: „Vier Monate. Warum fragst du?"

„Ich hab viel gearbeitet in meiner Hütte, ich wollte wieder zurückfinden zu meiner Kunst von früher, wollte die Figur der Wetter-Madonna schnitzen, so wie ich es früher gut gekonnt hatte."

„Und du kannst es nicht mehr?"

„Nein!"

Sie stand hilflos und mußte lange warten, bis er wieder sprach. Die Gedanken schienen ihn zu verwirren. Und dann erzählte er, was ihm heute im Zwielicht der Dämmerstunde begegnet war.

Nun zeigte sie plötzlich eine große Lebendigkeit. „Du sollst die Madonna schnitzen, so, wie du sie gesehen hast! Warum tust du es nicht?"

„Kann ich es?"

„Ja, du kannst es!"

Er überlegte. „Ich bin nicht fromm, Christl!"

„Trotzdem, ich bitte dich, Matthias! Tu's!"

Er schaute überrascht auf. „Du?" Und da sah er, daß sie in leichter Kleidung war und über den ganzen Körper fröstelte.

„Geh in die Stube, Christl! Du darfst nicht krank werden!" Er ergriff ihre Hände, wollte sie an sich ziehen, besann sich aber plötzlich.

Sie sah ihn bittend an. „Sprich doch! Was ist denn?"

„Nichts. – Gute Nacht, Christl! Ich werde sie nun doch schnitzen, die Madonna!"

Rasch lief er durch den tiefen Schnee hinaus in die Nacht.

Wie ein Zauberbann lag die Gewalt des Winters über dem Land. Ungeheure Schneemassen türmten sich vor den Häusern. Die Holzhacker traten einen schmalen Weg hinauf zum Wald, der wochenlang die einzige Verbindung zwischen Berg und Tal blieb und sich wie eine tiefe, ausgepflügte Rinne krumm und unruhig an den Hängen hinaufzog. Hier trugen dann die sogenannten Scharlenker ihre Hörnerschlitten bergan, mit denen sie das Holz zu Tale schleiften.

Der Jäger vom Roteck kam auf Schneeschuhen über die Höhen ins windgeschützte Jochkar zur Fütterung des hungernden Wildes. Oft zweimal des Tages machte er den Weg. Ein Bündel Heu trug er bei sich, Kastanien und Salz.

Verborgen hinter den Büschen schaute er den Tieren zu, wenn sie, vom Duft des Heues angelockt, aus allen Richtungen herankamen, eine ganze Anzahl von Hirschen mit schwerem Geweih, und nach ihrem Abzug die scheuen Rehe und ganz am Schluß bescheiden und durch den tiefen Schnee kugelnd der Berghase. Alle litten sie große Not, und er fühlte sich beglückt, den armen Geschöpfen zur Hilfe sein zu können.

Nur dem Raubwild, dem Fuchs und Marder, blieb er Feind und machte Jagd auf sie, seit er ein paarmal Kadaverreste von Rehen aufgefunden hatte, die von diesen grausamen Mördern bei lebendigem Leib aufgefressen worden waren, weil sie im tiefen Schnee mit ihren langen Läufen steckengeblieben waren.

Als er am Weihnachtsabend durch den Rauhfrost vom Wald herabfuhr und über das weiße Feld dem Forsthaus zusteuerte, begegnete er dem Attenberger, der im Schlitten die ausgepflügte Straße heraufkam.

Er war allein, und Bert wollte grüßend an ihm vorbeiziehen. Aber Attenberger hielt das Roß an und rief ihn herbei. Was er denn heute abend zu machen gedenke, wollte er wissen.

Bert schaute ihn ein wenig verständnislos an.

Er werde doch über der Wildfütterung nicht vergessen haben, daß heute der Weihnachtsabend ist, polterte der Mann los.

Nein, das habe er nicht vergessen. Aber was sollte er denn schon Besonderes tun?

„Wenn du Lust hast, dann komm doch auf ein paar Stunden herunter zu uns! Es wird auch bei uns nicht groß gefeiert; aber das Alleinsein am Weihnachtsabend, das taugt nichts! Meinst du nicht?"

Bert dankte und versprach, zu kommen.

Gleich, nachdem es Nacht geworden war, schlug er die Tür seines einsamen Jagdhauses zu und eilte zum Dorf hinab. In feierlicher Stille lag das Land. Vom frostigen, klaren Himmel leuchteten die Sterne. Der Zauber der Weihnacht hatte die Wälder, die Berge, die ganze Natur erfaßt, und aus vielen Fenstern leuchtete der Lichterbaum und warf den Schein über aufgetürmte Schneehaufen.

Im Attenbergerhof waren die Inwohner heute in der

guten Stube versammelt. In feierlicher Stimmung saßen Herrschaft und Dienstboten am Tisch beim Abendessen, als der Jäger eintrat.

Sofort wurde er von Attenberger eingeladen, an der Tafel teilzunehmen. Und so war er gleich mit einbezogen in die friedliche Gemeinschaft dieser Bergbauernfamilie.

Als dann der Baum angezündet wurde und die Attenbergerin geschäftig an die Dienstboten die sauber verpackten Geschenke verteilte, fühlte er plötzlich ein bitteres Heimweh nach längst vergangenen Zeiten, die nun weit hinter Tod und Zerstörung lagen, und er fing nachdenklich in schönen Erinnerungen aus glücklichen Kindertagen an zu kramen.

Er sah, wie die Dienstboten der Attenbergerin die Hand drückten und nach und nach das Zimmer verließen, um hinten in ihrem eigenen Stübchen bei süßen Getränken und froher Unterhaltung den Abend bis zum Mettengang zu verbringen.

Dann war er mit Attenberger allein am Tisch. Johanna stand am Baum und schaute wie ein Kind auf die Lichter. Die Attenbergerin war in die Küche gegangen, um den Grog zu machen.

Attenberger öffnete ein Zigarrenkistchen, ließ seinen Gast hineingreifen und zündete sich auch selbst eine Zigarre an. „In früheren Zeiten sind die Sternsinger durchs Gebirg' gezogen, jetzt ist alles so still geworden bei uns. Ich glaub', die Welt draußen hat uns vergessen", sagte Attenberger und lehnte sich gemütlich und zufrieden zurück.

„Hat sie schon einmal etwas Gutes gebracht, die Welt? Ich meine, es ist besser, man wird von ihr vergessen!" sagte der Jäger.

Johanna löschte die Lichter am Baum und kam heran, um sich an den Gesprächen zu beteiligen. Und als die Attenbergerin den heißen Trank brachte, kam allmählich Lebendigkeit in die Gesellschaft. Der muntere, redegewandte Jäger erzählte von seinen Erlebnissen, und er tat es mit so viel Humor, daß sich die Wolke, die in letzter Zeit unveränderlich auf der Stirne Attenbergers gelegen hatte, langsam verzog. Sie machten sogar einige heitere Spiele und unterhielten sich wunderbar.

So vergingen ein paar Stunden; da zeigte Johanna auf einmal ein sehr nachdenkliches Gesicht, so, als wäre ihr plötzlich ein Kummer in den Sinn gekommen. Zuerst sah es der Jäger, aber er wagte es nicht, sie nach der Ursache zu fragen. Er beobachtete sie nur und versuchte, durch einige Scherzworte ihr ein Lachen zu entlocken. Aber sie blieb ernst und gedankenabwesend.

Jetzt fiel es endlich auch der Attenbergerin auf. „Was hast du denn auf einmal, Hanna?" fragte sie.

Das Mädchen wurde ein wenig verlegen. „Ach, mir ist plötzlich der Falber Matthias in den Sinn gekommen, wie er jetzt wohl einsam im verschneiten Küsterhaus auf dem Frauenhügel sitzen wird", sagte sie. „Ohne jede Bequemlichkeit! Ohne Weihnachtsbaum. Ohne menschliche Ansprache! Vielleicht hat er gar vergessen, daß heut der Heilige Abend ist!"

Die Attenbergerin pflichtete ihr mit nachdenklichem Kopfnicken bei.

„Ich überlegte gerade, wie ich es machen könnte, zu ihm zu kommen, um ihm eine kleine Freude zu bereiten", fuhr das Mädchen fort.

„Bist du von Sinnen, Mädchen?" rief die Mutter.

Attenberger schaute sie kopfschüttelnd an. „Möchtest du vielleicht mitten in der Nacht zum Frauenhügel gehen?"

„Ich weiß nicht, was es ist: ich hab' einfach keine Ruhe!"

Da stand Bert Steiner auf. „Wenn Sie glauben, daß es sein muß, werde ich Sie begleiten, Fräulein Johanna!"

Attenberger schaute ihn an, wie wenn er den Verstand verloren hätte. „Verrückt ist doch so etwas! Wie kann man denn vom warmen Ofen weglaufen!"

Johanna ging lebhaft auf ihn zu. „Ja, laß mich, Vater! Wir sind ja gleich wieder zurück! Es ist ja eine so helle Nacht heute!"

„Aber kalt!"

„Dagegen kann man sich helfen!" half ihr nun Bert Steiner und schlüpfte in den Pelz.

Die Attenbergerin machte ein Paket mit Backwaren zurecht. Auch eine Flasche Wein tat sie dazu, während Johanna hinauseilte, um sich fest und warm anzuziehen.

Attenberger ging in die Dienstbotenstube und holte einen Knecht, damit er gleich das Roß schirre und den Schlitten bereit mache.

Wenig später fuhren sie zum Hofe hinaus, durch das Dorf und der Höhe zu. Es war eine klare Mondnacht. Funkelnd spiegelte sich das Licht in der reinen, weißen Decke, und über dem Wald standen groß und klar die Sterne.

Das Pferd griff hurtig aus und wollte sich warmlaufen. Erst als die Steigung begann, ging es im Schritt. Sie mußten umfahren, weil der schmale Weg sich in weitausholenden Kurven hinaufkrümmte.

Keine Menschenseele war um die Wege, kein Tier. Wie ausgestorben lag die Welt.

Bert Steiner knüpfte den Leitriemen fest und schob die Hände in die Taschen.

„Hoffentlich sind Sie mir nicht bös', weil ich Sie aus der Gemütlichkeit gebracht habe", sagte Johanna nach langem anfänglichem Schweigen.

„Nein. Mich wundert nur, daß Sie plötzlich an Matthias Falber denken mußten."

„Ich weiß selbst nicht; auf einmal fiel es mir ein, daß es sehr einsame Menschen gibt. Es ist furchtbar, wenn man sich so hinausgestellt sieht, von allen Freunden vergessen und unbeachtet. Gerade am Weihnachtsabend, wo doch überall sonst Freude herrscht! Finden Sie das nicht auch?"

„Gewiß. Aber es wär' mir heut bestimmt nicht besser ergangen, wenn ich nicht zufällig Ihrem Vater in den Weg gelaufen wäre!"

„Ich freu' mich, daß es so gekommen ist! Überhaupt ist der Vater so seltsam geworden. Ganz anders als früher. Ich kenn' ihn oft nicht mehr. Ich weiß, er hat vor irgend etwas Angst. Früher ist er an den Abenden fortgegangen, hatte immer irgendwo etwas zu tun oder zu besorgen. Und jetzt bringt man ihn nicht mehr vom Stuhl, wenn er sich einmal gesetzt hat."

Bert antwortete nicht.

„Er hat einmal viel gehalten auf den Rüst, und die Enttäuschung war bitterer für ihn, als er zugeben will!" fuhr sie nach einer Weile fort.

Bert nickte, aber er sagte nichts, denn er wollte sich nicht in diese Dinge hineindrängen.

Gemächlich ging es den krummen Weg hinauf. Wie Kristall flimmerte der Schnee auf den Bäumen der Bergwälder. Wenn die Luft sich regte, flog ihnen kalter Flaum ins Gesicht. Dann lachten sie wie Kinder und zogen die Decke über die Köpfe.

Langsam kamen sie höher und dem einsamen, stillen Hügel näher. Das Pferd ging ungestört seinen Schritt, es wurde nicht einmal angetrieben und blieb sich selbst überlassen.

Sie schauten beide in den verschneiten nächtlichen Wald.

„Es war ein Glück für mich, daß Sie zu uns ins Dorf gekommen sind", sagte sie plötzlich leise.

Er suchte ihr Gesicht. „Ich hab' bis heut noch nichts für

Sie tun können, Johanna, obwohl ich es immer wollte, seit ich Sie vor der Kapelle das erste Mal gesehen habe! Ich bin immer noch der gleiche arme Teufel und werd' es auch bleiben, mein' ich!"

„Sie sind doch jung und geschickt – und ich fürcht' auch, daß Sie nicht mehr so lang bei uns sein werden. Es ist auch schrecklich einsam für einen Jäger vom Roteck!"

„Ich hab' das nicht so empfunden, wenigstens jetzt nicht mehr, seit der Schnee gefallen ist."

Sie schaute ihn verwundert an.

Er mußte lachen, und plötzlich suchte er ihre Hand und drückte sie. „Ich glaub', wir hätten uns beide viel zu sagen, bloß haben wir nicht den Mut dazu! Es ist einfach etwas dazwischen!"

„Melchior Rüst?" platzte sie heraus.

Er schüttelte den Kopf.

„Was ist es dann?"

Er zögerte. „Sie sind die Tochter Attenbergers, des größten und angesehensten Bauern des Tales – und ich bin ein kleiner Jäger vom Roteck!"

„Ach!" sagte sie und lehnte sich sinnend zurück. „Der Vater hält viel von Ihnen! Wissen Sie das?"

„Aber nicht so viel, daß –" Er besann sich plötzlich, und da merkte er, daß das Pferd stehengeblieben war. Eine Schneewehe hatte sich quer über den Weg gebaut, und das mißtrauische Pferd wollte den Fuß nicht daraufsetzen. Er sprang deshalb aus dem Schlitten und führte das Tier über das vermeintliche Hindernis hinweg.

Die Fahrt ging weiter, aber sie wollten beide nicht mehr zu dem Gespräch zurückkehren. Er kam jetzt auf andere Dinge zu reden, erzählte ihr von seinen Erlebnissen bei der täglichen Wildfütterung im Jochkar...

Dann lichtete sich der Wald, und sie fuhren auf das weiße

Feld des Frauenhügels hinaus. Ein matter Lichtschein grüßte ihnen aus der vom Winter eingesponnenen Szenerie entgegen.

„Sieh das Licht! Er ist also daheim!" rief das Mädchen lebhaft und holte das Weihnachtspaket vom Boden des Schlittens heraus.

Matthias Falber saß in seinem Stübchen und schaute in das Licht der Lampe. Er hatte eben aufgehört zu arbeiten und hing weiß Gott welchen Träumereien nach. Auf der alten Kommode stand ein winziges Weihnachtsbäumchen mit ein paar alten, verblichenen Kugeln und einigen Kerzen daran, daneben eine kleine Krippe mit bemalten Figuren, die er als Kind geschnitzt hatte.

Aber er schenkte dem allem keine Beachtung. Er hatte die Sachen hervorgesucht und aufgestellt, um vielleicht bei ihrem Anblick zurückzufinden in den friedlichen Wundertraum von damals. Aber es war ihm nicht geglückt. Er war eben nicht mehr der frohe Mensch, er war ein anderer geworden, und die Unrast und das Verlangen des Herzens führten ihn alsbald wieder zurück zum grauen, freudlosen Alltag. Er hatte am Gesicht der Madonna gearbeitet, bis ihm die Augen müde wurden. Dann hatte er sich eine Weile ans Fenster gestellt und auf den flimmernden Schein geschaut, den das Lampenlicht draußen auf die Schneewand warf. Schließlich hockte er sich auf die Ofenbank und drückte den Rücken an die warmen Kacheln.

Und da hörte er plötzlich das Läuten der Schlittenglöckchen und das Stampfen der Pferdehufe – dann ein Klopfen an der Tür.

Als die beiden in die Stube traten, war er wohl verwundert und schaute von einem in das andere junge und von der Kälte gerötete Gesicht.

„Wir wollen dir nur schnell ein bißchen Weihnacht ins

Haus bringen", sagte Johanna und fing auch gleich an, die mitgebrachten Sachen auszupacken.

Matthias Falber war gerührt. Er warf ein paar Holzbrokken in den Ofen und machte den Tisch sauber für die Gäste.

„Seltsam", sagte er. „Ihr habt an mich gedacht!"

Johanna lachte über sein erstauntes Gesicht und ging gleich daran, den Wein am Ofen zu wärmen. „Wir wollen ganz kurz jetzt deine Gäste sein, und hoffen, daß du dich mit uns freust!"

Bert ging hinaus und warf die Decke über den Rücken des Pferdes. Er fürchtete, daß der Besuch doch länger dauern würde, als er zuerst glaubte.

„Er hat mich heraufgefahren", sagte Johanna. „Er war einmal ein Bauer, weißt du das?"

„Nein", antwortete Matthias, und dann schaute er ihr forschend ins Gesicht. „Aber ich find' das gar nicht so übel. Im Gegenteil: es paßt sogar sehr gut! Meinst du nicht?"

Johanna sah ihn an und wurde rot über das Gesicht.

Zusammen brachten sie die Gläser an den Tisch, füllten sie mit dem heißen Wein, und dann packte Johanna die Bäckereien aus.

In heiterer Stimmung saßen sie nun um den kleinen alten Tisch und feierten die Weihnacht. Bert Steiner erzählte in seiner munteren Art von denkwürdigen Weihnachtserlebnissen der letzten Jahre, und auch Matthias Falber wußte manche Seltsamkeit zu berichten. Das übrige tat der Wein, daß bald Fröhlichkeit die kleine Gesellschaft beherrschte.

Da fiel Bert plötzlich der mit dem Tuch verhängte Gegenstand ins Auge. Er hatte keine besondere Absicht dabei, als er aufstand und das Tuch zurückwerfen wollte.

Aber da war Matthias schon hinter ihm und packte seinen Arm. „Laß das, bitte!" bat er.

Dabei schaute er so ernst, daß Bert nach einem Wort der Entschuldigung suchte. „Ach! Ein Geheimnis wohl?"

„Ja. Wenigstens heut noch."

Johanna war an das Bäumchen gegangen und zündete die Kerzen an.

Dann standen sie alle drei stumm vor den Lichtlein und schauten in die Krippe.

Matthias nahm plötzlich die Hand des Mädchens und legte sie in die des Jägers.

Sie sahen ihn erschrocken an.

„Ja, ihr gehört schon zusammen! Wie lange wollt ihr euch noch täuschen? Ich darf es wohl wissen, daß ihr euch liebt?"

Johanna schlug zuerst die Augen nieder. Sie sah sich auf einmal entblößt und hätte sich am liebsten verkrochen. Dann schaute sie auf und kreuzte den Blick des Jägers kurz nur, und wußte, daß sein Herz weit, weit offen stand für sie.

„Johanna", flüsterte er. „Was sagst du?"

Sie fühlte den festen Druck seiner Hand. „Ich hätte doch nicht herauffahren sollen heut abend! Es ist ja alles wahr! Aber, mein Gott, der Vater, wenn er das wüßte!"

Bert gab ihre Hand frei, und über sein Gesicht kam eine Trübung. „Dann verzeih!" sagte er.

„Dein Vater?" mischte Matthias sich ein. „Er wird kaum Macht haben über die Geschicke. Es wird alles so kommen, wie es kommen muß!"

Sie schwiegen und schauten wieder stumm in die Lichtlein des Baumes.

„Ich möcht' in die Kapelle, Matthias!" sagte das Mädchen auf einmal.

Matthias wurde verlegen. „Sie ist versperrt."

„Und der Schlüssel?"

„Ich hab' ihn noch nicht gefunden."

„Hast du schon einmal gesucht?"

Matthias zögerte ein wenig. „Nein –"
Da schwieg sie wieder.
Draußen wieherte das Pferd.

Ja, sie hatten es ganz vergessen, das arme Tier, vergessen die Zeit, und daß es bitter kalt war draußen.

Bert half dem Mädchen in den Mantel und schlüpfte selbst in seine Pelzjacke. Dann gingen sie.

„Er war schön und fröhlich, dieser Weihnachtsabend", sagte Matthias Falber zum Abschied. „Ihr seid beide noch Kinder, und dafür möchte ich Gott danken! Aber ihr dürft nicht daran zweifeln, daß ich es immer gut meine mit euch! Wir sind Freunde geworden!"

Sie drückten ihm beide die Hand, und dann ließ Bert dem ungeduldigen Pferd die Zügel locker.

Der pulvrige Schnee staubte, als der Schlitten talwärts glitt.

„Ich kann ja nichts dafür, daß es so gekommen ist", sagte Bert und brach das Schweigen. „Sind Sie mir nun böse?"

Sie schüttelte lebhaft den Kopf und lachte ihm freundlich zu. „Sie? Warum denn auf einmal wieder ‚Sie'?"

„Johanna!" Er richtete sich auf aus seinem Sitz und schaute sie strahlend an.

Ihre Augen schimmerten hinter der dichten Vermummung hervor wie zwei lachende Sterne. Es hatte sich ein Schalk darin versteckt.

„Ja, ich liebe dich, Johanna! Du bist in allen meinen Gedanken, seit ich dich das erste Mal sah. Ich habe es nur nie gewagt, es zu zeigen und zu bekennen. Glaub mir, auch dem Falber Matthias hab' ich es nie gestanden! Weiß Gott, was ihn heut dazu bewog, solche Worte zu sprechen. Er hat es wohl geahnt, wie es in mir aussieht. Er kennt die Menschen und vermag in ihr Herz zu schauen. Was wird nun sein, Johanna, nachdem du alles weißt?"

„Ich kann dir deine Liebe nicht verbieten, und ich will es auch gar nicht tun!"

Wieder funkelten ihre Augen schelmisch aus der Vermummung ihm entgegen.

„Johanna, geliebtes Mädchen! Ich danke dir!" Er suchte ihren Mund und drückte einen herzhaften Kuß darauf.

Geduldig und unangefochten trabte das brave Pferd seinen Weg weiter. Sie fuhren durch den Wald. Hart traten die Bäume zu beiden Seiten an sie heran und schüttelten ihren Eisduft auf sie herab. Lachend krochen sie schutzsuchend unter die Decke.

„Wie sag' ich es deinem Vater?" fragte er plötzlich bekümmert. „Und was wird seine Antwort sein?"

„Darüber wollen wir später beraten, Bert", antwortete sie. „Laß mir heute das Glück so ungetrübt, wie es auch in dieser Nacht zu uns gekommen ist!"

Er legte seinen Arm um sie und hielt sie fest und glücklich an sich gepreßt.

Sie hatte die Augen geschlossen und auf ihrem Mund lag ein Lächeln.

Und da sah er plötzlich einen dunklen Schatten über den Weg fliehen und in den Wald tauchen. Sogleich hielt er das Pferd an, reichte ihr die Zügel hin und sprang auf. „Halte einen Augenblick das Pferd, Johanna!" flüsterte er. „Ich hab' da gerade etwas über dem Weg gesehen und will wissen, was es bedeutet."

Sie war aus ihren Gedanken aufgefahren und schaute ihn erschrocken an. „Du bist ja ganz aufgeregt! Was hast du denn gesehen?"

„Ich weiß nicht, vielleicht ein Tier, ein Wild. Ich bin gleich wieder da!"

Er sprang aus dem Schlitten und brach in den Wald ein. Es war gerade so hell, daß er gut sehen konnte. Und so fand er auch bald die Spur im unberührten Schnee. Es waren Tritte von großen, derben Schuhen...

Er folgte ihnen leise und behende und stand plötzlich vor der Gestalt eines baumlangen Mannes.

Es war Guido, Melchior Rüsts Knecht...

„Du?" staunte er. „Was tust du hier?"

„Kümmert es dich?" war die knurrende Antwort des verkommenen Mannes.

„Vielleicht. Man streunt ohne Grund nicht durch die kalte Nacht, zumal heut, wo alles im Frieden der Weihnacht liegt."

Der Knecht sagte nichts. Sein Atem roch nach Schnaps, der ganze Kerl erregte Ekel.

„Du bist mir nachgeschlichen! Jawohl!" fuhr Bert Steiner angewidert fort. „Im Auftrag deines Herrn belauerst du meine Wege! Ich merk' das schon länger. Du kannst ihm sagen, daß ich von einem ganz natürlichen Menschenrecht Gebrauch machen werde, falls ich dich noch einmal bei solchem Treiben ertappe."

Guido stand mit geballten Fäusten. Seine Augen glichen denen einer Katze, unberechenbar, bedrohlich...

„Im übrigen sind mir solche Methoden zu dreckig! Wenn dein Herr glaubt, daß ich unrechte Wege gehe, warum tritt er mir nicht offen entgegen?"

Damit wendete der Jäger sich ab und lief zum Schlitten zurück.

„Es war tatsächlich ein Wild", log er, als er dem Mädchen die Zügel aus der Hand nahm und die Fahrt fortsetzte.

Johanna lehnte sich wieder selig zurück und schob ihren Arm in den seinen. Es fiel ihr nichts auf an seinem Schweigen. Als sie den Wald verließen und das weiße, tiefverschneite Tal unter sich sahen, erklang gerade aus der Kirche das Erstläuten zur Christmette.

Es war ein Winter geworden, wie man ihn seit Jahrzehnten nicht mehr gesehen hatte in solcher Strenge und Kälte und mit solchen Mengen von Schnee. Das Wild war in Massen umgekommen, und das Unheil wäre beinahe auch in die Täler eingebrochen.

Am stärksten traf dieser grausame Winter die Bewohner des Zwieselhauses. In der luftigen, zügigen Höhe konnte der Frost seine ganze Gewalt entwickeln. Wochenlang waren Türen und Fenster vereist. Das Wasser war im Brunnen und in den Röhren eingefroren. Jeden Morgen lagen ein paar tote Krähen auf dem Mist.

Das wurde auch den an Kälte und Entbehrungen gewöhnten Menschen zuviel. Jammernd schob die Kath immer noch dickere Wolltücher in die Rahmen der Fenster, weil der Ofen keine rechte Wärme mehr in die Stube brachte. Die Christl dichtete mit Streu die Tür und Fenster des Stalles ab, denn die Kühe fingen an zu frieren.

Dazu kam die grenzenlose Einsamkeit. Alle Wege ins Tal waren verweht, sie konnten zu keinem Menschen mehr kommen, und niemand von drunten vermochte zu ihnen zu dringen, nicht einmal Matthias Falber oder der Jäger Bert Steiner.

Das ging viele Wochen so.

Dann sah der Kaspar eines Tages plötzlich dunkle Flecken im Bergwald. Die Felstürme der Tiroler rückten näher. Da waren die ersten Zeichen eines beginnenden Umbruchs. Er eilte hinaus vor das Haus, prüfte den Wind und schaute wetterkundig in die Winkel der Berge. Da packte ihn auch schon eine wilde Freude. Er lief zurück ins Haus und verkündete den Frauen, daß über den Bergen der Föhn stünde.

Aber es vergingen dann noch mehrere Tage, ehe der Wetterumschlag wirksam wurde, bis dann während einer Nacht das Wasser ging, und das Donnerrollen der Lawinen das alte Haus erzittern ließ.

Da standen sie alle drei mitten in der Nacht auf und schauten durch die Fenster dem wilden Treiben zu. Der Sturm warf den Schnee von den Bäumen, schwarz lag der Wald im weißen Hang, und der Katzbach rauschte wild durch die Klamm. Der Föhn brach den starren Bann eines grausamen Winters.

Der erste Mensch, der in diesen Tagen zu ihnen fand, war Matthias Falber. Er hatte sich sehr gesorgt um die drei Menschen auf dem Berg, vor allem um die Christl in ihrem Zustand. Als er sie alle gesund und wohlbehalten antraf, war seine Freude viel größer, als er sie zu zeigen vermochte.

Sie feierten den Tag des Wiedersehens voll Zuversicht. Es kam ja nun der Frühling mit seiner Lust, mit seiner Kraft und Auferstehung.

Auch drunten im Taldorf erwachte unter dem Umsturz der Natur wieder das Leben. Die Bauern stiegen auf die Dächer ihrer Häuser, warfen den schweren Schneematsch über die Schießen, flickten die beschädigten Wettergiebel und rüsteten für ein neues Landjahr. Nach langem Schweigen ratterte und sang wieder die Schneidsäge Melchior Rüsts, und die Menschen fanden wieder zusammen zur Arbeit, zur Kurzweil und Geselligkeit.

Über die langen Wochen winterlicher Abgeschiedenheit hatten alle menschlichen Wechselbeziehungen geruht, die Freundschaft und die Feindschaft. Man hatte sich daheim hinter dem Ofen verkrochen und von den Vorräten gezehrt, ohne dem Geschehen der Zeit weitere Beachtung zu schenken. Der Dorfwirt konnte bei Einbruch der Nacht die Türen schließen, weil er kaum noch einen Gast bei sich sah.

Nur der Jäger vom Roteck kam bisweilen vom Wald herab, klopfte den Schnee von seinen Stiefeln und kräftigte sich an einem warmen Essen. Er allein brachte noch Nachricht von draußen, vom Sterben des Wildes, vom Stöhnen der ganzen Natur unter dem Würggriff dieses grausamen Winters. Er allein war noch mit seinen Schneeschuhen täglich unterwegs in seinem weiten Revier, um seine hütende und hegende Pflicht zu tun an Wald und Wild.

Und als dann der Föhn kam und die Wasser rauschten, als der Donner der Lawinen schreckte, war er es, der als erster den Bericht ins Dorf brachte von der plötzlichen lebhaften Tätigkeit des Gnadgott-Baches.

Er wußte um die Wirkung dieser Nachricht auf die Bewohner des Taldorfes, er kannte ihre Angst vor diesem unerklärlichen Wasser, das gleichsam vom Berg ausgespien durch das Klammbett rauschte und in den See stürzte. Er hätte ihnen gern bessere Botschaft gebracht, aber er erachtete es als seine Pflicht, auf die Gefahr hinzuweisen, zumal er beobachtet hatte, daß die Flut täglich stieg.

Aber die paar Menschen, die er im Wirtshaus antraf, vermochten dazu keinerlei Stellung zu nehmen, sie konnten höchstens die Nachricht verbreiten und weiß Gott welche Unruhe in die Gemüter bringen.

Bert Steiner nahm schließlich seine Wahrnehmung zum Anlaß, bei Attenberger anzuklopfen.

Als er nach vielen Wochen winterlicher Verödung das erste Mal wieder das stattliche Haus betrat, klopfte sein Herz zum Zerspringen. Die Sehnsucht nach dem geliebten Mädchen hatte ihn bis an den Rand der Selbstbeherrschung geführt, dazu kam noch die Angst, was in der Zwischenzeit alles geschehen sein könnte.

Gewiß, er hatte das Geständnis ihrer Liebe, und er vertraute darauf, daß sie dafür ihr Letztes gab. Aber wer konnte denn sagen, mit welchen Methoden und Mitteln Melchior Rüst inzwischen gespielt hatte?

Attenberger empfing ihn sehr herzlich. Er war sichtlich

froh, daß der junge Jäger heil und gesund über den Winter gekommen war. Obwohl sein Bericht über die Wahrnehmungen am Gnadgott-Bach auf ihn wie ein Faustschlag wirkte, verlor er nicht einen Augenblick die Beherrschung. Er dankte dem Jäger für seine Umsicht und Warnung und bat ihn um fernere Beobachtung der rätselhaften Flut.

Dann führte er ihn zu den Frauen in die Küche, ließ ihn kräftig bewirten und trug selbst die Kirschwasserflasche herbei, damit sie bei guter Unterhaltung gegenseitiges Wohlwollen mit einem Trunk bestätigen könnten.

Es dauerte lang, bis der Jäger das Mädchen ungestört sprechen konnte, und dann war es nur sehr kurz, weil sich keine oder nur eine ganz kleine Gelegenheit dazu bot.

Als Attenberger in den Keller stieg, um eine volle Flasche von seinem „Lebenswasser", wie er seinen Kirschschnaps nannte, für den Jäger zu suchen – damit er sich erwärme, wenn er gerade in sein Jagdhaus heimkam –, und dazu auch die Mutter zu sich rief, waren sie doch einige Augenblicke allein.

„Johanna!" sagte Bert warm, und seine Augen umfingen ihre liebliche Gestalt.

Sie erwiderte stumm sein Werben.

„Ist noch alles gut?" fragte er.

Sie nickte.

„Und Melchior Rüst?"

„Er war während der Zeit zweimal da."

„Und...?"

„Ich weiß nicht. Der Vater hat sich nie geäußert. Bis heut habe ich meine Ruh."

„Du kennst ihn, den Rüst! Er wird seine letzten Trümpfe ausspielen. Soll ich nicht doch mit deinem Vater reden? Ihm alles gestehen?"

„Nein. Laß mich zuerst mit der Mutter sprechen! Ich werde es bei nächster Gelegenheit tun. Sie wird mir helfen."

Er ergriff ihre Hände und hielt sie warm und fest. „Mein Herz schlägt nur für dich, Johanna! Auf allen meinen Wegen, die ich durch Schnee und Sturm gegangen bin, hab' ich mit dir gesprochen. Du warst immer bei mir..."

Sie konnten weiter nichts mehr sagen. Die Schritte Attenbergers dröhnten im Gang.

Fast jeden Tag stieg Bert Steiner, der Jäger vom Roteck, über die Gotteskanzel zum Klammbett des Gnadgott-Baches hinauf. Pausenlos schoß das Wasser in wilden Strudeln aus dem Berg und nahm seinen tosenden Weg hinab zum See.

Er konnte Attenberger keine gute Botschaft tun, aber er versprach ihm, weiterhin mit größter Wachsamkeit die Entwicklung zu beobachten. Noch nahm der See die Wassermassen unbeschadet auf, der Pegelstand stieg kaum ersichtlich.

Aber er stieg...

Als der Jäger wieder einmal vom Gnadgott-Bach herabkam und über die Gotteskanzel stieg, stieß er mit Melchior Rüst zusammen, der dort an seinem Wehr Nachschau gehalten hatte. Schon die Art der Begegnung war von zerreißender Spannung. Die Feindseligkeit stand geradezu spürbar zwischen ihnen.

Bert Steiner wollte wortlos an ihm vorbei. Er sah ihn nicht einmal an.

Aber da war schon seine grollende Stimme hinter ihm: „Du kommst weit ab von deinem Revier! Was hat ein Jäger vom Roteck am Flexensee zu tun?"

„Nichts. Aber wenn du es wissen mußt: Ich war am Gnadgott-Bach." Bert Steiner wandte sich nach dem Bauern um.

„Was kümmert dich der Bach? Deinem Jagdhaus wird er kaum gefährlich werden."

„Es geht nicht um mein Jagdhaus, sondern um das Dorf!"

„Und da hast ausgerechnet du dich darum zu kümmern? Möchtest dich wohl zu Ehren bringen drunt? Aber das laß nur unsere Sorge sein, Jäger! Es wird deiner Liebschaft wenig nützen, wenn du täglich ins Attenbergerhaus läufst, um Bericht zu erstatten über den Bach!"

„Liebschaft, sagst du? Du sollst dir deine Reden besser überlegen, Rüst!"

„Du meinst wohl, ich wüßte nichts von deinen Heimlichkeiten? Alles weiß ich! Daß du dich bei jeder Gelegenheit an die Johanna heranmachst und trachtest, sie zu verführen!"

„Was du weißt, hat dir dein heimtückischer Knecht berichtet. Er soll sich um sein eigenes Gewissen kümmern! Und dich geht es nichts an, was ich mache."

„Solange du mir nicht schadest. Aber das geht nun zu weit! Du weißt, daß Johanna soviel wie meine Braut ist!"

„Auch heut noch? Ich möchte daran zweifeln!"

„Du bist nicht gefragt. Wenn du nicht aufhörst, hinter dem Mädchen her zu sein, dann muß ich mit dem Attenberger darüber sprechen. Er wird wenig davon erbaut sein, einen hergelaufenen, besitzlosen Fremdling in seine Familie aufzunehmen!"

Dem Jäger stieg das Blut zum Kopf. „Es wäre besser, du würdest dich um deinen eigenen Dreck kümmern. Ich hab' weder die Absicht noch den Mut dazu, die Johanna verführen zu wollen, so wie du es mit deiner Sennerin gemacht hast! Das will ich dir sagen, du stehst hier nicht auf dem rechten Platz. Du gehörst in das Zuchthaus!"

Melchior Rüst fuhr entrüstet in die Höhe. „Was sagst du?"

„Ich weiß alles, Rüst. Ich weiß, was du von der Christl wolltest und warum sie versucht hat, ihrem Leben ein Ende zu machen. Das Kind sollte sie töten, das wolltest du! Ich hab' weder dem Attenberger noch Johanna davon erzählt, weil ich nicht wollte, daß du im ganzen Dorf als das giltst, was du bist: ein Mörder!"

Melchior Rüst stand wutentbrannt. Er wußte im Augenblick nicht, was er diesem Todfeind entgegenbrüllen sollte. Er sah sich verraten und ausgeliefert. In seiner Ohnmacht stieß er keuchend und geifernd den Atem aus.

„Es war ein Fehler von mir, solange zu schweigen", fuhr der Jäger fort. „Aber wenn du willst, ich kann jeden Tag darüber sprechen, damit du dort hinkommst, wo du hingehörst!"

Damit ging er, nicht, ohne sich umzusehen und sich vor ihm zu sichern.

Aber Melchior Rüst stand unbeweglich mit geballten Fäusten. Er stand noch so, als der Jäger drunten in den Wald tauchte. Sein Gesicht war zu einer häßlichen Grimasse geworden. Aus seinen Augen schaute der Haß. So sann er auf Rache.

Noch ein paarmal versuchte der Winter zurückzugreifen, aber das steigende Jahr arbeitete weiter. Sonne, Regen und Föhn entzogen ihm immer mehr an Boden, die Wasser stiegen und die Bäche rauschten.

Und unablässig spie der Berg die Fluten in den See.

Urschl, das Weib des Guido, lief mit abgezehrtem Gesicht und von Sorgen und leiblichem Hunger geweiteten Augen herum, achtete auf die Wege ihres Mannes und umlauerte seine verborgenen Gedanken.

Wieder war der Rüst zu ihnen in das zerfallene Haus gekommen, wieder hatte man sie hinausgeschickt, als sie in der Stube flüsternd verhandelten.

Und als er gegangen war, fand sie den Guido mit verändertem Gesicht brütend und in Grauen vor den eigenen Gedanken dasitzen, die große unförmige Hand gegen die Brust gedrückt, als müßte er etwas dort Verborgenes sorgsam gegen Anfechtungen bewahren.

Und da ahnte sie, daß er wieder seinen Judassold genommen hatte.

Draußen sank die Nacht herein, und ein scharfer Wind rüttelte an den alten Wildbirnbäumen vor den Fenstern.

Kein Wort sprach der Knecht. Er beachtete sie gar nicht und hörte nicht hin auf ihr Fragen. In seinen Augen spiegelte sich seine Seele in einer Furchtbarkeit, daß das Weib erschauerte.

So verging noch eine Weile. Dann stand der Mann auf, drückte den Hut ins Gesicht und wollte aufbrechen.

Da stellte sich das Weib vor die Tür und verwehrte ihm den Ausgang. „Du bleibst!" sagte sie halb ängstlich, halb befehlend.

Er wollte sie beiseite schieben wie sonst, wenn er so spät noch wegging, um das letzte Geld zu versaufen. Aber diesmal stellte sie ihm Gewalt entgegen.

„Wo willst du hin?"

„Fort. Laß mich hinaus!"

„Nein, heut nicht! Ich weiß nicht, welchen Auftrag er dir erteilt hat, aber ich sehe, daß es kein guter ist!"

„Kümmere dich nicht darum und halte mich nicht auf!" drohte er.

„Hast du nicht schon genug zu tragen an deinem Gewissen? Soll es zu einer zweiten solchen Nacht kommen, in der ein Mensch irgendwo im Gebirge um sein Leben kommt? Oh, ich ahne es, Guido, was du vorhast!"

„Was soll das? Von welcher Nacht redest du?"

„In der der Zwiesel-Korbin umgekommen ist."

„Den hat der Blitz getroffen!"

„Das ist nicht wahr! Umgebracht hat man ihn! Von der Gotteskanzel hat man ihn in die Schlucht gestoßen!"

„Ach! Und wer hat es getan?" Die Augen wurden größer. Sein Gesicht zeigte ein Gemisch von Wut und Verzweiflung, es wurde zu einer erschreckenden Maske. „Wer?" schrie er.

„Du!" sagte die Urschl mutig, obwohl sie sich vor seinem Blick zu fürchten begann.

Da langte er mit seinen großen Händen an ihren Hals und würgte sie, bis sie zusammenbrach und polternd zu Boden fiel.

Einen Augenblick stutzte der Guido, er war sich seiner Tat bewußt geworden und schaute starren Schreckens auf die Liegende.

Dann riß er sich los davon und floh hinaus in die Nacht.

Als die Urschl aus ihrer Ohnmacht erwachte und das ganze Elend ihres Daseins sah, packte sie die Verzweiflung. Es war nicht das erste Mal gewesen, daß der Guido gegen sie handgreiflich geworden war, wenn sie an seinem Gewissen rüttelte. Aber so wie heute hatte sie ihn noch nie gesehen. Sie fühlte, daß er immer weiter absank, daß er sich nicht mehr befreien konnte aus der Gewalt des Bauern, mit dem ihn ein schuldbeladenes Geschick geheimnisvoll verband. Und es gab wohl keinen Menschen, der noch helfen konnte.

Und da machte sie ein feierliches frommes Gelöbnis, neun Tage hintereinander ungeachtet des Wetters zum Frauenhügel aufzusteigen und vor der Kapelle um die Rettung des verlorengegangenen Mannes zu beten.

Sie legte ein warmes wollenes Tuch um die Schultern, knüpfte den Kopfbund fest über Stirn und Schläfen, löschte das Licht und ging.

Noch spürte sie das harte Würgen am Hals, ein Schmerz, unter dem sie seelisch weit mehr litt als körperlich. Sie mußte sich zeitweilig dem Sturm entgegenlehnen, um vorwärtszukommen. Jetzt zeigte sich die Entkräftung, unter der sie schon wochen- und monatelang gelitten hatte. Aber ein unbeugsamer Wille trieb sie weiter.

So stieg sie hinauf zum Frauenhügel, Schritt für Schritt, langsam und an Leib und Seele zerbrochen. Sie schleppte sich durch den Matsch, durch das Wasser und den Schlamm, sie irrte in der Nacht oft vom Weg ab, tappte und suchte und suchte weiter, sie brach ein paarmal zusammen und erhob sich wieder.

Und dann kniete sie vor der Tür des Kirchleins, griff mit ihren dürren Händen in die Gitterstäbe, um sich festzuhalten, und fing an zu beten.

Sie betete für den Guido, und mehr und mehr entzog sich die Welt ihren Sinnen und sank hinab mit ihrem Kummer, mit ihren Sorgen und ihrem Leid.

Sie spürte nicht, wie die Kräfte sich erschöpften und wie die Finger sich von den Stäben lösten.

Zusammengebrochen lag sie auf der Türschwelle.

So fand sie Matthias Falber, als er Stunden später an der Kapelle vorbeikam. Er trug sie in sein Haus, legte sie auf sein Lager und befreite ihren Kopf und Hals von dem Gebinde.

Er brachte alles, was er an Mitteln zur Wiederbelebung besaß, vermochte aber nicht die Ohnmacht zu brechen.

Nur einmal stöhnte sie auf und sprach ein paar zerrissene Worte von Schuld und Sühne. Und da wußte er um die Not dieser Frau, der niemand im Dorf Beachtung geschenkt hatte. Ein Opfer des Todes. Das Letzte, was sie für ihren Guido tun konnte.

Und wie Falber so hilflos stand und auf sie niederschaute, entdeckte er an ihrem Hals die Würgemale.

Er hatte viel gesehen und erlebt in seinen Irrfahrten durch die Welt. Aber diese Entdeckung brachte auch ihn zum Erschauern. Wie hatte er sich einmal heimgesehnt in sein Tal, in sein Paradies, nicht ahnend, was die Zeit daraus gemacht hatte.

Es wurde ihm immer deutlicher, daß der Tod seinen Mantel um das Weib geschlagen hatte. Er wußte im Augenblick nicht, was er tun sollte. Den Priester holen? Es war zu spät.

Der röchelnde Atem, das aufzuckende Pochen des Herzens, die tiefe Nacht der Bewußtlosigkeit waren die untrüglichen Zeichen des verlöschenden Lebens.

In den Atem kam ein Stocken. In die Züge des Gesichtes trat eine Veränderung. Es war, als hätte eine unsichtbare Hand darüber getastet, Starre und Zerfall hinterlassend.

Dann war es unbeschreiblich still. Wie man ein Licht ausbläst, so hatte die Urschl ihr Leben ausgehaucht.

Matthias Falber wußte nicht, zu welcher Stunde er das Haus verließ und zu Tal stieg. Es war tiefe Nacht, und immer noch wütete der Sturm.

Er ging hinab zu dem verfallenen Haus des Guido.

Aber niemand öffnete dort auf sein Klopfen. Da drückte er gegen die Tür und fand sie unverschlossen. Er tastete sich in die Stube, griff nach der Lampe und machte Licht. Dann setzte er sich auf ein Gestell an der Wand und schaute in die erbärmliche Armut dieser Wohnstatt. Auch seine Behausung war von bescheidenster Einfachheit, aber das hier war keine Stube mehr, in der Menschen leben. Ein vom Schwamm zerfressener Boden, Wände, an denen Feuchtigkeit und Moder nagten, schmucklos und primitiv war der spärliche Hausrat, und durch die Fensterrahmen pfiff der Wind. An einem Türhaken hing in wirrem Durcheinander Kleiderzeug.

Das war das Heim, das Melchior Rüst seinen Leuten großzügig überließ.

Matthias Falber ahnte, daß der Guido noch nicht daheim war. Er wartete auf ihn und schaute auf das Öl in der Lampe, das langsam herabbrannte.

Es dauerte noch eine lange Weile, bis endlich Schritte vor dem Haus waren. Dann erschien unter der Tür die lange, schlotternde Gestalt des Knechtes. Sein wildes Gesicht drückte Bestürzung aus, als er den Bildschnitzer so in seiner Stube sitzen sah. Seine grauen Augen flackerten ihm entrüstet entgegen. „Was willst du hier?" fragte er, unter der Tür verharrend.

Er war entgegen den Erwartungen Matthias Falbers nicht betrunken.

„Ich hab' auf dich gewartet, Guido. Es ist etwas geschehen."

„Wo ist mein Weib?" fragte der Knecht ahnungsvoll.

Matthias Falber stand auf und wartete, bis der Mann die Tür zuzog und herankam. „Dein Weib liegt droben in meinem Haus. Ich hab' sie vor der Kapelle gefunden."

„Was ist mit ihr?"

Matthias Falber zögerte.

„Sprich! Was ist geschehen? Warum schaust du mich so dunkel an."

„Sie ist tot."

„Nein!" schrie der Knecht und bäumte sich auf. Dann sank er auf einen Stuhl und schaute mit jämmerlichem Gesicht auf den Bildschnitzer, der in seinem hünenhaften Wuchs unerschütterlich vor ihm stand und seinen Blick nicht von ihm ließ.

„Wie sollte so plötzlich der Tod über sie kommen?" jammerte der Knecht und konnte die Botschaft nicht fassen.

„Entkräftung", sagte Matthias. „Jawohl, Entkräftung! Du hast dich nicht darum gekümmert, wovon sie sich ernährt!"

„Das – das ist nicht wahr!"

„An ihrem Hals trägt sie ein paar böse Flecken. Man hat sie gewürgt..."

„Wer?" stöhnte Guido.

Matthias Falber antwortete nicht. Aber sein Blick war von untrüglicher Eindringlichkeit. „Schau deine Hände an, Guido!" sagte er dann mit umdunkelter Stimme. „Sie müßten dich eigentlich brennen! Warum willst du nicht bekennen? Dein Weib war dein Gewissen, das dich fortwährend mahnte und warnte. Du wolltest dieses Gewissen erwürgen, weil du es nicht mehr ertragen hast! Aber ein Gewissen kann man nicht töten! Es lebt weiter, Guido!"

Der Knecht sank stöhnend unter diesen Worten zusammen. Mit schreckgeweiteten Augen schaute er in seine beiden prankenhaften Hände, als hätte ihn der Schauer vor sich selbst gepackt.

„Sie lief noch hinauf zur Kapelle, um dort zu beten! Für dich!" fuhr Matthias fort. „Um dich zu retten, sammelte sie ihre letzte Kraft und opferte ihr Leben!"

Dann war es still in der Stube. Draußen rauschte der Wind im Geäst der Bäume, und an das Fenster klopfte jetzt der Regen.

„Und?" fragte der Knecht tonlos.

„Weiter hab' ich dir nichts zu sagen. Ich weiß nicht, ob du noch den Mut hast, den Weg des Verlorenen weiterzugehen."

Immer mehr wurde Guido von der Erschütterung gepackt. Er stand auf und suchte nach Haltung.

„Jetzt komm mit mir hinauf, wir müssen sie ins Tal bringen."

Guido folgte ihm willig wie ein Kind.

Sie spürten beide nicht den Wind, der sich ihnen entgegenwarf, sie beachteten nicht den Regen, der ihnen ins Gesicht schlug. Sie gingen dicht hintereinander, ohne ein Wort zu reden.

Später griff Guido seinen Begleiter plötzlich an den Arm. „Ist es gut, wenn ich zum Pfarrer geh'?" fragte er.

Matthias nickte. „Du wirst den Weg finden, wenn du ihn suchst, Guido!" Wieder schwiegen sie lange.

„Ich dank' dir!"

„Wofür, Guido?"

„Für das, was du an ihr tatest und auch an mir mit deinem guten Wort!"

So stiegen sie hinauf zum Frauenhügel.

Man hatte die Urschl im Leben kaum beachtet, und so fand auch ihr Tod im Dorf keine besondere Anteilnahme. Es waren nur ganz wenige Menschen, die dem stillen Begräbnis beiwohnten.

Das Dorf hatte augenblicklich andere Sorgen, als sich um den Tod dieser armen Menschenseele zu kümmern, wenn er auch plötzlich und ungewöhnlich erfolgt war.

Der Gnadgott-Bach floß in unverminderter Stärke weiter, obwohl der Schnee bis auf die Reste in den Karen und Mulden längst zerschmolzen war. Der See wuchs und brandete bedrohlich gegen die Wuhrmauer. Wenn die ungeheuren Wassermassen ausbrachen, war es um das Dorf geschehen.

Man rechnete, beriet sich und plante, wie der steigenden Gefahr zu begegnen wäre, und niemand wußte einen Rat. Täglich saßen die Männer unter dem Vorsitz Attenbergers beisammen. Auch Melchior Rüst war dabei, aber er verhielt sich zu allen Fragen schweigend und gleichgültig. Was ging ihn das Dorf an! Sein Haus und Gut lagen weit ab davon. Ihn konnte das Unglück nicht erreichen.

Vielleicht errieten einzelne der Männer seine Gedanken, denn oft suchte dieses oder jenes Augenpaar mißbilligend sein Gesicht.

Und dann geschah es doch einmal, daß ein Bauer, ein bärtiger, düsterer Mann mit arbeits- und wetterhartem Gesicht, die Ausweglosigkeit ihrer Beratungen einfach durchbrach, indem er auf die einzige bestehende Möglichkeit hinwies, den gefürchteten See zu entkräftigen. Es war nicht so, daß er allein auf die Idee gestoßen war, vielleicht dachten sie alle schon daran, nur wagte keiner den Gedanken auszusprechen.

„Es bleibt nur das Wehr!" sagte der Mann. „Das Wehr muß geöffnet werden!"

Jetzt war Melchior Rüst auf einmal auf dem Damm. Wie auf einen Nerv getreten, war er bei diesem Wort aufgerumpelt und hatte sich dem Sprecher feindlich entgegengeworfen. „Daß dabei mein ganzes Sach zum Teufel geht, das hast du wohl nicht bedacht!" schrie er.

„Doch", erwiderte der Mann ruhig und fest. „Uns bleibt eines Tages doch nur zu beraten, welches Übel hingenommen werden soll: die Zerstörung deines Schneidwerkes oder der Untergang des ganzen Dorfes!"

„Und ich sag' dir in aller Öffentlichkeit, daß ich jedem die Arme abschlage, der versucht sein sollte, das Wehr anzurühren!"

Es kam zu nie gehörten Heftigkeiten, aber zu keinem Beschluß. Wieder, wie so oft schon, trennten sich die Männer, ohne ein Ergebnis ihrer Beratung erzielt zu haben.

Aber der Gedanke an das Wehr war ausgesprochen, und er sickerte weiter, er übertrug sich von Mensch zu Mensch, von Haus zu Haus, ohne laut zu werden.

Und Melchior Rüst wachte Tag und Nacht argwöhnisch über den Bach und das Wehr...

Seit dem Tod der Urschl war sein Knecht Guido abgängig. Mit wenigen Klamotten hatte er das alte Wrack hinter den Wildbirnbäumen verlassen und war verschwunden. Niemand wußte, wo er sich aufhielt und wer ihm Unterhalt gewährte. Nur einmal tauchte das Gerücht auf, daß er zu einer späten Abendstunde gesehen worden war, als er an der Türglocke des Pfarrhauses gezogen hatte.

Darauf war Melchior Rüst zum Pfarrhaus gegangen. Er suchte mit wachsender Unruhe seinen Knecht. Aber der alte

Pfarrer schwieg. Er beantwortete die Heftigkeit des gewalttätigen Bauern mit unerschütterlicher Geduld und Überlegenheit.

Drei Tage hintereinander klopfte Bert Steiner, der Jäger vom Roteck, an das alte Haus am Frauenhügel. Die Ereignisse in jüngster Zeit, wie sie überstürzend in sein junges Leben eingebrochen waren, überstiegen seine Überlegungs- und Entschlußkraft. Er wollte seinen älteren und klugen Freund vom Frauenhügel, den Bildschnitzer Matthias Falber, um guten Rat bitten. Aber Matthias Falber war nie daheim anzutreffen, auch im Dorf wurde er nicht gesehen, und seine Madonna auf der Gotteskanzel hatte keine Anziehungskraft mehr für ihn. Es mußte etwas mit ihm geschehen sein.

Daran dachte der Jäger nicht, daß droben im Einödhaus ein Mädchen seiner bedeutungsvollsten Stunde entgegensah, die Sennerin Christl, und vielleicht wußte er nicht oder er hatte es nicht beachtet, daß Matthias Falber mit dem Geschick der Sennerin verbunden war schon seit dem Tag seiner Heimkehr, an dem er sie dem See und dem Tod entrissen hatte. Er hatte es nicht gesehen, daß eine große, schweigende Liebe sich in das Herz des einsamen, an der Welt gescheiterten Mannes gesenkt hatte, eine Liebe, die sich nicht hervorwagte, aber in ihrer Größe sein ganzes Leben bestimmte.

An einem Morgen, als Matthias Falber die Laden seiner Stube aufschlug und die Luft des dunstigen, würzigen Waldes in sein Haus einließ, war plötzlich der Zwiesel-Kaspar unter dem Fenster gestanden. Er hatte die Hebamme ins Dorf zurückgebracht, die fast über die ganze Nacht im Einödhaus gewesen war.

Matthias Falber ging mit ihm. Die Christl sollte sogleich wissen, daß sie nicht mehr allein war in ihren Sorgen und – Gott gebe es! – in ihrer Mutterfreude.

Als sie droben ankamen, hantierte die Kath schon geschäftig in der Küche. Vielleicht war sie noch nie so rührig gewesen wie an diesem Morgen. Es war auch schon mächtig lange her, daß über das Einödhaus der Storch geflogen war. Man könnte meinen, die Kath hätte die ganze Verantwortung an diesem Geschehen zu tragen.

„Es ist alles gut", sagte sie, als der Bildschnitzer zu ihr in die Küche kam. Auf ihrem rauhen, harten Gesicht lag ein verstecktes Lächeln. „Es hat viel Leben! Der Korb wackelt auf dem Stuhl! Das mußt du sehen!"

Sie führte ihn zur Kammer der Christl.

Leise und scheu wie beim Betreten einer Kirche folgte er der Kath hinein, er sah das Gesicht des geliebten Mädchens in derben, rohleinenen Kissen, er bemerkte ihre Freude an seinem Kommen und das Leuchten in ihren schwarzen Augen.

Behutsam, fast schüchtern drückte er ihre Hand.

Die Kath stand am Fenster vor einem alten Korb und lallte unverständliche Worte hinein zu dem kleinen Menschenkind, Worte, die mitten aus ihrem guten Herzen kamen.

„Es ist ein Bub", sagte die Christl stolz.

Er nickte. „Es ist soviel anderes gewesen, vielleicht hab' ich mich deshalb nicht besser um dich gekümmert", flüsterte er.

Sie lächelte ihm dankbar zu. „Wir leben!" sagte sie. „Wir beide." Ihr Blick streifte glücklich den alten Wäschekorb, in dem das Kind strampelte.

Die Kath ging.

Eine Weile stand er unbeholfen. Blockisch wirkte er in seiner Größe und Kraft.

„Was macht denn deine Madonna?" fragte sie.

„Sie ist fast fertig. Es fehlen noch ein paar Linien im Gesicht."

„So wie du sie geschaut hast?"

Er nickte.

„Ich will sie sehen!" bat sie. „Sobald ich gehen kann, komme ich zu dir, Matthias. Ich hab' ihr viel zu danken, deiner Madonna! Glaubst du das?"

Sie deutete auf den Korb. „Sieh, das wäre alles nicht, wenn du nicht gerade an jenem unglücklichen Abend heimgekommen wärst. Ich werde es dir nie danken können, was du für mich und mein Kind getan hast!"

„Du sollst nicht mehr an jenen Tag denken, Christl! Das Leben gehört dir und deinem Kind!"

„Was wird nun mit mir geschehen?"

„Die Kath und der Kaspar werden dich nie vor die Tür setzen. Einmal wirst du deinen Weg finden."

Sie nickte zuversichtlich. Und plötzlich umdüsterte sich ihr Gesicht. „Hast du vom Rüst etwas gehört?"

Er verneinte. „Es soll dich nicht kümmern. Ich werde immer zu dir stehen, Christl!"

„Ich möchte frei sein von ihm!"

Er nahm ihre Hand und beruhigte sie. „Das bist du doch! Und jetzt mußt du nur noch an deine Zukunft denken und an dein Kind!"

Er ging zum Korb und schaute auf das kleine menschliche Wesen. Es war rührend, wie sorgsam die Kath das Kind eingepackt hatte.

Dann nickte er zufrieden vor sich hin und streckte der Christl die Hand hin. „Ich komme morgen wieder, jeden Tag werde ich nach dir sehen. Ist es so recht?"

„Ja, bitte, komm doch!"

Mit dem Wasser im Flexensee, das zusehends stärker gegen die Ufer schäumte und rauschte, wuchs auch die Unruhe unter den Leuten vom Taldorf. Überall wurde darüber gesprochen und die Folgen erwogen, wenn der Berg nicht aufhörte, die geheimnisvolle Flut auszuspeien.

Und unversiegbar sprudelte und rauschte der Gnadgott-Bach durch sein tiefes Klammbett.

Die älteren Leute wurden nicht müd, die unbekümmerte Jugend durch Erzählungen aus der Geschichte ihres Bergtales von der unvergleichlichen Kraft und Gewalt eines Wassersturzes zu überzeugen, bis auch sie von der allgemeinen Psychose der Angst erfaßt wurde.

Man schaute auf Attenberger und die Männer vom Gemeinderat, ob sie denn nichts fanden, was zur Beruhigung und Entspannung der Lage beitragen könnte.

Aber nichts geschah. Ratlos zuckte Attenberger die Schultern, wenn er dieserhalb gefragt wurde. Was an Schutzmaßnahmen für das Dorf getroffen werden konnte, war bereits getan. Gegen die Gewalten der Natur konnte vielleicht der Himmel, aber nicht der Mensch eingreifen.

So kam es, daß in diesen Tagen eine Abordnung am Pfarrhaus anklopfte und den würdigen alten Herrn für einen sonntäglichen Bittgang zur Gotteskanzel bestimmen wollte. Der jedoch, sonst solchen Äußerungen von Gebetsfreudigkeit durchaus nicht abgeneigt, trat ihrer Angst entschlossen entgegen, ermahnte sie zu Besonnenheit und Gottvertrauen. Und bei dieser Gelegenheit rügte er das erste Mal die Lauheit des Dorfes in den Ausübungen christlicher Pflichten. Er hielt ihnen den Neid und Egoismus vor Augen, deren so viele Bewohner des Tales durch Unterdrückungen und mißgünstige Verfehlungen am Nächsten sich schuldig gemacht hätten, er klagte über den Verlust an Frömmigkeit und Gottesfurcht, der sich nicht zuletzt auch darin zeige, daß die Kapelle vom Frauenhügel, der die Alten noch übersinnliche Wunderkraft zusprachen, vom Dorf vergessen worden sei...

Mit einem sonntäglichen Bittgang, wie sie ihn forderten, ließen solche Sünden sich nicht bereinigen. Sein Rat, den er ihnen als Priester erteile, sei die Mahnung zur Umkehr.

Wie beschämte Kinder verließen die Männer das Pfarrhaus und trugen die Worte des Priesters hinaus unter die Leute. Es gab viele, die sie beherzigten und bestätigten, es gab aber auch Spötter, die sie belachten.

Und der Gnadgott-Bach floß weiter und der Flexensee stieg und kletterte höher am steinigen Ufergewand.

Täglich und fast immer zur gleichen Stunde kam Bert Steiner über die zerklüfteten Uferwände des Gnadgott-Baches herauf. Er schaute auf das tosende Wasser und beobachtete die Höhe der Flut, von deren Steigen oder Sinken das Schicksal des Dorfes abhing.

Und eines Tages geschah es, daß er über dem schwankenden Steg plötzlich stillstand und seinen Blick scharf in die dunkle Tiefe schickte. Er hatte dort etwas sich regen sehen. Richtig, auf einem schmalen Sims, der in fünf bis sechs Meter Tiefe aus der senkrechten Felswand vorsprang, stand ein Rehkitz. Beim Anblick dieser Tiernot schlug sein Jägerherz voll Mitleid für das arme Jungwild, das grausam in seiner ausweglosen Gefangenschaft verenden mußte.

Schon wanderte sein Blick über die Schluchtwände, suchte nach einer Möglichkeit des Abstiegs und fand schließlich ein paar lange Wurzeltriebe, die aus dem nackten Fels heraushingen. Wenn er sie zu fassen vermochte, konnte er sich an ihnen hinablassen und wieder hochziehen. Er war sich wohl bewußt, in welche Gefahr er sich dabei begab. Wenn er stürzte und sich am Sims nicht festhalten konnte, dann zerschmetterte er in der grausigen Tiefe des Strudels, und dann war es wohl vorbei mit ihm.

Aber er dachte nicht daran. Der Jammer des Tierchens erfüllte ihn mit so viel Mitleid, daß er die Rettung versuchen mußte. Es hätte ihn keine Stunde mehr zur Ruhe kommen lassen. Er war eben ein Jäger und liebte das Wild.

Er legte seine Flinte ab, hängte sie an das Geländer des

Steges und machte sich bereit. Das Gehölz, das auf einer Seite nahe an die Schlucht herantrat, bot ihm Schutz vor ungebetenen Zuschauern.

Er kniete über dem Grat, versuchte seine Hand nach der Wurzelrute auszustrecken...

Und da war ein Poltern im Fels, das Trommeln von Schritten, aber noch ehe er aufspringen konnte, fühlte er sich von eisenstarken Armen gepackt und in die Tiefe gestoßen.

Aber sein Gehirn reagierte blitzschnell. Seine Hand hatte die Wurzel ergriffen. An beiden Armen hing er daran, schwebte zwischen Himmel und Erde und schaute in das haßerfüllte, teuflische Gesicht Melchior Rüsts...

„Das ist für dein schönes Reden damals. Du hättest merken sollen, daß du mich nicht ins Zuchthaus bringst!" höhnte der Bauer, und seine Stimme übertönte das Rauschen des Strudels und hallte über den Wald hin.

Der junge Jäger sah sich ausgeliefert. Noch hatte er die Kraft, sich festzuhalten, er versuchte sogar, sich hinaufzuschwingen. Aber dann wurde ihm die Gefahr in der ganzen Grausamkeit deutlich. Melchior Rüst zog ein Messer, in der Absicht, die Wurzel abzuschneiden. „Hast du denn kein Gewissen?" keuchte er im Anfall der Todesangst.

Aber Melchior Rüst hatte kein Gewissen, er kannte kein Erbarmen mit den Menschen und mit seinem Todfeind schon gar nicht. Schon fiel er auf die Knie, der Stahl des Messers blitzte über dem rettungslos verlorenen Jäger...

„Halt!" schrie da eine gellende Stimme.

Melchior Rüst schrak aus seiner Stellung auf und schaute in den Lauf einer auf ihn gerichteten Flinte.

Auf dem Steg stand der Zwiesel-Kaspar und hatte in der Erkenntnis der furchtbaren Untat, die hier geschehen sollte, die Büchse des Jägers vom Geländer gerissen und gegen den Mörder in Anschlag gebracht. Es war die gefürchtete Eigenschaft des wilden Naturburschen, unerwartet und unbemerkt irgendwo plötzlich aufzutauchen, die dem Jäger diesmal das Leben gerettet hatte.

Denn· als Rüst sich von dem unberechenbaren Burschen bedroht fühlte, ließ er von dem Jäger ab und schrie in der Angst des eigenen Todes den Kaspar an: „Tu die Flinte weg!"

„Nicht bis du drüben über der Gotteskanzel bist! Du Mörder!" war die Antwort.

Melchior Rüst sah, daß er hier verloren hatte, er wußte, was sich die Leute von der Fertigkeit des Zwiesel-Kaspars im Schießen erzählten. Sein Schuß würde ihn mitten ins Herz treffen. Und dabei handelte er in Notwehr...

Es blieb ihm also nichts übrig, als zu gehen. Schritt für Schritt machte er hinauf zur Gotteskanzel, und die Augen des Kaspars folgten ihm und bewachten alle seine Bewegungen.

Mittlerweile hatte Bert Steiner sich so weit von seinem Schrecken erholt, daß er sich heraufschwingen konnte. Mit der Hilfe des Kaspars stand er bald auf seinen Füßen. – „Diesmal ist es mir nahgegangen! Du hast mir das Leben gerettet, Kaspar!"

Der Kaspar winkte ab. „Es war kein Zufall. Ich hab' ihn oft hier gesehen, wie er auf dich gelauert hat. Du wirst dich besser vorsehen müssen!"

„Ich wollte das Kitz dort unten retten."

Der Kaspar schaute in die Tiefe auf das jammernde Tierchen.

„Laß, das mache ich. Ich kann das besser. Was wirst du tun? Ich meine mit dem Rüst?"

„Ich werde ihn zur Anzeige bringen müssen. Ohne dich wäre ich wohl nicht mehr am Leben."

Der Kaspar nickte. „Aber mach es gründlich! Schonungslos! Du kennst ihn nicht. Er ist ein Teufel!"

Darauf näherte er sich der Schlucht, prüfte die Wand, und

ehe der Jäger wußte, um was es ginge, sah er ihn schon am Fels. Wie eine Gemse kletterte er hinab, nahm das Kitz von dem Sims, krallte seine Finger der rechten Hand in den Stein, im linken Arm hielt er das zitternde Kitzchen, und schob sich wie ein Wurm an der Wand herauf. Der Jäger griff ihm entgegen und hob ihn über den Grat.

„Ich hab' eben gedacht, ob er es nicht dort ausgelegt hat, um dich in diese Falle zu locken", sagte der Kaspar keuchend vor Anstrengung.

Der Jäger mußte ihm zustimmen. Es gab keine Gemeinheit, vor der Melchior Rüst zurückschrak.

„Da!" sagte der Kaspar und hielt ihm das Tier hin. „Es gehört dir."

„Du darfst es behalten, Kaspar, wenn du Freude daran hast. Wir können es nun nicht mehr der Freiheit zurückgeben. Und du hast ja Platz dafür um dein Haus."

Der Kaspar freute sich wirklich und drückte das arme Tierchen liebkosend an sich. „Ich dank' dir dafür. Ich werd' es behalten zum Andenken an den Tag."

Obwohl Bert Steiner sich geschworen hatte, das Verbrechen Melchior Rüsts aufzudecken und Attenberger ins Gesicht zu sagen, zögerte er doch. Einige Tage blieb er dem Dorf fern, und je mehr Abstand er zu dem Geschehen bekam, desto ruhiger wurde er in dessen Beurteilung. Er sprach nicht davon und wandte sich seiner Arbeit zu.

Und trotzdem wurde es im Tal hier und dort ruchbar. Vielleicht hatte der Zwiesel-Kaspar irgendeinem erzählt, was sich über der Gotteskanzel zugetragen hatte.

Auch Attenberger kam es zu Ohren. Aber er schwieg. Wer konnte denn sagen, was sich zuvor zwischen den beiden Gegnern abgespielt hatte. Auf alle Fälle hatte der Jäger keine Anzeige gegen Melchior Rüst erstattet, wie es nach der Schilderung des Vorfalles doch sein Recht, ja sogar seine Pflicht gewesen wäre.

Weder seiner Frau noch seiner Tochter verriet er das Gerücht. Vielleicht scheute er sich in der Erinnerung an den Eifer, mit dem er einmal die eheliche Verbindung Johannas mit dem Bauern und Sägewerksbesitzer betrieben hatte.

Und eines Tages kam Johanna selbst damit zu ihm. Durch irgendeinen Zufall hörte auch sie von dem hinterlistigen Mordanschlag Melchior Rüsts gegen den Jäger vom Roteck. Da war es vorbei mit ihrer Ruhe und scheuen Zurückhaltung. Sie forderte von ihrem Vater, daß er sich der Sache des Jägers annehmen müßte. Jedes Verbrechen am Leben eines Menschen oder der Versuch dazu forderte Sühne und Strafe, gleichviel, ob es von einem Reichen oder Armen begangen worden sei...

Attenberger wunderte sich über so viel Eifer und versuchte, sie zu beruhigen. „Noch ist jedenfalls nichts geschehen. Und solange der Jäger nicht klagt, kann der Rüst nicht bestraft werden", sagte er.

„Ich weiß nicht, warum er es unterläßt. Aber wenn er aus irgendeinem Grund, den ich nicht kenne, noch länger schweigt, dann werde ich für ihn klagen!" entrüstete sich das Mädchen.

„Du?" fragte Attenberger bestürzt. Er sah ihr eiferrotes Gesicht, ihre in Angst und Erregung geballten Hände, ihre flammenden Augen.

„Ja, ich! Eigentlich wollte ich noch warten, aber die Umstände zwingen mich nun, offen zu bekennen, daß ich den Jäger liebe!"

Attenberger fuhr zurück. Über seine Stirn flog die Röte. Aber er schwieg.

„Ich wollte erst die Mutter davon unterrichten", fuhr Johanna fort. „Sie sollte mir Fürsprecherin sein bei dir. Aber nun ist es so gekommen. Ich hab' Angst um sein Leben! Und nun schick mich aus dem Haus, Vater! Halte mir vor, daß ich als dein Kind meine Pflicht vergessen hab', daß ich dich und unser ganzes Geschlecht verraten hab'. Ich kann nichts dafür! Ich liebe ihn und bringe dafür jedes Opfer!"

Attenberger sah an ihrem Gesicht vorbei, hinüber zum Fenster. Seine Gedanken wirbelten und tobten. Seine Stirn lag in breiten, tiefen Falten.

Dann stand er plötzlich auf und ging hinaus, ohne zu diesem Geständnis seiner Tochter Stellung zu nehmen.

Das erstemal geschah es, daß Attenberger nicht zu sprechen war, als der Jäger wenige Tage später ins Haus kam und Bericht geben wollte. Er ließ ihm sagen, daß er gerade in wichtiger Arbeit stäke und keine Minute Zeit für ihn fände.

Arglos ging der Jäger zu den Frauen in die Küche und verplauderte eine ganze Stunde in heiterer Art, bis Johanna, die auffallende Einsilbigkeit gezeigt hatte, ohne sich von der Gegenwart der Mutter stören zu lassen, auf den Vorfall auf der Gotteskanzel zu sprechen kam. Sie gestand ihm, daß sie bös war auf ihn, weil er ein solches Verbrechen so unbekümmert hinnehme und nicht einmal Anzeige erstattet habe.

„Was du gehört hast, ist falsch, Johanna", beruhigte er sie. „Ich bin der Jäger vom Roteck und habe kein Recht, auf grundeigenem Gebiet Melchior Rüsts ein Rehkitz zu fangen."

„Das ist nicht wahr!"

„Doch, es ist schon wahr, Johanna! Das Kitzchen hat heut der Zwiesel-Kaspar. Es hat sich schon gut eingelebt in seiner neuen Heimat." Und dann erzählte er den ganzen Vorfall, wenn er auch die wahre Absicht Rüsts verschwieg, um die Angst aus ihrem Herzen zu bannen.

Auch mit Matthias Falber, dem Bildschnitzer, war etwas Besonderes los. Anfänglich hatte er sein Haus bestellt, den alten kleinen Stall im Anbau ausgeräumt und neu eingerichtet. Er arbeitete unermüdlich, solange der Tag dauerte. Dann suchte er lange nach dem Schlüssel zur Kapelle, und als er ihn nicht finden konnte, brach er die Tür mit Gewalt auf. Modrige, stickige Luft schlug ihm entgegen. Er sah die alten, verkrümmten Kerzen am Altar, die mottenzerfressenden Tücher, den Staub, der Bilder und Schmuck fingerdick überzog. Und da regte sich in ihm ein ganz seltsames Gefühl der Reue und trieb ihn zu heiligem Eifer, in die Dinge Ordnung zu bringen. Er dachte an den Vater, der mit soviel Liebe und Treue das Kirchlein betreut hatte. „Bub, wir sind die Nachbarn Unserer Lieben Frau! Ist das nicht schön?" hörte er ihn sagen. Darüber waren Jahrzehnte vergangen. Er konnte nicht einmal mehr eine Madonna schnitzen ...

Eines Tages stand er abermals in der Kapelle. Das Licht der Sonne fiel durch die gemalten Fenster und legte bunte Streifen an die Wand. Und da fand er einen Platz, wo seine neue Madonna stehen sollte. Eine herrliche Freude erfüllte ihn, als er das Schnitzwerk herüberholte und in der Kapelle zur Aufstellung brachte.

Als er die geweihte Stätte verließ, fiel sein Blick auf das wetterzernagte „Ad votum" über der Pforte. Und da fühlte er, daß sein Leben auf einmal wieder einen Sinn bekam, daß es erfüllt war von Sorge und Arbeit, von Pflicht und Liebe.

Am selben Tag noch gegen Abend kam die Christl vom Berg herab. Als er sie durch das Fenster herannahen sah, lief er ihr schon vor dem Haus entgegen.

Freudig griff er nach ihren beiden Händen, als hätten sie sich schon Jahre nicht mehr gesehen. „Ist alles gut?"

„Alles!"

„Komm! Ich muß dir etwas zeigen", sagte er und führte sie zur Kapelle.

„Die Madonna? Deine Madonna?"

Er nickte.

Dann stand das Mädchen in stummer Ergriffenheit vor dem Bild.

Er sah es und war glücklich.

„Der Madonnenschnitzer vom Frauenhügel!" flüsterte sie.

„Sie hat uns beiden geholfen, Christl, dir und mir."

Dann führte er sie in sein Haus. Eine Weile saßen sie im Stübchen, und Christl fand sich kaum noch zurecht. Es war alles so schön jetzt, so heimisch, so sauber. „Wann hast du das alles gemacht?"

„Der Winter hat lange genug gedauert", antwortete er. „Ich hatte viel Zeit dazu. Aber das Große geschah jetzt erst, seit es draußen zu sprießen beginnt, die wunderbare Wandlung in meinem eigenen Innern!"

Dann mußte sie mit ihm in den neuen Stall, den er bereitet hatte für zwei Kühe.

Jetzt zeigte sich in der Christl die Sennerin. Aufmerksam musterte sie die Dinge und war voll des Lobes.

„Und die Kühe?" lachte sie.

„Sie kommen im Sommer von der Galt."

Die Christl fand den Gedanken gut. „Das Galtvieh ist gesund und gefestigt gegen die Wetter."

Als sie hinaus auf den Hügel traten, fiel eben die Sonne hinter die Wälder hinab. In der Ferne rauschte das Wasser, so wie Matthias es noch nie gehört hatte. „Der Gnadgott-Bach", sagte er.

Sie nickte im Ernst des Gedankens.

Er deutete auf eine kleine Quelle, die aus dem Boden brach. „Hier werde ich die Tränke bauen."

Dann standen sie eine Weile stumm. Sein Atem ging auf einmal beklommen.

Sie schaute ihn an. „Willst du etwas sagen?"

Da ergriff er plötzlich wieder ihre Hände. „Verzeih mir, Christl, aber ich darf es nicht mehr länger verschweigen! Ich liebe dich! Erschrick nicht! Du brauchst mir heut nichts zu sagen. Ich weiß, ich bin nicht mehr jung..."

Aber da hatte sie ihre Hände um seinen Nacken geworfen. Feucht und strahlend suchten ihre schwarzen Augen seinen Blick. „Matthias, du großer, dummer Bub! Gehören wir nicht schon lange zusammen?"

Als die Sonne gesunken war, gingen sie noch einmal hinüber zur Kapelle.

„Das war jeweils die Zeit für meinen Vater", sagte er. „Um diese Stunde hat er die Abendglocke geläutet. Paß auf, Christl, es ist heut ein besonderer Tag, wir lassen diese vergangene, herrliche Zeit heut auferstehen!"

Er drückte die Tür ein, ergriff den Strang und fing an, daran zu ziehen – und dann schlug die schwere, tiefe Glocke an. Laut schwang ihr Ton von Höhe zu Höhe und erreichte das Taldorf, wo die Leute aus den Häusern liefen.

„Die Glocke vom Frauenhügel!" riefen sie sich zu. „Gott sei uns gnädig!"

Matthias Falber hatte aus dem Jubel seines befreiten Herzens heraus die Glocke geläutet, unbewußt aber hatte er damit zur rechten Stunde Alarm ins Dorf gerufen.

So hatten es die Menschen verstanden. Die Häuser, die als besonders gefährdet galten, wurden geräumt, Vieh und nötiger Hausrat in Sicherheit gebracht. Es war etwas wie ein panischer Schrecken über die Leute gekommen.

Attenberger machte sich mit einigen Männern auf den Weg zur Gotteskanzel. Man mußte sehen, was dort geschah.

Der erste, der den See erreichte, war der Jäger vom Roteck. Er war unterwegs gewesen von der Rotwand und hatte lange schon das verräterische, ungehörige Rauschen von der Gotteskanzel herauf gehört. Es war ein Rauschen, wie es noch nie gewesen war, und dazwischen ein Rollen und Schüttern, als wären ganze Geröllbänke zum Absturz gekommen.

Dann ertönte vom Frauenhügel die Glocke...

In raschen Sprüngen eilte der Jäger über Hänge und Steinriesen talwärts. Als er den See erreichte, war es bereits dunkel, aber das ohrenbetäubende Rauschen wies ihm den Weg zur Ausbruchstelle. Es war also nicht das Wasser der Bäche oder das Wehr, von wo das Rauschen gekommen war, sondern die Hochflut des Sees hatte an einer Stelle die Stauung gesprengt und stürzte hinab zu Tale. Wie lange noch, und weitere Teile der Sperre stürzten nach, und dann brach die geballte Kraft des Wassers durch und warf sich auf den Wald, auf die Weiden, auf das Dorf. Es war höchste Gefahr!

Warum fand sich kein Mensch, der das Wehr aufriß und die Flut in das verbaute Bett des Katzbaches lenkte?

Er sah wohl drunten die Lichter tanzen. Das waren Menschen, die mit Laternen ihre Habe verräumten. Aber an das Wehr dachte wohl niemand.

Einen Augenblick stand Bert Steiner ratlos.

Und da geschah etwas sehr Seltsames. Wie durch plötzlich geöffnete Schleusen donnerte drüben die Flut durch den Fels, daß der Boden unter seinen Füßen erbebte.

Das war das Wehr! Hatte das Wasser sich selbst dort den Weg erbrochen – oder wurde das Wehr nun doch von einem Menschen geöffnet?

Kaum hatte der Jäger sich von der Tatsache des geöffneten Wehrs überzeugt, lief er über Stock und Stauden talwärts, dem Haus Melchior Rüsts zu. Es ging ja nicht um diesen Mann allein, sondern um all die unschuldigen Menschen, die in seinem Haus lebten. Sie mußten gewarnt und gerettet werden. Vielleicht ahnten sie gar nicht, daß das Wehr gebrochen war.

Aber das Wehr war nicht gebrochen, wie der Jäger glaubte, sondern es war von Menschenhand geöffnet worden. Lange schon vor ihm war ein Mann am See gestanden und hatte die Gefahr belauscht. An all den letzten Tagen und sogar zu nächtlichen Stunden war er dagewesen, ohne daß ein Mensch ihn gesehen hatte.

Und als der erste Dammbruch in die Tiefe gekollert war und dem Dorf der unabwendbare Untergang drohte, stand er langbeinig und schlotternd am Wehr, griff mit großen Händen nach dem Hebegriff und versuchte, die Sperre zu öffnen. Aber der Druck des Wassers war so stark, daß er mit bloßer Kraft nicht mehr ankam. Und so hing er sich mit dem ganzen Körpergewicht hin. Seine Bewegungen wurden immer verzweifelter – und plötzlich sprang das Wehr auf.

Das Wasser brach mit einer solchen Gewalt durch, daß der Mann Halt und Gleichgewicht verlor, schwankte und von einem Arm der Flut erfaßt und mit in die Tiefe gerissen wurde.

Das geschah mit der Schnelligkeit eines Gedankens – und kein Mensch war Zeuge gewesen...

Als Bert Steiner den Rüsthof erreichte, waren die Leute bereits aus dem Haus geflohen. Das Vieh trieb auf freiem Gelände herum, und drüben an der Säge, die bereits von der Flut erfaßt worden war und die Schutzsperren niedergerissen hatte, standen ein paar Menschen, die aufgeregt und heftig gestikulierend durcheinanderschrien. Er hörte den Namen Melchior Rüst rufen, Wände stürzen und Holz splittern. Rauschend folgte Flut um Flut nach. Immer weiter mußten die Menschen der Überschwemmung ausweichen. Schwarz und grausam schimmerte das tobende Wasser im Lichtschein der Laternen.

Erst allmählich erfaßte der Jäger den Sinn der Schreie. Melchior Rüst war noch in der Säge. Er wollte noch irgend etwas Wertbeständiges retten und fand nun keinen Rückweg mehr. Vielleicht hatte ihn eine stürzende Wand getroffen oder er lag eingeklemmt im schwimmenden Unrat.

Und niemand kam ihm zu Hilfe! Bert Steiner schaute sich um, und da sah er, daß es nur Frauen waren, die da herumstanden, Mägde des Hauses und ein paar halbwüchsige Burschen. Die Leute vom Dorf hatten noch alle mit sich selbst zu tun. Sie wußten noch nicht, daß für sie keine Gefahr mehr bestand.

Da regte sich in ihm das Pflichtbewußtsein. Er dachte jetzt nicht daran, daß es sein Todfeind war, der ihn erst vor wenigen Wochen in die Klamm stürzen wollte, es war ein Mensch, der dort im zerstörten Schneidwerk vom Tod erfaßt wurde und vielleicht noch zu retten war.

Und da warf er schon alles ab, was ihm hinderlich war, und sprang in die Flut, ohne sich um die ihm folgenden Schreie der Frauen zu kümmern.

Kämpfend gegen das anbrausende Element und schließlich schwimmend erreichte er eine schwarze Öffnung und klomm auf eine Rampe. Sein Blendlicht fuhr hinein in die Nacht. Es sah furchtbar aus. Bäume, Bretter und Unrat schwammen wild durcheinander und jeden Augenblick drohte das schwankende Gerüst einzubrechen.

Und da hörte er auch schon einen entsetzlichen Schrei. Zwischen treibenden Bäumen eingezwängt, hing Melchior Rüst, Todesangst und Schmerz hatten sein Gesicht entstellt. Wimmernd bat er um Hilfe.

Es war nicht leicht, an ihn heranzukommen. Der Jäger

mußte ihn anschwimmen, auf die Bäume springen und von dort aus zu befreien suchen...

Es währte lange, bis ihm das alles gelang...

Mittlerweile hatten sich mehr Leute angesammelt. Auch vom Dorf waren sie nun gekommen.

In Eile wurde ein Floß zusammengeheftet, um Rettung bringen zu können.

Es wäre zu spät gewesen. Denn eben, als im Licht der Laternen die Antreibenden gesichtet wurden, stürzte krachend das Gebäude zusammen.

Auch der Jäger war nun nicht mehr zu erkennen. Die Not des Kampfes hatte ihm Gesicht und Gewand angeschlagen und zerstört.

Schwerverletzt wurde Melchior Rüst weggetragen. Und der Jäger ging unerkannt davon, ehe sich jemand um ihn kümmern konnte.

Es war wenige Tage später, als die Flut im Katzbach allmählich zum Schweigen gekommen war, da machte der Zwiesel-Kaspar an der Talsperre einen grausigen Fund. Im kreisenden Wasser der tiefen Felsmühle trieb eine Leiche...

Die zur Bergung herbeigerufenen Männer vom Tal zogen den Körper eines langen Mannes zutage, der in zerlumpten Kleidern stak. Das Gesicht war von einem wilden Bart überwuchert.

Es war der Guido, der Knecht Melchior Rüsts. Er war es gewesen, der in der Unglücksnacht das Wehr geöffnet und die Zerstörung über das Werk seines Herrn gebracht hatte, um das Dorf vor dem Untergang zu retten.

Er hatte dadurch seine Schuld gesühnt, und die Männer, die um seine Leiche standen, nahmen für eine kurze Weile die Hüte von ihren Köpfen.

Auch der Zwiesel-Kaspar.

Der Jäger vom Roteck hatte lange das Dorf gemieden. Wenn er auch annehmen durfte, daß ihn in jener Nacht, als er seinen Todfeind aus dem Verderben rettete, niemand erkannt hatte, so kamen ihn doch manchmal Zweifel an. Nicht, daß er sich seiner Tat geschämt hätte, aber es war eine menschliche Schwäche, was sich in ihm als eine Art Peinlichkeitsgefühl regte. Denn die Menschen, die um sein tatsächliches Verhältnis zu Melchior Rüst wußten, konnten wohl nicht begreifen, daß er unter dem Einsatz des eigenen Lebens ihn dem sicheren Tod entrissen hatte. Er konnte es heute selbst nicht mehr begreifen. Er hatte unter dem Zwang der Dinge gehandelt und wünschte nur, daß seine Person vor der Öffentlichkeit verborgen blieb. Aber er täuschte sich.

Als eine Reihe von Tagen vergangen war, an denen er die Abende in der Einsiedelei seines Jagdhauses verbrachte, klopfte zu später Stunde noch jemand an das Fenster.

Es war Attenberger selbst, der ihn aufsuchte.

„Willst du nicht mehr zu mir kommen, dann komme ich eben zu dir!" sagte er freundlich und drückte ihm mit väterlichem Wohlwollen die Hand.

Bert Steiner brauchte eine ganze Weile, bis er sich von der Überraschung erholt hatte.

Sie saßen in der niedlichen, schmucken Jägerstube.

„Ich weiß schon, du willst es nicht haben, daß von deiner Tat gesprochen wird", sagte Attenberger. „Aber glaub mir, gerade die Kraft der Überwindung, die du dabei gezeigt hast, läßt die Menschen verstummen. Es ist heut ein Frieden im Dorf, wie wir ihn nie erlebt haben. Du hast ihn geschaffen."

Der junge Jäger senkte erschüttert den Kopf...

„Was ist aus ihm geworden?" fragte er dann.

„Melchior Rüst? Er liegt noch an schweren Verletzungen daheim. Aber es wird gutgehen."

„Weiß er, daß ich...?"

„Ja, er weiß es. Und gerade das bewirkte in ihm das Wunder seiner Wandlung. Nicht die Zertrümmerung seines Werkes und die Beschädigungen an seinem Hof durch die Flut, auch der Tod nicht, der ihn bereits in seinen Fängen hatte, vermochten ihn so zur Zerknirschung zu treiben. Aber deine Haltung, Bub, war es! Sie hat einen Berg versetzt!"

Attenberger konnte kaum noch sprechen vor Bewegung. Seine Augen waren feucht geworden. Plötzlich streckte er ihm die Hand hin: „Laß dir wenigstens von mir danken!"

Drei Jahre waren seitdem vergangen. Hinter einem friedlichen Gehege an der Rückseite des Hauses am Frauenhügel weideten zwei Kühe. Silberhell bimmelten die Glöckchen am Halsriemen der Tiere.

Die Christl stand an der Tränke und sah einem dunkelhaarigen kleinen Knaben zu, wie er lachend mit beiden Händen in das klare kühle Wasser platschte.

Matthias Falber war gerade hinüber zur Kapelle gegangen. Es gab noch einiges zu tun und zu richten dort. Schon gestern hatte er zusammen mit der Christl, seinem Weib, die Stühle mit Tüchern ausgeschlagen und junge Bäume an die Seiten des Altars gestellt.

Der Jäger vom Roteck hatte Hochzeit. Die Trauung sollte in der von seinem Freund betreuten Kapelle erfolgen, in der Kapelle, vor der er einmal Johanna, seine geliebte Braut, in großer Verzweiflung und Seelennot zum ersten Male getroffen hatte.

Er hatte solange damit gewartet, denn er wollte erst etwas sein, ehe er eine Frau in sein Heim führte. Jetzt war er etwas geworden. Sein Eifer und seine Geschicklichkeit in der Ausübung seines Dienstes hatten ihn lange vor der Zeit aufrücken lassen in den gehobenen Dienstgrad.

Er war heute festangestellter Förster vom Roteck. Und das ganze Dorf freute sich mit ihm an dieser Auszeichnung.

Es war ein Sommermorgen, wie er schöner und freundlicher nicht sein konnte. Man mochte meinen, der Himmel selbst habe seine Freude an diesem Tag.

Und dann, als die Zeit hiefür gekommen war, ging Matthias Falber in den Turm. Der tiefe Ton der Glocke schlug an, er orgelte wie ein Lied feierlich in den Wäldern und schwang hinab zum Dorf.

Das ganze Dorf beteiligte sich am Fest seines Jägers und seiner schönen Braut. Natürlich konnte das Kirchlein nicht all die Leute fassen. Drum standen sie heraus unter dem Himmel Gottes, während drin der Priester seinen Segen über das Paar sprach.

Unter den Klängen einer Blechmusik und unter dem festlichen Geläute der Glocke kehrte der Hochzeitszug nach der Trauung ins Tal zurück. Langsam verhallten die schmetternden Weisen der Bläser in der Tiefe des Waldes.

Nur die Glocke tönte noch eine Weile über die Höhen. Dann schwieg auch sie. Der Frieden des Alltags kehrte zurück.

Nach einer Weile erschien die Christl wieder mit dem Buben unter der Tür des alten Hauses. Sie öffnete die Fenster der Werkstätte, denn gleich würde Matthias, ihr Mann, wieder mit der Arbeit beginnen. So manche Madonna, von seiner Hand geschnitzt, hatte schon den Weg in die Welt gefunden. Wie von selbst waren schriftliche Aufträge an ihn ergangen. Davon lebten sie bescheiden und glücklich neben dem Ertrag von den zwei Kühen.

„Der Madonnenschnitzer vom Frauenhügel!" lachte die Christl, wenn ein Brief von draußen kam, und stolz schaute sie zu dem stillen Hünen auf.

Wieder war der kleine Bub zur Tränke gelaufen und

klatschte mit seinen Händchen in das Wasser, daß er auf und auf davon bespritzt wurde.

Matthias Falber kam aus dem Turm. Er fing den Knaben ein und warf ihn scherzend durch die Luft.

In diesem Augenblick verließ drüben ein breitschultriger Mann die Kapelle. Er war wohl der letzte der Hochzeitsgäste, der sich beim Heimweg dem Zug nicht mehr anschließen wollte.

Matthias Falber schenkte ihm weiter keine Beachtung und hätte sich wohl gar nicht nach ihm umgeschaut, wenn er nicht im Gesicht der Christl, die eben zu ihm getreten war, eine plötzliche Veränderung zur Düsterkeit entdeckt hätte. Es war Melchior Rüst...

Langsam und zögernden Schrittes kam er auf sie zu. Sie hätten ihn beinahe nicht mehr erkannt. Sein Gesicht hatte sich verändert, sein Haar war angegraut. Er war alt geworden.

Leise und zurückhaltend erwiderten sie seinen Gruß.

Der Blick des Bauern lag auf dem Knaben, der sich scheu an Matthias drückte. Dann ließ er ihn über das Gelände wandern, bis er an den beiden Kühen in der Umfriedung haften blieb. „Zwei?" fragte er.

„Zwei", antwortete Matthias Falber.

Eine Weile schien Melchior Rüst zu überlegen. „Kennst du die Wiese drüben am Fall?" fragte er dann. „Sie ist nicht groß, aber zweimahdig. Ich schenk' sie dir. Du kannst eine Kuh mehr halten – und das wird bald not tun!"

Darauf näherte er sich dem furchtsamen Knaben, fuhr ihm mit seiner schweren Hand ein paarmal über den dunklen Kopf. „Für dich wird es einmal mehr geben, wenn ich nicht mehr bin", sagte er sehr leise, nickte ihnen noch grüßend zu und ging schweren Schrittes weiter, dem Tal zu, ein an Leib und Seele gebrochener Mann, um den die Einsamkeit den Mantel untilgbarer Schuld geschlagen hatte.

Andre Mairock

Verwehte Saat

Roman

Als Joachim Straub, der Bauer vom Schwaighof, im Bahnhof der Kreisstadt das Rohrbachtaler Züglein bestieg um heimzufahren in sein Dorf, ging der Tag gerade zu Ende. Er war früh dran und konnte sich seinen Platz am Fenster aussuchen, später gab es ein großes Gedränge, denn es war die Zeit, zu der die Leute, die in der Stadt arbeiteten, in den Feierabend heimfuhren. Je mehr sich der Waggon mit Menschen füllte, desto lauter ging es zu. Größtenteils waren es junge Leute, die täglich die Strecke fuhren, Schüler, Auszubildende, Jugendliche, die in den Fabriken und Werkstätten arbeiteten und nun im Übermut des Feierabendgefühls sich lautstark austobten.

Erst nach der dritten und vierten Station, als sich der Waggon bis auf wenige Reisende geleert hatte, wurde es ruhiger.

Mittlerweile war die Dunkelheit eingefallen. Der Schaffner ging durch den Zug und kontrollierte die Fahrkarten der Reisenden.

Joachim Straub starrte durch das Fenster hinaus in die hügelige Landschaft, hinter der das Gebirge noch winterlich weiß hervorschaute. Der Frühling hatte erst vor wenigen Tagen seinen kalendermäßigen Anfang genommen. Es gab bei Niederschlägen immer noch Schnee, der in den Hochlagen sogar liegen blieb. Die Tage waren trüb und kalt, die Natur hielt mit ihrem Keimen und Wachstum noch zurück. Bäume und Felder waren kahl.

Unbeweglich lehnte der kräftige Bauer in der Ecke, starr war sein breites Gesicht dem Fenster zugewandt, als hätte er noch nie diese Landschaft durchfahren und sähe alles das erste Mal an sich vorbeiziehen.

In Wirklichkeit nahmen seine Augen gar nichts wahr von dem, was da draußen an ihnen vorüberzog. Seine Gedanken beschäftigten sich mit ganz anderen Dingen.

Als er sich ein wenig vorneigte, knisterte unter seiner Jacke Papier. Da fiel ihm ein, dass er, bevor er in den Zug eingestiegen war, noch ein paar Zigarren gekauft hatte. Er fingerte jetzt eine davon heraus, brannte sie an und blies den Rauch vor sich hin. Der Zug ratterte über die Schienen, der Dampf der Lokomotive streifte am Fenster vorbei. Mit Pusten und Zischen arbeitete sich der kleine Zug die kräftige Steigung hinauf.

Der Bauer dachte an die Unterredung, die er heute mit dem Oberarzt des Krankenhauses geführt hatte.

»Wir haben getan, was menschenmöglich war«, hörte er den Arzt sagen. Er sah ihn vor sich, groß und hager, eine breiträndrige Brille vor den Augen. »Wir wollten es mit einer Operation versuchen, aber es ist zu spät.«

»Was hat sie denn überhaupt, Herr Doktor?«
»Krebs.«

Das war das Todesurteil gewesen.

»Was soll man jetzt tun?«, hatte er nach einer Weile gefragt.

»Sie möchte heim und es wird auch das Beste sein, wenn wir sie zurücktransportieren lassen.«

»Zum Sterben?«

Der Arzt sagte nichts. Er zuckte nur die Schultern.

»Wie lange geben Sie ihr noch?«

»Das ist schwer zu sagen. Aufstehen kann Ihre Frau wohl nicht mehr. Mit ihren fünfundvierzig Jahren ist sie noch verhältnismäßig jung. Man kann annehmen, dass sie nicht mehr lange zu leiden hat, denn bei dieser schrecklichen Krankheit schreitet der Zellverfall gewöhnlich rasch vorwärts. Wir wollen ihr also den letzten Wunsch erfüllen und sie nach Hause schicken.«

»Weiß sie, wie es um sie steht?«

»Nein. Wir wollen es ihr auch nicht sagen. Sprechen Sie also nie mit ihr vom Sterben.«

Joachim Straub starrte durch das Zugfenster hinaus in die nächtliche Landschaft.

Acht Jahre war es her, dass der gleichaltrige Handelsmann Ludwig eines Tages im Wirtshaus an ihn heranrückte und ihm ins Ohr flüsterte: »Ich wüßt dir eine Braut mit einem schönen Bauernhof. Keine Lust?«

Für einen Knecht, wie er es damals gewesen war, ohne Vermögen, ohne jede Aussicht zu einem eigenen Anwesen zu kommen, war das schon ein Angebot, über das sich reden ließ.

»Wo?«

»In Schwingel im oberen Rohrbachtal. Das Anwesen nennt sich der Schwaighof und ist eines der größten des Dorfes, steht etwas abseits, alle Grundstücke liegen ums Haus.«

»Was fehlt dem Mädchen, dass du einen Hochzeiter suchen musst?«

»Es ist kein Mädchen, sondern eine Witwe mit einem Kind. Ihr Mann ist vor ein paar Jahren unter den Traktor gekommen und tödlich verunglückt.«

»Wie alt ist sie?«

»Siebenunddreißig.«

Da hatte er laut auflachen müssen, denn er selbst war siebenundzwanzig. »Du willst mich wohl auf den Arm nehmen, Ludwig?«

»Im Gegenteil, ich möchte dir helfen. Das ist die gute Gelegenheit, Joachim; machst sonst dein Leben lang einen Bauernknecht und kommst zu nichts.«

»Ich heirate doch keine alte Frau!«

»Siebenunddreißig! Ist sie da eine alte Frau? Übrigens schaut sie gut aus und für einen Bauernhof wie den Schwaighof kann man diese zehn Jahre Unterschied in Kauf nehmen!«

So hatte sich dann das eine in das andere geschickt. Er hatte sich den Schwaighof und die Bäuerin angeschaut und beides fand er verlockend genug, dass er seinem Bauern den Dienst aufsagte und nach Schwingel übersiedelte. Natürlich dachte die Bäuerin nicht ans Heiraten, wie der als verlogener Sprüchemacher bekannte Ludwig behauptet hatte. Was die Bäuerin brauchte, war ein junger, tüchtiger Knecht. Also hatte er sich in den Schwaighof verdingt.

Aber er wäre nicht Joachim Straub gewesen, wenn er nicht erreichte, was er wollte. Die Bäuerin hatte ihm schnell Vertrauen geschenkt, er wirtschaftete selbstständig, wies die Dienstboten an, kaufte das Vieh ein und hatte in allem eine erfolgreiche Hand. Es wurde nichts mehr getan ohne ihn zu fragen. Er saß bei ihr an den Abenden in der Stube, sie beriet sich mit ihm und ihre Gespräche wurden immer vertrauter.

Nach einem Jahr schon war es so weit, dass er ihr allen Ernstes seinen Heiratsantrag machen konnte. Er merkte ihre Bereitschaft dazu, wenn sie auch gerade wegen des Altersunterschiedes noch eine Weile zögerte. Er verstand es aber, ihr alle Bedenken auszureden, vor allem ihre Furcht vor dem Gerede der Dorfleute, die es doch rein gar nichts anginge. Wenn sie es wünsche, ließe er sich sogar einen Bart wachsen, der einen Mann um mehrere Jahre älter mache.

Darüber musste sie lachen – und eines Tages duldete sie es, dass er sie in seine Arme nahm und ihr den Verlobungskuss gab.

Aber da versuchte der Bauer vom Sand, der Bruder der Witwe, der im oberen Inntal einen großen Hof besaß, ihnen noch einen Prügel vor die Füße zu werfen. Irgendjemand schien ihn von ihrer Absicht verständigt oder gar aufgehetzt zu haben. Joachim hatte den alten Knecht Tobis in Verdacht gehabt, aber der leugnete es standhaft. Kurz, der Bauer vom Sand kam und wollte die Witwe von ihrem unsinnigen Vorhaben, wie er es nannte, abbringen. Abgesehen von dem bedenklichen Altersunterschied, mit dem es seiner Meinung nach einfach nicht gut gehen könnte, packte er sie beim Gewissen wegen ihrer kleinen Tochter, die sie dadurch um das Erbrecht und die Heimat bringen konnte.

Die Bäuerin ließ sich auch zunächst einschüchtern und so entbrannte zwischen Joachim Straub und dem Bauern vom Sand ein verborgener, aber erbitterter Kampf um die endgültige Entscheidung der Bäuerin.

Joachim Straub ging aus diesem Kampf schließlich als Sieger hervor, die Hochzeit fand statt, ohne dass im Dorf viel geredet oder gespottet wurde, der ehemalige Knecht wurde Bauer vom Schwaighof und der Bauer vom Sand begnügte sich damit, dass er vom Gericht zum Vormund der etwa achtjährigen Tochter Magdalen bestellt wurde.

Etwas mehr als sechs Jahre dauerte nun diese Ehe. Was der ehemalige Knecht versprochen hatte, hielt der heutige Bauer. Der Schwaighof erlebte eine Zeit der Blüte. Joachim Straub verstand zu wirtschaften, er vermehrte die Liegenschaften, vergrößerte den Viehstand und steigerte den Umsatz. Das Vermögen wuchs. Aber es stellte sich heraus, dass er in erster Linie nicht die Frau, sondern den Hof geheiratet hatte. Er fühlte sich als Besitzer des größten und schönsten Hofes der weiten Umgebung. Kein Wunder, dass nach und nach der Geiz immer mehr Gewalt über ihn bekam. Er fing an zu knausern und gab selbst seiner Frau vor, was sie verbrauchen durfte. Im Übrigen lebte er neben ihr her, als wäre sie nichts anderes als eine Magd im Haus.

Aber davon erfuhr niemand etwas. Die Bäuerin konnte schweigen, sie schluckte alles in sich hinein. Sie fürchtete sich vor dem Spott der Menschen, die doch nur gesagt hätten: Wie kann man nur einen so jungen Mann heiraten? Sie durfte niemandem verraten, nicht einmal ihrem Bruder, dem Bauern vom Sand, wie unglücklich sie geworden war, trotz des Reichtums, den ihr zweiter Mann schaffte. Sie ahnte, dass er diesen Reichtum allein für sich erwarb.

Mit zwölf Jahren schickten sie die Tochter auf ein Internat. Sie kam jeweils nur in den Ferien heim. Sie wurde jetzt fünfzehn ...

Der Bauer zerdrückte die Glut seiner Zigarre im Aschenbecher. Der Zug fuhr in eine Station ein und hielt an. Ein paar Reisende stiegen aus. Der Schaffner rief den Ortsnamen aus.

Die nächste Haltestelle war Schwingel.

Der Zug fuhr an.

Vor ein paar Jahren schon fing die Frau an zu klagen über Müdigkeit, Appetitlosigkeit und quälenden Durst. Er hatte nichts darauf gegeben. In diesem Alter war der Mensch noch nicht müd. Er legte es als Faulheit aus.

Jetzt wusste er es: Krebs. Es war zu spät. Man konnte nicht sagen, wann, aber jedenfalls in diesem Jahr noch würde seine Frau sterben.

Er sah sich einem neuen Problem gegenübergestellt. Natürlich musste er sich nach einer neuen Bäuerin umschauen. Die Saat, die er gelegt hatte, musste erst aufgehen. Noch hatte er nichts von seiner Arbeit gehabt. Ein ganzes Leben hatte er noch vor sich als Bauer vom Schwaighof. Die Ernte musste erst kommen.

Aber es war eine fünfzehnjährige Tochter da ...

Die Bremsen kreischten; mit polterndem Getöse

fuhr der Zug jetzt ein starkes Gefälle hinab, schwankte in den Kurven, dass die Lichter zuckten. Noch ein Quietschen und Pfeifen der Bremsen und der Zug stand.

»Schwingel!«, rief der Schaffner.

Der Bauer drückte den Hut fester an den Kopf und stieg aus.

Es war nur eine der üblichen kleinen Haltestellen, die noch nicht mal eine Sperre hatten. Eine geteerte offene Bretterhütte war da, die den Reisenden, die auf ihren Zug warten mussten, bei Regen als Unterstand diente. Kein Licht brannte, nur der beleuchtete Zug warf einen schwachen Schein auf den Weg neben den Schienen.

Niemand war da, der Bauer war als Einziger ausgestiegen, und während er auf dem schmalen Weg durch das dunkle Weidach neben einem kleinen Bach dem Dorf zuging, fuhr das Züglein mit lautem Pusten seine Strecke weiter durch das Tal.

Die Dorfstraße war leer, aus den Fenstern der Häuser schimmerten die Lichter. Es war ja noch nicht spät, nur die Nächte kamen früh.

Dann ging Joachim Straub durch die Felder in Richtung Schwaighof. Über die schwarze, feuchte Erde kroch kniehoher Nebel. Der herbe Duft von umgebrochenem Ackerboden weckte in ihm den Gedanken an die bevorstehende Arbeit im anbrechenden Bauernjahr, an Saat und Ernte.

Nicht vom Sterben reden, hatte der Krankenhausarzt ihm geraten. Aber was wusste und kümmerte sich der um die Verhältnisse auf dem Schwaighof? Durch seine Heirat war er zum Mitbesitzer des Anwesens geworden. Durch seinen Fleiß und seine geschickte Planung hatte er den Ertrag gesteigert und das Vermögen vergrößert. Was sollte nun aus ihm werden, wenn die Bäuerin tot war?

Er war fünfunddreißig Jahre alt, er war im besten Alter. Was war natürlicher, als dass er wieder heiratete und eigene Kinder zeugte?

Aber es war eine fünfzehnjährige Tochter da.

Er musste mit seiner Frau über das Testament reden. Er musste sich seine Rechte sichern; denn eines Tages erreichte die Magdalen das heiratsfähige Alter und erhob ihre Ansprüche auf den väterlichen Hof. Sollte er dann vom Hof gehen und im Handwagen seine Kleidertruhe nachziehen wie ein entlassener Knecht?

Nicht vom Sterben reden! Aber er musste seiner Frau das Testament zur Unterschrift vorlegen, solange es noch Zeit war. Das war gleichbedeutend mit einem Hinweis auf ihren baldigen Tod. Aber er konnte ihr nicht helfen. Er musste es tun, wenn nicht die Saat, die er gelegt hatte, für ihn verwehen sollte wie bei einem Sämann, der im Sturm das Saatkorn über den Acker streut.

Auch der letzte Wille seiner Frau musste nach seinem eigenen Willen sein.

Es ging um seine Zukunft, um ein glücklicheres Leben.

Einzelne Lichter schimmerten aus der Nacht. Die ersten davon kamen vom Schwaighof. Soviel der Bauer feststellen konnte, brannte sogar noch das

Hoflicht. Das hatte wohl die Kathrin angemacht, damit er leichter die Zauneinfahrt fände, wenn der Nebel noch dichter würde. Das musste man der Kathrin lassen, sie dachte an alles und war um jeden Menschen im Haus besorgt.

Und wie hatte sich die Bäuerin dagegen gewehrt, als er sie vor etwa zwei Jahren einstellte!

»Schau sie doch genau an, sieht sie aus wie eine Magd?«, hatte die Bäuerin kritisiert. »Eine Bäuerin kann nicht herrischer dreinschauen!«

Nun ja, die Kathrin war jung, sauber, vielleicht hatte die Eifersucht seine Frau gegen diese Neue aufgebracht. Sie fürchtete sich halt doch immer vor dem Altern. Und er war und blieb der junge Mann.

Er hatte die Kathrin trotzdem eingestellt. Man fand nicht jeden Tag jemanden, dem man alles anvertrauen konnte, das Haus, die Wirtschaft. Und er hatte es nicht bereut; denn die Kathrin war fleißig und tüchtig, kräftig und gesund. Wie nötig hatte er sie jetzt, wenn seine Frau bettlägerig blieb bis zum Tod!

Er wusste, dass die Kathrin die Pflege übernehmen würde, wenn er sie darum bat. Sie würde das Hauswesen so in die Hand nehmen, dass nichts daran fehlte.

Oder hat seine Frau gar gemeint, dass man das ihrer fünfzehnjährigen Tochter überlassen konnte?

Die Magdalen war ja noch ein halbes Kind.

Nein, sie mussten nun beide froh sein, dass die Kathrin da war, und es lag nun an ihm, sie zu halten, auch wenn gerade durch die schwere Krankenpflege die höchsten Anforderungen an sie gestellt werden mussten. Sollte ihr jedoch die Arbeit zu viel werden, musste eben die Magdalen heimkommen und ihr helfen. Er musste mit der Kathrin reden und ihr vielleicht einen höheren Lohn bieten.

Das Gehöft tauchte aus der Nacht auf. Weiß schimmerte das gekalkte Gemäuer hinter den Bäumen hervor, die ihre nackten Äste wie verdörrte Gerippe über das flache, breit gedrückte Dach streckten.

In einiger Entfernung tauchten jetzt noch weitere Lichter auf. Sie kamen vom Hochwieserhof, dem einzigen Nachbarn des Schwaighofes. Er lag noch ein Stück weiter oben und war durch einen breiten Waldstrich und einen felsigen Höhenzug von den Feldern des Schwaighofes getrennt. Sie störten einander nicht und kamen nicht zusammen, obwohl die Hochwieserin die Taufpatin der Magdalen war. Früher musste zwischen den beiden Gehöften eine rege Nachbarschaft gepflegt worden sein. Aber seitdem die Bäuerin vom Schwaighof ihre zweite Ehe mit ihrem jungen Knecht eingegangen war, hatte die Hochwieserin sich sofort zurückgezogen. Vielleicht nahm sie Anstoß daran, weil sie selbst nach dem Tod ihres Mannes Witwe geblieben war und ihre beiden Söhne allein großzog.

Es war eben nicht jeder Mensch gleich veranlagt, darum ging es den einen nichts an, was der andere tat, solange es nicht zu seinem Schaden war.

War es jetzt nicht gut, dass ein Bauer da war auf dem Schwaighof? Wenn nun jetzt auch noch die Bäuerin starb und nur eine fünfzehnjährige Tochter da war, was sollte da aus dem Anwesen werden?

Joachim Straub zog das Zauntor hinter sich zu, näherte sich mit schweren, knirschenden Schritten dem Haus und warf einen Blick auf die verschlossenen Türen und Tore. Es war bereits alles still; die letzte Arbeit des Tages war getan. Die Dienstboten verbrachten ihren Feierabend in ihren Zimmern oder waren bereits ins Bett gegangen. An der Viehtränke im Hof plätscherte das Wasser.

Joachim Straub betrat das Haus und ging in die Stube. Es war dunkel und er machte Licht. Im Ofen krachte ein Feuer, die Wärme tat ihm gut bei dem nasskalten Wetter. Die Kathrin hatte auch daran gedacht.

Es war eine geräumige Bauernstube mit getäfelten Wänden und einer von schweren, dunklen Balken getragenen Holzdecke. Im abgerundeten Fenstererker stand der Tisch, an der Wand entlang lief eine lange Sitzbank. Das war noch das Alte, Ursprüngliche an dieser Bauernstube. Der Schrank, die Liege und alle weiteren Möbelstücke waren neuer und moderner.

Der Bauer legte Hut und Jacke ab und arbeitete sich aus den Schuhen.

Da erschien auch schon die Kathrin. Sie war ein hübsches Mädchen von fünfundzwanzig Jahren, dunkelhaarig und mit fast schwarzen Augen, kräftig und doch schlank gewachsen. In ihrem bunt schillernden Dirndlgewand mit blinkendem Geschnür und blendend weißen Puffärmeln, das sie immer zum Feierabend trug, sah man ihr kaum die Magd an, vielmehr konnte man sie für eine junge Bäuerin oder doch mindestens für die Tochter des Hauses halten. So attraktiv konnte sie sich herrichten. Sie pflegte auch kaum einen Umgang mit den übrigen Dienstboten und blieb meistens allein. Sie hatte immer zu tun. Seitdem die Bäuerin krank geworden war, lastete alle Sorge des Hauswesens auf ihr. Sie schlief auch nicht mit den Mägden in der gemeinsamen Kammer, sondern hatte ihre eigene Schlafstube daneben. Sie wollte allein sein. Warum eigentlich? Das wusste niemand. Man fragte auch nicht danach. Es gab ja Platz genug.

»Guten Abend, Bauer«, grüßte sie mit ihrer dunklen Altstimme und verzog den vollen Mund zu einem freundlichen Lächeln, wie immer, wenn Joachim Straub am Abend heimkehrte.

Der Bauer erwiderte den Gruß.

»Kann ich das Essen bringen?«, fragte sie geschäftig.

Er nickte. Sie ging um das Essen für ihn aufzutragen. Und während er gewohnheitsmäßig, aber heut mit wenig Appetit das Essen hinunterwürgte, hörte er sie draußen in der Küche noch herumwerken. Später kam sie wieder um das Geschirr zu holen.

»Wenn es dir nicht zu spät ist, komm dann noch zu mir, Kathrin«, sagte er ohne sie anzusehen. »Ich möchte noch etwas mit dir besprechen.«

»Sofort!«, sagte sie und trug das Geschirr ab.

Sie kam gleich zurück und wischte den Tisch ab, holte eine Decke aus der Schublade und warf sie darüber.

»Setz dich her zu mir, Kathrin«, sagte er und rückte für sie einen Stuhl zurecht.

»Ich war heut im Krankenhaus«, begann er dann. »Es steht nicht gut mit der Bäuerin.«

Sein Blick begegnete ihren schwarzen Augen, die

ihn gespannt anschauten. »Es war wohl eine recht schwere Operation?«, fragte sie.

»Ach was, Operation! Sie scheinen wohl aufgeschnitten zu haben, ohne jedoch etwas tun zu können.«

»Wieso?«

»Sie sagen, dass es zu spät ist.«

»Warum zu spät?«

»Krebs ...«

Schweigen.

Der Bauer fuhr mit dem Finger den bunten Zeichnungen der Tischdecke nach und sinnierte vor sich hin. Dann sprach er weiter: »Es werden unruhige und schwere Tage auf uns zukommen, Kathrin, denn die Bäuerin will heim.« Er schaute sie an. »Heim zum Sterben! Verstehst du?«

Die Magd schwieg. Der Ausruck ihres Gesichtes veränderte sich nicht.

»Der Arzt meint, ich dürfte ihr diesen letzten Wunsch nicht abschlagen«, fuhr er fort. »Sie könnte von unserem Doktor weiter behandelt werden, wenigstens insofern, dass er ihr das Morphium spritzt, wenn die Schmerzen kommen. Ich weiß, was es für eine Belastung sein wird, vor allem für dich, denn du müsstest sie pflegen bis zu ihrem Ende. Andererseits möchte ich ihr diesen letzten Wunsch nicht abschlagen, wenn sie schon daheim sterben will. Es fragt sich jetzt nur, ob du das alles auf dich nehmen magst und kannst, Kathrin.«

»Doch, Bauer, ich werde alles tun, was ich kann«, entgegnete sie ohne Zaudern.

»Ich danke dir dafür, Kathrin! Es soll dein Schaden nicht sein; denn ich will dir gern mehr Lohn geben. Außerdem habe ich mir überlegt, ob ich nicht die Magdalen heimrufen soll. Sie kann dir in allem helfen.«

»Nein, Bauer, das wäre nicht gut«, widersprach sie. »Die Magdalen ist zu jung. Es ist nichts für sie, wenn sie vielleicht wochen- oder monatelang die sterbende Mutter vor sich sieht. Das könnte ihr nur schaden. Die Magdalen soll bleiben, wo sie ist, sie soll nicht einmal erfahren, wie es mit ihrer Mutter steht. Man könnte ihr allenfalls mitteilen, dass die Mutter krank ist, damit sie nicht so vor den Kopf gestoßen ist, wenn eines Tages die Todesnachricht eintrifft. Sie braucht die Wahrheit noch nicht zu wissen; die erfährt sie noch früh genug.«

Der Bauer fand diesen Vorschlag gut. Er nickte ihr dankbar und fast bewundernd zu.

»Ich bin noch jung und gesund, ich werde die Arbeit leisten«, setzte die Kathrin hinzu. »Die Bäuerin soll mit mir zufrieden sein.«

»Dank schön, Kathrin!« Er rückte ein wenig näher an sie heran, legte vertraulich seine schwere Hand auf ihren Arm und fuhr fort: »Es ist dies nicht der einzige Beweis deiner Tüchtigkeit und Treue, Kathrin, ich weiß. Ich weiß auch, wie nötig ich dich gerade jetzt brauche und dass ich dir alles anvertrauen kann, wie man dies noch von keiner Magd sagen konnte. Deshalb sollst du dich auch nicht als Magd betrachten, sondern als einen Menschen, der zum Haus gehört. Brauchst mich nicht so verwundert anzuschauen; ich weiß genau, was ich sage und warum ich es sage. Schau, ich will auch ganz offen zu dir sein. Das Heimweh meiner Frau ist nicht der einzige Grund, warum ich sie daheim sterben lassen will. Du kennst ja die Verhältnisse. Ich habe als zweiter Mann der Bäuerin in den Schwaighof eingeheiratet. Und wie der Hof heut dasteht, das ist er durch mich geworden. Wenn die Bäuerin heut stirbt, bin ich vielleicht nur noch der Treuhänder oder Verwalter für die Erbin. Das ist die Magdalen. Ich würde sie nicht einmal fürchten, aber hinter ihr steht der Bauer vom Sand, der schon damals versucht hatte, der Bäuerin die Heirat mit mir auszureden. Er ist also nicht gerade mein Freund. Es muss testamentarisch etwas festgelegt werden, wenn ich nicht eines Tages wie ein entlassener Knecht vom Hof gehen soll. Und deshalb brauche ich die Bäuerin hier im Haus. Verstehst du?«

Und ob die Kathrin verstand! Man sah es den angespannten Zügen ihres Gesichtes und ihren blitzenden Augen an, wie es in ihr arbeitete, während er sprach. Aber sie sagte nichts.

»Was ich dir da sage, sage ich dir im Vertrauen, Kathrin. Ich gestehe auch, dass es kein anderes Leben mehr für mich gibt und geben kann als das des Bauern vom Schwaighof. Seit ich hier bin, habe ich das Anwesen um etwa zwanzig Tagwerk vergrößert, den Viehstand erweitert. All die neuen Maschinen, wie wir sie heut haben, wurden von mir angeschafft. Ich müsste ein schlechter Rechner sein, wenn ich das alles für andere geleistet hätte. Noch ist die Saat, die ich gelegt habe, nicht voll aufgegangen. Das wird erst in ein paar Jahren sein und es ist dann wohl auch mein Recht, alles als mein Eigentum zu fordern, das heißt, dass kein anderer Bauer vom Schwaighof sein darf als ich!«

»Da kann ich dir nur Recht geben, Bauer.«

»Weil du Verstand hast, Kathrin. Aber diesen Verstand haben nicht alle, das darfst du mir glauben. Ich werde dir nie vergessen, dass du mich in meinem Anliegen unterstützt hast.«

»Ich habe in dir nie etwas anderes gesehen als den Bauern und ich könnte es mir nicht denken, dass es einmal anders sein soll«, sagte sie und erhob sich.

Er stand ebenfalls auf. »Ich weiß, dass es unter uns bleiben wird, was wir heut besprochen haben.«

»Das kann ich beschwören«, antwortete sie.

»Du brauchst nicht zu schwören, Kathrin; ich glaube es dir auch so. Lassen wir es also bei unserem Geheimnis!«

»Wann kommt die Bäuerin?«

»In den nächsten Tagen. Man hat mir gesagt, dass sie nicht mehr aufstehen kann.«

»Ich werde eine Kammer für sie richten.«

»Ja, tu das, Kathrin – und jetzt – schlaf gut!«

»Gute Nacht, Bauer!«

Er schaute ihr nach, bis sie die Tür hinter sich zugezogen hatte, und auf einmal wusste er, was er wollte. Er musste diese Kathrin halten, koste es, was es wolle. Wenn er sie so gehen sah in ihrem aufrechten, fast stolzen Schritt, gekleidet in ihr schmuckes Feierabenddirndl, mit ihrem dunklen Haar, das über der Stirn geringelt war, und mit ihren fast schwarzen Augen, da spürte er, dass sie ihn unruhig machte.

Seine Frau war eine Todeskandidatin, daran war

er nicht schuld. Sie hatte sich selbst immer gesträubt, zum Arzt zu gehen, als sie zu kränkeln anfing. Hatte sie geahnt, dass eine Operation nötig sein könnte, und wollte sie das Haus nicht verlassen?

Sie war zehn Jahre älter, die Kathrin zehn Jahre jünger als er. War es das?

Im Krankenwagen wurde die Bäuerin zurückgebracht und auf der Bahre ins Haus getragen, dann die breite Treppe hinauf in die Kammer, die Kathrin als Krankenstube hergerichtet hatte. Der Ofen war geheizt, am Fenster waren frisch gewaschene Vorhänge aufgemacht worden, über einem kleinen Tisch neben der Bettstelle lag eine freundliche Decke und darauf stand ein Blumenstock.

Die Kathrin wusste, was ein kranker Mensch liebte, der wer weiß wie viele Tage und Wochen in diesem Raum zubringen müsste.

Die Bäuerin ahnte nicht, dass es ihre letzte Station war. Sie glaubte immer noch an den Erfolg der Operation und sie schrieb es allein diesem Eingriff zu, dass sie so schwach und müde war.

Sie dankte der Magd, dass sie alles so nett für sie vorbereitet hatte, sie bat sie nun selbst um die Pflege, bis sie wieder aufstehen könne.

Kathrin ließ sie in diesem Glauben und sagte ihr die Pflege gern zu.

Ein paar Mal in der Woche kam der Arzt, ein älterer, biederer Herr mit einem trockenen Humor. Er hatte vom Krankenhaus einen genauen Bericht bekommen und wusste, wie es um seine Patientin stand. Trotzdem machte er immer seine Späßchen mit ihr.

Auch der Dorfpfarrer war schon da gewesen, und da gerade die Zeit der österlichen Krankenkommunion war, nahm er auch der Bäuerin die Beichte ab und brachte ihr die Sakramente, ohne dass sie dabei an eine letzte Wegzehrung dachte.

Es war an einem klaren, schönen Frühlingsmorgen, als von der Kirche her die Osterglocken läuteten. Die Sonnenstrahlen fielen durch das Fenster herein und warfen eine goldene Brücke über den Fußboden der Krankenstube.

Kathrin hatte das Fenster geöffnet. Kühl und voller Wohlgeruch von den ersten Blüten drang die Luft herein. Die Magd war festtäglich gekleidet und die Bäuerin dachte neidlos: Wie schön die Kathrin doch ist!

Als das Zimmer gelüftet war, schloss Kathrin das Fenster, schüttelte dann die Kopfkissen auf und half der Kranken beim Aufsitzen, damit sie das Frühstück zu sich nehmen konnte. Folgsam wie ein Kind schlürfte die Bäuerin die heiße Milch aus der Tasse, obwohl ihr überhaupt nichts schmeckte. Dann ließ sie sich von der Magd waschen und kämmen.

»Du kannst ruhig zur Kirche gehen, Kathrin«, sagte die Kranke. »Ich kann schon so lange allein bleiben. Legst mir nur das Gebetbuch her, damit ich die Hausmesse lesen kann.«

Kathrin tat, wie ihr befohlen wurde.

»Ist der Bauer schon fort?«, fragte die Kranke.

»Ich glaub schon.«

»Dann geh du nur auch, Kathrin!«

Die Magd machte noch ein wenig Ordnung. Sie war bereits zum Kirchgang gerichtet und brauchte nur noch ihren Hut aufzusetzen und die festtägliche Zierschürze umzubinden.

»Dass die Magdalen noch nicht gekommen ist?«, fragte die Bäuerin. »Es sind doch jetzt Ferien!«

»Der Bauer sagt, dass sie zuvor noch ein paar Tage bei ihrem Vormund bleibt, der sie vom Internat abgeholt hat.«

»Ach So! Sie ist also beim Bauern vom Sand. Weiß sie gar nicht, dass ich krank bin?«

Kathrin zuckte die Schultern. Darüber konnte sie nichts sagen. »Die Ferien dauern ja noch länger«, tröstete sie die Kranke.

»Freilich, das schon.«

Die Magd fragte, ob sie noch etwas brauche.

»Nein, Kathrin, geh nur! Bet auch für mich!«

Kathrin ging.

Nach dem Mittagessen kam der Bauer in die Krankenstube und ließ sich auf dem Stuhl neben dem Bett nieder. Er erzählte seiner Frau einiges von der Predigt, die der Pfarrer heut gehalten hatte, und von der Festmesse, zu der ein Orchester gespielt hatte. Darauf sprach er über die Arbeit auf den Feldern, die zur Zeit vorgenommen wurde, von dem guten Wachstum, das bereits auf den Wiesen eingesetzt hatte.

Die Wetterfrösche, die Meteorologen, hätten ein gutes Erntejahr vorausgesagt, und wenn man ihren Prophezeiungen Glauben schenken könnte, müsste er sich direkt darauf freuen.

»Es war immer so, dass wir genug hatten, Joachim«, meinte sie. »Ich weiß, dass du wieder alles gut unter Dach und Fach bringst. Ich wünsche nur, dass ich recht bald wieder gesund werde, um euch dabei helfen zu können.«

Er winkte ab. »Mach dir deswegen keine Sorgen. Wir schaffen das auch ohne dich.«

Er war wirklich gut zu ihr und das tat ihrem Herzen wohl. »Es ist wegen der Kathrin, die ja fast ständig um mich sein muss«, sagte sie. »Sie wird dir bei der Arbeit abgehen.«

»Das kann man nicht ändern. Und was die Kathrin betrifft, die pflegt dich gern.«

»Ich spür es und bin ihr dankbar dafür.«

»Nun ist es halt doch recht gut, dass ich sie damals gegen deinen Willen eingestellt habe. Meinst nicht?«

Sie wurde verlegen. »Ich hab sie nicht gekannt und wohl ganz falsch eingeschätzt. Sie kam mir ein wenig stolz und schnippisch vor.«

»Man kann sich in einem Menschen durch sein Äußeres täuschen. Jedenfalls bin ich froh, dass sie da ist und dass ich dich bei ihr gut versorgt weiß.«

»Ich werde es ihr nicht vergessen.«

Er erhob sich, ging ans Fenster und öffnete es einen Spalt. Hell lagen die Sonnenstrahlen auf der Landschaft. An den Bäumen sprangen die Knospen und trieben die neuen Blätter hervor. Vereinzelt blühten schon die Kirschbäume.

»Wenn man draußen so über die Felder geht und seine Arbeit macht, kommt einem so mancher Gedanke, von dem man nicht weiß, wo er herkommt«, begann er dann wie zu sich selbst. »Er ist wie ein Hausierer, der ständig an die Tür klopft und keine

Ruhe gibt, obwohl er sieht, dass man ihn nicht einlassen will.«

Er kehrte wieder zu seinem Stuhl zurück und ließ sich darauf nieder. Sie schaute ihn mit ihren tief liegenden Augen gespannt an. Sie wusste nicht, worauf er mit seiner Rede hinauswollte.

»Es hätte zum Beispiel passieren können, dass du bei der Operation gestorben wärest ohne noch einmal aus der Narkose aufzuwachen«, fuhr er fort und schaute vor sich nieder auf den Boden. »Wir haben gesehen, wie schnell einem etwas passieren kann, auch wenn man noch verhältnismäßig jung ist. Gott sei Dank ist es nicht dazu gekommen. Wenn mir selbst so etwas geschehen sollte, ist es weiter nicht schlimm; denn ich hinterlasse keine Komplikationen, ich meine, was die Erbschaft anbelangt. Das ist alles klar: Der Hof bliebe in deiner Hand und du kannst ihn vererben, an wen du willst. Was wäre nun aber los gewesen, wenn du plötzlich gestorben wärst? Es gibt nicht einmal ein Testament. Ich bin überzeugt, dass deine Tochter, das heißt ihr Vormund, der mich sowieso nicht leiden mag, sofort seine Forderungen gestellt hätte. Würde ich mich dagegen wehren, wäre der Prozess da, es geht zu Gericht, ich verliere den Prozess und gehe dann mit nichts vom Hof. Das kann doch nicht der Dank sein für alles, was ich auf dem Schwaighof vergrößert und erneuert habe. Und darüber mache ich mir manchmal Gedanken. Das wirst du doch wohl verstehen?«

Sie nickte, als er sie anblickte.

Er dachte, wie mager und verfallen sie bereits aussah; sie war bereits vom Tod gezeichnet.

»Es ist nur der Ordnung wegen, dass auf alle Fälle ein Testament vorliegt. Das ist doch auch in deinem Interesse! Oder nicht?«

»Freilich«, gab sie zu. »Solange man gesund ist, denkt man nicht ans Sterben. Aber du hast schon Recht, Joachim, wir müssen etwas machen. Und was meinst du, wie man es machen soll?«

»Ich werde mich einmal hinsetzen und in aller Ruhe das Testament entwerfen; dann können wir immer noch darüber reden. Wir sind ja gottlob noch länger beisammen.«

Schon am Nachmittag des zweiten Osterfeiertages fand sich der Bauer abermals bei seiner kranken Frau ein. Nach kurzem und belanglosem Gespräch brachte er die Rede wieder auf das fehlende Testament.

»Wenn dir heut etwas zustößt und nichts festgelegt ist, würde die gesetzliche Erbfolgeordnung in Kraft treten«, sagte er. »Das heißt, deine Erbin ist deine Tochter als dein leiblicher Abkömmling. Mir, als deinem Ehemann, fiele, wenn es gut geht, ein Viertel des Vermögens zu, um das ich wohl auch noch streiten müsste, falls der Bauer vom Sand noch der Vormund der Magdalen sein sollte. Auf alle Fälle hätte ich hier auf dem Schwaighof nichts mehr zu suchen. Ich könnte meine Sachen packen und gehen, zum Dank dafür, dass ich mich all die Jahre mit meinem ganzen Fleiß und mit aller Kraft dafür eingesetzt habe, den Schwaighof zu einem Mustergut zu machen. Darf das sein, Leni?«

Sie schaute ihn aus ihren tief liegenden Augen ganz erschrocken an und machte ein paar müde Handbewegungen. »Nein, das soll nicht sein«, sagte sie dann. »Ich werde ein Testament schreiben. Und wie meinst du, dass man es machen soll?«

Er rückte ein paar Mal auf dem Stuhl hin und her, als müsste er sich zuvor erst richtig hinsetzen. »Wer kann überhaupt sagen, dass ein Mädchen von fünfzehn Jahren Wert darauf legt, einmal Bäuerin vom Schwaighof zu werden?«, begann er dann und schaute auf seine Hände nieder, die er über seine Hose streifen ließ. »Es ist leicht möglich, dass die Magdalen einmal einen Mann kennen lernt, der nichts mit der Bauernarbeit im Sinn hat und der einen ganz anderen Beruf hat. Abgesehen davon hätte sie immerhin auch die Möglichkeit in einen Bauernhof einzuheiraten. Dann soll sie bekommen, was ihr als Tochter vom Schwaighof an Mitgift und Vermögen zusteht, das heißt, sie wird anteilsmäßig ausbezahlt, wie es sich gehört. Ich bin jetzt fünfunddreißig Jahre alt, niemand kann verlangen, dass ich mich ins Altenteil setze, nur um der Tochter des Hauses Platz zu machen. Kurz, dein Testament muss so abgefasst sein, dass der Hof an mich, deinen Mann, übergeht und dass deine Tochter einen entsprechenden Anteil bekommt, der sich prozentual aus dem Gesamtvermögen errechnen lässt. Wir wollen beide keine Ungerechtigkeit begehen. Überleg dir also nochmals alles gründlich und tu mir den Gefallen und zieh nicht auch noch den Bauern vom Sand zu Rate, der jede Gelegenheit nutzen würde um mich hier aus dem Haus zu werfen.«

Die kranke Bäuerin befand sich ein paar Tage in großer Gewissensnot. Sie besprach sich sogar mit der Kathrin, zu der sie immer mehr Vertrauen fasste. Sie sah, mit welcher Hingabe und Aufopferung die Magd sie pflegte. Obwohl ihr manchmal die Arbeit über den Kopf wuchs, zeigte sie sich nie mürrisch oder ungehalten. Sie war immer da, wenn die Kranke etwas benötigte. Sie brauchte nur mit den Fingerknöcheln ein paar Mal an die Wand zu klopfen, dann kam die Kathrin auch schon zur Tür herein. Sogar in der Nacht schaute sie ein paar Mal nach ihr, öffnete und schloss die Tür so leise, dass die Kranke, falls sie schlafen sollte, ja nicht wach wurde.

Aber die Bäuerin war wach.
»Brauchst du etwas, Bäuerin?«
»Nein, Kathrin.«
»Schmerzen?«
»Sie sind noch zu ertragen. Aber wenn es dir nichts ausmacht, hätte ich gern etwas mit dir besprochen, Kathrin.«

Die Magd machte Licht und hängte ein Tuch über die Lampe, damit die Helligkeit abgedämpft wurde. Sie hatte ihr Kleid übergeworfen und die dunklen Haare fielen ihr kraus und wirr in die Stirn. Aber sie sah auch in diesem Zustand gut aus. Sie war eben noch jung und gesund.

Kathrin setzte sich auf den Stuhl, auf dem der Bauer immer saß, wenn er seine kranke Frau besuchte.

Und die Bäuerin sprach flüsternd von ihrer Gewissensnot, die ihr das Testament bereitete.

»Wozu denn ein Testament?«, fragte die Kathrin und tat verwundert.

»Weil man nie sagen kann, was in den nächsten Tagen ist. Kein Mensch ist sicher vor dem Tod, ein kranker schon gar nicht. Ich muss etwas tun. Schau, wenn ich heut sterbe, ist mein zweiter Mann da und meine Tochter. Es würde ein unseliger Erbschaftsstreit entstehen, wenn nichts geregelt ist. Mache ich es auch wirklich recht, wenn ich den Bauern als Erben des Hofes einsetze und der Magdalen eine anteilsmäßige Auszahlung verschreibe?«

Die Bäuerin wunderte sich darüber, wie diese Kathrin ihr die Gewissensbisse auszureden verstand. Sie wusste von Fällen zu erzählen, in denen ähnliche Verhältnisse herrschten: Ein zweiter Mann oder eine zweite Frau war da, Kinder aus erster Ehe, die schließlich den Stiefvater oder die Stiefmutter fortjagen wollten.

Am Ende war die Bäuerin überzeugt, dass sie völlig richtig handelte, wenn sie Joachim Straub als Erben des Hofes bestimmte und ihrer Tochter einen angemessenen Vermögensanteil zuschrieb.

»Ich danke dir, Kathrin«, sagte sie. »Ich meine, nun kann ich schlafen.«

Die Magd schüttelte die Kissen und bettete sie frisch. Dann wünschte sie ihr eine gute Nacht, löschte das Licht und ging leise hinaus.

Am nächsten Morgen schon schrieb die Bäuerin ihr Testament, so wie es der Bauer wollte. Sie tat sich schwer und verschrieb sich immer wieder. Aber geduldig brachte die Kathrin ihr mehrmals ein neues Blatt Papier, bis es endlich gelang.

Joachim Straub ließ die Kathrin als Zeugin für die ungetrübte Geistestätigkeit der Erblasserin unterschreiben. Er holte den alten Knecht Tobis in die Stube und legte ihm ebenfalls das Testament zur Unterschrift vor. In seinem Gehorsam gegen den Bauern setzte der alte Knecht mit ungelenken Buchstaben seinen Namen unter das Dokument ohne es zu lesen oder auch nur zu wissen, was er unterschrieb.

Der Bauer vom Schwaighof fuhr in die Stadt um das Testament beim Notar zu hinterlegen. Endlich war er seinem Ziele nah: rechtmäßig der Schwaighofer zu werden.

Schon tags darauf traf die Magdalen ein. Sie war ein junges, blondes Geschöpf, schlank und lebhaft. Mit ihren fünfzehn Jahren machte sie sich noch keine Sorgen. Sie lernte gern, war heiter und aufgeschlossen, weshalb sie unter den Freundinnen im Internat allgemein beliebt war.

Sie war in Begleitung ihres Onkels, des Bauern vom Sand, gekommen. Das war ein Mann über fünfzig, kräftig und robust. Die Züge seines etwas eckigen Gesichtes verrieten den klugen, harten Bauernschädel. Gegenüber seinem Mündel war er gutherzig und nachsichtig wie ein Vater. Magdalen liebte ihn nach der Mutter am meisten. Wenn sie in die Ferien fahren durfte, hielt sie sich zuerst ein paar Tage beim Bauern vom Sand auf, der sie dann gewöhnlich heimbegleitete, nur um wieder einmal nach seiner Schwester zu schauen. Er wusste, dass sie seit ein paar Jahren nicht mehr so recht gesund war. Man hatte ihm mitgeteilt, dass sie operiert werden musste, und schon aus diesem Grund hatte er die Gelegenheit zum Anlass genommen und die Magdalen heimbegleitet.

Das Mädchen machte sich weiter noch keine Sorgen, als sie die Mutter bettlägerig vorfand. Dazu war sie noch zu jung und unerfahren. Mit fünfzehn Jahren fühlte sie sich zu fest mit dem Leben verbunden um an den Tod zu denken. Sie fiel der kranken Mutter um den Hals und erzählte pausenlos, als gäbe es auch für eine Kranke kein Ermüden.

Anders verhielt sich der Bauer vom Sand. Er sah die bedenklichen Veränderungen im Gesicht seiner Schwester. Er erkannte, dass ihn aus den tief liegenden Augen der Frau bereits der Tod anschaute. Behutsam ergriff er die magere Hand, die sie ihm entgegenstreckte, als könnte er daran etwas zerbrechen. Sie fühlte sich knöchrig und kalt an.

Aber er war mit seinen Fragen vorsichtig, er ließ es sich nicht anmerken, wie sehr er über ihr Aussehen erschrocken war.

Joachim Straub und der Bauer vom Sand begegneten sich kühl. Sie hatten sich nie recht gemocht, in den Augen des Bauern vom Sand war und blieb Joachim Straub ein Einschleicher. Auch die unverkennbaren Verdienste für den Wohlstand des Schwaighofes, die man dem neuen Bauern nicht abstreiten konnte, konnten diese Einstellung nicht ändern. Sie sprachen miteinander nur, was unbedingt nötig war.

Joachim Straub ging mit seinen Leuten wieder hinaus aufs Feld zur Arbeit. Der Bauer vom Sand machte einen Spaziergang ins Dorf, läutete am Doktorhaus an und musste fast bis zum Abend warten, bis er den Arzt sprechen konnte; denn der befand sich bei Hausbesuchen.

Als er endlich heimkam und der Bauer vom Sand

gesagt hatte, wer er sei und was ihn hergeführt habe, nahm der Arzt ihn in sein Sprechzimmer und klärte ihn darüber auf, dass sich die Bäuerin vom Schwaighof bereits im Endstadium einer Krebserkrankung befände. Er könne ihr nur noch ab und zu Morphium verabreichen, um ihr die Schmerzen dieser furchtbaren Krankheit zu ersparen.

Noch einmal stand der Bauer vom Sand vor dem Krankenbett und hielt die kühle, magere Hand seiner Schwester in der seinen. Er versprach ihr, dass er bald wieder nach ihr sehen wollte. Und als er schon im Begriff war zu gehen, drehte er sich noch einmal nach ihr um.

»Weil es mir gerade noch einfällt, Leni, ist bei euch überhaupt ein Testament da?«

Da schaute ihn die Kranke mit erschrockenen Augen an, als hätte er ihr mit dieser Frage das Todesurteil verkündet.

Er merkte es. »Du brauchst nicht zu erschrecken, Leni«, setzte er rasch hinzu. Mit einem Lächeln kam er zurück. »Du kennst mich ja, weißt, wie ich bin. Ich bin ein Bauer und denke wie ein Bauer. Deswegen musst du noch lange nicht sterben. Aber ich denke halt, wenn nun bei deiner Operation etwas Unvorhergesehenes geschehen wäre, hätte es bestimmt allerhand Streitigkeiten gegeben, wenn kein Testament da ist.«

Sie nickte. »Doch, es ist ein Testament da.«

»So? Nun, dann ist ja alles gut. Das wollte ich wissen. Ich komme schon bald wieder und dann wollen wir darüber reden. Inzwischen wünsch ich dir eine gute Besserung.«

Noch einmal griff er nach ihrer knöchernen Hand.

Magdalen ging noch ein Stück mit ihm, als er das Haus verließ, um mit dem letzten Zug die Heimreise anzutreten. Aber er schickte sie bald zurück; denn es fing an dunkel zu werden.

»Wie lange ist denn die Magd schon bei euch, die deine Mutter pflegt?«, fragte er.

»Ein paar Jahre. Wie gefällt dir die Kathrin?«

»Hm ...« Mehr sagte er nicht.

»Die Mutter lobt sie sehr. Sie sagt, dass die Kathrin sie gut pflege.«

»Das ist gut. So, und nun geh heim, Magdalen, und muntere deine Mutter auf. Sie ist schwer krank.« Er strich ihr liebkosend über die Wange. »Armes Kind!«

Das Mädchen schaute sich noch ein paar Mal nach ihm um, als er dem Tal zuging und langsam in der Dämmerung verschwand. Dann kehrte sie ins Haus zurück.

Der alte Tobis, ein hageres, langbeiniges Gestell, schob eben einen leeren Wagen unter das Vordach. Magdalen machte sich von hinten an ihn heran, stupste ihn an die linke Schulter und versteckte sich auf der rechten Seite, sodass der Alte in der verkehrten Richtung nach dem Störenfried Ausschau hielt.

Darüber musste sie herzhaft lachen. Schon solange sie auf der Welt war, war der Knecht Tobis da. Sie konnte sich noch gut erinnern, wie er ihr als Kind manchen Schrecken eingejagt und seine Späßchen mit ihr getrieben hatte. Damals war er noch jünger und gelenkiger gewesen. Heute stelzte er mit steifen

Gliedern herum, vor allem ließ sein Gehör nach, sodass man schreien musste, um sich mit ihm verständigen zu können.

»Du Malefizmädel!«, tadelte er, fing sie ein und meinte, er könnte sie noch auf seinen Arm heben wie damals, als sie noch ein Kind war. Sein runzeliges Gesicht strahlte vor Freude.

»Wann bist denn gekommen?«

»Heut«, schrie sie.

»Wie lang darfst bleiben?«

»Eine Woche.«

Sie merkte ihm an, wie er sich freute.

»Es ist halt nimmer so schön bei uns wie früher«, bedauerte er.

»Warum nicht, Tobis?«

»Die Bäuerin ist krank und man weiß nicht, was daraus wird.«

»Die Mutter wird schon wieder gesund, Tobis!«

Er zuckte die Schultern und das Mädchen schaute ihn bestürzt an.

Im Tor erschien der Bauer, er kam auf sie zu, schaffte mit lauter Stimme dem Tobis eine Arbeit an und wandte sich darauf dem Mädchen zu. »Komm herein, Magdalen!«

Das Mädchen folgte ihm in die Stube.

Er machte Licht, warf den Hut weg und fuhr mit den Fingern durch sein wirres Haar.

Magdalen verglich ihn mit dem Bauern vom Sand. In der Gestalt waren sie fast gleich, aber sie hatten verschiedene Gesichter. Abgesehen davon, dass der Schwaighofer erheblich jünger aussah und viel mildere Augen machen konnte als der Bauer vom Sand, konnte er in Magdalen nie das uneingeschränkte Vertrauen herstellen wie der viel härter dreinblickende Bauer vom Sand.

Das empfand sie auch in diesem Augenblick wieder deutlich.

»Eigentlich wäre es nötig, dass du jetzt, wo deine Mutter krank ist und allerhand Arbeit macht, von der Schule abgehst«, sagte er.

Magdalen war bestürzt. Ihr schmales, zartes Gesicht rötete sich sogar, vielleicht aus Scham darüber, dass sie sich das sagen lassen musste. Übrigens war bis heut nie die Rede davon gewesen, dass man sie daheim benötigte. Außerdem waren nach Ostern schon die Abschlussprüfungen und mit den großen Sommerferien ging die vierjährige Ausbildungszeit zu Ende.

Das sagte sie auch mit etwas leiser, zurückhaltender Stimme zu ihrem Stiefvater.

Der Bauer hörte sie ruhig an und nickte dann. »Dass du deine Schule fertig machen kannst, hast du der Kathrin zu danken, die ohne Sträuben und Murren die viele Arbeit im Haus und mit der Pflege für deine Mutter auf sich genommen hat. Wir können ihr also nicht genug dankbar sein.«

Immer wieder die Kathrin! Sie konnte sich noch daran erinnern, wie die Mutter einmal fast geweint hatte vor Zorn über diese Magd, die sich überall hineinmischte, aber beim Bauern einen ganz großen Stein im Brett zu haben schien. Heut war die Mutter selbst voll des Lobes über die Kathrin. Es war kein Wunder, dass diese Magd sich immer mehr Rechte im Haus anmaßte. Schließlich musste sie, Magdalen, bei ihr noch die Erlaubnis einholen, für alles, was sie tat.

»Wie lang dauern die Ferien?«, fragte er.

»Bis über den nächsten Sonntag.«

»Wegen der Schule will ich noch nicht einmal was sagen«, fuhr der Bauer fort. »Aber dass du dich dann noch tagelang beim Bauern vom Sand aufhältst statt nach deiner Mutter zu schauen, das hätte es nicht gebraucht!«

»Ich hab nicht gewusst, dass die Mutter bettlägerig ist!«, verteidigte sich Magdalen.

»Jetzt weißt du es. Noch lebt deine Mutter und sollte sie eines Tages nicht mehr sein, bin ich immerhin dein Stiefvater, der dir näher steht als dein Onkel. Aber vielleicht hörst du es recht gern, wenn dieser Bauer vom Sand über mich herzieht?«

Seine Augen wurden schmaler, als er sie lauernd anschaute.

»Das tut mein Onkel nicht!«, widersprach das Mädchen heftig.

Er winkte mit einer verdrossenen Handbewegung ab, ging zum Barometer, das zwischen den Fenstern an der Wand hing, und klopfte daran.

»Das wollt ich dir sagen, falls du dich einmal zwischen dem Bauern vom Sand und mir entscheiden musst«, erklärte er. »Solltest du mich nicht verstanden haben, dann merke dir wenigstens so viel, dass ich der Bauer vom Schwaighof bin. Und ich werde es auch bleiben, ob es deinem Onkel recht ist oder nicht.«

Magdalen schwieg, aber in ihrem jungen Herzen stieg ein Groll auf gegen diesen Mann, von dem sie wusste, dass er ihr nie gut gesinnt war. Er hatte sie als Kind schon kaum beachtet, geschweige einmal mit ihr gescherzt oder gespielt wie der alte Tobis.

»Ich werde mich ein wenig zur Mutter hinaufsetzen«, sagte sie nach einer Weile.

Der Bauer nickte. Er sperrte jetzt den Schrank auf und kramte etwas aus seinen Dokumenten heraus.

Magdalen zog die Tür hinter sich zu.

Eine Woche später nahm Magdalen wieder Abschied von daheim um in ihre Schule zurückzukehren. Zuvor ging sie noch hinauf zur Hochwieserin, ihrer Patin. Sie musste ihr wenigstens grüß Gott sagen.

Der Hochwieserhof war erheblich kleiner als der Schwaighof, das war nicht nur am Ausmaß der Hofgebäude zu erkennen, sondern auch an der viel einfacheren und bescheideneren Bauweise. Er bestand größtenteils aus verwittertem Holz. Es gab auch keine Dienstboten auf dem Hochwieserhof; das Anwesen bestellte die Witwe mit ihren beiden Söhnen, dem älteren Lukas, der wohl einmal das Anwesen übernehmen würde, und dem jüngeren Michael. Beide Söhne der Hochwieserin waren erheblich älter als die Magdalen. Sie kannte die beiden Burschen nur aus der Nachbarschaft und von gelegentlichen Besuchen, die allerdings schon viele Jahre zurücklagen. Seitdem auf dem Schwaighof ein neuer Bauer war, hatte sich vom Hochwieserhof niemand mehr bei ihnen sehen lassen.

Warum wohl nicht? Die Hochwieserin war doch ihre Patin, trotzdem wurde der nachbarliche Umgang plötzlich abgebrochen. Es musste zu Unstimmigkeiten gekommen sein. Vielleicht gar wegen der Wiederheirat der Mutter?

»Geh noch zur Hochwieserin hinauf!«, hatte die Mutter heut plötzlich gebeten. »Sag ihr, dass ich im Bett liege und dass ich sie grüßen lasse.«

Die Straße führte zunächst breit durch den Wald, dann zweigte ein schmaler Fußpfad ab, der steil durch ein felsiges Gelände bergauf lief. Dieser Weg war erheblich kürzer als die Fahrstraße. Aber man musste ihn kennen um sich nicht zu verirren. Dann stand man plötzlich oben vor dem Hochwieserhof und seinen grünen Matten.

Magdalen stellte fest, dass die Hochwieserin grau geworden war, seitdem sie sie zum letzten Mal gesehen hatte. Aber sie schaute noch frisch und gesund aus. An ihrem spitzen, runzeligen Kinn sprossen einige lange Haare, ein Anflug von einem Bart. Auch ihre Stimme war fast so tief wie die eines Mannes.

Aber sie freute sich sehr, als die Magdalen plötzlich zu ihr in die Stube kam. Es gab ein lebhaftes Geplauder, ein Fragen und Antworten. Vor allem wollte die Hochwieserin wissen, was der Mutter überhaupt fehlte, dass sie so lange nicht aus dem Bett kam.

Magdalen wusste nur, dass die Mutter operiert worden war und sich davon immer noch nicht erholt hatte.

»Ich werde sie dieser Tage besuchen«, versprach die Hochwieserin. Dann rief sie noch ihren älteren Sohn Lukas in die Stube, der draußen in der Scheune bei der Arbeit war.

Der Michael war zur Zeit beim Militär. Er war

zwanzig Jahre alt. Die Hochwieserin konnte ihr nur ein Bild von ihm zeigen, das er neulich geschickt hatte. Es zeigte ihn in der Uniform als schneidigen Gebirgsjäger.

»Wie lang dauert denn deine Schule noch?«, wollte Lukas wissen. Er war ein derber Naturbursche, ein junger Bergbauer.

»Bloß noch bis zu den großen Ferien, dann bin ich fertig.«

»Wirst froh sein!«

»Es war schön in der Schule«, widersprach die Magdalen.

Die Hochwieserin nickte verständnisvoll. »Es ist halt daheim auch nimmer so, wie es einmal war, gelt?«

»Wenn bloß die Mutter wieder gesund wird!«, bangte die Magdalen.

»Sie wird schon wieder«, tröstete die Hochwieserin. »Die Operation hat sie halt recht mitgenommen.«

Als die Magdalen von der Mutter Abschied nahm, fiel sie ihr um den Hals und weinte bitterlich, ohne darauf zu achten, dass sie eine schwache Kranke umarmte.

Aber da kam die Kathrin und zog sie weg. »Du darfst dich nicht so schwer an sie hinhängen!«, mahnte sie.

»Verzeih mir's, Mutter!«, bat Magdalen unter Tränen.

Auch die Mutter weinte. »Gott sei mit dir, Magdalen! Und mach's gut!«

Noch nie war Magdalen so schweren und bangenden Herzens von daheim fortgegangen wie diesmal. Oft schaute sie sich auf dem Weg noch einmal zum Hof um, als sie zum Dorf ging. Dann suchte sie das Fenster, hinter dem sie die kranke Mutter wusste.

Wenige Tage später kam wieder der Bauer vom Sand zu seiner Schwester.

»Ich will bloß wieder nach dir schauen«, sagte er mit einem erzwungenen Lächeln und griff nach der hageren, kalten Totenhand. »Ist es immer noch nicht besser?«

Die Bäuerin schüttelte den Kopf.

»Musst halt Geduld haben!«

Er warf Kathrin, die dabeistand, einen Blick zu, der ihr bedeuten sollte, er möge mit der Kranken allein sein.

Die Kathrin verstand auch und ging.

»Warum schickst du sie weg?«, fragte die Kranke.

»Sie braucht nicht alles mitzuhören, was wir sprechen.«

»Warum nicht? Sie ist ein braver und fleißiger Mensch. Ich hab sie recht lieb gewonnen.«

»Du vielleicht, aber nicht ich!«

Er setzte sich auf den Stuhl neben dem Bett und betrachtete sie unauffällig. In diesen zehn Tagen, seitdem er sie das letzte Mal gesehen hatte, war sie noch magerer und ausgezehrter geworden. Ihr Körper zerfiel zusehends.

Er erzählte ihr einiges von daheim, denn der Bauernhof vom Sand war die Heimat der Bäuerin gewesen. Dort war sie geborgen. Als junge Frau hatte sie in den Schwaighof von Schwingel eingeheiratet.

»Wenn ich wieder gesund werde, komme ich bald einmal«, sagte sie sehnsüchtig.

»Ja, das tust, Leni«, antwortete er zerstreut. Er dachte an etwas ganz anderes, als er aussprach, er überlegte, wie er die Rede auf seine Sorgen bringen könnte, ohne ihr die Hoffnung auf ihre Genesung rauben zu müssen.

Auf einmal brachte er das Gespräch auf die Magdalen und meinte, sie könnte stolz auf diese Tochter sein, die allmählich zu einem schönen und wirklich netten Menschen heranwüchse. Er vermöge sie sich heut schon recht lebhaft als junge Bäuerin vom Schwaighof vorzustellen. Freilich sei sie heut noch ein halbes Kind, trotzdem könne man auf gewisse Charaktereigenschaften schließen, die sich bereits heranbildeten.

Als ihr Vormund sei er allmählich geradezu stolz auf dieses Mädchen. Andererseits sei er sich natürlich auch seiner Pflicht bewusst, die er seinem Mündel gegenüber übernommen habe. Sie dürfe es ihm also nicht verübeln, wenn er gelegentlich einmal gerade in der Sorge um die Zukunft des Mädchens sich Gedanken wegen des hinterlegten Testaments mache, solange er nicht wüsste, was sie darin niedergeschrieben habe. Er nehme natürlich an, dass sie sich dabei von ihrem Gewissen habe leiten lassen.

Die Kranke hörte ihm schweigend zu und nickte nur ein paar Mal gedankenvoll vor sich hin.

»Ich weiß, Leni, es kann auch für dich keine Frage sein, dass nach deinem früheren oder späteren Hinscheiden der Hof nur an dein Kind übergehen kann. Du denkst da genauso wie ich: Dein Mann ist zehn Jahre jünger als du. Niemand hat das Privileg zu wissen, für wie lange Gott einem Menschen die Gesundheit und das Leben schenkt, aber je älter man wird, desto schwerer fallen die Jahre ins Gewicht. Der Straub bleibt noch lange im besten Mannesalter. Wenn dir heut etwas zustoßen sollte, ist nichts selbstverständlicher, als dass er wieder heiratet. Es werden sogar Kinder kommen und dann wäre der Schwaighof im Besitz völlig fremder Leute. Aber was rede ich da!«, unterbrach er sich. »So klug und gewissenhaft bist du selbst, um das Richtige zu tun, damit dein Kind nicht einmal aus seinem Elternhaus fortgehen muss!«

Die Bäuerin sagte nichts und verriet nichts, aber er merkte ihr an, dass ihr etwas schwer auf das Gewissen gefallen war.

Der Bauer vom Sand war nicht nur ein kluger und besonnener Mann, er hatte auch ein Herz, weshalb er nicht mehr weiter in sie drang. Sie war schwer krank, eine Todgeweihte. Sie sollte sich ganz allein mit seinen Worten beschäftigen und ihr Gewissen befragen, falls sie das Testament nach dem Willen ihres Mannes niedergeschrieben haben sollte.

Er wünschte ihr eine gute Besserung und verließ sie.

Aber er kam nun recht häufig. Es verging keine Woche mehr, wo er nicht plötzlich die Krankenstube betrat, die Kathrin hinausschickte und sich an das Bett seiner Schwester setzte, obwohl daheim schon mit der Heuernte begonnen worden war.

»Der Bauer vom Sand muss viel Zeit haben, wenn er mitten in der Heuernte von daheim weglaufen kann«, murrte der Schwaighofer. »Ich könnte mir das nicht leisten.«

Nein, der Bauer vom Schwaighof leistete sich so etwas nicht. Er lief nicht von seiner Arbeit weg, nur um seine kranke Frau zu besuchen. Aber die Arbeit war dringender als die Sorge um die Frau.

Ob er sich überhaupt sorgte?

»Was will er denn immer?«, fragte er verärgert.

»Nach mir schauen.«

»Wozu? Er kann dir so wenig helfen wie ich.«

Solche Reden ließ er nun öfter fallen, sie taten der Kranken weh. Sie musste sich sagen, dass es ihm wohl doch mehr um das Testament gegangen war als um sie. Vielleicht wäre er sogar froh, wenn sie stürbe. Jetzt war er ja abgesichert.

Und so kam es, dass der Bauer vom Sand immer mehr Einfluss auf die Kranke bekam. Wenn er sie verlassen hatte, lag sie lange nachdenklich und verschlossen da. Auch die Kathrin vermochte sie nicht aufzumuntern.

»Noch ist es nicht zu spät, Leni«, sagte er einmal. »Noch bist du bei deinem vollen und gesunden Verstand. Falls dich etwas beunruhigen sollte, was du mir nicht sagen willst, merke dir: Das letzte Datum ist gültig. Ein neues Testament hebt das vorausgegangene auf. Es kann dich niemand zu etwas zwingen, aber denke in erster Linie an dein Kind! Wenn du mich fragst, müsste ich dir zu folgender Willenserklärung raten: Der Hof muss der Magdalen erhalten bleiben. Im Fall deines Todes geht er an sie bei ihrer Volljährigkeit, spätestens jedoch bei ihrer Verheiratung über. Um auch deinem Mann gerecht zu werden, ist ihm ein entsprechender Anteil auszubezahlen. Er ist noch zu jung um ihn an einer Wiederverheiratung hindern zu wollen. Du wirst seine Verdienste als Bauer des Schwaighofes würdigen, aber der Hof muss in den Händen der Magdalen bleiben.«

Sie schaute ihn nur mit ihren hohlen Augen an.

»Überlege dir das alles, bis ich wiederkomme. Dann besprechen wir die Einzelheiten«, sagte er zum Abschied.

Er ahnte jedoch nicht, dass er sie nicht mehr lebend antreffen sollte.

Die Heuernte war in vollem Gang. Die Bauern nutzten die Schönwetterlage, um das Futter gut unter das Dach zu bringen. Bis in die Nacht hinein wurden die Fuder eingefahren und in die Scheune gebracht. In der Dunkelheit noch surrten und ratterten die Förderer. Es war eine ausgezeichnete Ernte.

Die kranke Bäuerin hatte eine sehr unruhige Nacht gehabt. Obwohl der Arzt am Abend zuvor noch da gewesen war und ihr das Medikament gespritzt hatte, fühlte sie nicht nur die Schmerzen am ganzen Körper, sondern war auch verängstigt und voll Todesahnung.

Wenn die Kathrin nach ihr schaute und fragte, ob sie etwas brauche, schüttelte sie nur mühsam den Kopf und schloss die Augen.

Noch bevor es Tag wurde, zog der Bauer schon mit seinen Leuten hinaus auf die Wiese. Die schweren Zugmaschinen dröhnten an den Fenstern vorbei. Solange das Gras feucht von Tau war, wurde gemäht. Auf riesigen Flächen lagen die Mahden, die dann in der Sonne ausgebreitet wurden.

Und am Nachmittag wurde eingefahren.

Die Kathrin brachte der Kranken die heiße Milch, die sie heut aber kaum anrührte. Sie war apathisch wie selten zuvor.

»Magst mir einen Gefallen tun, Kathrin?«, fragte sie später.

»Was soll ich tun, Bäuerin?«

»Ich hätt gern gehabt, dass mich der Pfarrer besucht.«

»Heut?«

Die Bäuerin nickte. Die Haare hingen ihr in die bleiche Stirn. Ihre Augen flackerten ängstlich.

Kathrin half ihr beim Aufsitzen im Bett. Sie kämmte das Haar und erfrischte das eingefallene Gesicht mit einem feuchten Waschlappen.

»Die Hochwieserin geht gewöhnlich zur Kirche«, fuhr die Kranke mit matter Stimme fort. »Gib Acht, wenn sie vorbeikommt. Sie möchte doch zu mir hereinkommen.«

Ehe Kathrin den Wunsch der Bäuerin erfüllte und ins Dorf ging, um den Pfarrer zu der Kranken zu bitten, passte sie noch die Hochwieserin ab.

Die Nachbarin, die so lange den Schwaighof gemieden hatte, war nicht wenig erstaunt, als die Magd auf sie zukam und sie ins Haus bat.

Kathrin konnte nun rasch ins Dorf laufen um den Pfarrer zu holen ohne die Kranke allein lassen zu müssen.

Die Hochwieserin setzte sich ans Bett und konnte nicht genug jammern über das elende Aussehen der einst so kräftigen, blühenden Frau. Es tat ihr nun schrecklich Leid, dass sie sich nie um sie gekümmert hatte.

»Reich mir doch die Hausbibel her, Hochwieserin!«, bat die Kranke. »Am Fenster steht das Schreibzeug und hier im Schrank ist Papier. Bring mir auch einen Umschlag!«

Verwundert brachte die Hochwieserin die Dinge herbei.

»Ich möchte das Testament schreiben, weißt.«

»Das Testament?«

»Ich spür's schon ein paar Tage, dass ich sterben muss.«

»Nein, nein, du bist noch jung, Nachbarin! Es wird schon wieder besser!«

Die Kranke antwortete nicht. Mit großer Mühe versuchte sie zu schreiben und benutzte dazu die Hausbibel als Unterlage.

Die Hochwieserin stützte sie.

Kein Wort wurde gesprochen. Die Feder kratzte, am Fenster, das von der Sonne beschienen war, summten ein paar Fliegen.

Die Schreiberin ermattete, machte eine Pause und schrieb dann wieder in krummen Zeilen an ihrem Testament.

Als sie endlich damit fertig war, sank sie in die Kissen zurück und röchelte wie in den letzten Zügen.

Die Hochwieserin erschrak und schaute sich nach dem Weihwasser um.

»Kann man's lesen?«, fragte die Kranke.

Die Hochwieserin warf einen Blick auf das Geschriebene. »Freilich«, sagte sie und wusste es nicht einmal, denn sie hatte keine Brille bei sich.

»Hab ich's auch recht gemacht, Hochwieserin?«

»Ja, freilich!«

»Schreib doch deinen Namen hin, Hochwieserin. Weißt, wegen der Zeugenschaft.«

Die Nachbarin erfüllte diesen Wunsch, obwohl sie sich schwer tat ohne Brille und nicht einmal wusste, ob sie ihren Namen auch richtig geschrieben hatte.

»Schreib noch auf den Umschlag: Mein Testament!«, bat die Kranke.

Die Hochwieserin tat es.

»Ich will es meinem Bruder geben, dem Bauern vom Sand, weißt. Er ist der Vormund meiner Magdalen.«

Die Hochwieserin faltete das Schreiben zusammen und steckte es in den Umschlag.

»Ich dank dir schön, Nachbarin – und gelt, du trägst mir nichts nach?«

»Wie soll ich dir etwas nachtragen, Nachbarin?«

»Es war halt nimmer so, wie's einmal war auf dem Schwaighof.«

»Es tut jeder das, was er für gut und richtig hält, auch wenn er vielleicht etwas falsch macht in seinem Leben.«

»Vergelt's Gott, Hochwieserin!«

Der Pfarrer war gleich mit der Kathrin mitgegangen. Als er kam, machte sich die Hochwieserin bescheiden davon. Sie wischte sich die Tränen aus den Augen.

Der Pfarrer betete mit der Kranken und gab ihr die Letzte Ölung.

»Wenn es Gottes Wille ist, wird es gewiss besser werden, Bäuerin«, sagte er zu ihrem Trost. »Wir müssen alles dem Willen Gottes überlassen.«

Die Kranke nickte.

Mittags kam der Bauer heim. Die Kathrin brachte ihm das Essen in die Stube.

Für die Dienstboten hatte eine Jungmagd das Essen hinausgetragen auf die Wiese, dort saßen sie im Schatten eines Vogelbeerbaumes und machten eine kurze Mittagspause um ja keine Zeit zu verlieren.

Joachim Straub hängte drei Wagen zusammen, spannte die Zugmaschine davor und fuhr bald darauf davon.

Kathrin hatte noch eine Weile in der Küche zu tun, und als sie nach der Bäuerin schaute, erschrak sie.

Man merkte jetzt die fortschreitende Veränderung, die im Gesicht der Kranken vor sich ging. Auf ihrer Stirn perlte der Angstschweiß, der Mund war geöffnet, der Blick apathisch und der Atem ging mühsam und ringend.

»Kathrin!«, kam es leise vom Bett her.

Die Magd trat an das Bett heran.

»Da, in der Schublade ist ein Schreiben – nimm's heraus! Setz deinen Namen hin, wo die Hochwieserin schon unterschrieben hat! Es ist ein Testament.«

Kathrin tat, wie ihr befohlen wurde, ihr Blick glitt über die krummen, mühsam hingekritzelten Zeilen, dann nahm sie den Füller und schaute die Sterbende an. Sie erschrak über den starren, zwingenden Blick, der sie vom Bett her beobachtete.

Dann schrieb sie ihren Namen hin.

»Steck es wieder in den Umschlag. Der Bauer hat unten in der Stube einen Siegellack, hol ihn, Kathrin, und versiegle den Brief!«

Wortlos tat die Magd, was ihr befohlen wurde. Vor den Augen der Bäuerin drückte sie den Lack auf den Brief.

»Er ist für den Bauern vom Sand. Sollte ich morgen nicht mehr leben oder sprechen können, gib diesen Brief dem Bauern vom Sand, sobald er kommt.«

»Jawohl, Bäuerin.«

»Hör zu, Kathrin! Es ist mein Testament! Ich lege es dir auf das Gewissen!«

»Ist recht, Bäuerin. Ich werde es dem Bauern vom Sand aushändigen.«

»Vergelt's Gott, Kathrin!«

An diesem Tag gab es nachmittags ein Gewitter, sodass man nicht das ganze Heu einfahren konnte, das vorbereitet war. So etwas verdarb die gute Laune des Bauern: Man hatte sich nicht nur vergebliche Arbeit gemacht, sondern das Heu litt darunter, wenn es noch einmal nass wurde.

Er ließ heute die Dienstboten beim Nachtessen allein, das im breiten Hausgang eingenommen wurde. Während das Gewitter mit Sturm, Regengüssen und pausenlosen Donnerschlägen niederging, saß er in der Stube und erledigte einige schriftliche Arbeiten.

Zwischendurch schaute er nach seiner kranken Frau, und als er merkte, dass sie heute keine Lust hatte oder zu elend war um auf seine Reden einzugehen, verließ er sie alsbald wieder und zog sich in die Stube zurück.

Die Kathrin servierte ihm das Essen. Sie blieb vor ihm stehen und der Bauer bemerkte, dass sie ihm etwas zu sagen hatte.

»Was ist, Kathrin?«, fragte er kauend.

»Die Bäuerin hat heute einen schlechten Tag.«

»Hab's auch gemerkt. Das macht das Gewitter. Das spürt der gesunde und erst recht der kranke Mensch.«

»Sie hat heut plötzlich nach dem Pfarrer verlangt«, berichtete sie.

»So? Und?«

»Er hat ihr die Letzte Ölung gegeben.«

»Hm«, machte er nachdenklich. »Was sagt der Doktor?«

»Der kommt erst morgen. Hätte man ihn verständigen sollen?«

Er antwortete nicht gleich. »Wenn er morgen sowieso kommt?«, sagte er dann. »Er kann doch nichts mehr ausrichten. Es wäre doch eine Erlösung, Kathrin!«

Sie nickte.

»Die Hochwieserin war heut da«, berichtete sie weiter.

»Was nicht gar! Was wollte sie?«

»Das weiß ich nicht, weil ich inzwischen den Pfarrer holte.«

»Hättest sie fragen sollen, Kathrin. Diese alten

Weiber stecken ihre Nasen überall hinein und die Hochwieserin erst recht.«

»Daran hatte ich auch schon gedacht«, überlegte die Kathrin und verriet etwas wie Unruhe. »Ich könnte sie ja unter einem Vorwand aufsuchen und ein bisschen ausfragen.«

Darauf ging er sofort ein. »Ist dir der Weg nicht zu weit?«

»Nein, nein. Wenn ich gleich gehe, bin ich bis zur Nacht zurück.«

Er stand auf und trat nahe an sie heran. »Du weißt ja, Kathrin, diese alten Weiber schauen gern in fremde Töpfe und rühren darin herum. Ich möcht ihr nicht geraten haben, dass sie meiner Frau den Teufel an die Wand gemalt hat! Es kommt mir schon fast so vor. Die Hochwieserin hat in meinem Haus nichts verloren, falls sie sich vorgenommen haben sollte, bald wieder einmal einen Besuch zu machen. Das kannst du ihr sagen. Einen schönen Gruß von mir und der Bauer vom Schwaighof sei immer noch ich!«

Die Kathrin überließ das Aufräumen in der Küche der Jungmagd und machte sich sogleich auf den Weg zur Hochwieserin hinauf. Der steile Fußpfad über das felsige und steinige Gehänge hinauf war vom starken Gewitterregen ausgeschwemmt. Von den Legföhren tropfte noch das Wasser, der zertrampelte Viehtrieb war voller Pfützen.

Kathrin sank oft bis über die Knöchel hinauf in den Schlamm ein. Trotzdem eilte sie weiter.

Sie traf die Hochwieserin vor dem Haus. Sie wusch eben das Melkgeschirr aus. Sonst war niemand zu sehen. Stall und Scheune waren bereits geschlossen.

Als die Bäuerin die Magd bemerkte, ließ sie die Arbeit stehen und schaute ihr voll böser Ahnung entgegen. Sie mochte sich denken, dass nun schon die Todesnachricht kam.

»Was ist los?«, fragte sie, als Kathrin bei ihr angelangt war.

»Ich soll nur von der Bäuerin einen schönen Gruß ausrichten und sie lasse vielmals danken für den Besuch von heut Morgen«, log die Kathrin noch vom Aufstieg ganz atemlos.

Die Hochwieserin sperrte Mund und Augen auf vor Überraschung.

»Dadurch, dass der Pfarrer gekommen sei, habe sie euch nicht einmal mehr danken können und das lasse ihr keine Ruhe«, fuhr die Kathrin fort.

»Du lieber Gott!«, jammerte die Hochwieserin. »Und da musst du den weiten Weg zu mir herauf machen? Armes Dirndl! Und bei der Nässe!«

»Sie hat es wollen und so tu ich es halt.«

»Freilich, kranke Menschen sind meistens sehr eigen«, meinte die Hochwieserin. »Wie geht es denn jetzt der Bäuerin?«

»Sie hat heut einen schlechten Tag.«

»Es ist mir auch so vorgekommen, dass ich schon das Schlimmste befürchtet hab. Vielleicht wird es wieder besser, wenn das Gewitter vorbei ist. Es war heut schwül den ganzen Tag. Sie schaut freilich arg schlecht aus, deine Bäuerin, und sie braucht nur noch die Augen zuzumachen. Aber solange der Mensch lebt, hofft man halt doch, dass er es schafft.«

»Sie hat heut plötzlich ihr Testament geschrieben«, berichtete die Kathrin recht traurig, als wäre das bereits ein Anzeichen für ihren nahen Tod.

»Ich weiß, und sie ließ es von mir unterschreiben, als wäre keine Stunde mehr zu versäumen. Ich hab ihr gern den Willen getan, obwohl ich mich recht dumm anstellen musste; ich hab nämlich keine Brille dabeigehabt und ohne Augenglas kann ich nichts lesen und nichts schreiben. Aber es wird schon reichen, falls man es wirklich brauchen sollte.«

Kathrin warf ihr einen Blick zu. In ihren Augen leuchtete es ganz kurz auf wie beim Widerschein eines Blitzes.

»Sag deiner Bäuerin, ich lasse ihr eine recht gute Besserung wünschen, und wenn die Arbeit wieder ein wenig leichter ist, schaue ich schon fleißiger nach ihr.«

»Ist recht, Hochwieserin – und gut Nacht!«

»Gut Nacht, Dirndl! Und gib Acht über den Steig hinab! Es ist heut nass und rutschig!«

Kathrin lachte ihr beruhigend zu und lief davon.

Die Nacht dämmerte, als sie daheim ankam. In der Stube brannte das Licht.

Der Bauer schien auf sie gewartet zu haben.

Sie trat bei ihm ein. Er saß am Tisch und hatte scheinbar in der Zeitung gelesen, die er jetzt beiseite schob. Er schaute sie erwartungsvoll an. »Und? Was ist jetzt?«

»Es ist alles gut, Bauer.«

Er schaute in ihr gerötetes, zufriedenes Gesicht, das er nicht recht zu deuten wusste. »Was ist gut, Kathrin?«

»Ich meine, dass ich sie schon ausgefragt habe, über was gesprochen wurde. Die Hochwieserin weiß bloß, dass ein Testament da ist, falls die Bäuerin einmal plötzlich sterben sollte.«

»Natürlich ist eines da«, bestätigte er. »Ich habe es selbst damals zum Notar getragen. Hat die Bäuerin der Hochwieserin erzählt, was drinsteht?«

Kathrin schüttelte den Kopf. »Davon weiß die Hochwieserin nichts.«

»Bestimmt nichts?«

»Nein; ich habe schon so nah hingefragt, dass sie etwas hätte sagen müssen.«

Er schaute eine Weile schweigend auf die Zeitung auf dem Tisch nieder. Dann hob er den Blick und schaute sie freundlich an. »Es ist gut, Kathrin. Ich dank dir!«

»Ich schau jetzt nach der Bäuerin.«

Er nickte.

»Gute Nacht, Bauer!«

»Gute Nacht, Kathrin!«

Nach einer kühlen Nacht brach die aufgehende Sonne glutrot aus dem Dunst hervor. Der Tag fing an zu dämmern, als Joachim Straub mit seinen Leuten zum Mähen und Heuen auszog. Man musste jetzt jeden sonnigen Tag nutzen.

Kathrin arbeitete zunächst in der Küche, dann schuf sie überall Ordnung im Haus und kehrte den Gang. Schließlich band sie eine frische Schürze um und kümmerte sich um die kranke Bäuerin. Sie brachte ihr das Frühstück, das sie heut zum ersten

Mal ablehnte. Mit einer müden, stummen Handbewegung verzichtete sie sogar auf das Waschen und Kämmen. Sie wollte heut nichts, gar nichts.

Schweigend lag sie da, bewegte nur manchmal lautlos die Lippen wie im Gebet, stöhnte leise und atmete rasch und heftig. Ihr Blick war abwesend und nach innen gekehrt.

Kathrin brachte die Kammer in Ordnung, warf ihr manchmal einen unsicheren Blick zu und blieb eine Weile vor ihr stehen.

»Heut kommt der Doktor«, sagte sie, als könnte sie ihr damit einen Trost geben.

Aber die Kranke reagierte nicht darauf.

Kathrin wischte ihr mit einem feuchten Waschlappen über das Gesicht, sie sah den Schweiß, der ihr auf der Stirn perlte.

Die Augen der Kranken schauten sie dankbar an. Diese Erfrischung schien ihr gut zu tun.

Später ging die Magd in die Küche um die Vorbereitungen für das Mittagessen zu treffen. Sie blieb dort nur etwa eine Stunde und in dieser kurzen Spanne Zeit musste es geschehen sein. Denn als Kathrin in die Krankenstube schaute, lag die Bäuerin bereits im Todeskampf. Sie merkte es an all den erschreckenden Zeichen der in den letzten Zügen liegenden Sterbenden.

Sie wusste im Augenblick nichts anderes zu tun, als zur Wiese hinauszulaufen und den Bauern heimzurufen.

Den ganzen Tag noch und darüber hinaus lag die Bäuerin bewusstlos da und Joachim Straub wartete mit seiner Magd Kathrin auf das Ende.

Es war heut stiller im Haus als sonst. Die Dienstboten schlichen scheu umher und der alte Tobis richtete jeweils einen kummervollen Blick hinauf zum halb geöffneten Fenster der Krankenstube, wenn er über den Hof stelzte.

Am Abend kam noch einmal der Arzt, stand eine Weile vor der Sterbenden und zuckte bedauernd die Schultern.

»Es geht zu Ende«, flüsterte er dem Bauern zu. »Und es ist wohl gut, dass sie es überstanden hat.«

Im Schwaighof ging an diesem Abend niemand ins Bett. Die Dienstboten saßen still und in banger Erwartung in ihrem Feierabendstübchen beisammen. Sie wussten von der Kathrin, dass die Bäuerin plötzlich in die letzten Züge gefallen war.

Man wartete auf ihr Sterben.

Allein der Bauer und Kathrin blieben am Bett der bewusstlosen Bäuerin und wurden Zeugen dieser letzten schweren Stunden, in denen sich ein noch junges Herz gegen den Tod wehrte.

»Ich danke dir, Kathrin, dass du mich in diesen Stunden nicht allein lässt!«, flüsterte der Bauer.

»Das ist doch selbstverständlich!«

»O nein, nicht selbstverständlich. Ich werde es dir nie vergessen.«

Kurz vor Mitternacht war es, als die Sterbende plötzlich die Augen aufriss und durch den geöffneten Mund einen röchelnden, schweren Atemzug holte.

Kathrin eilte hinzu, in der Meinung, sie brauche ihre Hilfe.

Aber da war es auf einmal unheimlich still.

»Was ist?«, fragte der Bauer.

Kathrin wandte sich nach ihm um und schaute ihn mit ihren dunklen Augen merkwürdig an. »Die Bäuerin ist tot.«

Er kam näher.

»Man sollte ihr gleich die Augen schließen«, erinnerte sie ihn.

Er zeigte eine gewisse Scheu. »Mach's du, Kathrin! Kannst du's?«

Kathrin streckte unerschrocken Daumen und Mittelfinger aus und drückte der Toten die Augenlider herab, hielt sie fest, bis sie geschlossen blieben. Mit einem Tuch band sie ihr den herabgefallenen Kiefer fest, sodass der Mund geschlossen blieb.

Sie tat das mit einer bewundernswerten Behutsamkeit.

»Der Herr geb ihr die ewige Ruhe!«, betete sie.

»Amen!«, antwortete der Bauer.

Sie zündete jetzt die Sterbekerze an, die auf dem Tisch bereitstand. In einer kleinen Glasschüssel brachte sie das Weihwasser mit einem Zweiglein.

Sie besprengte die Tote.

Auch der Bauer tat es.

»Wir müssen sie wohl umbetten und schön aufbahren, Bauer«, flüsterte sie und ging gleich an die Arbeit.

Joachim Straub überlegte kurz, was er wohl täte, wenn er diese Kathrin nicht hätte. Er half ihr nun bei der Aufbahrung und bald darauf lag die Bäuerin friedlich da zwischen vier brennenden Kerzen, die in schimmernden Leuchtern steckten.

Daraufhin ging die Kathrin hinab in die Dienstbotenstube und verkündete dort, dass die Bäuerin gestorben sei.

Der alte Tobis und noch ein paar Leute gingen hinauf um der Toten das Weihwasser zu geben.

Dann kehrten sie in das Stübchen zurück, knieten sich auf den Boden nieder und beteten gemeinsam den Rosenkranz.

Der Bauer und die Kathrin hielten die Totenwache.

Einen Tag vor der Beerdigung traf der Bauer vom Sand ein. Er brachte die Magdalen mit, die ein neues schwarzes Trauerkleid trug.

Magdalen schien sich nun ganz ihrem Vormund und Onkel anzuvertrauen und wich keinen Schritt von ihm. Zusammen standen sie vor dem Sarg, und als das Mädchen in Tränen ausbrach, drückte er es väterlich an sich.

Auch als man sehr spät zu Bett ging, denn es gab doch viel zu besprechen und zu erzählen, bat Magdalen ihren Onkel, dass sie bei ihm in der Kammer schlafen dürfe, weil sie sich fürchte.

Kathrin verzog dazu halb mitleidig, halb spöttisch lächelnd den Mund.

Aber der Bauer vom Sand sagte: »Freilich, Magdalen, du bleibst bei mir.«

Joachim Straub wechselte mit Kathrin einen Blick, der sagen sollte: Hast du's gehört? Sie bleibt bei ihm! Natürlich, er war nur der Stiefvater!

Die übrigen Verwandten, die angeschrieben worden waren, kamen erst am Beerdigungstag selbst.

Nach dem Requiem und feierlichen Begräbnis fand im Dorfwirtshaus das Totenmahl statt.

Auch hier saß Magdalen neben dem Bauern vom Sand, der ständig seine schützende Hand über sie hielt.

Er fuhr jedoch am gleichen Tag wieder weg, kehrte zuvor aber mit den anderen noch einmal in den Schwaighof zurück.

Mit Joachim Straub hatte er nur eine kurze Besprechung.

»Ist ein Testament da?«, fragte er.

»Ja.«

»Wo ist es?«

»Es liegt beim Notar.«

Darauf sagte der Bauer vom Sand nichts mehr.

»Kann ich noch mit der Kathrin ein paar Worte sprechen?«, fragte er später.

Joachim Straub ging hinaus um die Kathrin zu suchen. Sie steckte bereits wieder in der Arbeit.

»Der Bauer vom Sand möchte mit dir sprechen, Kathrin«, sagte er und schickte sie in die Stube.

»Mich? Was will er?«

»Vielleicht möchte er dir danken für alles, was du für seine Schwester getan hast. Es gehört sich auch. Geh nur!«

Kathrin legte ihre Arbeitsschürze ab und ging in die Stube.

Joachim Straub blieb zurück. Er stellte sich ans Küchenfenster und schaute in den trüben, regnerischen Nachmittag hinaus.

Der alte Tobis lehnte drüben an der offenen Stalltür und rauchte seine Pfeife. Neben ihm stand die

Magdalen in ihrem schwarzen Kleid mit dem kurzen Röckchen. Sie sprach zu dem alten Knecht hinauf, der ihr wehmütig lächelnd zuhörte.

Mit dem Knecht konnte sie also sprechen, nur ihn, den Stiefvater, ignorierte sie!, dachte der Bauer grimmig. »So ein Fratz!«, murmelte er. Aber daran war nur der Bauer vom Sand schuld, der in ihm heut noch den hergelaufenen Knecht sah.

Aber er sollte sich wundern!

Joachim Straub musterte das junge Mädchen und wunderte sich, sie attraktiv sie geworden war.

»Wir rücken uns schon noch näher, mein Fräulein Magdalen!«, knirschte er.

Unterdessen standen sich in der Stube die Kathrin und der Bauer vom Sand gegenüber.

Sein Gesicht zeigte einen harten, bitteren Ausdruck. Die vorstehenden Wangenknochen ließen es heut fast noch eckiger erscheinen als sonst. So kam es wenigstens Kathrin vor.

Trotzdem rang er sich ein schwaches Lächeln ab, als er ihr wie vorausgesehen für ihre treue und aufopfernde Pflege dankte.

»Das war nicht mehr als meine Pflicht, Bauer«, wehrte Kathrin bescheiden ab.

»Deine Bäuerin hat dich sehr gelobt«, sagte er. »Sie kann es dir nicht mehr danken, was du für sie getan hast, darum möchte ich es tun, falls dein Bauer es vergessen haben sollte.«

Er reichte ihr die Hand.

Sie wurde unter seinem Blick fast verlegen.

»Noch etwas anderes, Kathrin«, begann er mit veränderter Stimme. »Wie du vielleicht weißt, wollte ich die Bäuerin am Sonntag besuchen. Ich hab nicht gedacht, dass es so schnell mit ihr zu Ende gehen könnte, und sie selbst wohl auch nicht. Jedenfalls war nicht damit zu rechnen, dass wir sie heut schon beerdigen würden.«

»Das ist wahr, Bauer.«

»Ich wollte dich nur fragen, ob sie nicht etwas gesagt oder nach jemandem gefragt hat, ehe sie bewusstlos wurde?«

Kathrin schüttelte nachdenklich den Kopf. »Nein, kein Wort hat sie gesagt. Da ist es mir zuerst aufgefallen, dass es plötzlich schlechter wurde mit ihr. Sie hat nichts mehr verlangt, nicht einmal, dass ich sie wasche und kämme. Wir haben dem schwülen Wetter die Schuld gegeben; es ist darauf auch ein Gewitter gekommen.«

Der Bauer schüttelte verständnislos den Kopf und schaute die Magd wieder mit seltsamen, durchdringenden Blicken an. »Sie hat auch nichts hinterlassen? Nichts Geschriebenes? Etwas wie einen Brief an mich?«

Kathrin hielt seinem Blick stand und schüttelte den Kopf. »Nein«, beteuerte sie.

»War der Pfarrer noch bei ihr?«

»Ja, sie hat ihn verlangt. Er gab ihr noch die Letzte Ölung.«

Eine Weile schaute der Bauer nachdenklich vor sich nieder. Er wollte nicht glauben, dass die Tote nichts mehr an ihn mitzuteilen gehabt hatte.

Abermals streiften seine Blicke das Gesicht der Magd. »Hm«, brummte er gedehnt. »Es ist dann schon gut, Kathrin. Sag doch der Magdalen, sie soll zu mir kommen. Sie muss irgendwo draußen herumlaufen!«

Kathrin ging rasch davon und war offenbar froh, dieser Fragerei zu entgehen.

Joachim Straub betrat die Stube.

»Die Magdalen nehm ich wieder mit mir, Straub«, sagte der Bauer vom Sand. »Sie soll ihre Schule beenden und dann werde ich sie eine Zeitlang bei mir behalten. Du wirst nichts dagegen haben?«

Der Bauer vom Schwaighof zögerte. »Du willst sie also überhaupt von daheim wegholen?«

»Nein, das nicht. Schließlich soll sie ja einmal hier die Bäuerin sein.«

»Ich meine, es ist noch zu früh darüber zu reden. Warten wir erst das Testament ab!«

Magdalen kam herein und schaute ein wenig verblüfft in die verschlossenen Gesichter der Männer.

»Mach dich fertig, Magdalen!«, sagte der Bauer vom Sand. »Wir machen uns jetzt auf den Weg!«

Magdalen nickte nur und ging hinaus um ihre Sachen zu holen.

»Du nimmst dir allerhand Rechte heraus, Bauer vom Sand!«, kritisierte der Schwaighofer mit gefurchter Stirn. »Die Magdalen ist immerhin meine Stieftochter und es ist mir nicht einerlei, was aus ihr nun wird!«

»Und ich bin ihr Vormund!«, erwiderte der Bauer vom Sand mit Nachdruck.

»Ich war immerhin mit Magdalens Mutter verheiratet!«

»Jawohl, das warst du und auch den Hof hast du angeheiratet. Dem Kind hast du den Namen nicht gegeben, aber dem Hof willst du ihn wohl geben? Ich meine deinen Namen!«

Die Augen des Schwaighofer blitzten. »Darüber hast du nicht zu entscheiden, sondern das Testament! Man könnt das Mädchen wenigstens fragen, bei wem es lieber bleiben will, daheim oder bei dir!«

»Ich möcht dir bloß die Blamage ersparen, Straub, darum frage ich lieber nicht.«

Magdalen kam abreisebereit zurück. »Ich bin fertig, Onkel!«

Noch ein kurzer, förmlicher Abschied und Vormund und Mündel verließen das Trauerhaus und zogen bedrückt ab.

Aus einem der verstaubten Fenster des Scheunenanbaues schaute ihnen der alte Tobis mit traurigen Augen nach. Sein Mitleid galt dem schwarz gekleideten blonden Mädchen; denn sein Gefühl sagte ihm, dass es mit dem heutigen Tag die Heimat verloren hatte.

An diesem Abend nahm Joachim Straub das Essen zum ersten Mal wieder mit seinen Dienstboten ein. Schweigend saßen sie alle in der Fensterecke des breiten Ganges um den Tisch und löffelten die Suppe. Die Tür stand offen, damit etwas mehr Licht hereinkam, denn es war heut trübes Wetter.

»Das Barometer zieht wieder an, wir werden morgen früh an der Hochhalde mit dem Mähen anfangen«, sagte der Bauer in die Stille und warf dem Tobis einen Blick zu.

Der musste sich erst übersetzen, was er dem Bauern vom Mund abgelesen hatte, wenn nicht laut genug gesprochen wurde, konnte er es nicht genau hören. Dann nickte er.

Als alle mit dem Essen fertig waren und einer nach dem anderen den Löffel weglegte, sagte der Bauer und diesmal laut genug, dass es auch der Tobis hören konnte:

»Es geht natürlich weiter wie bisher. Die Kathrin führt das Haus und vertritt gewissermaßen die Stelle der Bäuerin.«

Schweigen.

Kathrin schaute ein wenig verunsichert vor sich nieder.

»Verstanden?«, fragte der Bauer und streifte mit einem Blick die Runde ab.

Nicken.

Der Bauer erhob sich und mit ihm alle anderen. Sie stellten sich dem rußgeschwärzten Kruzifix zugewandt auf, das zwischen den geweihten Weidenkätzchen vom Palmsonntag her in der Ecke hing, und nun wurde murmelnd das gemeinsame Gebet gesprochen, dem heut noch ein Vaterunser für die Bäuerin angehängt wurde.

»Du kommst dann später noch zu mir in die Stube!«, raunte der Bauer der Kathrin zu.

Dass die Kathrin heut wieder einmal einen großen Tag hatte, das bekamen in erster Linie die Jungmägde zu spüren, die ihr bei der Küchen- und Hausarbeit helfen mussten. Sie konnten nichts recht tun und wurden von ihr bemängelt und getadelt.

Dann ging Kathrin zum Bauern in die Stube.

Es brannte noch kein Licht. Er stand am Fenster

und verdeckte mit seiner breiten Gestalt zur Hälfte die einfallende Helligkeit.

»Was ist, Bauer?«, fragte sie.

Er wandte sich zu ihr um. »Ich wollte dir nur noch danken, Kathrin, für alles, was du für meine Frau getan hast – und auch für mich. Ich weiß gar nicht, wie ich mit allem fertig geworden wäre, wenn ich dich nicht gehabt hätte.«

»Ich hab bloß meine Pflicht getan, Bauer!«

»Nein, nein, das war nicht nur Pflicht, das war echte Hilfsbereitschaft. Ich hoffe, dass ich es dir vergelten kann! Eine andere wäre mir längst davongelaufen. Aber jetzt noch etwas anderes, Kathrin: Was hat heut eigentlich der Bauer vom Sand von dir wollen? Ich bin sonst nicht neugierig, aber was den Bauern vom Sand anbetrifft, bin ich immer ein bisschen misstrauisch. Ich war nämlich noch nie sein Freund und ich kann mir denken, dass er mir jetzt, wo die Bäuerin tot ist, recht gern die Schuhe vor die Tür stellen würde, alles im Interesse seines Mündels. Was wollte er denn noch wissen, Kathrin?«

Er schaute sie lauernd an.

Sie blickte ihm eine Weile ruhig in die Augen. Dann sagte sie: »Er hat mich bloß gefragt, ob denn die Bäuerin nichts für ihn hat ausrichten lassen. Er hat sogar gemeint, sie könnte noch etwas für ihn geschrieben haben.«

»Sie könnte etwas an ihn geschrieben haben? Ich meine, sie hat mit sich selbst genug zu tun gehabt, da konnte sie nicht noch einen Brief an ihren hochlöblichen Bruder schreiben!«, höhnte er.

»Er meinte damit etwas Testamentarisches.«

»Ach so! Da haben wir es schon!«

»Ich habe ihm erklärt, dass die Bäuerin weder etwas gesagt noch etwas Geschriebenes hinterlassen hätte und dass ich von nichts wüsste.«

»Natürlich wusstest du nichts! Das Testament liegt beim Notar! Und wenn es nun geöffnet wird, dann mag der Bauer vom Sand recht große Augen machen!«

Er ließ ein knurrendes Lachen hören.

»Was wird denn wohl aus der Magdalen?«, fragte sie daraufhin, als mache sie sich um das junge Mädchen Sorgen.

Er wandte sich wieder zu ihr um. »Hm – die Magdalen! Ich wollte sie hier behalten. Sie soll nicht das Gefühl haben, als hätte sie mit der Mutter auch ihre Heimat verloren. Aber ich habe kein Recht darauf; der Bauer vom Sand ist ihr Vormund. Er allein hat über das Mädchen zu bestimmen. Es gibt wohl noch ein Vormundschaftsgericht, das im Fall eines Mißbrauches angerufen werden kann. Aber …«

Er brach ab und fing an herumzuwandern.

»Warten wir's ab, Kathrin.«

Ein paar Wochen später wurde Joachim Straub zum Nachlassgericht vorgeladen. Das Heu war inzwischen geerntet worden, die Wiesen wurden jetzt gedüngt, damit sie ein zweites gutes Wachstum hervorbrachten, auf den Feldern blühte das Korn.

Joachim Straub fuhr in die Kreisstadt, stieg hinauf zur alten Burg, in der sämtliche öffentlichen Dienststellen und Verwaltungsbehörden, das Landrats- und Finanzamt, das Amtsgericht und die Polizeistation, untergebracht waren. Es war ein historischer Steinbau mit verwittertem Gemäuer und zahlreichen kleinen Fenstern. Die Türmchen auf dem Dach kennzeichneten die einstmalige Burg.

Hoch über die Stadt erhoben waren die Amtsgebäude weit über das Land hin sichtbar.

Joachim Straub stieg über die schmale Treppe zu den oberen Stockwerken hinauf, blickte ab und zu durch eines der kleinen Fenster auf die Stadt hinab, die der Burg zu Füßen lag.

Als er dann endlich den gesuchten Amtsraum erreicht und auf der Tür das Schild »Nachlassgericht« gelesen hatte, trat er in das Vorzimmer ein und traf dort auf den Bauern vom Sand, der gleichfalls zu diesem Termin vorgeladen worden war. Er saß auf einer breiten Bank an der Wand, hatte seinen Hut neben sich liegen und schaute ihm ohne Zeichen einer Gefühlsregung entgegen.

Der Schwaighofer ging auf einen Beamten zu und reichte ihm seine Vorladungskarte.

»Bitte, nehme Sie Platz!«, sagte der Mann, nachdem er einen Blick auf die Karte geworfen hatte. »Sie werden aufgerufen.«

Joachim Straub nähere sich dem Bauern vom Sand und streckte ihm gezwungen die Hand hin.

Der ergriff sie zwar, aber der Händedruck blieb flach und kühl.

Schweigend saßen sie nebeneinander auf der Bank, während der Beamte auf der Schreibmaschine klapperte. Er war längst daran gewöhnt, dass zusammengerufene Erben schweigend, wenn nicht gar in feindlicher Stimmung dort auf der Bank saßen.

Nach einer Weile verschwand er durch eine Nebentür, und als er zurückkam, forderte er die beiden wartenden Bauern auf, ihm zu folgen.

Jetzt erst gelangten sie in den eigentlichen Amtsraum, wo sie von einem älteren, kahlköpfigen Mann erwartet wurden. Durch dicke Brillengläser, die seine Augen erschreckend vergrößerten, musterte er die beiden Eintretenden und lud sie mit einer Handbewegung zum Sitzen auf zwei bereitstehenden Stühlen ein.

»Darf ich die Herren um die Ausweise bitten?«, fragte er dann.

Sowohl der Bauer vom Sand als auch der Schwaighofer fingerten ihre Personalausweise aus der Tasche, die der Beamte vorschriftsmäßig prüfte und dann wieder zurückgab.

»Es geht um den Nachlass der verstorbenen Bäuerin Magdalena Straub, geborene Scherm, verwitwete Moser. Der letzte Wille der Verstorbenen dürfte Ihnen bereits bekannt sein, so dass wir hier nur noch die Formalitäten erledigen müssen.«

Während der Schwaighofer nickte, setzte der Bauer vom Sand sofort zum Widerspruch an.

»Mir ist nichts davon bekannt, Herr Richter! Ich bin hier in Vertretung meines Mündels, der Magdalen Moser, der Tochter der Verstorbenen. Ich bitte also um Bekanntgabe des vollständigen Wortlauts des Testaments!«

Der Beamte warf ihm durch die Brillengläser einen ebenso überraschten wie unwilligen Blick zu; er kannte die Schwierigkeiten, die fast bei jeder Erbgeschichte auftraten.

»Gut, dann lese ich zunächst vor, was hier steht«, sagte er und hielt das Testament etwas näher an seine Augen. »Ich verfüge letztwillig, dass im Fall meines Ablebens der Schwaighof mit allen seinen Liegenschaften und dem gesamten beweglichen und unbeweglichen Inventar an meinen Mann Joachim Straub übergehen soll, und meiner Tochter aus erster Ehe, Magdalena Moser, steht am Tage ihrer Verheiratung, spätestens jedoch bei Erreichung ihrer Volljährigkeit als rechtmäßige Abfindung Einhalb des Schätzwertes des Haus- und Grundbesitzes zu, wie er am Tage der Erblassung im Kataster verzeichnet ist. Datum. Unterschrift.«

Der Beamte schaute auf.

Der Bauer vom Sand hatte sich erhoben. »Das kann meine Schwester nicht geschrieben haben!«, rief er. »Niemals!«

»Es ist ein handgeschriebenes Testament«, sagte der Beamte kühl. »Bitte, prüfen Sie selbst, ob es die Handschrift der Verstorbenen ist!«

Damit schob der Beamte ihm das Testament hin. Der Bauer vom Sand warf einen Blick darauf und gab es zurück.

»Nun?«, fragte der Beamte. »Das Testament ist rechtskräftig und es gibt nichts daran zu rütteln. Es wurde sogar von zwei Zeugen bestätigt, dass die Schreiberin im Vollbesitz ihrer Geisteskraft war.«

»Das Testament wurde einer Kranken abgenötigt!«, rief der Bauer vom Sand und warf Straub einen grimmigen Blick zu. »Ich erkenne es nicht an!«

Jetzt sprang auch der Schwaighofer auf. »Willst du mich gar noch des Betruges beschuldigen?«

»Meine Herren!«, rief der Beamte und schlug auf den Tisch. »Sie sind hier auf dem Nachlassgericht! Wenn Sie Streitigkeiten austragen wollen, suchen Sie sich dafür einen anderen Ort aus!«

»Ich streite das Testament an!«, wiederholte der Bauer vom Sand.

»Das ist nicht meine Sache, das können Sie über den Prozessweg versuchen. Sie müssen mir hier lediglich unterschreiben, dass Sie das Testament zur Kenntnis genommen haben. Bitte, meine Herren!«

Er hielt Joachim Straub die Feder hin, der dann seinen Namen unter das Formular setzte, dem Beamten einen kurzen Gruß gab und den Raum verließ.

»Vermerken Sie, dass ich dieses Testament nicht anerkenne, Herr Nachlassrichter! Nie und nimmer!«, sagte der Bauer vom Sand, als sich die Tür hinter dem Schwaighofer geschlossen hatte.

»Ich habe Ihnen schon gesagt, meine Aufgabe ist lediglich das Testament den Erbberechtigten bekannt zu machen«, entgegnete der Beamte unwillig. »Ob Sie es anerkennen oder nicht, das ist Ihre Sache. Behördlicherseits ist dagegen nichts einzuwenden.«

»So? Da ist nichts einzuwenden? Was ist denn leichter, als einer kranken Person, die sich selbst nicht mehr helfen kann, seinen Willen aufzuzwingen? Sehen Sie sich doch das Datum an! Da war meine Schwester bereits bettlägerig.«

»Aber sie war bei vollem Bewusstsein und allein darum geht es.«

»Soso, darum allein geht es! Mir aber geht es darum, dass einem Kind die Heimat genommen wird! Und das werde ich verhindern! Ich bin der Bauer vom Sand, mein Herr! Vielleicht ist Ihnen das ein Begriff, falls Sie die Landtagsabgeordneten im Kopf haben!«

»Es tut mir Leid, aber wenn Sie glauben, dass das Testament unrechtmäßig zustande kam, bleibt Ihnen nur der Weg zum Anwalt. Wir haben nur festzustellen, dass es ordnungsgemäß abgefasst ist. Und das ist es. Maßgeblich ist immer der letzte Wille eines Verstorbenen.«

»Ja, Papier! Immer wieder Papier!«

»Es tut mir Leid!«

Der Bauer vom Sand stapfte mit schweren und polternden Schritten hinaus.

Der Beamte schaute ihm kopfschüttelnd nach. »Diese Erbgeschichten!«, stöhnte er.

Es war ein ordnungsgemäßes und daher rechtsgültiges Testament, das die Bäuerin vom Schwaighof hinterlassen hatte. Das wurde dem Bauern vom Sand überall gesagt, an wen er sich auch wandte. Er konnte wüten und toben, so viel er wollte.

Schließlich zog er sich zurück und ließ die Dinge laufen, wie sie nun einmal waren. Er grollte seiner toten Schwester, die in ihrem Unverstand diese Situation geschaffen hatte, und dann versuchte er sie wieder zu entschuldigen, denn sie war ja schwer krank gewesen.

Nur der Geist war gesund und darauf allein kam es ja an!

Er schwor Joachim Straub Rache. Denn dafür garantierte er, dass er bei der späteren Auszahlung von seinen Federn lassen sollte. Dafür wollte er schon sorgen, dass das Anwesen entsprechend eingeschätzt wurde, sodass der Schwaighofer ein blaues Auge davontrug. Kompromisslos wollte er seine Forderung stellen.

Und damit allein konnte sich der Bauer vom Sand nur noch trösten.

Als die Schule zu Ende ging, holte der Bauer vom Sand sein Mündel selbst im Internat ab.

»Du bleibst vorläufig bei uns, Magdalen, und bist bei uns daheim!«, sagte er.

Nichts war der Magdalen lieber, denn es hatte ihr gebangt vor der Heimkehr in den Schwaighof, wo ihre Mutter nicht mehr auf sie wartete und wo sie ganz allein war mit einem ungeliebten Stiefvater und mit dieser Kathrin, die längst die Herrschaft im Haus an sich gebracht hatte.

»Es gibt bei uns Arbeit genug«, fuhr der Bauer vom Sand fort. »Und Platz haben wir auch für so einen Spatz«, fügte er lächelnd hinzu und nahm sie mit derber Kraft in die Arme.

Sie liebte ihren Onkel und fühlte sich bei ihm geborgen.

»Ich bin so froh und glücklich, wenn ich bei dir bleiben kann«, sagte sie zärtlich. »Ich möchte auf dem Hof arbeiten, alles lernen, was eine Bäuerin können muss. Und musst du einmal Briefe schreiben, das kann ich auch, ebenso die Buchführung. Das haben wir alles gelernt.«

»Ausgezeichnet!«, rief er.

Und fröhlich fuhr Magdalen mit ihrem Onkel ihrer neuen Heimat entgegen.

Das Jahr ging seinem Ende zu. Nach den spätherbstlichen Nebeln und Stürmen fiel schon bald nach Martini der erste Schnee. Er schmolz freilich noch schnell, aber es kam neuer und nach einer stürmischen Nacht lag am Morgen die Landschaft tief verschneit.

Die Bauern schürten ihre Öfen, ihre Scheunen waren bis zum Dach angefüllt, sie scheffelten das Korn in die Säcke und fuhren es zu den Mühlen, sie stapften durch den Schnee hinauf in die Wälder und schlugen das Holz.

Joachim Straub rechnete und plante. Er ging voller Stolz über seine Felder und freute sich seines Besitzes. Denn jetzt war er unumschränkter Herr des angesehenen und reichen Schwaighofes. Die Saat war aufgegangen!

»Der Bauer vom Sand ist recht still geworden«, sagte er einmal zur Kathrin. »Er hat wohl gemeint, wenn er kommt, erbebt die ganze Erde.« Sein Lachen kam aus voller und freier Brust.

Die Kathrin sollte sich nun am Feierabend zu ihm in die Stube setzen. Das war eine der Bevorzugungen, die ihr nach dem Tod der Bäuerin eingeräumt worden waren, die andere war die unumschränkte Herrschaft über das Haus. Sie durfte schalten und walten wie die Bäuerin selbst.

»Es hätte sich schon gehört, dass der Bauer vom Sand mit der Magdalen am Allerseelentag zum Grab der Bäuerin gekommen wär«, meinte sie eines Abends. »Es war doch das erste Allerseelen seit ihrem Tod.«

»Da hast du Recht, Kathrin! Aber daran sieht man wieder, wie weit solche Leute wie der Bauer vom Sand denken: Nur bis zum Geldbeutel! Aber, was ich sagen wollte, Kathrin: Du schaust schon immer nach dem Grab, gelt? Ich meine, dass es immer schön in Ordnung ist. Die Leute sollen nicht sagen, dass der Bauer vom Schwaighof seine Frau recht schnell vergessen hätte.«

»Ich werde schon dafür sorgen.«

Als es auf Weihnachten zuging, kam eines Tages ein junger Soldat in den Schwaighof. Der Bauer war nicht daheim und die Kathrin erkannte den Burschen nicht. Dennoch führte sie ihn in die Stube, weil gerade ein heftiger Schneesturm ging.

»Ich bin der Hochwieser Michael«, stellte der junge Mann sich vor. »Weil ich grad vorbeikomme, wollte ich bloß der Magdalen grüß Gott sagen. Sie ist doch auch grad daheim in Ferien?«

»Nein, die Magdalen ist nicht da.«

»Wo ist sie denn?«

»Beim Bauern vom Sand.«

»Wie lange? Ich hab nämlich bloß bis Neujahr Urlaub.«

»Da ist sie sicher noch nicht da. Vielleicht kommt sie überhaupt nicht mehr.«

»Was? Sie kommt nicht mehr? Ich weiß schon, die Mutter hat mir geschrieben, dass die Bäuerin gestorben ist. Aber deswegen ist die Magdalen doch immer noch auf dem Schwaighof daheim, meine ich.«

»Wenn sie aber nicht heimkommen will?«

»Ach so!« Er machte ein enttäuschtes Gesicht.

Kathrin musterte ihn eingehend. Er war ein kräftiger, sauberer Bursche von etwa zwanzig Jahren oder ein wenig darüber. Sein markantes Gesicht ließ auf einen zähen Charakter schließen. Die schneidige Uniform verstärkte diesen Eindruck.

Er begegnete ihrem Blick. »Wer bist denn du?«

»Die Obermagd.«

»Wie lang bist du denn schon auf dem Schwaighof?«

»Oh, schon ziemlich lang.«

»Ich hab dich aber noch nie gesehen.«

»Glaub's gern, wirst halt nur Augen für die Magdalen gehabt haben!«

»Schmarren! Die Magdalen war ein Kind! Und du – du wärst mir zu alt. Behüt dich!«

Er ging davon, schlug den Kragen seines Mantels hoch und stemmte sich gegen den Schneesturm.

Die Kälte und die Schneefälle hielten unvermindert an. Erst als es Lichtmess zuging, brach der Föhn ein. Im Tauwetter rann das Schmelzwasser und sammelte sich in allen Niederungen zu wahren Seen. Der Wind schüttelte die kahlen Bäume, von den Dächern rutschte der Schneematsch.

Zum Erstaunen des Bauern hatten die beiden Jungmägde den Dienst aufgesagt um an Lichtmess in einer neuen Stelle anzufangen. Als aber dann auch noch der Knecht, der schon vier Jahre auf dem Schwaighof diente und als fleißiger, rechtschaffener Bursche bekannt war, die Kündigung aussprach, runzelte der Bauer die Stirn.

»Warum willst du gehen? Ist dir der Lohn zu wenig? Warum sagst du nichts? Ich lege dir gern ein paar Mark dazu!«

»Ich habe meinem neuen Bauern schon zugesagt«, erwiderte der Knecht.

»Dann geh!«, brüllte der Schwaighofer.

Am späten Abend, als Kathrin bei ihm in der Stube saß, klopfte es etwas zaghaft an die Tür. »Zum Teufel! Was ist denn überhaupt los?«, knurrte der Bauer. »Herein!«, schrie er.

Da kam der alte Tobis in die Stube. Seine kleinen, rot unterlaufenen Augen blickten unsicher umher, als hätte er sich in einen völlig fremden Raum verirrt, aus dem er am liebsten gleich wieder entflohen wäre.

»Was ist mit dir, Tobis?«, schrie der Bauer ihn an. »Kommst du vielleicht auch um den Dienst aufzukündigen?« Es klang höhnisch und verbittert.

»Ich möcht mit dir reden, Bauer«, antwortete der Knecht.

»Nur reden? Dann sprich!«

»Allein, hab ich gemeint«, sagte der Tobis und warf einen Blick auf die Kathrin, die eben einen Strang Wolle abwickelte, den sie über die Stuhllehne gehängt hatte.

»Wozu allein? Es ist niemand da als die Kathrin und die darf uns schon hören! Also, was hast du mir zu sagen?«

Aber die Kathrin stand auf. »Ich will's ihm nicht schwer machen«, sagte sie und ging aus der Stube.

Der Bauer runzelte die Stirn. »Was geht da überhaupt vor?«, schrie er den Knecht an. »Wer ist denn Herr hier im Haus?«

»Das wollt ich dich auch fragen, Bauer. Die ganzen Dienstboten laufen davon. Es wird nicht leicht sein, Ersatz zu finden. Weißt du überhaupt, wer schuld daran ist? Deine Obermagd! Die Kathrin, bloß die Kathrin!«

Der Bauer stand auf und warf den Stuhl polternd zurück. »Was redest du da?«, fragte er drohend. »Was hat die Kathrin damit zu tun, dass das ganze Volk auf einmal unzufrieden ist und davonläuft?«

»Eben das möcht ich dir jetzt sagen. Du weißt anscheinend nicht, wie sie mit den Leuten umgeht, wie sie sie tyrannisiert und beherrscht, als wäre sie die Bäuerin! Mit mir kann sie es ja machen, weil sie weiß, dass ich alter Kerl den Platz nimmer wechseln kann. Aber mit den jüngeren Leuten geht das nicht. Und wenn heut neue da sind, wird's wieder genauso kommen.«

»Soso, die Kathrin herrscht und tyrannisiert!«, äffte der Bauer den alten Mann nach und seine Augen wurden ganz schmal. »Ich sag dir etwas ganz anderes, Tobis: Eine Verschwörung hat man da angezettelt und darum soll das ganze Pack zum Teufel gehen! Ich brauche niemanden! Die neuen Maschinen ersetzen die ganzen Leute. Wenn es sein muss, mach ich die ganze Arbeit allein!«

»Siehst, Bauer! Gerade das will die Kathrin haben. Alle sollen gehen, ein paar neue findet man dann schon, meint sie. Und die wissen dann nichts mehr davon, wie sie damals auf den Hof gekommen ist als junge, armselige Magd, der man's angesehen hat, dass sie irgendwo davongejagt worden war!«

»Schweig!«, brüllte der Bauer. »Die Kathrin

bleibt, was sie ist! Sie ersetzt auf dem Hof die Bäuerin und ich verlange, dass sie respektiert wird! Wenn dir das nicht passt, dann geh auch du davon! Auf einen mehr oder weniger kommt's nicht an!«

Der Knecht fing an zu schnaufen, als bekäme er plötzlich nicht mehr genügend Luft.

»Nimm mir's nicht übel, Bauer, aber du wirst noch an mich denken«, sagte er dann. »So wahr ich vor dir stehe, wenn du diese Magd jetzt nicht wegschickst, später kannst du's nimmer! Sie wird über dich herrschen wie heut über uns.«

Der Bauer lachte auf. »Ich meine, dir fehlt es allmählich im Kopf, Tobis«, sagte er dann ruhiger. »Das ist die Arterienverkalkung. In deinem Alter kommt das. Das will ich dir zugute halten und auch, dass du schon über dreißig Jahre auf dem Hof bist. Ich trage dir also nichts nach, bloß komm mir nicht noch einmal daher und versuch mich gegen die Kathrin aufzuhetzen!«

Tobis zuckte die Schultern und ging aus der Stube.

Es war Joachim Straub gelungen, ein paar neue Arbeitskräfte zu finden. Als die Nässe des Winters in der Märzsonne aus der Erde verdunstete und an den Bäumen die Knospen schwollen, wurde gesät und gedüngt. Futtervorräte aus dem vorigen Jahr waren auf dem Schwaighof in so großer Menge übrig geblieben, dass davon sogar noch zu guten Preisen verkauft werden konnte. Der Bauer war zu den Frühjahrsmärkten gefahren und brachte vier erstklassige Jungtiere heim.

Von Jahr zu Jahr also vergrößerte er seinen Viehbestand.

Er holte die Kathrin aus dem Haus und zeigte ihr voll Stolz und Zufriedenheit seine Neuerwerbungen. Er freute sich, als sie darüber ihre Begeisterung zeigte.

Und als sie am Abend zu ihm in die Stube kam, sagte er mit einem seltsamen Aufleuchten in seinen Augen: »Kathrin, du bist die wichtigste Kraft auf dem Schwaighof!«

Sie lächelte. »Aber nein!«, erwiderte sie halbherzig.

»Ich sage dir offen und ehrlich, dass ich ohne dich heut nicht wäre, was ich bin.«

Sie warf ihm einen überraschten, fast unsicheren Blick zu und schüttelte verständnislos den Kopf.

»Es ist aber so!«, fuhr er fort. »Das Leben, wie ich es nun habe, freut mich jeden Tag mehr. Das wirkt sich aus auf den Erfolg eines Menschen. Ich sehe, wie schön du das Haus zusammenhältst, wie alles klappt. Man hört keine Klage, alle zeigen zufriedene Gesichter. Da ist es wahrlich eine Freude, in den Sommer mit seiner Arbeit hineinzugehen!«

»Der Tobis ist halt immer noch mein Gegner«, wandte sie ein. »Und es wird wohl so bleiben.«

»Lass ihn und mach dir nichts draus. Alte Menschen sind eigen. Er ist zu lange auf dem Hof, darum kann ich ihn nicht fortschicken. Das verstehst du doch?«

Sie nickte ihm zu.

»Dem Bauern vom Sand, dem Herrn Landtagsabgeordneten, werde ich zeigen, dass ich einen Hof führen und vergrößern kann! Seit ich nun weiß, dass alles, was ich erarbeite, mir gehört, setze ich gern meine ganze Kraft ein. Im Dorf haben sie sich bereits daran gewöhnt, dass der Besitzer des Schwaighofes heut Straub heißt. Kein Mensch redet mehr davon, dass eine Tochter da ist. Bei den nächsten Gemeindewahlen rechne ich bestimmt damit, dass auch mein Name auf der Kandidatenliste steht. Es wurde mir schon ein paar Mal so etwas zugeflüstert. Und ehrlich gestanden, Kathrin, ich weiß nicht, was ich getan hätte, wenn es anders gekommen wäre. Ich bin ein geborener Bauer und kann nur als solcher leben und glücklich sein. Das war nicht zuletzt der Grund, dass ich in den Schwaighof eingeheiratet und eine um zehn Jahre ältere Frau in Kauf genommen habe. Dir kann ich es ja sagen; denn du allein verstehst mich. Nur das eine darf mir nicht passieren, dass du mich eines Tages hier sitzen lässt, Kathrin! Auch das muss ich dir sagen.«

»Ich habe keinen Grund, dem Bauern vom Schwaighof den Dienst aufzukündigen«, antwortete sie geschmeichelt.

»Doch, einen gibt es: Du wirst einmal heiraten!«

Sie lachte. »Heiraten? Dazu fehlt es mir wahrlich an der Gelegenheit. Hier gibt es keinen, der mich nimmt. Den Bauernsöhnen bin ich nicht reich genug und auf irgendeinen Knecht oder kleinen Habenichts verzichte ich!«

»Hast Recht, Kathrin. Vielleicht gibt es doch noch einmal einen Bräutigam, mit dem du zufrieden sein kannst«, sagte er und lächelte geheimnisvoll.

Sie sah auf ihre Handarbeit nieder.

Er betrachtet sie, sah das dunkle, volle Haar, das sich über der Stirn kräuselte, ihr gesundes, junges und hübsches Gesicht, ihre ansprechende Gestalt.

»Weißt du, was mich schon oft gewundert hat«, begann sie plötzlich ohne aufzuschauen und er stellte zufrieden fest, dass sie dabei lächelte. Er freute sich und wusste, dass sie ihm das Vertrauen schenkte.

Er schaute erwartungsvoll zu ihr hinüber.

»Dass du noch kein eigenes Auto fährst«, fuhr sie fort. »Kann man sich überhaupt einen Bauern vom Schwaighof ohne Auto denken?«

»Da hast du vielleicht Recht, Kathrin, aber bisher war mir das Geld zu schade. Ein Auto ist teurer als ein Pferdegespann, das man nur füttert. Abgesehen von den Anschaffungskosten verschlingt es doch ungeheure Summen an Versicherung, Steuer und Unterhalt.«

»Bei deinen Einkünften kann das doch wohl kein Problem sein?«, zweifelte sie.

»Außerdem habe ich nicht einmal einen Führerschein.«

»Da brauchst du nur einen Fahrkurs zu machen!«

»Dazu hat mir bis heut die Zeit gefehlt. Meine liebe Kathrin, wenn du eine Ahnung hättest, welche Summe ich der Magdalen auszahlen muss, wenn sie heut daherkommt und sagt, dass sie heiraten möchte! In wenigen Jahren ist sie volljährig und der Bauer vom Sand freut sich schon heut darauf, wenn er mir die Federn ausreißen kann.«

»Bis dahin kannst du bei deiner Wirtschaft die Summe gut zurücklegen«, meinte sie.

»Glaubst du? Man muss auch mit Missernten

rechnen oder Viehseuchen, es gibt auch sonstige Anschaffungen, die ins Geld gehen. Darum wird gespart, wenigstens so lange, bis diese Erbschaftsangelegenheit aus der Welt geschafft ist. Ich bin dann immer noch nicht zu alt, um mir noch etwas zu gönnen.«

»Ich habe nur gemeint, dass ein Mann wie du in ein eigenes Auto gehört, wenn er in die Stadt oder sonst irgendwohin fährt«, lenkte sie ein. »Natürlich ist das allein deine Sache.«

Der erste Schritt war getan; der Bauer vom Schwaighof und seine Magd kamen sich näher. Sie teilte seine Sorgen und Freuden, er verriet ihr seine Gedanken und zog sie bei allen seinen Überlegungen zu Rate.

Sie war nun immer tipptopp gekleidet, verwendete dieses und jenes wohlriechende Parfum, seit sie wusste, mit welch verliebten Augen er ihr gelegentlich nachblickte.

Aber seine schwerfällige, vorsichtige Natur ließ es nicht zu, dass er aus sich herausging, obwohl er wissen musste, wie sehr sie darauf wartete.

Einmal fragte er unvermittelt: »Wie alt bist du denn jetzt, Kathrin?«

»Achtundzwanzig.«

»Ich werde im Herbst siebenunddreißig.«

Als ob sie das nicht wüsste. »Das ist immer noch jung!«, sagte sie.

»Willst du damit sagen noch jung genug zum Heiraten?«

»Auch das. Es ist vielleicht für einen Bauern gerade das richtige Alter. Heiratet er zu früh, dann müssen die herangewachsenen Kinder zu lange warten, bis der Vater übergibt, weil er sich dazu noch zu jung fühlt.«

Er nickte. »Du bist klug, Kathrin! Daran habe ich auch schon gedacht.«

Aber damit war das hoffnungsvoll begonnene Gespräch schon wieder vorbei.

So verging der Sommer. Reichlich und gut war die Ernte wieder unters Dach gekommen. Fallendes Laub und öde, abgeerntete Felder deuteten das Altern des Jahres an. Über das ganze Tal hin weideten auf den Wiesen die Viehherden. Hier und dort rauchte ein Hirten- oder Kartoffelfeuer.

Als in diesen Tagen Joachim Straub am späten Abend von auswärts heimkam, war Besuch da.

Er wollte zunächst seinen Augen nicht trauen, als vom Tisch ein altbekanntes Gesicht hervorschaute, das er schon seit Jahren nicht mehr gesehen hatte. Es war ein Gesicht aus seiner Suhrtaler Heimat.

»Ludwig!«, rief er und streckte dem Gast freudig die Hand hin. »Wo kommst denn du auf einmal her?«

Ludwig war ein gut aussehender und tadellos gekleideter Mann im Alter des Schwaighofer. Er war nur nicht so breit gebaut, dafür aber ein paar Zoll größer. Die Züge seines Gesichtes waren etwas verschwommen und ließen nicht auf seinen Charakter schließen. Man sah ihnen kaum an, was er dachte und plante. Im Augenblick drückte das Gesicht eine helle, fast echte Wiedersehensfreude aus, wenn auch eine gewisse Verschlagenheit des herumreisenden Händlers und Geschäftemachers nicht ganz ausgewischt wurde.

»Ich habe gerade in der Gegend zu tun«, sagte er, während sie sich die Hände schüttelten. »Da hab ich mir gedacht, musst doch auch einmal in den Schwaighof schauen, wie es meinem alten Freund und Spezi geht«, sagte er mit seiner etwas heiseren Stimme.

»Es freut mich wirklich, Ludwig! Du musst doch nicht gleich wieder fort? Du kannst bei uns übernachten, es ist Platz genug, nicht wahr, Kathrin?«, wandte er sich an die Magd.

Kathrin nickte und lächelte aufmunternd.

»Wir haben doch allerhand miteinander zu reden, alter Freund!«, rief der Bauer lachend und gab ihm einen kameradschaftlichen Klaps auf den Rücken. »Setz dich!«

Auf dem Tisch stand ein Krug, daneben ein leerer Teller und darauf lag ein Messer. Die Kathrin schien ihm eine Brotzeit vorgesetzt zu haben.

»Wie lang bist denn schon da?«, fragte der Bauer, während er die Jacke ablegte und aus den schweren Schuhen schlüpfte.

»Ein paar Stunden schon«, antwortete der Händler mit einem Blick auf die Uhr.

»Und grad heut muss ich in der Stadt zu tun haben! Sonst triffst du mich jederzeit daheim an. Macht nichts, der Abend ist noch lang.«

Er wandte sich an Kathrin: »Richte ein Zimmer für unseren Gast, Kathrin, und bring uns etwas zu essen und zu trinken!«

Die Kathrin ging um die Arbeit auszuführen.

Die beiden Freunde waren allein.

»Soviel ich sehe, hast du das große Los gezogen«, begann der Händler. »Ich hätt mich bald nicht mehr zurechtgefunden auf dem Schwaighof. Du hast allerhand geleistet, das muss man sagen.«

»Die Bäuerin ist gestorben, das weißt du ja?«

»Ich hab's gehört. Deine Magd oder Haushälterin, was sie ist, hat mir von der langen Krankheit und dem Tod der Bäuerin erzählt. Nun ja, du hast wieder freie Hand und hast auch ein bisschen etwas geerbt, wie man sieht.«

»Der Hof gehört mir. Freilich muss ich der Tochter eine recht schöne Summe Geld ausbezahlen, aber die Wirtschaft steht gut. Wir werden das schon schaffen, ohne dass wir uns an der Substanz vergreifen müssen.«

»Wie alt ist jetzt die Tochter?«

»Sechzehn.«

»Dann wartest noch ein paar Jahre und heiratest sie. Ist das kein Vorschlag? Dann musst du ihr überhaupt nichts zahlen und bleibst der Bauer bis an dein Lebensende. Meinst nicht?«

»Du hättest solche Ideen, du!«, lachte der Bauer.

»War es vielleicht eine schlechte Idee damals, als ich dich zum Schwaighof schickte?«

»Nein, das nicht.«

»Na also! Übrigens schuldest du mir immer noch die Vermittlungsprovision! Weißt du das?«

»Also, na hör mal!«

»Umsonst ist der Tod, Joachim.«

»Du bist immer noch der Alte, Ludwig!«, lachte der Bauer.

»Nun ja, vielleicht kannst du einmal etwas für mich tun, falls ich dich brauche. Eine Hand wäscht die andere.«

Kathrin brachte jetzt das Essen und ein paar Flaschen Wein aus dem Keller.

»Oho, Kathrin! Gibt's heut gar einen Wein?«, staunte der Bauer.

»Ich hab mir gedacht zur Feier des Tages«, lachte sie und der Schwaighofer meinte, dass sie noch nie so schön gewesen sei wie heut. Auch der Ludwig schaute ihr augenzwinkernd nach, als sie wieder hinausging.

Sie begannen mit dem Essen und tranken sich zu.

»Joachim Straub! Der Schwaighofer von Schwingel!«, rief der Händler. »Du musst doch unter einem besonderen Glücksstern geboren sein!«

»Ich kann nicht leugnen, dass ich Glück gehabt habe, aber man muss schon auch hinlangen an die Arbeit, Ludwig, das heißt, man muss in seinem Wesen ein Bauer sein.«

»Und wie soll es jetzt weitergehen?«, fragte Ludwig kauend.

Der Bauer blickte ihn fragend an.

»Ich meine, du wirst doch wieder heiraten? Schließlich brauchst du einmal einen Erben.«

»Allerdings.« Joachim Straub drückte ein wenig herum, ehe er fortfuhr: »Schau, Ludwig, ich hab damals eine Frau geheiratet, die zehn Jahre älter war als ich. Sicher, meine Bäuerin war mir eine gute Frau, aber ich war halt ein junger Mann, von Liebe konnte da keine Rede sein. Du verstehst mich schon! Nein, nein, denk jetzt bloß nicht falsch von mir! Ich bin meiner Frau nicht untreu geworden oder gar auf eine junge Magd losgegangen, wie es manche tun. Ich will damit bloß sagen, dass ich diesmal ein bisschen aus Liebe heiraten möchte. Ich meine, das kann ich mir leisten. Also diesmal kannst du bei mir als Kuppler nichts verdienen, alter Lump«, schloss er lachend und hob wieder sein Glas. »Diesmal suche ich mir meine Frau selbst aus!«

»Dann viel Glück dabei!«, rief Ludwig und stieß mit ihm an.

Sie schoben die leeren Teller zur Seite.

»Hast gewiss schon auf irgendeine ein Auge?«, lauerte der Händler.

Der Schwaighofer zuckte die Achsel. »Mag sein.«

»Gewiss die Kathrin?«

Der Bauer glotzte in das verschmitzte Gesicht des Freundes. »Wie kommst du darauf?«

»Man braucht bloß zu sehen, mit welchen Augen du ihr nachschaust, Joachim. Da ist es doch leicht zu erraten.«

»Du bist doch ein Lump, du!«, schimpfte der Bauer scherzhaft. »Ich möchte wissen, was man vor dir verbergen könnt!« Er rückte näher an den Gast heran und fuhr flüsternd fort: »Spaß beiseite, Ludwig! Es ist so, wie du sagst: Die Kathrin gefällt mir jeden Tag besser. Und sag selbst: Ist sie nicht eine hübsche Frau? Sie ist tüchtig und fleißig und versteht etwas von unserer Arbeit. Und jetzt frage ich dich: Wär sie eine Bäuerin oder nicht?«

»Ja, in Dreiteufelsnamen, wenn du schon in sie verliebt bist, warum heiratest sie nicht? Du musst doch niemanden fragen!«

»Ich weiß nicht einmal, ob sie mich mag. Ich bin jetzt in einem Alter, in dem man sich nimmer vor einer Frau blamieren möchte und vor der eigenen Magd schon gar nicht! Schließlich packt sie ihre Sachen und läuft mir davon. Und grad das möcht ich verhindern!«

Ludwig hielt die Hand vor den Mund und blinzelte ihm bedeutungsvoll zu. »Lass dir von mir einen guten Rat geben, Joachim: Wenn du wieder einmal in die Stadt kommst, dann kauf ein silbernes Kettchen für sie oder ein Paar goldene Ohrringe, die ihr zu ihrem dunklen Haar übrigens ganz ausgezeichnet stehen müssten, und das schenkst du ihr, hängst ihr das Kettchen vielleicht selbst um und dann siehst gleich, welche Miene sie dazu macht. Soviel ich aber gesehen habe, wäre es ihr absolut nicht unangenehm, wenn du ihr einen Heiratsantrag machen würdest. Verlass dich da auf meine Spürnase!«

Der Bauer lachte eine Weile still vor sich hin. »Jetzt wundert mich bloß, warum du noch nicht verheiratet bist und immer noch so einschichtig herumläufst!«

»Ich hab bloß noch nicht die Richtige gefunden. Ich bin da ein bisschen anspruchsvoll, musst du wissen: Sie muss jung sein, schön und muss auch da etwas haben!« Er deutete mit den Fingern das Geldzählen an.

»Tät dir die Kathrin gefallen?«

»Hm«, zögerte Ludwig. »Die Kathrin hat nur einen einzigen Fehler, wenigstens für mich: sie hat wahrscheinlich kein Geld. Du musst danach nicht fragen; du hast einen schönen Hof, einen Stall voll erstklassigem Vieh. Ja, du kannst dir eine Frau leisten wie die Kathrin. Bei mir ist es ein bisschen anders. Gehen meine Geschäfte einmal schlechter, hab ich nichts mehr als ein leeres Haus, von dem ich nicht herunterbeißen kann.«

Sie mussten ihr Gespräch unterbrechen, denn eben kam die Kathrin herein um das Geschirr zu holen und den Tisch abzuwischen.

»Hat's geschmeckt?«

»Ausgezeichnet!«, lobte Ludwig.

»Kathrin, du kommst dann zu uns in die Stube«, sagte der Bauer.

»Sofort!«, antwortete sie und trug das Geschirr ab.

Drei Winter waren nun vergangen, seit die Bäuerin vom Schwaighof in ihren verhältnismäßig noch jungen Jahren beerdigt worden ist. Was sich inzwischen ereignete, drang nicht an die Öffentlichkeit. Das war vor allem die schrittweise Anbahnung eines zurückhaltenden Liebesverhältnisses zwischen dem verwitweten Bauern und seiner Magd Kathrin. Joachim Straub hatte sich wohl den Rat seines Freundes zu Herzen genommen und für die Kathrin hin und wieder ein Geschenk aus der Stadt mitgebracht, das sie jedes Mal mit einem schüchternen Lächeln und einem glücklichen Augenleuchten entgegennahm, aber sie wartete dann doch vergeblich auf das entscheidende Wort, zu dem er sich offenbar noch immer nicht entschließen konnte.

Wenn sie aber glaubte, dieses Zögern seiner angeborenen Scheu oder seiner Unbeholfenheit im Umgang mit Frauen zuschreiben zu müssen, täuschte sie sich. Seine Zurückhaltung hatte ganz andere Gründe. Einer davon war sein steigendes Ansehen im Dorf; bei der letzten Gemeinderatswahl war er auf der Kandidatenliste gestanden und hatte gerade so viele Stimmen bekommen, dass er in das ehrenvolle Gremium einziehen konnte. Auch hatte er bereits in der dörflichen Kirchenverwaltung ein Wort mitzureden, wodurch er mit dem Pfarrer und anderen angesehenen Bürgern in Kontakt kam. Wie würde es sich auf seine neue Stellung im Dorf auswirken, wenn nun plötzlich bekannt würde, dass er seine Magd heiratete, mit der er schon seit Jahren unter einem Dach zusammenwohnte? Das musste auf die Leute wie das Platzen einer Bombe wirken.

Der andere Grund, der ihn zögern ließ, war seine Raffgier. Er war zu einem der reichsten Bauern geworden, aber einmal würde der Tag kommen und er näherte sich zusehends, an dem er an seine Stieftochter diese ungeheure Summe Geld auszahlen musste, die ihn seines ganzen Barvermögens beraubte. Rechnerisch gesehen müsste er sich eigentlich um eine reiche Bauerntochter umsehen, deren Mitgift einigermaßen einen Ausgleich schuf.

Aber diese Bauerntochter war nicht die Kathrin.

Der Händler Ludwig kam nun recht häufig auf den Schwaighof, und da der Bauer gewöhnlich erst am Abend heimkam, wurde er von Kathrin empfangen und großzügig bewirtet.

Angeblich kam Ludwig jetzt in der Hauptsache aus rein geschäftlichem Interesse zum Schwaighofer um von ihm das erstklassige Saatgut zu kaufen, womit er seinen Handel betrieb. Nur so nebenbei erforschte er die Heiratslust des Bauern und fand ihn immer noch in die Kathrin verliebt bis über die Ohren. Er sparte nicht an guten Ratschlägen und versuchte dem alten Freund die Bedenken auszureden. Wenn er in der Gegend zu tun hatte, nächtigte er im Schwaighof und führte sich langsam als ständiger Gast ein.

Fast jedes Jahr wechselten jetzt die Dienstboten, bis auf den alten Tobis, aber der Bauer war bereits so weit, dass er sich darüber keinerlei Gedanken mehr machte und sich nicht mehr fragte, warum niemand in seinem Haus bleiben wollte. Wem es nicht passte bei ihm, der sollte gehen. Es gab immer wieder neue Leute, die sich einstellen ließen.

An den Sonntagen trug Kathrin ihre goldenen Ohrringe, das silberne Halskettchen und das blinkende Geschnür – alles Geschenke vom Bauern.

Wenn der alte Tobis sie damit sah, furchte sich seine Stirn und seine Fäuste ballten sich.

»Du Menscherl, du!«, knirschte er durch die Zähne.

Als an einem Abend der Bauer spät von einer Gemeinderatssitzung heimkam und nicht mehr annehmen konnte, dass er in seinem Haus noch einen Menschen wach anträfe, saß die Kathrin noch in der Stube und bügelte Wäsche.

»Du bist ja völlig verrückt!«, sagte er. »Warum gehst du denn nicht ins Bett? Kann die Büglerei nicht morgen geschehen?«

»Morgen gibt es wieder eine andere Arbeit«, erwiderte sie und schaltete das Eisen aus.

Er wusste, dass heuer eine Magd fehlte und dass Kathrin eine Menge Mehrarbeit leisten musste. Aber er hatte bei allem Bemühen keine Magd auftreiben können.

»Es tut mir Leid, Kathrin! Ich werde morgen wieder ein Inserat in den Landboten setzen lassen.«

Sie räumte den Tisch ab. »Macht nichts, ich schaffe es schon.«

Er war dicht neben sie getreten, als sie sich nach ihm umwandte, streiften sich beinahe ihre Gesichter.

Sie schauten sich in die Augen.

Da griff er plötzlich nach ihrer Hand. »Musst halt Geduld haben mit mir, Kathrin!«, flüsterte er. »Ich bin nicht mehr jung genug um dir einfach zu sagen: Willst du mich nehmen oder willst du mich nicht? Ich könnte mir keine bessere Bäuerin denken als dich und ich weiß auch, dass wir beide zusammen unser Ziel erreichen: einen schönen, schuldenfreien Hof und gesunde Kinder. Ich habe dich deswegen noch nicht gefragt, weil ich auch dir Zeit lassen wollte dein Herz zu prüfen. Lassen wir also den Sommer noch vergehen, und ist dann alles noch so wie heut, dann …« Er brach ab und ließ ihre Hand los.

»Jetzt weißt du also, wie es in mir aussieht, Kathrin«, fuhr er nach einer Weile fort. »Du weißt auch, dass ich im Dorf ein geachteter Mann bin. Es soll niemand etwas davon erfahren. Ich müsste dich sonst aus dem Haus schicken. Und gerade das will ich nicht! Ich kann es auch nicht, weil ich dich brauche! Darum sollst du Geduld haben mit mir. Verstehst du mich? Ich bin nicht irgendwer, sondern der Bauer vom Schwaighof. Ich stehe heut auf einem Platz, den ich mir selbst erarbeitet habe, und davon soll mich keine Macht mehr verdrängen. Du sollst nur endlich wissen, was du mir bedeutest, Kathrin, und dass wir beide warten müssen. Du verstehst mich doch?«

Sie schaute ihn mit ihrem bezaubernden Lächeln an und nickte.

»Und jetzt geh ins Bett, Kathrin! Gute Nacht!«
»Gute Nacht!«

Leise schlich Kathrin über die Treppe hinauf in ihre Kammer. Sie hatte sich ihre Schlafstelle bereits recht freundlich eingerichtet. Nicht nur das weiß überzogene, flaumige Bett, auch alle übrigen Einrichtungsgegenstände ließen nicht mehr auf die Kammer einer Magd schließen.

Kathrin fühlte sich als zukünftige Bäuerin und als solcher stand ihr das Beste zu.

Sie schaltete das Licht ein, das durch ein hängendes Ampelglas abgedämpft wurde. Diese Ampel hatte ihr der Bauer einmal aus der Stadt mitgebracht und selbst befestigt.

Sie holte einen Schlüssel aus dem Versteck hinter einem eingerahmten Bild hervor und sperrte damit den Schrank auf. Leise zog sie die Schublade auf, holte die großen, goldenen Ohrringe heraus, das silberne Halskettchen, legte sich die Dinge an und trat vor den Wandspiegel.

Lange betrachtete sie sich und um ihren vollen, roten Mund spielte ein zufriedenes Lächeln.

Hatte sie nun erreicht, was sie wollte? Sie dachte zurück an ihre elende Jugend, an ihre traurige Kindheit, an ihren Vater, der nichts arbeitete und ständig betrunken war, an ihre Mutter, die an Gram und Entkräftung starb. Sie dachte an die Versteigerung ihres kleinen, alten Häuschens und an die Auflösung des Haushalts.

Dann diente sie als Jungmagd bei diesem und jenem Bauern. Nirgends ging es ihr gut. Mann nannte sie ein »Menscherl«, weil sie auf allen Tanzböden zu finden war. Sie hatte nach einer elenden, freudlosen Jugend plötzlich die Freiheit kennen gelernt, und weil die Freude etwas ganz Fremdes für sie war, hatte sie vielleicht nicht recht damit umzugehen gewusst.

Deshalb wurde sie überall bald wieder davongejagt.

Als sie auf den Schwaighof kam, war sie schon erwachsener. Hier tat sich ihr von Anfang an eine völlig neue Aussicht auf, es erwachte in ihr plötzlich der Ehrgeiz, alle anderen Dienstboten an Fleiß, Tüchtigkeit und Selbstständigkeit überragen zu wollen.

Dieser Ehrgeiz steuerte schließlich einem geradezu abenteuerlichen Ziel entgegen, als die Bäuerin zu kränkeln anfing. Damals schon nahm sie alle Obliegenheiten des Hauswesens in ihre Hand und erklärte voller Anteilnahme, dass die Bäuerin sich schonen müsste. Früher schon als der Bauer selbst hatte sie geahnt, dass es für die Bäuerin keine Rettung mehr gab, vielleicht nur noch ein oder zwei Jahre schwere Krankheit und den unweigerlichen Tod.

Sie hatte gefühlt, dass der Bauer seine Frau nicht liebte – er war zehn Jahre jünger als sie – und dass er sie nur geheiratet hatte um in den Besitz des Schwaighofes zu kommen.

Somit musste die Kathrin seine Aufmerksamkeit

auf sich lenken. Und sie verstand es dann auch, sich unentbehrlich und beliebt zu machen. Sie übernahm nicht nur die aufopfernde Pflege der Bäuerin bis zu ihrem Tod, sondern versorgte die Leute und das Haus, wie es eine Bäuerin nicht besser tun konnte. Es gab eine Menge Kleinigkeiten, die vor allem dem Bauern ins Auge fallen mussten, die freundlich ausgestaltete Stube, die rankenden Blumen auf der Altane der Hausfront und vor allem die aufmerksame Erfüllung aller seiner unausgesprochenen Wünsche. Sie blieb auf, auch wenn er erst spät in der Nacht heimkam, nur für den Fall, dass er noch etwas wünschte.

Und diese Saat war aufgegangen. Sie merkte, dass er immer größeres Interesse an ihr hatte und sie immer mehr in sein Vertrauen zog. Sie wurde zur Herrin im Haus.

Der letzte und höchste Trumpf aber geriet in ihre Hände, als die sterbende Bäuerin ihr das Nachtragstestament übergab, das sie, die Kathrin, selbst als Zeugin unterschrieb neben der Unterschrift der Hochwieserin, die keine Brille bei sich hatte und nicht einmal wusste, was sie unterschrieben hatte.

Somit hatte das Schicksal ihr auch den Bauern in die Hand gespielt. Sie brauchte nur einen Ton zu sagen, dann musste Joachim Straub alles verlassen, was er sich erarbeitet hatte. Aber mit dieser Drohung wartete sie noch, das war vorerst noch nicht nötig.

Kathrin legte ihren Schmuck wieder in die Schublade zurück, öffnete darauf ein kleines Fach, in dem sie ein Brettchen beiseite schob, und fingerte den

Briefumschlag hervor, auf dem in zittriger Schrift die bedeutenden Worte standen: »Mein Testament«.

Die Augen der Magd glänzten wie im Fieber, als sie auf den Umschlag in ihrer Hand niederblickte.

Ja, so war es jetzt: Joachim Straub war Bauer vom Schwaighof von ihrer, Kathrins, Gnade. Das war ihr höchster Trumpf. Und in etwa einem Jahr musste sie die Bäuerin vom Schwaighof sein, und zwar mit allen Rechten.

Sie warf einen Blick zum unverhängten Fenster, in dem sich das kalte Mondlicht spiegelte. Ihr Gesicht war jetzt hart, entschlossen – stolz.

Da geschah etwas Unerwartetes: An einem Abend, nach einem heißen und strengen Erntetag, an dem das reife Korn von den Äckern hereingeholt worden war und der Bauer vom Schwaighof mit seinen Leuten im Gang um den großen Tisch beim Abendessen saß, das wie immer in eisigem Schweigen eingenommen wurde, stand plötzlich die Gestalt eines jungen Mädchens in der geöffneten Haustür und sagte: »Guten Abend beisammen.«

Alle, und natürlich auch der Bauer selbst, schauten nicht wenig überrascht auf die fremde junge Erscheinung, die da so plötzlich auftauchte und so tat, als wäre ihre Ankunft ganz selbstverständlich.

Der Bauer schaute das Mädchen an wie einen Menschen, den man zu erkennen glaubt, aber seiner Sache doch nicht so ganz sicher ist.

»Magdalen!«, sagte jemand am Tisch. Es war der alte Tobis.

Ja, sie war es! Es war die Magdalen!

Der Bauer erhob sich und reichte ihr die Hand.

Seine Augen musterten sprachlos ihre schlanke, schöne Gestalt, das strohblonde Haar, das sonnengebräunte Gesicht. Sie war größer geworden, reifer, seit er sie zum letzten Mal gesehen hatte. Freilich, inzwischen waren drei Jahre vergangen. Sie musste nun neunzehn sein, schoss es ihm durch den Kopf.

»Grüß Gott, Magdalen«, sagte er. »Das ist eine Überraschung!«

Er war im Augenblick so verlegen, dass er kein weiteres Wort hervorbrachte.

Magdalen erging es nicht anders. Sie schaute auf die Leute am Tisch, von denen sie niemanden mehr kannte als den Tobis und – natürlich auch die Kathrin. Alle anderen Gesichter waren ihr fremd. Sie stellte lediglich fest, dass es weniger Leute waren als früher.

»Willst du gleich mitessen oder soll die Kathrin dir etwas kochen, vielleicht etwas, das du besonders gern magst?«

»Nein, ich hab keinen Hunger«, antwortete sie.

»Dann komm wenigstens herein in die Stube!«

Er hielt ihr die Tür auf und Magdalen trat ein.

»Wir haben gerade Hochbetrieb«, sagte er, nachdem er die Tür wieder geschlossen hatte. »Vor ein paar Tagen haben wir mit der Getreideernte begonnen. Aber jetzt setz dich hin! Ich bin von deinem Eintreffen so überrascht, dass ich nicht weiß, mit welchen Fragen ich beginnen soll. Groß bist geworden!«

Magdalen stellte ihre Tasche auf die Bank und ließ sich daneben nieder. Sie nahm das bunte Tüchlein ab, das sie um die Haare gebunden hatte.

»Vor allem: Wie geht's?«, fragte er und holte sich einen Stuhl, den er in ihre Nähe rückte.

»Gut.«

»Bist du zufällig da? Hast vielleicht nach dem Grab deiner Mutter geschaut? Wir halten es schon in Ehren. Die Kathrin bringt immer wieder neue Blumen hin.«

»Mich schickt der Bauer vom Sand«, sagte sie.

Er runzelte die Stirn. »Und? Warst du die ganze Zeit bei ihm? Oder hast du dich inzwischen auch anderswo aufgehalten?«

»Nein, ich war bei meinem Onkel und ich war selber überrascht, als er vor ein paar Tagen sagte, dass ich jetzt, die letzten Jahre noch, nach Schwingel heimkehren soll.«

Er machte ein ganz fassungsloses Gesicht und starrte sie unentwegt an. »Das heißt, dass du hier bleiben wirst?«

Sie nickte.

»Hm«, überlegte er. »Wenn ich auch nicht verstehe, was der Bauer vom Sand damit vorhat, so muss ich doch betonen, dass du jederzeit zum Schwaighof kommen kannst, du sollst es sogar, denn er ist nach wie vor deine Heimat!«

Darauf erwiderte sie nichts und spielte etwas verlegen mit dem Band ihrer bunt schillernden Schürze. Sie schien daran zu zweifeln, dass seine Worte aus einem aufrichtigen Herzen kamen, und es erging ihr wieder so wie damals, wenn sie in den Ferien heimkam. Sie hatte keine Bindung zu ihrem Stiefvater. Er war und blieb für sie ein fremder Mann.

Und dieser fremde Mann saß nun als Besitzer auf ihrem väterlichen Hof!

»Lassen wir einmal den Bauern vom Sand beiseite, Magdalen. Es mag ja sein, dass er dich aus irgendeinem Grund heimgeschickt hat. Also, Magdalen, du kannst es mir ruhig anvertrauen, warum du zu mir gekommen bist.«

Sie legte ihre Hand auf ihre große Tasche. »Hier habe ich alle meine Arbeitskleider mitgebracht«, sagte sie und zwang sich zu einem Lächeln.

Er zeigte sich abermals bestürzt. »Das heißt, dass du zur Arbeit gekommen bist?«

Sie nickte. »Mein Onkel hat ein paar Mal im Landboten ein Inserat gelesen, wo eine Jungmagd in den Schwaighof zu Schwingel gesucht wurde.«

»Ja, leider ist es so. Kein junger Mensch mag mehr auf einem Bauernhof arbeiten.«

»Mein Onkel hat gemeint, es sei meine Pflicht, dass ich jetzt auf den Schwaighof heimkehre, wenn schon so dringend eine Jungmagd gesucht wird.«

Er starrte ihr wieder eine Weile ins Gesicht. »Aha! Ich verstehe deinen Onkel schon! Wahrscheinlich fürchtet er, ich könnte diese verlorene Arbeitskraft an deinem Erbe in Abzug bringen. Nein, Magdalen, als Magd brauchst du bei mir nicht zu arbeiten, du bekommst deinen Anteil so oder so ausbezahlt. Da hat sich der Bauer vom Sand in mir verrechnet! Aber es freut mich, wenn du da bist und ein bisschen mithilfst, wenn die Arbeit gerade recht streng ist.«

Draußen im Gang wurde jetzt das Tischgebet gemurmelt, Stühle wurden gerückt, Schritte erdröhnten, Türen gingen.

Langsam dämmerte die Nacht. Die Abendröte spiegelte sich in den Fenstern und verkündete für morgen wieder gutes Wetter.

»Wart, Magdalen, die Kathrin soll uns nun doch etwas zu essen und zu trinken bringen. Ich habe selbst noch Hunger und Durst, dann wird sich auch bei dir der Appetit einstellen.«

Er ging hinaus in die Küche um die Kathrin zu beauftragen.

Magdalen war eine Weile allein. Sie schaute sich in der vertrauten Stube um. Es hatte sich nichts geändert. Die alten Möbel standen noch auf dem gleichen Platz, auch der dickbauchige Kachelofen, an dem sie im Winter als Kind so gern hinaufgeklettert war und der Mutter die Dörrbirnen aus dem Rohr stibitzt hatte, schaute sie mit unverändertem Gesicht an.

Alles, alles war jetzt in fremden Händen. Dass es einmal und schon so bald kommen könnte, hatte die Mutter nicht gedacht. Man durfte ihr aber keinen Vorwurf machen, wie es der Onkel manchmal mit recht derben Worten tat. Angenommen, sie, Magdalen, hätte noch einen Bruder gehabt, dann hätte sie auch keinen Anspruch auf den Schwaighof und müsste ihn dem Bruder überlassen. Die Töchter müssen überall zurückstehen, wenn Söhne da sind.

Damit tröstete sich die Magdalen. Die Mutter hatte für sie gesorgt, damit sie ihren Anteil bekäme. Das musste ihr genügen.

Der Bauer kam zurück und lud seine Stieftochter ein an den Tisch. Dort saßen sie sich wieder gegenüber.

»Es hätte mir sehr Leid getan, Magdalen, wenn es zwischen uns wegen der leidigen Erbschaftsangelegenheit zu einer Feindschaft gekommen wäre«, begann er wieder. »Nichts würde mich mehr freuen, als wenn der Bauer vom Sand zur Einsicht käme. Was deine Mutter getan hat, war nicht mehr als recht und billig. Ich bin nun einmal ihr rechtmäßiger Mann geworden, und wie die Dinge lagen, wäre ich für einen Nacherben, das wärest in diesem Falle du, doch noch etwas zu jung. Das muss man alles erwägen um deine Mutter richtig zu verstehen. Du siehst selbst, wie der Schwaighof nun dasteht. Das ist nicht zuletzt mein Verdienst. Das wusste auch deine Mutter. Und wenn ich nun die Hälfte des Schätzwertes an dich ausbezahlen muss, was ja auch ohne Einwand geschehen wird, kannst du doch wahrlich zufrieden sein. Meinst du nicht auch?«

Sie nickte.

»Also, Magdalen, wischen wir die unliebsame Geschichte vom Tisch. Oder bist du gekommen um mir mitzuteilen, dass du demnächst heiratest?«

»Nein«, sagte sie mit einem ehrlichen Lächeln.

»Nun ja, du bist jetzt langsam in das Alter gekommen, wo ein Mädchen anfängt, ein bisschen Umschau zu halten unter den jungen Männern. Und wenn ich dich so anschaue, darf es dir nicht schwer fallen, den Richtigen zu fingen«

»Das hat noch Zeit«, sagte sie.

»Sag das nicht! Heutzutage findet man sehr junge Bräute. Die wenigsten warten ihre Volljährigkeit ab. Aber Spaß beiseite, mich freut es aus ehrlichem Herzen, dass du gekommen bist, gleichviel, was dich dazu veranlasst hat. Je länger du bleibst, desto lieber wird es mir sein. Und so heiße ich dich daheim herzlich willkommen!«

Als später die Kathrin Essen und Trinken auftrug,

wie es der Bauer befohlen hatte, begegnete sie dem unerwarteten und wohl auch unerwünschten Gast mit falscher Herzlichkeit. Hätte die arglose Magdalen einen Blick dafür gehabt, dann hätte sie an den Augen der Magd die tatsächliche Feindseligkeit ablesen können.

Auch der Bauer schien es nicht wahrzunehmen, denn er sagte: «Kommst dann in die Stube, Kathrin. Ein bisschen müssen wir die Heimkehr der Magdalen wohl feiern!»

Magdalen half nun fleißig bei den Arbeiten im Haus mit und stellte sich sogar bereitwillig unter die Kathrin, die nach wie vor das Regiment im Hauswesen führte. Wenn alles getan war, was jeden Vormittag zu ihren Aufgaben zählte, setzte Magdalen den breiten Strohhut aufs Haar und begab sich hinaus aufs Feld um bei der Getreideernte zu helfen. Sie wusste ja, wozu eine Jungmagd überall gebraucht wurde.

Einmal rief Kathrin sie zurück. »Wer hat dir denn angeschafft, dass du da draußen mithelfen sollst?«, fragte sie.

»Angeschafft hat es mir niemand, aber ich kann nicht hier herumstehen, wenn ich draußen gebraucht werde.«

»Sie werden auch ohne dich fertig. Trag mir lieber das Holz in die Küche. Es ist für dich früh genug, wenn du mit dem Essen aufs Feld hinauskommst.«

Nun ja, die Kathrin hatte die Befehlsgewalt einer Bäuerin und Magdalen fügte sich.

»Was ich dich fragen wollte, Magdalen: Aus welchem Grund bist du eigentlich gekommen?«, begann die Kathrin, als sie in der Küche zusammentrafen. »Doch nicht gar als Magd?«

»Der Schwaighof ist meine Heimat, Kathrin, wenn du das vergessen haben solltest!«, erwiderte Magdalen unwirsch.

Kathrin warf ihr einen flammenden Blick zu. »Bist recht schnippisch in deinen Antworten!«, tadelte sie. »Soviel ich weiß, war der Schwaighof einmal deine Heimat.«

»Wie meinst du das, Kathrin?«

»Wie ich das meine? Dass sich früher oder später hier etwas ändern wird. Oder glaubst du, dass der Bauer in seinem Alter nicht mehr ans Heiraten denkt? Es wird also einmal eine neue Bäuerin da sein.«

»Das ist schon möglich.«

»Und da, meine ich, wird für dich kaum mehr ein Platz sein auf dem Schwaighof.«

»Das lässt sich nicht sagen. Es kommt ganz auf die neue Bäuerin an, Kathrin!« Es lag ein unverkennbarer Nachdruck in diesen Worten.

Kathrin schaute sie mit ihren dunklen Augen herausfordernd an. »Ich kann mir schon denken, dass dir schon allerlei zu Ohren gekommen ist, wovon nur die Hälfte wahr ist«, sagte sie. »Lass dir bloß nicht so viel vom alten Tobis erzählen! Was der mit seinen tauben Ohren zu hören glaubt, muss nicht unbedingt wahr sein. Wahr ist, dass zwischen dem Bauern und mir ein recht gutes Verhältnis besteht, und da gibt es Neider, die darin bereits eine Liebschaft sehen. Ich sag dir das bloß für den Fall, dass man dir schon so etwas Ähnliches zugeflüstert hat. Und wenn du als Spionin gekommen oder von deinem Bauern vom Sand geschickt worden sein solltest, dann mach dir bloß aus einem X kein U! Du könntest sonst in Teufels Mühle geraten!«

Magdalen war über diese Rede sichtlich erschrocken. »Du verdächtigst mich also, Kathrin?«

»Wenn ich ehrlich sein soll: Ja!«

»Und daher kommt wohl auch dein Hass?«

»Ich hab keinen Hass!«

»Du tust mir Leid, Kathrin!«

Magdalen ließ sie stehen und ging hinaus aufs Feld.

Von dieser Spannung zwischen den beiden Frauen hatte Joachim Straub keine Ahnung. Wenn er am Abend daheim war, saßen sie zusammen in der Stube. Es wurde erzählt oder der Bauer las irgendeine interessante Notiz aus der Zeitung vor.

An solchen Abenden verließ zuerst die Magdalen die kleine Gesellschaft und begab sich hinauf in ihre einfache Magdkammer.

Es kam auch vor, dass der Ludwig vorbeikam, der immer eine Menge Neuigkeiten von seinen Überlandfahrten zu erzählen wusste, wenn man auch manchmal annehmen konnte, dass die Hälfte davon gelogen war. Aber er erzählte so, dass man ihm mit Vergnügen zuhörte. Die Bekanntschaft mit der Magdalen schien ihn in besonderem Maße zu erfreuen. Wenn sie anwesend war, steigerten sich seine Beredsamkeit und sein Humor zu einem wahren Feuerwerk fröhlicher Unterhaltung. War sie einmal nicht da, musste die Kathrin sie in die Stube holen.

»Ich glaub gar, du hast dich in meine Stieftochter vernarrt, du alter Gauner!«, lachte der Bauer.

»Kein übles Mädel und vor allem steht noch etwas dahinter«, erwiderte Ludwig scherzhaft und der Schwaighofer ahnte nicht, wie ernst er es meinte.

Die Kathrin verkündete, dass die Magdalen im ganzen Haus nicht zu finden sei.

»Im Bett ist sie auch nicht?«, fragte der Bauer.

»Nein.«

»Es wird schon bald dunkel«, beunruhigte sich der Schwaighofer. »Sie wird doch nicht noch draußen unterwegs sein? Frag den Tobis, vielleicht weiß er es.«

Der alte Tobis wusste es und Kathrin konnte berichten, dass die Magdalen nach dem Essen zum Hochwieser hinaufgegangen sei.

»Aha. Dann wird sie bald zurückkommen«, beruhigte sich Straub.

Kathrin warf ihm einen fragenden Blick zu.

Magdalen hatte in ihrer Unterhaltung mit der Hochwieserin und ihren beiden Söhnen ganz vergessen rechtzeitig heimzugehen. Sie hatten einander viel zu erzählen. Sie erschrak, als die Hochwieserin Licht machte. »Jetzt komme ich in die Dunkelheit!«, rief sie und sprang auf.

»Macht nichts«, tröstete sie der Michael. »Ich bringe dich schon heim.«

Michael war nach seiner Militärzcit wieder daheim und half seinem Bruder in der Landwirtschaft, damit die alte Mutter sich nicht mehr so plagen musste. Eigentlich hatte er das Maurerhandwerk erlernt, denn das Anwesen würde einmal sein älterer Bruder Lukas übernehmen. Aber solange noch keine junge Frau im Haus war, arbeiteten die beiden Brüder zusammen auf dem Hof. Er war nicht groß, dennoch gab es das ganze Jahr Arbeit genug, denn beim Hochwieser konnte man sich nicht die modernen und teuren Maschinen leisten wie etwa auf dem Schwaighof.

Michael war ein kräftiger, sauberer Bursche. Der militärische Drill war nicht spurlos an ihm vorbeigegangen. Seitdem er zurückgekommen war, kleidete er sich mit Bedacht, hielt etwas auf seine Erscheinung und Körperhaltung und war trotzdem ein zäher Naturbursche geblieben.

Jetzt führte er die Magdalen über den steilen, engen Felspass hinab und hatte ein paar heitere Geschichten zu erzählen, sodass sie manchmal silberhell auflachte. Später standen sie im Mondlicht und schauten sich an.

»Wenn alle auch noch so siebengescheit daherredeten, hab ich immer gesagt: Die Magdalen kommt wieder! Hier auf dem Schwaighof ist sie daheim und sonst nirgends! Und nun bist du da!«, sagte er und ließ ihre Hand nicht los, die er ergriffen hatte, als sie durch die finstere Felsenge herabstiegen.

»Mein Onkel, der Bauer vom Sand, hat gesagt, dass ich jetzt heimgehen soll, weil es sonst so aussähe, als hätte ich ganz freiwillig auf meine Heimat verzichtet oder als läge mir gar nichts mehr daran, was aus dem Schwaighof wird«, erklärte sie.

»Ich kann mir denken, dass es dir wenig Freude

gemacht hat, zu diesen Leuten zurückzukehren, von denen du weißt, dass sie voll Feindschaft gegen dich sind!«, meinte er.

»Nicht alle!«, verbesserte sie ihn. »Da ist zum Beispiel der alte Tobis, der mir gewiss nichts Übles will. Und ich muss sagen, der Bauer ist ganz nett zu mir.«

»Das kann ich mir denken, denn der hat sich am wenigsten zu beklagen. Ehrlich gesagt, Magdalen, ich kann deine Mutter nicht verstehen. Ihm vermacht sie den Hof! Sie hätte sich doch denken können, dass der Straub wieder heiratet und dass du dann vor der Tür stehst!«

Auf ihre Stirne traten ein paar Falten. »Jetzt redest du genauso wie der Bauer vom Sand, Michael! Aber ich mag es nicht hören, wenn man über meine Mutter schimpft! Sie war immer gut zu mir und ich weiß, was ich ihr wert war!«

»Eben darum! Meine Mutter sagt, wenn sie das gewusst hätte damals, als sie das Testament in der Hand hielt, hätte sie es nie unterschrieben. Da hätte sie schon gesagt: Hör einmal, Schwaighoferin, bist du denn noch gesund im Kopf? Aber du weißt ja, wenn meine Mutter keine Brille dabeihat, kann sie nichts lesen und so hat sie halt unterschrieben.«

»Ich mache niemandem einen Vorwurf«, erwiderte Magdalen und ging weiter.

Er ging neben ihr. »Ich war schon einmal auf dem Schwaighof, als ich meinen letzten Weihnachtsurlaub hatte. Da hab ich mir gedacht, ich möchte dich doch wieder einmal sehen. Aber da warst du nicht mehr daheim. Nur die schnippische Obermagd war da und die kann ich schon gar nicht ausstehen. Weißt du übrigens, was man redet? Dass sie die zukünftige Bäuerin vom Schwaighof ist.«

»Die Kathrin?«

»Brauchst nicht zu lachen! Die bringt es fertig!«

»Meinst! Da kennst du den Bauern vom Schwaighof schlecht, Michael! Er ist ein Pfennigfuchser, wie es keinen zweiten gibt. Die Kathrin hat nichts. Und wenn sie auch meint, sie könnte einmal Bäuerin werden, ich sage dir, sie wird es nie! Der Bauer holt sich eine mit Geld! In Wirklichkeit ist die Kathrin bloß zu bedauern!«

»So? Ich hab kein Mitleid mit ihr.«

Gespenstisch stand der Mond über den Bergen. Die schwarzen Schatten über den Karen zeigten sich als wunderliche Gestalten auf dem glänzenden Gestein.

Es herrschte eine tiefe Stille, weil sich kein Lüftchen regte. Nur aus der Ferne kam das Rauschen eines Wildbaches.

Die beiden jungen Menschen gingen in tiefen Gedanken nebeneinanderher.

»Ich kann dir gar nicht sagen, wie überrascht ich war, als ich dich das erste Mal nach so langer Zeit wiedersah, Magdalen«, begann er dann. »Damals waren wir ja noch halbe Kinder.«

»Ja, da bin ich vor den bösen Hochwieserbuben davongelaufen«, erinnerte sie sich lachend. »Irgendetwas stellten sie immer mit mir an!«

»Weißt schon, wie Buben sind: Wir hatten die größte Freud, wenn wir dich erschrecken konnten. Aber ich kann dir nicht sagen, Magdalen, wie ich mich freue, dass du wieder da bist!«

»Ich weiß nicht, wie lange, Michael.«

»Das ist gerade mein Kummer. Ich will dir etwas sagen: Wenn ich an Stelle meines Bruders das Anwesen übernehmen müsste, würde ich dich vom Platz weg heiraten!«

Sie spürte, dass das kein bloßer Spaß war, darum sagte sie nichts.

»Freilich, unser Anwesen ist nicht groß«, fuhr er fort. »Neben dem Schwaighof oder neben dem Hof des Bauern vom Sand ist es nur eine elende Hütte. Aber was rede ich da! Mir gehört eigentlich gar nichts. Ich habe das Maurerhandwerk erlernt.«

»Auch keine Schande!«, sagte sie.

»Dann wurde ich zum Militär einberufen und jetzt helfe ich daheim mit, weil die Mutter doch nicht mehr so arbeiten kann und soll wie früher. Musst mir nicht bös sein, Magdalen, wenn ich so offen daherrede und womöglich noch zu spinnen anfange. Am liebsten tät ich jedem den Kragen umdrehen, der dir übel will! Und wenn du mir und uns allen eine Freude machen willst, dann komm recht oft zu uns hinauf!«

»Das tu ich schon, Michael.«

Er ging mit ihr bis zum Zaun, der den Hausanger umgab. Von dieser Seite aus sahen sie das Gehöft von der finsteren Rückfront, ein wenig von den Bäumen verdeckt.

»Komm bald wieder!«, bat er.

»Gute Nacht, Michael – und dank schön fürs Heimbringen!«

Seinen kräftigen, ungestümen Händedruck spürte sie noch, als sie unter den Bäumen dem Haus zuging. Friedlich plätscherte die Quelle in die Viehtränke.

Das Licht aus den Stubenfenstern fiel hell auf den Hofraum.

Sie dachte an den Michael und lächelte.

Magdalen öffnete und schloss leise die Tür und tastete sich durch den dunklen Gang zur Treppe. Sie wollte unbemerkt ihre Kammer erreichen.

Aber da wurde auch schon die Stubentür geöffnet, das Licht fiel heraus, auf der Schwelle erschien die Kathrin.

»Bist du's, Magdalen?«, fragte sie.

»Ja.«

»Sollst hereinkommen!«

Zögernd und mit einem Gefühl erwachenden Argwohns folgte Magdalen der Magd in die Stube. Zigarren- und Zigarettenrauch schlug ihr entgegen. Kathrin öffneten das Fenster einen Spalt weit.

Am Tisch saß mit hoch gekrempelten Hemdsärmeln der Bauer, aus der Ecke, unter den hängenden Trieben eines Asparagusstockes, schaute Ludwigs Gesicht hervor. Es verzog sich zu einem breiten Lächeln, als sie eintrat.

Sie blieb an der Tür stehen und sagte: »Guten Abend!« Ihr Blick ruhte auf dem Bauern, in der Erwartung, dass er ihr etwas zu sagen hätte; denn umsonst hatte er sie wohl nicht hereinrufen lassen. Vielleicht wollte er nur wissen, wo sie gewesen war.

Er sagte jedoch nichts, vielmehr erhob sich Ludwig in seiner Ecke und streckte ihr die Hand entgegen.

»Endlich!«, rief er mit einer Stimme und einem Gesichtsausdruck, denen anzumerken war, dass er viel getrunken hatte. Auf dem Tisch standen ein paar Krüge und leere Weinflaschen.

Magdalen ging widerstrebend und zögernd auf ihn zu und entzog ihm sofort wieder ihre Hand.

»Ich hab schon befürchtet, dass wir uns diesmal überhaupt nicht sehen, Dirndl«, sagte er. »Da wäre ich untröstlich gewesen.«

Magdalen ging nicht darauf ein. Was hatte sie mit diesem Ludwig und seinen Besuchen auf dem Schwaighof zu tun?

Sie schaute auf die Uhr und fand, dass es schon recht spät war.

»Setz dich doch hin, Magdalen!«, sagte Ludwig. »Ein bisschen müssen wir zwei uns schon noch unterhalten!«

Magdalens Gesicht verschloss sich. Sie streifte mit einem Blick den Bauern, sah seine gerunzelte Stirn und den Unwillen in seinen Zügen.

Da brachte Kathrin schon einen Stuhl und wollte sie zum Sitzen zwingen. »Du trinkst doch auch ein Glas Wein?«, fragte sie.

»Nein, Kathrin, ich trinke nichts.«

»Dann setz dich wenigstens!«

»Ich möchte lieber ins Bett gehen; es ist schon recht spät.«

»Das kommt nicht in Frage!«, widersprach Ludwig heftig. »Dagegen wird protestiert! Schließlich möchte ich den Weg zum Schwaighof nicht umsonst gemacht haben!«

Magdalen warf ihm einen Blick zu, die stumme,

zurückweisende Frage: Was habe ich denn mit dir zu tun?

»Geh nur, Magdalen, wenn du schlafen willst«, sagte der Bauer und sein Gesicht war finster.

»Gute Nacht!«, sagte Magdalen und ging.

Sie hatte das Gefühl, als wäre sie einem Komplott entronnen, einem Anschlag, einer Verschwörung. Was wollte man überhaupt von ihr? Ludwigs hässliches Lachen und seine begehrlichen Blicke verfolgten sie über die Treppe hinauf, sodass sie unwillkürlich zu laufen begann und hinter sich die Kammertür verschloss.

Was ging in diesem Haus vor? Sie dachte an das düstere Gesicht des Bauern, an seine gefurchte Stirn. Es musste etwas beredet worden sein, vielleicht hatte dieser verschlagene Händler sogar einen hinterlistigen Überfall auf sie geplant und in Kathrin eine Bundesgenossin gefunden?

Was aber ging in Joachim Straub vor? Er hatte dazu ein düsteres Gesicht gemacht und sie weggeschickt, als wollte er verhindern, dass der Plan ausgeführt würde.

Magdalen dachte an den Bauern vom Sand und an seine Worte, die er bei ihrem Abschied gesprochen hatte: »Wenn es dir daheim schlecht geht, dann komm wieder!«

Was hatte er damit gemeint? Der Schwaighof war ihre Heimat und ihre Welt war das Dorf Schwingel mit seinen Menschen. Sie hatte das Recht in diesem Haus zu bleiben, solange sie wollte. Das hatte auch der Bauer vom Sand gesagt. Sie hatte nicht nur Feinde, sondern auch Freunde. Und solange die Kathrin nicht Bäuerin war, sah sie in ihr immer noch die Magd.

»Sie ist ein Menscherl«, grollte der Tobis zuweilen ohne es näher zu begründen.

Die gute Kammer, in der jetzt die Kathrin schlief, war die Kammer der Tochter gewesen. Als Magdalen heimkehrte, wurde ihr die einfache Schlafstelle einer Magd zugewiesen. Das sollte wohl bedeuten, dass sie nun eine zweitrangige Stellung im Haus einnahm.

Alle diese Gedanken gingen Magdalen jetzt durch den Kopf. Sie konnte lange nicht einschlafen und hörte sogar noch die Schritte auf der Treppe und über den Flur, als viel später die Stubengesellschaft zu Bett ging.

Kathrins Kammer lag nebenan. Sie waren nur durch eine dünne Wand voneinander getrennt. Magdalen hörte sie noch eine Weile gehen und rascheln.

Dann war es totenstill im Haus.

Mit dem friedlichen Gedanken an den Hochwieser Michael, in dem sie einen treuen Freund und ein Stück glückseliger Kindheitserinnerungen gefunden hatte, schlief sie schließlich ein.

Es war allmählich auffallend, wie häufig der Ludwig auf dem Schwaighof zu tun hatte. Es verging keine Woche mehr, ohne dass er plötzlich an einem Abend auftauchte, sich als gern gesehener Gast breit in die Stube setzte, ob der Bauer daheim war oder nicht. Dafür war ja die Kathrin da und sie verwendete an ihn die größte Aufmerksamkeit.

Der Schwaighofer hatte an manchem Abend im Dorf zu tun, seitdem er als einer der wohlhabendsten und erfolgreichsten Bauern an verschiedenen Besprechungen und Sitzungen teilnehmen musste.

Ludwig schien das nicht weiter zu stören. Man konnte im Zweifel sein, wem sein Besuch eigentlich galt, dem Bauern, mit dem ihn nicht nur Geschäfte, sondern eine alte Jugendfreundschaft aus dem Suhrtal verband, oder seiner Obermagd Kathrin, mit der er gar manches vertrauliche Gespräch zu führen schien. In der Hauptsache aber schien er doch Magdalens wegen vorbeizukommen; denn eine seiner ersten Fragen an Kathrin war gewöhnlich: »Ist sie da?«

Kathrin ging daraufhin durch das Haus und rief nach der Magdalen.

»Komm herein in die Stube, der Ludwig ist da!«

Öfter aber, als es Ludwig lieb war, kehrte sie in die Stube zurück mit dem bedauerlichen Bescheid, dass sie das Mädchen nirgends auffinden könnte.

»Sie wird höchstens wieder oben beim Hochwieser sein«, erwog sie unwillig.

»Was hat sie denn immer in dieser elenden Hütte zu tun?«

Kathrin zuckte bedeutungsvoll die Schulter. »Die Hochwieserin ist ihre Patin.«

»Aha!«

»Aber das allein ist kaum der Grund. Es sind zwei Söhne da.«

Ludwig stieß einen leisen, aber scharfen Pfiff aus. »Du meinst also, dass eine kleine Liebschaft im Gang sein könnte?«

»Das meine ich nicht nur, sondern es ist so!«

»Willst du damit sagen ... Natürlich, das könnte denen da oben so passen! Weiß es der Bauer?«

»Kaum.«

»Lass nur, Kathrin, ich werde dafür sorgen, dass diesem Hochwieser das Maul sauber bleibt.«

Und sie setzten sich zusammen und schmiedeten ihre Pläne.

»Ach, unser ehrenwerter Freund Ludwig ist wieder da!«, sagte der Schwaighofer, als er zu später Stunde aus dem Dorf heimkam und die beiden noch am Tisch unter der Lampe beisammensitzen sah. »Hast aber recht häufig in unserer Gegend zu tun!«

Diese Bemerkung war nicht ganz frei von Spott.

Das spürte auch der Händler. Er verzog sein glatt rasiertes Gesicht zu einem breiten Lächeln, das sein freches, unverschämtes Wesen ganz genau charakterisierte.

»Warum nicht?«, fragte er. »Man geht eben da hin, wo die fettesten Kräuter wachsen.«

»In Schwingel?«, zweifelte der Bauer und hängte Jacke und Hut an den Nagel.

»In Schwingel«, antwortete der Händler.

»Soll ich etwas zu essen oder zu trinken bringen?«, fragte die Kathrin und stand dienstbereit auf.

»Nein, Kathrin, gar nichts«, antwortete der Bauer und bückte sich nach seinem Hut, der ihm aus der Hand gefallen war.

Ludwig zwinkerte ihr irgendeinen heimlichen Auftrag zu, den sie auch gleich verstand.

»Dann geh ich jetzt recht gern ins Bett«, sagte sie mit einem Blick auf die Uhr.

»Geh nur, Kathrin! Es ist so schon sehr spät«, erwiderte der Bauer.

»Dann wünsch ich eine gute Nacht!«

»Ebenfalls!«

Kathrin verließ die Stube und der Bauer setzte sich zu seinem Gast an den Tisch. »Die dritte Sitzung in dieser Woche!«, jammerte er und riss seinen Hemdkragen auf. »Je kleiner das Gremium, desto mehr Querköpfe! Man kommt zu keinem Beschluss!«

»Um was geht es denn?«

»Es tut mir Leid, Ludwig: Geheimsitzung!«

»Dann entschuldige! Ich will dich nicht in Gewissensnot bringen. Und es interessiert mich auch nicht besonders, was der Gemeinderat von Schwingel zu beschließen hat. Ich habe dich heut aus einem ganz anderen Grund aufgesucht, Joachim, und ich hätte auf dich gewartet, auch wenn du erst am frühen Morgen heimgekommen wärst.«

Der Bauer warf ihm einen Blick zu. »Ist es so wichtig?«

»Sehr wichtig!«

»Im Augenblick können wir kein Geschäft machen, Ludwig!«

»Vielleicht doch?«

»Um was geht es?«

»Um deine Stieftochter.«

Joachim Straub riss die Augen auf. »Um die Magdalen? Was ist mit ihr?«

»Man braucht sie nur mit gewissen Augen anzuschauen, dann weiß man, dass sie allmählich heiratsfähig wird. Sagst du das nicht auch?«

Der Bauer schaute dem Händler bestürzt ins Gesicht. »Was willst du damit sagen?«

»Dass ich mich für sie interessiere.«

»Wie? Jetzt brauchst du bloß noch zu sagen, dass du sie heiraten möchtest!«

»Du hast es erraten, Joachim!«

Das Gesicht des Bauern geriet in Bewegung, dann brach er in ein schallendes Lachen aus.

»Das ist doch der beste Witz!«, rief er und ließ seine Faust auf den Tisch fallen.

»Nein, mein lieber Freund, das ist mein heiliger Ernst! Und wenn du noch einmal so blödsinnig auflachst, kannst du mich verdammt ärgern!«

Aber der Bauer lachte weiter. »Das musst du mir schon verzeihen, Ludwig: Wenn einer so daherredet, wird doch auch ein Lachen darauf erlaubt sein. Abgesehen davon, dass du der Vater der Magdalen sein könntest ...«

»Schmarren!«, unterbrach ihn der Händler unwillig. »Es ist doch keine so große Seltenheit, dass ein Mann eine um zwanzig Jahre jüngere Frau heiratet. Und es ist auch richtig so. Kommt der Mann in seine Fünfziger oder Sechziger, wo er immer noch in der Kraft seiner Natur steht, hat er noch keine alte Frau!«

»So?«

»Bei dir war das etwas anderes: Dir ging es um den Hof und da nimmt man eine verrückte Ausnahme gern in Kauf. So ist es doch?«

Der Bauer runzelte die Stirn. »Und dir geht es jedenfalls um das saftige Erbe der Magdalen!«

»O nein! Nicht allein darum. Als ich sie zum ersten Mal gesehen und noch nicht einmal gewusst hab, wer sie überhaupt ist, bin ich schon in mir schlüssig geworden: Die müsst es sein oder keine!«

»Du bist ein Schwätzer, Ludwig!«, grollte der Bauer.

»Täusche dich nicht in mir, Joachim!« Es klang beinahe drohend. »Eine Hand wäscht die andere! Wer hat dich damals zum Schwaighof geschickt? Ich! Wer hat dir die guten Ratschläge erteilt, wie man mit Frauen in diesem Alter umzugehen hat um sich bei ihnen ins Vertrauen zu setzen? Ich! Ich habe dich praktisch zum Bauern vom Schwaighof gemacht!«

»Das bildest du dir nur so ein, Ludwig! Und was verlangst du nun dafür von mir?«

»Nur, dass du deiner Stieftochter gut zureden sollst!«

Das Gesicht des Bauern verfinsterte sich zusehends. Er schwieg lange und fuhr mit dem Finger den Zeichnungen im Tischtuch nach. Dann schaute er auf und streifte mit einem überheblichen Blick das Gesicht des Händlers.

»Du hast mich vorhin nicht ausreden lassen, Ludwig. Ich habe gesagt, du könntest altersmäßig der Vater der Magdalen sein, genauso wie ich. Außerdem kannst du nie der Mann sein, dem ich meine Stieftochter anvertrauen könnte. Die Gründe kennst du besser als ich. Hier in der Gegend kennt dich niemand, da bin ich der Einzige. Freilich, du bist ein Händler und Händler haben kein enges Gewissen, sonst kommen sie zu nichts. Aber es ist doch allerhand in deinem Leben, was nicht gerade empfehlenswert ist. Übrigens habe ich über die Magdalen nicht zu bestimmen, da musst du zu ihrem Vormund gehen, zum Bauern vom Sand, den du sicher kennst. Und der wirft dich hinaus, bevor du ausgesprochen hast! Und was den Schwaighof betrifft, ist es richtig, dass du mich hergeschickt hast. Ich bin damals als Knecht gekommen und ich habe hier gearbeitet. Gearbeitet, Ludwig! Mit deinen Ratschlägen hätte ich das Vertrauen der Bäuerin nicht gewonnen; denn sie war keine von denen, die jeder haben kann, wenn er bloß zungenfertig genug ist. Aber die Arbeit hat es getan, Ludwig! Ich habe den Schwaighof hergerichtet, vergrößert, verbessert! Ich hab niemandem etwas vorgemacht! Ich habe gewusst, was ich wollte, und das weiß ich heut auch noch, heut erst recht!«

Ludwigs Augen wurden immer schmaler. Die Rede des Bauern weckte seine schlimmeren Instinkte. Er sagte nichts darauf, dafür schien er schärfer nachzudenken.

»Es ist wahr, ich war bloß ein einfacher Bauernknecht, aber was ich erworben habe, geschah auf ehrlichem Weg«, fuhr der Bauer fort. »Ich habe meine Bäuerin weder belogen noch betrogen, ebenso wenig werde ich mich an ihrer Tochter versündigen!«

»Willst du vielleicht sagen, dass ich ein Lump bin?«

»Das warst du, Ludwig, da gibt es nichts zu beschönigen. Darum steck deine Katze wieder in den Sack zurück. Wir können jederzeit in ein Geschäft kommen miteinander, sei es mit Saatkorn oder was es sonst ist, aber in diesem Punkt haben wir ausgeredet. Ein für alle Mal!«

Ludwig erhob sich und griff nach seinem Hut.

»Ich sehe, dass du heut deinen schlechten Tag hast, Joachim. Ich komme wieder, wenn du besser aufgelegt bist. Gute Nacht!«

Er schaute noch einmal zu ihm zurück und ging dann der Tür zu.

Wortlos ließ der Bauer ihn gehen. Unbeweglich blieb er sitzen und lauschte auf die Schritte, die sich vom Haus entfernten.

In seinem Kopf hatte sich schon seit einer Weile ein Gedanke festgeklammert, der ihn nicht mehr zur Ruhe kommen ließ und jetzt, da er allein war, immer mehr Gewalt über ihn bekam.

Er hatte bis heute alles falsch gemacht. Ein Idiot war er gewesen und darauf musste er sich erst von diesem Ludwig, von einem der größten Erzlumpen, bringen lassen. Er stand plötzlich heftig auf und durchwanderte die Stube. Seine Gedanken wurden immer aufgeregter und rebellischer.

Als er damals auf den Schwaighof gekommen war, war die Magdalen noch ein Kind gewesen, auch als ihre Mutter starb, sah er in ihr immer noch ein halbes Kind. Inzwischen aber waren knapp vier Jahre vergangen und aus dem Kind war eine Frau geworden. Wo hatte er nur seine Augen gehabt, dass er das nicht sah? Oder hatte er es doch gesehen? Hatte er nicht oftmals schon in verrückter Weise einen Vergleich gezogen zwischen ihr und der Kathrin? Gewiss, die Kathrin war etwa zehn Jahre älter als sie, reifer, fraulicher, trotzdem kam sie nicht heran an die Würde, an den Stolz dieser geborenen jungen Schwaighoferin.

Das waren manchmal seine Gedanken gewesen.

Aber dabei blieb es nicht, denn er wäre nicht der Bauer Joachim Straub gewesen, wenn er nicht auch seine rechnerischen Überlegungen angestellt hätte. Wenn die Magdalen jetzt heiratete und wer konnte sagen, wie lange sie noch damit wartete? – da war schon der Bauer vom Sand dahinter, dass sie möglichst bald mit ihrer Erbteilforderung den verloren gegangenen Schwaighof erschütterte – müsste er nicht nur sein ganzes mühsam zusammengerafftes Bargeld opfern, sondern auch noch eine erdrückende Schuldenlast auf das Dach seines Hauses legen.

Dann müsste er noch einmal von vorn beginnen.

Es war gut, dass Ludwig heute seine Karten aufgedeckt hatte. Endlich wusste man, warum er so häufig auf den Schwaighof kam, nachdem man jahrelang nichts mehr von ihm gehört hatte. Er spekulierte auf das Heiratsgut der Schwaighoftochter und machte sich keinen Scherben daraus, dass er ihr im Alter rund zwanzig Jahre voraus war.

»Aha!«, knurrte er grimmig. Darum hatte man jedes Mal die Magdalen in die Stube rufen müssen, sobald er zur Tür hereingekommen war! Deshalb hatte er gesprochen wie ein Advokat und das Blaue vom Himmel herabgelogen nur um die Magdalen für sich zu interessieren. Er wollte ihr gefallen, ihr nach und nach immer näher kommen. Sie sollte an seine verlogenen Sprüche glauben und er, der Bauer, er war dabeigesessen und hatte alles geschehen lassen. Er hatte dazu noch geschmunzelt und seine Freude daran gehabt.

»Nein, mein lieber Ludwig, daraus wird nichts!«, murmelte er vor sich hin und ballte die Fäuste. »Was du kannst, kann ich selbst!« Er blieb am Fenster stehen. Ein Nachtfalter knallte an die Scheibe.

»Selbst?«, fragte sich der Bauer und wischte mit der Hand über die Stirn. Warum nicht? Magdalen war die Tochter seiner toten Frau, nicht seine. Er musste einmal mit dem Rechtsanwalt sprechen, ob das dennoch ein Ehehindernis sein könnte. Irgendeinen Ausweg würde das Gesetz schon zulassen. Doch vorher galt es, die Zuneigung der Magdalen zu gewinnen, dann konnte man weitersehen!

Aber da war die Kathrin. Sie hatte viel für ihn getan, dafür hatte er sie herausgehoben aus dem, wie sie damals auf den Schwaighof gekommen war. Sie war heut stellvertretende Bäuerin.

Er leugnete nicht, dass die Kathrin ihm gefiel und dass er sich gar manche Stunde darüber den Kopf zerbrach, wie er es anstellen sollte, um sie im Dorf zu Ehren zu bringen. Er hatte nicht mit dem Lob gespart, als nach dem Tod der Bäuerin dieser und jener Mitbürger die Frage an ihn richtete, wer nun wohl die Hauswirtschaft in die Hand nähme.

»Das schafft die Kathrin, sie hat es bis heut getan und meine Frau gepflegt bis zum Tod. Die Kathrin ist eine Magd, wie man sie kein zweites Mal mehr findet.«

Das war seine Antwort gewesen, die bereits darauf abzielte, was langsam in ihm zu reifen begann: Der Wunsch nach einer neuen Bäuerin, die Kathrin hieß.

Damals war die Magdalen für ihn ein Kind gewesen, mit dem er das Erbe teilen sollte. Sie war jedoch herangewachsen. Sie konnte eine ungeheure Summe

Geld von ihm fordern, die er nicht auszubezahlen brauchte, wenn ...

Dieser Gedanke machte ihm nun sehr zu schaffen. Mitternacht war längst vorbei, als der Bauer endlich leise seine Kammer aufsuchte.

Aber am Morgen war er schon wieder zeitig auf und machte seinen Gang über den Hof und durch alle Gebäude. Er wies den alten Tobis an, was zunächst getan werden sollte.

Der Graswagen, auf dem das taufrische Grünfutter heimgeholt wurde, fuhr eben zum Hof hinaus. Neben dem Fahrer, einem jungen Knecht, saß die Magdalen auf dem Bock. In der Hand hielt sie den aufgestellten Rechen, um das Haar hatte sie ein Tuch geknotet, das im Zugwind flatterte.

Es war jeden Morgen das Gleiche, nur hatte der Bauer nie darauf geachtet. Heute sah er es.

Er ging in seine Stube und setzte sich an den Tisch.

Sofort brachte die Kathrin ihm seine Schale Kaffee, legte ihm Brot und Messer hin und wollte geschäftig wieder die Stube verlassen.

»Wart, Kathrin, ich muss dir noch etwas sagen«, rief er sie zurück und rührte mit dem Löffel umständlich in seiner Schale.

Kathrin kam zurück und schaute ihn mit ihren schwarzen Augen erwartungsvoll an.

»Sollte der Ludwig in meiner Abwesenheit wieder hier auftauchen, er hat in mein Haus keinen Zutritt mehr!«, sagte er mit gerunzelter Stirn.

Sie war bestürzt.

»Hörst du? Kommt er, wenn ich selbst da bin, fliegt er sowieso raus.«

»Warum? Was hat es denn gegeben?«

»Darüber reden wir, wenn ich einmal dazu aufgelegt bin«, antwortete er kurz. »Bin ich nicht da, hast du ihm nur zu sagen, dass er hier nichts mehr verloren hat.« Mit einem Zug trank er die Schale leer ohne das Brot anzurühren. Dann stand er auf und verließ die Stube.

Am Sonntagnachmittag, wenn das Essgeschirr abgespült und die Küche schön aufgeräumt war, legte die Magdalen ihr schmuckes Sonntagsdirndl an, verließ das Haus und machte sich auf den Weg zum Hochwieserhof.

Der Bauer schaute ihr durch das Fenster nach.

Kathrin ordnete einige Dinge in die Schubladen der Kommode ein und beobachtete ihn heimlich.

»Die läuft sich ein paar Schuhsohlen durch zum Hochwieser hinauf«, sagte sie in hämischem Tonfall in die Stille hinein.

Er wandte sich nach ihr um. »Die Hochwieserin ist ihre Patin!«, erwiderte er.

»Nach der Hochwieserin selbst wird sie kaum so oft Sehnsucht haben!«

»Nach wem sonst?«

»Sie hat doch zwei Söhne! Der jüngere, der Michael, scheint es ihr angetan zu haben, was man so hört.«

»Was hört man?«, fragte er.

»Ein militärischer Schliff, freche Sprüche und ein bisschen Courage am Berg, dafür schwärmen halt die jungen Mädchen.«

»Du willst doch nicht sagen, dass zwischen dem Michael und der Magdalen ...?«

Sie zuckte die Schultern. »Etwas Genaues weiß ich nicht. Aber es kann schon sein, Bauer, dass du bald mit den Moneten herausrücken musst!«

»Du redest einen Schmarren, Kathrin! Der Hochwieser Michael ist ein armer Schlucker und kommt von einem winzigen Anwesen. Was möcht die Magdalen mit ihm anfangen?«

»Mit ihrem Geld lässt sich schon etwas anfangen, Bauer! Das weiß auch der Michael.«

»Gut, ich werde sie selber fragen. Aufs Geschwätz der Leute geb ich nichts.«

Er zog seine Jacke an und wischte ein paar Staubflecken von seiner Hose.

»Da wär der Ludwig doch eine andere Partie für sie gewesen, mein ich«, sagte sie nach einer Weile.

Er horchte auf und schaute sie an. »Was weißt du davon?«

Sie zuckte wieder viel sagend die Schultern.

»Siehst, Kathrin, deswegen fliegt er hier raus«, erklärte er.

»Das ist dumm. Der Ludwig hat sein gutes und einträgliches Geschäft. Mit ihm hättest du auch wegen der Mitgift handeln können; er ist nicht darauf angewiesen.«

»Meinst du? Ich kenne den Ludwig besser als du, Kathrin. Und wenn ich ihn rauswerfe, dann weiß ich, warum. Darum rede mir da nichts ein!«

»Ich rede dir nichts ein, von mir aus heiratet die Magdalen den Einleger-Martel von Schwingel, der jeden Tag seinen Spiritusrausch hat, wenn sie bloß baldmöglichst aus dem Haus ist!«

Diese Worte kamen bissig und gehässig.

»Wieso? Hat sie dir vielleicht etwas getan?«

»Das fehlte gerade noch! Aber ich will dir etwas sagen, Bauer: Seitdem die Magdalen da ist, bist du nimmer so wie früher, wenigstens nicht mehr zu mir! Fast keinen Abend bist du daheim! Du gehst mir aus dem Weg, sprichst bloß noch, was du unbedingt sagen musst. Glaubst du, ich merke das nicht? Soll ich dich daran erinnern, was du schon zu mir gesagt hast?«

Er wurde unsicher und schaute in die flammenden schwarzen Augen, sah die glitzernden goldenen Ohrringe, die er ihr gekauft hatte.

»Sag, Kathrin, willst du heut mit mir streiten? Dazu bin ich absolut nicht aufgelegt. Im Übrigen muss ich jetzt gehen!«

Sie vertrat ihm resolut den Weg. »Ich will jetzt endlich wissen, wie ich daran bin! Es vergeht Jahr um Jahr und es sieht nicht so aus, dass du dein Versprechen wahr machst!«

»Mein Versprechen?«, staunte er. »Soll ich dir wiederholen, was ich gesagt habe? Du sollst Geduld haben, so habe ich gesagt. Es kann sein, dass ich dich eines Tages frage, ob du meine Bäuerin werden willst.«

Ihre Nasenflügel bebten und ihre Backenknochen schienen noch stärker hervorzutreten. »Geduld! Wie lange noch?«, schrie sie. »Bis ich zur alten Jungfer geworden bin?«

»Bis hier alles in Ordnung ist«, antwortete er stur.

»Und überhaupt versuchst du heut alles zu verdrehen. O nein! Du hast damals ganz anderes zu mir gesagt! Sag mir wenigstens die Wahrheit, nämlich, dass du dich selbst nun in deine Stieftochter vergafft hast! Wenn sie dir schon so gut gefällt, dann heirate sie doch!«

Jetzt schoss ihm eine Blutwelle in den Kopf, seine Augen wurden schmal. Er hätte ihr am liebsten irgendetwas Beleidigendes gesagt, besann sich aber und beherrschte sich. »Heiraten soll ich sie?«, höhnte er. »Das ist leichter gesagt als getan. Allerdings, wenn ich an den Ludwig denke, der auch nicht jünger ist als ich, muss ich mir sagen, was der kann, kann ich auch. Lass dir etwas sagen, Kathrin, mit Gewalt lässt sich nichts erreichen, man fährt da den Karren nur noch tiefer in den Dreck.«

Er nahm seinen Hut vom Nagel und wischte mit der Hand darüber.

»Es gibt Wege, auf denen man nicht mehr zurückgehen kann, Bauer«, sagte sie mit einem eigentümlichen, fast drohenden Glanz in ihren dunklen Augen. »Man muss weiter, weil man hinter sich alle Brücken zusammengeschlagen hat.«

»Was willst du damit sagen?«

»Dass wir uns beide auf diesem Weg befinden.«

Er verstand sie nicht. »Ich bin kein Verbrecher!«, sagte er und ging.

Magdalen verließ gegen Abend rechtzeitig das Hochwieserhaus um daheim zu sein, wenn sie in der Küche gebraucht wurde. Michael begleitete sie.

»Wenigstens bis über die Felsenge hinab!«, sagte er, als sie lachend darauf hinwies, dass doch noch heller Tag sei und es nichts zu fürchten gebe. Aber er ging dann noch ein Stück weiter mit ihr.

»Ich muss dir etwas sagen, Magdalen«, begann er plötzlich in verändertem Tonfall. »Unsere Mutter macht sich schreckliche Vorwürfe. Es ist schon bald so, dass wir sie nicht mehr beruhigen können. Weißt schon, es ist wegen dem Testament, das sie damals unterschrieben hat. Sie sagt, wenn sie gewusst hätte, dass du dadurch um deine Heimat kommst, hätte sie ihre Unterschrift gewiss verweigert. Auf der einen Seite aber konnte sie ohne Brille das Geschriebene nicht lesen, auf der anderen Seite sah sie die Angst deiner Mutter und wollte einer Sterbenden den letzten Willen nicht versagen. Danach kam gleich der Pfarrer und da konnte sie nicht einmal mehr mit ihr darüber sprechen. Wie es halt so geht …«

»Sag deiner Mutter, sie soll sich darüber keine Gedanken und erst recht kein schlechtes Gewissen machen«, beruhigte sie ihn. »Ich komme gewiss nicht zu kurz. Die Mutter hat schon auch an mich gedacht. Wenn ich einen Bruder hätte, müsste ich ja auch aus dem Haus gehen.«

»Sprich selber einmal darüber mit unserer Mutter, Magdalen!«, bat er.

»Ja, ich werde das nächste Mal mit ihr reden und ihr sagen, dass ich mich längst damit abgefunden habe.«

Er tastete nach ihrem Arm. »Schau, Magdalen, es ist freilich nicht schön, wenn man so eigensüchtig denkt, aber ich überlege mir manchmal, dass du vielleicht nie mehr zu uns gekommen wärst, wenn du die Bäuerin vom Schwaighof geworden wärst. Wir sind doch nur Kleinbauern.«

»So darfst du nicht sprechen, Michael!«, tadelte sie. »Das Hochwieserhaus ist meine zweite Heimat oder vielmehr die dritte, wenn ich den Bauern vom Sand dazuzähle.«

»Gewesen, Magdalen!«, verbesserte er. »Du hast dich jahrelang nicht mehr bei uns sehen lassen!«

»Ich war ja im Internat!«

»Und ich bei den Soldaten. Aber jetzt sind wir wieder beisammen und ich wünsche mir, dass es so bleiben könnte. Solange der Lukas nicht heiratet, bleibe ich auf alle Fälle daheim, weil man mich braucht. Und so schnell wird das noch nicht gehen; wer will denn in das einsame Hochwieserhaus hinaufziehen? Du magst es glauben oder nicht, der Lukas findet einfach keine Braut!«

»Und du?«, fragte sie lächelnd.

»Ich? Ich auch nicht. Die, die ich im Kopf habe, kann ich nicht haben und eine andere mag ich nicht.«

Es war nicht schwer zu erraten, wen er meinte nicht haben zu können, denn er schaute sie dabei recht verliebt an.

»Solange du sie nicht selbst fragst, kannst du auch nicht behaupten, dass du sie nicht haben kannst!«, erwiderte sie neckisch.

»Das trau ich mich nicht.«

»Ich hab gar nicht gewusst, dass der Hochwieser Michael so schüchtern ist!«

»Bloß in diesem einen Punkt. Herrschaft, Magdalen, wenn ich daran denke, wie du noch als kleines

Schulmädchen ins Dorf gelaufen bist, mit langen Zöpfen und den großen roten Schleifen darin ...«

»Ja, und wie du dann hinter einer Hecke hervorgekommen bist, mit einer Furcht erregenden Maske vor dem Gesicht, bloß damit ich recht schreien und laufen soll«, fuhr sie fort. »Bis irgendwo der Tobis aufgetaucht ist, bei dem ich heulend Schutz gesucht hab. Und der Tobis hat jedes Mal gesagt: Der Malefiz-Michael! Lass nur, Magdalen, dem Kerl schneide ich beide Ohren ab, wenn ich ihn erwisch.«

»Und ich hab sie heut noch dran!«, lachte er. »Und sie sind nicht einmal klein!«

Mit diesen heiteren Erinnerungen und Gesprächen verrieten sie, wie nahe sich ihre Herzen bereits gekommen waren.

Magdalen nahm sich heimlich vor, den Bauern vom Sand, wenn er einmal kam, um nach ihr zu sehen, mit zum Hochwieserhaus zu nehmen um ihm den Michael zu zeigen. Vielleicht hatte sie dann sogar den Mut ihm zu sagen, wie lieb sie diesen Hochwiesersohn gewonnen hatte. In ihm allein hatte sie ihre Heimat wieder gefunden.

Aber auch der Michael baute bereits sein Schloss in die Luft und wartete mit tiefem Glauben auf das Wunder, das geschehen musste.

Zwischen dem Bauern vom Schwaighof und seiner Magd Kathrin war es zu deutlich spürbaren Spannungen gekommen. Wenn auch nach außen nichts zu erkennen war, denn beide strengten sich an sich von ihren verborgenen unruhigen Gedanken nichts anmerken zu lassen, so zeigte sich doch in ihren Begegnungen, wenn sie unter sich waren, ein unsicheres Abtasten und Abwarten, so, als wäre plötzlich das Vertrauen zueinander geschwunden.

Keiner wusste vom anderen, wie er mit ihm daran war. Es war ein Zustand argwöhnischer Unsicherheit.

Ein schweres Gewitter war niedergegangen und hatte das reife Korn an die Erde gewalzt. Joachim Straub war daraufhin über die Felder gegangen, um die Schäden festzustellen.

Als er heimkam, saßen seine Leute im Gang um den Tisch beim Abendessen.

»Wir werden morgen den Roggen schneiden!«, wandte er sich mit lauter Stimme an den Tobis. »Es wird eine harte Arbeit, denn er liegt am Boden. Soviel ich aber gesehen habe, dürfte der Schaden nicht so groß sein.«

Der Tobis nickte.

»Wo wir mit der Maschine nicht durchkommen, müssen wir eben die Sensen nehmen. Richte also ein paar her!«

Später saß der alte Knecht draußen vor dem Schuppentor vor dem Dengelstock und hämmerte auf den Sensenstahl.

Der Bauer stand in der Stube vor dem geöffneten schweren Schrank und kramte in den Papieren. Er hatte eine bessere Jacke angezogen, denn er musste noch ins Dorf.

Er steckte ein paar Papiere zu sich und sperrte den Schrank wieder ab.

Die Kathrin kam in die Stube.

»Du musst noch weg?«, fragte sie.

Er nickte. »Zur Gemeinderatssitzung.«

»Heut?«, fragte sie ungläubig. »Am Dienstag? Ich hab gemeint, die Sitzungen seien jeweils am Freitagabend.«

»Es ist eine Sondersitzung.«

»Ach so!«

»Brauchst heut nicht auf mich zu warten, ich vermute, dass es sehr lang dauert.«

»Du hast noch nicht einmal gegessen!«, erinnerte sie ihn.

»Krieg schon was, wenn ich Hunger hab.«

Sie stellte sich ihm in den Weg und ihre schwarzen Augen funkelten ihn aus ihrem bleichen Gesicht erregt an. »Was ist denn mit dir los?«

»Nichts. Warum?«

»Ich habe das Gefühl, dass du mich loswerden möchtest und nicht weißt, wie du es angehen sollst!«

»Fängst du schon wieder damit an?«, fragte er unwillig. »Erspar mir doch diese albernen Streitigkeiten um nichts.«

»Du bist nicht mehr, wie du warst, wenigstens nicht mehr zu mir!«, warf sie ihm vor.

»Ich? – Ich bin ein Bauer, Kathrin, und ich habe auch noch andere Sorgen. Gestern stand der Roggen noch da wie die Soldaten bei der Parade. Dann kommt ein einziges Gewitter und walzt ihn in die Erde. So ist es Jahr für Jahr, man sät und wartet auf das Sprießen der Keime, weil man bangt, ob es die Saat nicht verweht hat. Das Korn wächst heran und reift und dann schaut man zum Himmel und erschrickt vor jeder schwarzen Wolke, die sich dort zusammenballt. Das ist einmal so im Leben eines Bauern. Es gibt solche und solche Bauern; die einen scheren sich nicht darum, was auf ihren Feldern vorgeht. Gibt es Schäden, dann laufen sie zu ihrer Versicherung um ihre Verluste anzumelden, die anderen aber jammern der verlorenen Arbeit nach, die ihnen das Versicherungsgeld nicht ersetzen kann. Sie wollen ernten, was sie gesät haben. Und das sind die richtigen Bauern und zu denen zähle ich mich. Hat mich der Herrgott zum Bauern vom Schwaighof bestellt, so habe ich als solcher nicht nur meine Rechte, sondern auch meine Pflichten. Es würde mir Leid tun, wenn du das nicht verstehen solltest.« Damit ging er.

Ihre Augen änderten den Ausdruck. In das Schwarz schien sich ein grünlicher Schimmer zu mischen, der ihren heimlichen Triumph verriet. Aus schmalen Schlitzen schaute sie noch eine Weile auf die Tür, die er hinter sich zugezogen hatte.

Der alte Tobis hämmerte noch auf den klingenden Dengelstock, als der Bauer an ihm vorbeikam, eine Weile stehen blieb und seiner Arbeit zuschaute, bis der alte Knecht fragend aufschaute.

»Hast du die Magdalen gesehen, Tobis?«, fragte der Bauer.

Der Alte nickte und deutete hinaus auf den Weg. »Sie wird zum Hochwieser hinaufgegangen sein.«

Joachim Straub nickte und ging weiter. Er schlug die Richtung zum Dorf ein. Auf der Straße standen noch die Pfützen vom Gewitterregen. Feucht und herb roch die Erde. Über den satten Wiesengründen verdunstete die Nässe.

Magdalen verbrachte ihren Feierabend in Gesellschaft der Hochwieserleute. Sie saßen zusammen in der Stube, die viel niedriger war als die des Schwaighofes. Auch die Einrichtungsgegenstände waren bescheidener und dürftiger. Durch einen geöffneten kleinen Fensterflügel drang die frische, kühle Luft herein, die das Gewitter mit sich gebracht hatte.

Hier, in der Stube des Hochwieserhauses, schrieb Magdalen ihre Briefe an den Bauern vom Sand, die Michael anderen Tags zur Post brachte. Sie wusste, dass sie im Schwaighof nicht unbeobachtet war. Man hätte sogleich Verdacht geschöpft, wenn man erfahren hätte, dass sie dem Bauern vom Sand regelmäßig schrieb.

Ebenso richtete der Bauer vom Sand seine Antworten an die Adresse des Hochwieserhofes, nur mit einem Vermerk auf dem Umschlag, dass der Brief für sie bestimmt war.

Magdalen fühlte sich bei den Hochwieserleuten immer mehr daheim. Sie bewegte sich völlig frei in allen Räumen, wenn es etwas zu holen gab oder wenn sie nach der Hochwiesermutter suchte.

Wenn es dann dunkel zu werden begann und bevor in der düsteren Stube das Licht gemacht wurde, machte sie sich jeweils wieder auf den Heimweg und der Michael begleitete sie.

»Komm nur immer zu uns herauf, wenn es dir daheim nicht gefallen will«, sagte die Hochwieserin. »Wir freuen uns alle!«

Die Alte erzählte viel von Magdalens Eltern und von der guten Nachbarschaft, die immer gepflegt wurde, bis dieser Joachim Straub zum Bauern geworden war. Sie hatte auch noch ihre Großeltern, die alten Schwaighofer, gut gekannt, denn sie war bei ihnen Magd gewesen, bis sie den Hochwiesersohn geheiratet hatte.

Diese Erzählungen und Erinnerungen füllten die Abende aus, beschworen vergangene Zeiten herauf und klangen in Magdalens Herzen wie ein altes, unvergängliches Heimatlied.

Und wenn sie in dieser glücklichen Stimmung einen Brief an den Bauern vom Sand verfasste, konnte er in keinem Zweifel sein, dass es ihr gut ging und dass sie voll innerer Zufriedenheit war.

Der Himmel verblasste, in der Ecke mit dem Tisch und der Sitzbank in der Hochwieserstube wurde es so dunkel, dass sie kaum mehr die einzelnen Gesichter unterscheiden konnten.

Aber die Hochwieserin hatte noch einmal eine Erzählung aus vergangenen Tagen begonnen, die Magdalen noch zu Ende hören wollte.

»Ich bringe dich bis vor euer Haus«, flüsterte Michael ihr zu, als er ihren unruhigen Blick bemerkte, den sie auf das erlöschende Licht am Fenster richtete.

Aber da klopfte es plötzlich draußen an die verschlossene Haustür. Verwundert horchten sie alle auf.

»Wer kommt denn?«, fragte die Hochwieserin.

Lukas zuckte die Schultern und ging hinaus um nachzusehen, wer der späte Besucher war.

»Mach Licht, Michael!«, befahl die Hochwieserin und Michael zündete ein Streichholz an, zog die Lampe herab, hob den Zylinder ab und hielt das Feuer an den Docht. Flackernd und zuckend bildete sich das Flämmchen und leuchtete in die Stube.

Da brachte Lukas auch schon einen Mann herein und ihr Erstaunen nahm noch zu, als sie ihn erkannten.

Es war der Schwaighofer höchstpersönlich. Sie sahen ihn heut zum ersten Mal in diesem Haus.

»Guten Abend wünsch ich!«, sagte er und schob seinen Hut aus dem Gesicht.

Nur etwas zögernd folgte die Antwort.

»Du musst dich doch verirrt haben, Schwaighofer!«, sagte Michael in seinem munteren, scherzhaften Ton und brach den Bann.

»O nein«, antwortete der Bauer mit einem verlegenen Lächeln. »Ich bin heut bloß etwas früher dran und hab mir gedacht, ich könnte die Magdalen abholen.«

»Hast du gewusst, dass ich da bin?«, fragte die Magdalen, endlich wieder ihrer Stimme mächtig. Das unerwartete Erscheinen ihres Stiefvaters hatte sie völlig verwirrt. Sie konnte sich nicht denken, was ihn zum Hochwieserhaus führte.

»Der Tobis hat es mir gesagt.«

»Willst du nicht ein wenig Platz nehmen, Schwaighofer?«, lud die Hochwieserin ihn ein und schob ihm einen Stuhl zu.

»Wenn es erlaubt ist?« Er setzte sich und schnaufte laut. Sein Blick streifte etwas unsicher durch die Stube.

Magdalen war aufgestanden und holte ihr Schultertuch von der Ofenstange, das sie sich umlegte, zum Zeichen, dass sie zur Heimkehr bereit sei.

»Bist ein fremder Gast bei uns, Straub«, meinte der Lukas.

»Ich weiß.«

»Darum freut es uns besonders, dass du den Weg einmal zu uns gefunden hast!«, fügte die Hochwieserin freundlich hinzu.

Der Bauer hatte sich nur ein wenig vom Aufstieg verschnauft, dann stand er schon wieder auf seinen Beinen und bedeutete Magdalen durch einen Wink, dass sie gehen könnten.

»Gute Nacht zusammen!«, grüßte sie und knotete das Tuch über der Brust.

»Und nichts für ungut!«, setzte der Bauer hinzu.

Michael begleitete sie vor die Tür.

Wie ein ahnungsvolles Lauschen lag auf dem Tal die nächtliche Stille. Über den Bergen blitzten die Sterne. Schweigend tasteten sich der Bauer und das Mädchen nacheinander über den engen, steilen Felssteig hinab. Er war diesen Weg wohl noch nie gegangen und tat sich in der Dunkelheit schwer. Ein paar Mal kam er ins Rutschen, dann schlugen die Nägel in seinen Schuhen Funken auf dem glatten Gestein.

Sie blickte sich ein paar Mal nach ihm um, wenn sie die Scharrgeräusche hörte.

«Gehst du immer diesen Weg?«, fragte er.

»Ja.«

»Er ist gefährlich, das sieht man an den Steinschlägen.«

»Sonst geht immer der Michael mit mir bis über die Enge hinab. Ich bin also nie allein!«

Darauf sagte er nichts.

Als sie später den breiten Weg erreichten, gingen

sie nebeneinander. Sie spürte, dass er versuchte das Tempo zu drosseln, als ginge sie ihm zu rasch.

»Ich wollte mit dir etwas besprechen, Magdalen, darum hab ich dich abgeholt. Im Haus lässt sich das nicht sagen, ohne dass es jemand hört.«

Sie kamen jetzt an einem Ausläufer des Bergwaldes vorbei. Direkt am Weg lagen ein paar dicke entrindete Baumstämme, die im Licht der Sterne taufeucht glänzten. Dennoch setzte er sich darauf, nahm den Hut vom Kopf und legte ihn neben sich.

»Da, setz dich auf meinen Hut«, sagte er. »Es ist ein bisschen feucht.«

Sie zögerte.

»Ich bitte dich, Magdalen, setz dich her zu mir.«

»Wozu?«

»Ich möchte dir etwas sagen, das niemanden etwas angeht, auch nicht den Bauern vom Sand.«

Widerstrebend setzte sie sich.

»Auf meinen Hut!«, befahl er. »Der Baumstamm ist feucht!«

Aber sie nahm das Tuch von der Schulter und breitete es auf dem Baumstamm aus, damit sie trocken saß.

»Zunächst sollst du wissen, dass das mit dem Ludwig nicht von mir stammt«, begann er. »Im Gegenteil, ich bin sehr dagegen; der Ludwig ist ein Lump!«

Sie ahnte, was er damit sagen wollte, und erschrak.

»Den weiteren Einwand erhebe ich gegen den Hochwieser Michael«, fuhr er fort. »Er mag ein ganz ordentlicher Bursche sein, wenigstens hat man noch nichts Nachteiliges über ihn gehört. Aber es ist doch ein Unterschied, ob man aus dem Schwaighof oder aus dem Hochwieserhaus kommt. Du verstehst mich doch? Du bist immerhin die Tochter vom Schwaighof!«

»Das war ich einmal, Bauer!«

»Du bist es noch!«, widersprach er fast heftig. Seine Hand fuhr an ihren Arm, umklammerte ihn, dass es sie schmerzte. »Ich hab dir etwas zu gestehen, Magdalen: Als ich vom Krankenhausarzt damals erfuhr, dass deine Mutter bald sterben würde, habe ich in erster Linie an mich gedacht. Unser Ehevertrag war so, dass mir nichts von dem gehörte, was deine Mutter besaß. Daran war der Bauer vom Sand schuld! Du warst noch zu klein um zu begreifen, dass ich meine ganzen Kräfte einsetzte, um den Hof auf diese Höhe zu bringen, wie er heut als erster und bester vom ganzen Dorf dasteht. Ich habe die Saat gelegt, Magdalen, und diese Saat ging auf: Der Viehbestand wurde erneuert und vergrößert, Grundstücke wurden erworben, dort, wo einmal nutzloses, steiniges Erdreich lag, wächst heute das beste Korn. Kurz, ich habe als Bauer gehalten, was ich deiner Mutter als Knecht versprochen habe. Mit dem Tod deiner Mutter aber drohte mir alles wieder verloren zu gehen, wenn kein Testament da war, das mir gerecht wurde. Deshalb habe ich mit deiner Mutter gesprochen und sie gebeten, sie möge doch endlich ein Testament hinterlegen, das mir meine Anrechte auf den Hof sichert. Ich denke auch jetzt noch, das war eine berechtigte Forderung. Sie ist darauf eingegangen und ich kannte das Testament. Aber da kam der Bauer vom Sand, er kam wieder und wieder. Es war für mich nicht schwer zu erraten, was er wollte, denn dieser Mann war mein Feind von Beginn an. Ich konnte mir denken, dass er deine Mutter zu überreden versuchte ein neues Testament zu schreiben, das das erstere außer Kraft setzte. Daher kam es, dass ich gegen deine Mutter bis zu ihrem Ende voller Misstrauen war. Aber als wir vor dem Nachlassrichter standen, hat sie mich tief beschämt. Meine Reue kam viel zu spät; denn ich war nicht mehr so zu ihr gewesen, wie ich als ihr Mann hätte sein sollen. Ich habe mich in ihren letzten Stunden kaum mehr um sie gekümmert.«

Er schwieg und zog ein Tuch aus der Tasche, womit er sich den Schweiß von der Stirn wischte, der trotz der kühlen Luft darauf in glänzenden Perlen stand.

»Damals war es, dass ich mehr und mehr Gefallen an der Kathrin fand, ihr Rechte einräumte, die sonst einer Magd nicht zustehen. Ich weiß, dass ich in ihr die Hoffnung weckte, dass sie früher oder später meine neue Bäuerin sein würde. Ich habe nichts dagegen getan, im Gegenteil, ich habe sie in diesem Glauben bestärkt, obwohl ich längst weiß, dass es nicht sein kann.«

Magdalen stand auf und trat zurück. Sie fing an sich vor ihm zu fürchten. War er denn verrückt?

Aber er sprach ruhig weiter: »Deine Mutter ist tot, Magdalen. Was ich an ihr nicht mehr gutmachen kann, möchte ich nun für dich tun. Du bist ihre Tochter. Ich bin heut ein Mann von noch nicht ganz vierzig Jahren. Meine Saat, um die ein Bauer bangt, ist noch nicht aufgegangen. Sie wird aufgegangen sein, wenn …« Er unterbrach sich und stand auf. Er bückte sich nach seinem Hut, der zur Erde gefallen war, und wischte den Schmutz ab.

Dann kam er auf sie zu. »Sie wird aufgegangen sein, die Saat, meine ich, wenn du Bäuerin vom Schwaighof sein wirst.«

»Ich?«, rief sie verwirrt.

»Du sollst nicht erschrecken, Magdalen!«, sagte er fast bittend. »Du sollst nur Vertrauen zu mir gewinnen und ein bisschen gut sein zu mir. Ich habe dir heut alles gesagt, wie man sonst nur im Beichtstuhl eines Pfarrers spricht. Versuch, mich zu verstehen! Was ich tat, war falsch bis zum heutigen Tag. Was über den Schwaighof an uns herankommt, geht nur uns beide an, uns beide ganz allein, also nicht den Bauern vom Sand und nicht die Kathrin!«

Sie schwieg und hastete weiter, als ob es ihr plötzlich nicht mehr schnell genug ginge, bis sie daheim waren.

Er glich seine Schritte ihrem Tempo an. Es sah nun so aus, als hätten sie es plötzlich sehr eilig.

Als sie durch die Zaunlücke in den Hofraum traten, ergriff er ihren Arm und hielt sie zurück. »Nein, ich bin nicht wahnsinnig, wie du dir vielleicht denken magst. Ich weiß genau, was ich sage! Wäre ich wahnsinnig, würde ich zu dir sagen: Heiraten wir, dann gibt es keine Probleme mehr! Ich bin noch jung und gesund mit meinen vierzig Jahren!«

Sie riss sich von ihm los und eilte dem Haus zu.

Er folgte ihr mit schweren Schritten.

Als er die Stube betrat, traf er noch die Kathrin an. Sie schien irgendwie auf dem Sprung zu sein, als wäre sie von ihm überrascht worden. Sie stand vor der geöffneten Tischschublade und zeigte ihm den Rücken.

»Du machst es dir zu schwer, Kathrin, wenn du bis jetzt gearbeitet hast«, sagte er ruhig und hängte Hut und Jacke an den Haken.

Sie wandte sich nach ihm um. »Kommt die gar auch erst heim?«, fragte sie.

»Wer?«

»Die Magdalen.«

»Ja.«

»Kommt ihr denn zusammen?«

»Ja.«

»Ach so!« Sie warf die Schublade, deren Inhalt sie eben geordnet zu haben schien, krachend hinein. »Brauchst du noch etwas?«

»Nein, Kathrin, geh ruhig ins Bett!«, antwortete er und schlüpfte aus seinen Schuhen.

»Die kommt mir aus dem Haus!«, zischte sie.

»Die Magdalen? Nein, die bleibt da.«

»Und was ist mit deinem Versprechen?«

»Mit welchem Versprechen?«

»So fragst du heut!«, höhnte sie. »Soll ich dir sagen, um was es dir jetzt geht? Du hast Angst, die Magdalen könnte eines Tages kommen und die Auszahlung ihres Anteils fordern. In deinem Geiz versuchst du nun darum herumzukommen, denkst dir, dass es dich keinen Pfennig kosten würde, wenn du sie heiraten könntest. Sag doch, dass es so ist! Ich kenne dich doch!«

Er lächelte breit und aufreizend. »Nein, ganz so ist es nicht, Kathrin, aber was nicht ist, kann ja noch werden.«

Ihre schwarzen Augen sprühten Feuer. »Darauf kann ich dir nur sagen: Wenn ich von hier weggehe, dann gehst du auch! Dann bist du der Bauer vom Schwaighof gewesen!«

Mit einem kurzen, mürrischen »Gute Nacht!« rauschte sie aus der Stube.

Einige Tage später tauchte plötzlich der Bauer vom Sand auf. Angeblich hatte er irgendwo in der Nähe zu tun und nahm die günstige Gelegenheit wahr gleich auch die Magdalen kurz zu besuchen. Obwohl der Schwaighofer gerade alle Hände voll zu tun hatte, weil zur Zeit das Getreide geerntet wurde, widmete er sich diesmal dem Gast doch volle zwei Stunden, ging mit ihm über die Felder und führte ihn danach in die Stallungen um ihm das prächtige Vieh zu zeigen.

Ihre Gespräche drehten sich nur um sachliche Dinge und waren äußerst knapp, woran zu erkennen war, welche Spannung immer noch zwischen ihnen herrschte. Absichtlich vermieden es beide, die Rede auf die strittigen Fragen zu bringen, die das unüberlegte Testament der verstorbenen Bäuerin für die Zukunft des Hofes geschaffen hatte.

Erst gegen Abend, kurz bevor der Bauer vom Sand seine Rückreise antrat, nahm er dazu noch mit ein paar knappen, aber unmissverständlichen Worten Stellung.

Sie standen nebeneinander am Fenster der Stube und schauten gedankenvoll hinaus in die freundliche, mit üppigem Wachstum gesegnete Landschaft. Die Sonnenstrahlen warfen bereits lange Schatten. Auf den Feldwegen bewegten sich die strohbeladenen Wagen, die nach einem harten Arbeitstag heimwärts zogen.

»Ich habe damals dein Zeitungsinserat vorgelesen, wodurch du wiederholte Male eine Jungmagd für den Schwaighof gesucht hast«, begann der Bauer vom Sand ohne seinen Blick durch das Fenster zu verändern. »Da wollte die Magdalen plötzlich zurück in ihr Dorf. Daran habe ich erkannt, dass sie Heimweh hatte, und ließ sie gehen. Nicht als deine Magd, Straub, damit du mich richtig verstehst!«

»Sie ist nicht die Magd bei uns!«, betonte der Schwaighofer mit düsterer Miene. »Sie ist bei uns daheim!«

»Ich will es gern glauben, sonst wäre sie nicht mehr da. Sie weiß, dass sie jederzeit zu mir zurückkehren kann. Noch eine andere Frage, Straub, wo wir gerade beisammen sind: Du bist noch verhältnismäßig jung. Ich habe damit gerechnet, dass du dich bald wieder verheiraten würdest. Anscheinend lässt du dir damit aber doch Zeit. Solltest du jedoch nur darauf warten, bis die Magdalen volljährig ist um dann das Erbteil mit ihr selbst, also nicht mehr über mich, aushandeln zu können, möchte ich dir sagen, dass du darauf vergeblich wartest, denn ich werde ihr auch danach mit Rat und Tat beistehen. Ich bin auch überzeugt davon, dass sie ohne mich nichts tut. Schließlich ist sie die Tochter meiner Schwester, darum stelle ich mich mit meiner ganzen Kraft vor sie. Es fällt mir auch nicht schwer, den richtigen Schätzwert des Schwaighofes zu errechnen. Das wär's, was ich noch zu sagen hatte.«

Magdalen begleitete ihren Vormund zum Bahnhof. Sie waren viel zu früh dran und gingen wartend am Bahnsteig auf und ab. Sie waren allein, in den Abendstunden fuhr aus dem Dorf Schwingel niemand mehr weg. Die Sonne war hinter die Berge hinabgesunken. Langsam trat die Dämmerung ein. Aus dem Weidach kam das Rauschen des Baches, ab und zu der Schrei eines Hähers. Sonst war alles still.

»Schade, dass du mit mir nicht zu Hochwiesers gehen konntest!«, bedauerte Magdalen. »Ich hab mich so darauf gefreut!«

»Dazu fehlte mir heut wirklich die Zeit. Aber das nächste Mal holen wir das bestimmt nach«, tröstete er sie.

»Die Hochwieserin ist meine Patin«, erklärte sie.

»Das weiß ich.«

»Zwei Söhne sind da, einer heißt Lukas, der andere Michael. Der Lukas bekommt das Anwesen, weil er der Ältere ist. Es ist nicht arg groß. Der Michael hilft daheim nur noch so lange mit, bis der Lukas heiratet.«

»Und dann? Dann muss er wohl gehen, weil sonst zu viele Mäuler um die Schüssel sitzen?«

Sie zögerte. »Ich weiß nicht. Ich hätte es so gern gehabt, wenn du ihn gesehen hättest!«

»Wen? Diesen Michael? Warum?«

Sie wurde verlegen. »Er war ein paar Jahre beim Militär, ich hätte ihn fast nicht wieder erkannt. Was hat er mich doch als Kind erschreckt, wenn ich allein auf dem Weg nach Hause oder zur Schule war. Entweder ist er mit einer furchtbaren Maske vor dem Gesicht irgendwo herausgekommen oder er hat aus einer Runkelrübe einen Totenkopf geschnitzt und an einer Stange über eine Hecke heraufsteigen lassen. Ich hab dann mordsmäßig geschrien und bin davongelaufen, in den Dreck gefallen und heulend heimgekommen ...«

An dieser Erinnerung hatte sie ihre helle Freude.

Aber das allein schien es nicht zu sein, was sie so intensiv mit diesem Michael beschäftigte. Das merkte auch der Bauer vom Sand. Er warf ihr einen zwinkernden Blick zu. »Und jetzt?«

Sie schaute ihn mit einem verlegenen Lächeln schweigend an.

»Jetzt fürchtest du dich nicht mehr vor diesem Michael?«

»Nein. Ich habe ihn arg gern. Darum wollte ich, dass du ihn siehst.«

»Aha! Was tut denn dieser Michael, wenn er von seinem Elternhaus fortgehen muss?«

»Ich habe mir schon gedacht, dass wir ein Anwesen kaufen könnten.«

»Wir?«, staunte er.

»Und du müsstest uns dabei helfen!«

»So ist das also mit euch? Tu mir bloß nichts übereilen, Dirndl! In diesem Punkt kann ich nämlich ein unerbittlicher Vormund sein. Verliebt hat man sich schnell, aber man muss auch überlegen, was dabei herauskommt. Gut, Magdalen, das nächste Mal schaue ich mir diesen Michael an.«

Da schob sie ihren Arm in den seinen und hängte sich glücklich an ihn.

Vom Zug war noch immer nichts zu hören. Die Dämmerung nahm zu. Die Häher im Weidach waren längst zum Schweigen gekommen. Nur der Bach rauschte weiter, er wurde sogar noch lauter.

Der Bauer zog seine Uhr, die an einer schweren silbernen Kette hing, aus der Tasche und warf einen Blick darauf. »Verspätung!«, murmelte er. »Ich fürchte, du kommst in die Nacht, darum wäre es mir lieber, wenn du jetzt heimgingst!«

»Ich fürchte mich nicht. Hier tut keiner dem anderen etwas!«

»Dann ist wohl auch dieser Michael der Grund, warum du so lange hier bleibst?«

»Nicht allein. Ich bin immer noch auf dem Schwaighof daheim!«

»Wie lange noch?« Er atmete herb auf. »Wie kommst du mit dieser Kathrin aus? Führt sie noch immer das Regiment im Haus?«

»Der Tobis sagt, dass schon einmal Gerüchte gegangen seien, wonach sie als zukünftige Bäuerin angesehen würde. Der Straub habe ihr schon allerlei Geschenke gemacht, goldene Ohrringe, eine silberne Halskette und sonstigen Schmuck. Aber nun vermutet man, dass irgendetwas geschehen ist, was den Bauern in seiner Absicht schwanken lässt. Sie schafft wohl noch an, hält sich bei ihm in der Stube auf und fühlt sich als Herrin im Haus. Aber der Tobis meint, dass sie umsonst darauf wartet, vom Bauern geheiratet zu werden. Sie habe eben doch nichts mitzubringen und der Straub sei auf das Geld aus wie der Teufel auf die arme Seele.«

»Dabei ist er selbst einmal mit zerrissenen Schuhen auf den Schwaighof gekommen«, knurrte er. »Aber wenn der Bettelmann aufs Ross kommt, kann ihn der Teufel nicht mehr derreiten! Er ist ein Bauer und versteht etwas von seiner Arbeit, da tu ich ihm nichts weg. Aber er ist ein Judas, der für eine Handvoll Geld oder für einen Meter Grund sein eigenes Seelenheil verkauft. Das hätt die Magd wissen können, dass ein Mann wie er sie nie heiratet. Es ist auch gut so, denn dass dieses hergelaufene Frauenzimmer sich als Bäuerin in den Schwaighof setzt, das braucht es denn doch nicht! Nun ja, ist sie es nicht, dann ist es eine andere. Aber ich helfe ihm schon noch, dem Straub, wenn erst der Tag gekommen ist. Und müsste ich mein halbes Vermögen für Prozesse ausgeben!«

Ein schriller Pfiff, der hinter dem bewaldeten Hügel hervorkam, kündigte den Zug an.

»Es ist jetzt tatsächlich dunkel geworden, bis dieser verdrießliche Schienenbock endlich einmal daherkommt!«, schimpfte der Bauer vom Sand.

Aber es ging dann schnell. Sie hörten den Zug bereits die Steigung heraufpusten und dann tauchten die Lichter der Lokomotive auf.

Der Bauer griff nach ihrer Hand. »Mach's gut, mein Dirndl, und achte auf dich! Wenn etwas ist, pack zusammen und komm zu mir!«

»Dank schön, Onkel, für alles – und schöne Grüße zu Hause an alle!«

Polternd fuhr der Zug ein und blieb mit kreischenden Bremsen und großem Gezische stehen.

Sie schaute dem wuchtigen Mann nach, als er in den Wagen kletterte, ihr noch einmal zuwinkte und dann im Wageninneren verschwand.

Ein paar Leute waren ausgestiegen und hasteten davon. Sie achtete nicht darauf, sondern suchte die

Fenster des Abteils ab, ob er nicht irgendwo herausschaute.

Das tat er dann auch. Er ließ das Fenster herab und rief ihr zu: »Geh heim, Magdalen! Es ist Nacht!«

Sie winkte ihm nach, als der Zug sich zischend in Bewegung setzte. Sie winkte nach, als die roten Schlusslichter in der Nacht untergingen.

Dann machte sie sich auf den Heimweg und es war ihr ein wenig weh ums Herz. Ein Vater könnte nicht besser zu ihr sein als dieser Bauer vom Sand. Wie verlassen und hilflos wäre sie nach dem Tod der Mutter dagestanden, wenn sie ihn nicht an ihrer Seite gehabt hätte!

Daran dachte sie, als sie dem schmalen Weg durch das dunkle, dichte Weidach folgte. Laut rauschte der Bach mit starkem Gefälle der Niederung zu.

Und da stand plötzlich die Gestalt eines Menschen im Weg. Sie nahm zuerst nur die Umrisse wahr.

»Das trifft sich aber gut!«, sagte eine Stimme, auf die sie sich erst besinnen musste. »Ich habe schon beim Aussteigen gemeint, das kann doch nur die Magdalen vom Schwaighof sein, die da unter der Lampe steht!«

Jetzt wusste sie es: Es war der Händler Ludwig.

»Ich hab meinen Onkel zur Bahn gebracht«, sagte sie und wollte weiter.

Aber er rückte einfach nicht zur Seite und der Weg war schmal. Sie hätte durch die Bäume schlüpfen müssen.

»Ich hab mir schon so etwas gedacht. Übrigens ist ja der Bauer vom Sand kein unbekannter Mann. Ich habe schon manchmal mit ihm zu tun gehabt. Schade, dass ich ihn nicht mehr erreichen konnte, er hätte sich sicher gefreut.«

»Gehen wir nicht weiter?«, forderte sie ihn auf, weil sie nicht einsah, warum man hier im Dunkel stehen bleiben sollte.

»Gleich!«, sagte er. »Ich geh nämlich nur bis ins Dorf und da lässt es sich nicht so sagen, was ich mir schon längst zu sagen vorgenommen habe; denn da ist die Zeit zu kurz.«

»Ich muss heim!«, erwiderte sie barsch.

»Ich hätte dich von Herzen gern begleitet, Magdalen, aber im Augenblick habe ich mit deinem Stiefvater einige Differenzen, wie sie nun einmal zwischen Bauern und Händlern auftreten, weißt schon. Der Straub ist ein verdammter Fuchs und fragt wenig danach, ob der andere noch Luft genug zum Schnaufen hat. Nicht umsonst zählt man ihn heut zu den reichsten Bauern. Das darf man nicht nur seinem Fleiß und seiner Tüchtigkeit zuschreiben. In Wirklichkeit ist er ein Halsabschneider übelster Sorte!«

»Ich habe keine Lust hier stehen zu bleiben um über den Bauern vom Schwaighof zu reden!«, wies sie ihn zurecht und drückte sich an die Stauden um an ihm vorbeizugehen.

Aber er ergriff ihren Arm und hielt sie zurück. »Bleib!«

»Keine Sekunde! Lass mich sofort los!«

»Ich will dir nur sagen, was ich vorhabe.«

»Das kümmert mich nicht!«

»Vielleicht doch, wenn ich dir erkläre, dass ich dich heiraten möchte. Wenn es dir recht ist, auf der

Stelle. Ich habe im Suhrtal mein eigenes Haus. Frag deinen Bauern vom Sand, er wird dir sagen, dass mein Geschäft gut geht und dass ich dir alles bieten kann, was eine junge Frau sich wünscht! Du wirst nicht die abgearbeiteten Hände und die tägliche Schinderei von frühmorgens bis zum späten Abend einer Bäuerin haben! Du hast es schön bei mir!«

»War denn schon einmal die Rede davon, dass ich einen Händler heiraten möchte, Ludwig? Mir ist nichts davon bekannt!«

»Weil ich von Natur aus schüchtern bin, darum wollte ich es nie sagen, mit welchen Gedanken ich mich trage, seitdem ich dich kennen gelernt habe!«

»Es tut mir Leid, aber ich habe dazu keine Lust und ich werde sie auch nie haben.«

»Du musst!«

»Wer kann mich dazu zwingen? Kein Mensch!«

»Ich kann es, Magdalen! Ich!«

Sie sah von seinem Gesicht nur die Augen und bekam plötzlich Angst, denn die nächsten Häuser lagen noch außer Rufweite.

»Lass mich los!«, befahl sie. »Wenn du nicht willst, dass ich dich morgen bei der Polizei anzeige!«

»Was willst du denn anzeigen? Dass ich dich liebe?«, lachte er spöttisch.

»Du hast kein Recht mir den Weg zu versperren!«

»Nein, das habe ich nicht, aber ich hab mir gedacht, dass man ein vernünftiges Wort mit dir sprechen könnte. Dazu bist du wohl im Augenblick nicht aufgelegt. Also – gehen wir!«

Sie lief durch das finstere Weidach und er blieb dicht hinter ihr.

»Ich bin kein schändliches Element, das Frauen aus Verstecken überfällt, Magdalen! Ich wollte es dir nur sagen, weil ich sonst keine Gelegenheit habe!«, hörte sie ihn hinter sich sagen.

Sie antwortete nicht und hastete weiter.

»Wie lange dauert es noch, dann wird der Bauer vom Schwaighof heiraten«, fuhr er fort. »Das weißt du doch? Die neue Bäuerin wird die Kathrin sein. Das weiß ich von ihm selbst.«

Endlich schimmerten die ersten Lichter vom Dorf durch das Geäst der Ufergewächse.

»Ich kann mir nicht denken, dass du bei ihr die Magd machen willst! Was wirst du dann tun?«

»Das lass meine Sorge sein!«, erwiderte sie, durch die nahen Lichter ermutigt.

»Oder willst du dich mit deinem Erbteil in ein Spital oder Kloster einkaufen?«, spottete er.

»Das muss dich nicht beschäftigen. Jedenfalls werde ich keinen Mann nehmen, der auf mein Erbteil aus ist!«

»Das sind alle!«

»Auch du, Ludwig?«

»Nein, ich hab das bei meinem guten Geschäft nicht nötig. Gott sei Dank!«

»Dann sei froh!«

»Eine Frau ist kein Objekt, mit dem man das Dach seines verschuldeten Hauses stützen kann. Das ist meine Ansicht!«

»Diese Ansicht ist gut, Ludwig, nur richtest du sie an die falsche Adresse. Ich interessiere mich nämlich gar nicht für die Ansichten anderer Menschen!«

»Darüber reden wir noch, Magdalen. Gute Nacht – und komm gut heim!«

Er blieb wirklich zurück. In der Nähe stand das Wirtshaus. Jedenfalls hatte er vor hier zu übernachten, weil er auf dem Schwaighof nicht mehr willkommen war.

Aber warum hatte er sich plötzlich mit dem Bauern entzweit? Sie waren doch alte und gute Freunde gewesen!

Magdalen eilte die Dorfstraße entlang. Sie fürchtete sich und wusste nicht wovor. Vor diesem Ludwig? Was konnte er ihr anhaben? Eine innere Stimme warnte sie vor diesem Menschen. Sie glaubte zu wissen, was er wollte, und heut zum ersten Mal kam ihr die Befürchtung, dass er sich mit Gewalt nehmen könnte, was man ihm verweigerte.

Wer war dieser Ludwig? Ein Händler aus dem Suhrtal. Mehr wusste sie nicht. Sie hätte den Bauern vom Sand fragen sollen, der hätte ihr bestimmt Näheres sagen können. Aber sie hatten Wichtigeres zu besprechen gehabt.

Die Lichter des Dorfes blieben hinter ihr zurück und je weiter sie ging, desto einsamer und unheimlicher wurde es um sie.

Sie fürchtete sich jetzt wirklich und fing an zu laufen, dass ihr der Schweiß auf die Stirn trat und kaltfeucht über ihre Wangen rann. In jedem Strauch, an dem sie vorbeikam, glaubte sie die Gestalt eines Menschen zu sehen. Die Gestalt Ludwigs!

Und als ihr dann wirklich eine menschliche Gestalt aus der Nacht entgegenkam, blieb sie erschrocken stehen. Die Gestalt war groß und hager.

Man konnte in der Tat den sich Nähernden für den Ludwig halten.

Sie überlegte bereits, ob sie nicht ins Dorf zurückrennen sollte. Es fiel ihr in diesem Augenblick nicht ein, dass es der Ludwig gar nicht sein konnte; er hätte sie ja überholen müssen, was ihm bei ihrem schnellen Laufen schwer gefallen wäre.

Aber da vernahm sie ein bekanntes Räuspern und Hüsteln und lief auf die Gestalt zu.

»Tobis!«, rief sie befreit.

Der alte Knecht schaute in ihr erhitztes Gesicht.

»Wo gehst du denn noch hin, Tobis?«

»Bloß dir entgegen«, antwortete er. »Ich hab gedacht, dass du dich vielleicht fürchten könntest, wenn du in die Dunkelheit kommst.« Damit drehte er sich auf seinen steifen Stelzen herum und ging mit ihr heimwärts.

»Ich dank dir schön, Tobis!«, rief sie so laut, dass er sie hören konnte. Ihr Atem ging noch rasch. Daran merkte sie, wie sehr sie sich von ihrer Furcht hatte hetzen lassen.

Das war gewiss sehr dumm gewesen. Erstens hatte der Ludwig sie nicht verfolgt und zweitens hätte er ihr bestimmt nichts getan, sondern höchstens nur seine lästige Liebeserklärung wiederholt.

Aber die Abfuhr war doch deutlich genug gewesen?

»Tobis, weißt du, warum der Ludwig nicht mehr kommt?«, rief sie dem alten Knecht ins Ohr.

Er schüttelte den Kopf.

»Es muss etwas gegeben haben zwischen ihm und dem Bauern.«

»Vielleicht ist es wegen der Kathrin?«, erwog der Tobis.

»Wegen der Kathrin? Wieso?«

»Die hat's doch schon mit jedem gehabt, der's mit ihr verstanden hat, wenigstens früher. Sie war so eine ... Freilich, seitdem sie meint, sie könnt Bäuerin vom Schwaighof werden, da ist sie auf einmal brav geworden. Sie ist ein raffiniertes Luder, die Kathrin, und der Bauer wird einmal seine Freud haben, wenn sie erst seine Frau geworden ist. Aber es geschieht ihm schon recht. Ich hab kein Mitleid mit ihm.«

Die Magdalen dachte über die Worte des alten Knechtes nach. Sie wusste nicht, was ihn dazu veranlasste, so über die Kathrin zu denken. Sie kannte die Kathrin nicht so genau und wusste nichts über ihre Vergangenheit.

Sie hatte auch keine Bindung an ihren Stiefvater, der nie ein gutes Wort für sie gehabt hatte, als sie noch daheim war. Für ihn hatte es nur Arbeit gegeben vom frühen Morgen bis in die späte Nacht. Wenn er in die Stube kam, hatte sie sich davongeschlichen. Sie hatte gefühlt, dass sie für ihn nur ein Übel gewesen war, das man leider hinnehmen musste.

Noch einmal kam viel Arbeit auf die Bauern zu, denn neben dem Einbringen des Korns wurde bereits das üppig wachsende Grummet gemäht und unter die nachsommerliche Sonne gestreut, deren Wärme und Kraft schon so weit nachgelassen hatte, dass eine mehrtägige Bearbeitung der Mahden nötig wurde, ehe sie als duftendes und würziges Winterfutter eingefahren werden konnten.

Früh sank jetzt die Sonne schon hinter die Berge hinab, allzu bald erlosch der Tag, so dass an besonders arbeitsreichen Tagen im Gang schon Licht gemacht werden musste, wenn die Leute vom Schwaighof beim Abendessen um den Tisch saßen.

Und als die Ernte eingebracht war, sah und spürte man schon allenthalben das Nahen des Herbstes. Über dem Tal hingen dichte Morgennebel, und wenn die Sonne durchbrach, leuchteten an den Vogelbeerbäumen die roten, reifen Früchte. Mit der tropfenden Feuchtigkeit fielen die ersten welken Blätter von den Bäumen. Über die Stoppelfelder ging der Pflug und von den Hochalmen begann der Viehabtrieb.

Mehrmals in der Woche ging der Bauer vom Schwaighof nach Feierabend noch hinab ins Dorf. Er hatte bald hier und bald dort zu tun. Und als die Herbstmärkte begannen, stellte er sein Aufzuchtvieh zusammen und ließ es zum Verladebahnhof treiben. Darauf war er dann oft über ein paar Tage auswärts, bis das letzte Jungtier auf den Märkten verkauft war.

Nun war er wieder der unermüdliche und unersättliche Feilscher, ausschließlich aus auf materielle Gewinne, und wer ihn bei diesen Fahrten hätte belauschen können, der hätte annehmen müssen, dass es für diesen Mann nur noch eine einzige Sorge in seinem Leben gab, nämlich die Erzielung eines größtmöglichen Gewinnes.

In Wirklichkeit aber gingen ihm noch ganz andere Dinge im Kopf herum, aber davon ließ er sich nichts anmerken, am allerwenigsten sollte die Kathrin etwas davon mitbekommen, die er durch sein betont sachliches Verhalten mehr und mehr in ihre Schranken zurückzuweisen versuchte.

Wenn er aber glaubte dadurch der Kathrin gegenüber seine frühere Autorität wiederherstellen zu können, so hatte er sich gründlich getäuscht. Auch sie war entschlossen den Kampf bis zum glücklichen oder auch verderblichen Ende durchzustehen. Auch die Kathrin wusste, was sie wollte.

Zugegeben, dass der alte Tobis und einige als Spötter bekannte Dorfbewohner sich bereits über sie als die verhinderte Bäuerin heimlich lustig machten, sie wussten nicht, welchen Trumpf sie noch in Händen hielt.

Niemand ahnte, dass Kathrin bereits die Finger streckte um ihre Marionetten an den Fäden tanzen zu lassen.

Und niemand wusste, dass der Händler Ludwig noch zu später Nachtstunde heimlich den Schwaighof betrat von der Kathrin eingelassen und in einen Raum geführt wurde, wo sie ungestört ihre bösen Pläne entwarfen und zur Reife brachten. Das geschah dann, wenn der Bauer tagelang auswärts auf den Märkten war. Es geschah, wenn der Schwaighof in seiner nächtlichen Ruhe lag.

Etwas jedoch war der raffinierten Kathrin entgangen: Die Wachsamkeit des misstrauischen Tobis.

Wie hätte sie auch darauf kommen sollen, dass dieser simple Alte hinter dem verdunkelten Fenster seiner Kammer stand, wenn der Ludwig lautlos wie ein Schatten über den Hof huschte und sich durch ein verabredetes Klopfzeichen bemerkbar machte, von dem er freilich nichts hörte, das sich aber erraten ließ, denn unverzüglich wurde er eingelassen.

Und der alte Tobis blieb auf seinem Beobachtungsposten, bis der nächtliche Besucher nach ein oder zwei Stunden das Haus wieder verließ und verschwand.

Wenn der Tobis sich auch nicht denken konnte, was dieses heimliche Treiben zu bedeuten hatte, so ahnte er doch, dass es nichts Gutes bedeuten konnte.

Und sollte nichts anderes dahinter stecken als eine heimliche Liebschaft, so würde es doch ausreichen für einen Betrug am Bauern, der seine Magd nicht kannte und nicht erkennen wollte. Aber es steckte wohl noch mehr dahinter.

Jedenfalls nahm der alte Tobis sich vor wachsam zu sein, wenn er auch mit tauben Ohren und schläfrigen Augen beim Nachtessen saß und die gleichgültigste Miene zeigte.

Man hatte mit der Rodung der Kartoffeln begonnen. Die Dunkelheit kam jetzt schon früh. In der Luft lag der beißende Geruch der Kartoffelfeuer.

Der Bauer war nicht daheim. Er hielt sich schon mehrere Tage auf den Märkten auf. Die Dienstboten vom Schwaighof waren zur Ruhe gegangen, nur der alte Tobis hatte seinen Posten hinter dem verdunkelten Kammerfenster bezogen. Offenbar wartete er heute vergeblich auf den heimlichen Besuch; es kam niemand. Vielleicht wurde doch in dieser Nacht noch mit der Heimkehr des Bauern gerechnet, der oft erst mit dem letzten Zug eintraf, der kurz vor Mitternacht den Ort erreichte.

Trotzdem verharrte der alte Knecht auf seinem

Platz. Er kam mit wenigen Stunden Schlaf aus und versäumte nichts. Die Arbeit war jetzt nicht mehr so hart und der Tag konnte etwas später beginnen.

An dem Lichtstreifen, der aus dem Fenster der Stube auf den Hofraum fiel, erkannte er, dass die Kathrin noch auf war. Entweder wartete sie auf ihren nächtlichen Besucher oder auf die Heimkehr des Bauern.

Das wollte der alte Tobis noch erfahren; deshalb zog er einen Stuhl an das Fenster.

Was sich inzwischen aber begab, konnte der Tobis nicht sehen, weil es sich im Innern des Hauses abspielte. Er konnte es auch nicht hören, weil er sehr schwerhörig war.

Magdalen fuhr in ihrem Bett in die Höhe, als plötzlich an ihre Kammertür geklopft wurde.

»Wer ist's?«, fragte sie mit erschrockener Stimme.

»Ich, die Kathrin«, kam es leise von draußen.

»Was ist, Kathrin?«

»Ich muss mit dir reden. Mach auf!«

Magdalen sprang aus dem Bett, machte schnell Licht, warf sich ein Kleid über und schob den Riegel zurück.

Sie erschrak über das finstere Gesicht der Magd. Die schwarzen Augen blitzten sie feindselig an. Furchtsam wich das Mädchen bis zum Bett zurück; langsam und ohne einen Blick von ihr zu lassen folgte ihr die Kathrin.

»Was ist los?«, fragte Magdalen, ihren ganzen Mut zusammenraffend.

»Das will ich dir eben jetzt sagen«, war die prompte Antwort.

Aber es entstand noch einmal eine Pause, wodurch die Spannung sich noch steigerte.

»So rede doch endlich!«, stieß Magdalen mit verzweifeltem Mut hervor. »Was willst du?«

»Was ich will? Das fragst du auch noch!«, höhnte die Kathrin. »Ein Luder bist du! Ein ganz hinterhältiges, gemeines Luder! Eine Spionin!«

»Ich muss dich schon sehr bitten, Kathrin, dass du dich ein bisschen zusammennimmst! Wenn du mich auch aus meiner früheren Kammer vertrieben hast, bin ich immer noch die Tochter in diesem Haus und nicht irgendeine zugelaufene Magd, mit der du umspringen kannst, wie du willst! Ich habe nichts gesagt, als du mich hier in diese Magdkammer eingewiesen hast, in der es nichts gibt als ein primitives Bett und diesen alten Schrank! Aber denk nicht, dass ich es nicht gemerkt hätte, dass du mir dadurch nur zeigen wolltest, welche Stellung mir in diesem Haus noch zukommt! Dass du mich aber ein Luder und eine Spionin nennst, das kann ich mir nicht gefallen lassen. Dafür wirst du dich entschuldigen müssen, Kathrin!«

Um Kathrins Mund spielte ein verächtliches, spöttisches Lächeln. Der Schimmer in ihren schwarzen Augen glich einer schwelenden Glut, aus der jeden Augenblick eine tödliche Stichflamme hervorsprühen konnte.

»Jawohl, du bist ein Luder und eine Spionin«, sagte sie mit tiefer Stimme. »Ich wiederhole es! Du bist zum Schwaighof gekommen, nicht nur allein deshalb um die Leute gegen mich aufzuhetzen, sondern auch um dem Bauern nachzuspionieren und zu kontrollieren, ob er sich nicht irgendetwas zuschulden kommen ließ, woraus ihm ein Strick gedreht werden könnte! Dass dein Auftraggeber der Bauer vom Sand ist, das ist nicht schwer zu erraten!«

»Was redest du da, Kathrin!«, rief Magdalen entrüstet.

»Schweig!«, zischte die Magd und es sah aus, als wollte sie über das Mädchen herfallen. »Ich habe dich schon lange in Verdacht, dass du mit dem Bauern vom Sand in brieflichem Verkehr stehst, wenn auch der Briefbote nichts im Haus für dich abgibt. Er wird deine Briefe anderswo hinterlegen!«

»Und wenn es so wäre, ginge es dich doch gar nichts an, Kathrin!«

»Meinst du? Der Bauer hat mir das Vertrauen geschenkt und mir die Führung des Hauswesens in die Hand gegeben. Es ist meine Pflicht dafür zu sorgen, dass es überall ehrlich und sauber zugeht, auch wenn er selbst nicht daheim ist. Es ist meine Pflicht darauf zu achten, dass nicht gar auch noch im eigenen Haus mit Lügen und Betrug gegen ihn gearbeitet wird! Außerdem, wenn du es noch nicht wissen solltest, stehe ich heute schon dem Bauern als seine zukünftige Frau zur Seite und ich lasse es nicht zu, dass er auf eine solche gemeine Weise hintergangen wird! Und wenn du es ganz genau wissen willst, ich bin es gewesen, die ihn damals überredet hat, dass er dich wieder im Haus aufnehmen soll, sonst wärest du hinausgeflogen! Aber ich wollte, dass endlich Frieden gemacht würde mit diesem unseligen Erbschaftsstreit. Dass du ihm seine Bereitschaft aber mit einer solchen Hinterlist vergelten würdest, das habe ich nicht geahnt.«

Magdalen war inzwischen leichenblass geworden. Ihr Entsetzen über diese Rede ließ sie fast zusammenbrechen. »Ich weiß nicht, wovon du redest, Kathrin«, sagte sie mit bebender Stimme. »In den Briefen von meinem Onkel, die er mir über das Hochwieserhaus zugehen ließ, steht kein einziges Wort, das dich zu einer solchen Anschuldigung berechtigt! Wenn es so wäre, hätte ich den Schlüssel am Schrank abgezogen, wo ich meine Briefe aufbewahre. Das glaubst du wohl auch? Bitte, dort liegen sie!«, rief sie und deutete zu dem Möbelstück hinüber. »Lies sie alle durch!«

»Ich habe sie bereits gelesen.«

Magdalen warf den Kopf hoch. »Wie?«

»Ich war so frei und habe ein wenig in deinen Sachen herumgestöbert.«

»Du hast …? Mit welchem Recht?«, rief Magdalen voller Entrüstung.

»Auch die Polizei nimmt sich ein Recht dazu, wenn es gilt, ein Verbrechen aufzudecken.«

»Was für ein Verbrechen?«

»Jawohl, es ist ein Verbrechen, was du hier treibst! Aber ich bin dir dahinter gekommen! Du weißt so gut wie ich, dass der Bauer dem Händler Ludwig das Haus verboten hat. Offenbar hat er herausbekommen, welche Art von Freund dieser ehemalige Sträfling ist. Und mit solchen Leuten stehst du in Verbindung! Mit Verbrechern willst du dich gegen den Bauern verschwören, der es bis heut nur gut mit dir gemeint hat!«

»Entweder spinnst du, Kathrin, oder du willst mir jetzt eine Gemeinheit in die Schuhe schieben, nur weil du mich von hier wegbringen willst. Ich habe mit diesem Ludwig nichts zu schaffen und will auch nie etwas mit ihm zu tun haben!«

»So? Du hast nichts mit ihm zu tun? Was ist dann mit seinem Brief? Ist der vielleicht auch über das Hochwieserhaus dir zugegangen?«

»Ich weiß von keinem Brief!«

»Sonderbar! Du legst also Briefe in deinen Schrank, die du gar nicht kennst?«, höhnte die Magd.

»Ich sage dir, ich habe mit dem Ludwig nichts zu schaffen und bekomme auch keinen Brief von ihm!«

»Du Lügnerin!«, zischte die Kathrin und ging mit resoluten Schritten auf den Schrank zu, riss die Tür auf und zog die Briefe aus dem Fach, dass sie zu Boden flatterten.

Magdalen erbebte über den ganzen Körper wie in einem Fieberanfall. »Das ist doch die Höhe!«, rief sie.

»Ja, das ist die Höhe!«, sekundierte die Kathrin in höchster Erregung und trat mit einem Brief auf sie zu, den sie dem Mädchen um das Gesicht schlug. »Hier! Was ist dann das? Ist das kein Brief? He?«

Magdalen hatte es die Stimme verschlagen. Am liebsten hätte sie jetzt laut aufgeweint vor Wut und Empörung. Sie erfasste kaum den Sinn der Worte, die Kathrin jetzt mit erregter und lauter Stimme aus dem Brief vorlas:

»Ich erwarte dich am kommenden Sonntag nach dem Hochamt am bewussten Platz. Ich habe Material für dich gegen den Straub. Er hat mir das Haus verboten, anscheinend, weil es ihm nämlich nicht passt, dass ich mit dir zusammenkomme. Der Grund ist nicht schwer zu erraten, denn ich bin wohl der einzige Mensch auf Erden, der anzugeben weiß, wie das falsche Testament deiner Mutter zustande gekommen ist. Ich habe nun keine Ursache mehr ihn noch länger zu schonen. Was ich dir diesmal zu sagen habe, wird dem Bauern vom Sand genügen um diesen Erbschleicher zur Strecke zu bringen. Du weißt, ich tu alles für dich und erwarte dich also zu oben genannter Zeit. Dein L.«

Bei den letzten Worten hatte Kathrin beinahe die Stimme versagt vor Zorn und Entrüstung. Sie faltete jetzt mit zitternden Händen den Brief zusammen und steckte ihn in ihren Brustlatz.

»Dass ich diesen Brief dem Bauern, der heut kommen soll, vorlesen muss, das wird dir hoffentlich klar sein«, sagte sie mit blitzenden Augen. »Und was dann geschieht, das kannst du dir vorstellen. Zum Ersten wird der Bauer dich aus dem Haus jagen, was wohl selbstverständlich ist, und zum Zweiten wird er gegen dich und deinen sauberen Bundesgenossen vorgehen; wer weiß wie lange das schon im Gang ist! Dass das Testament ordnungsgemäß zustande kam, dafür bin ich Zeuge. Deine Mutter hat es sogar mit mir auf ihrem Sterbebett noch besprochen. Wahrscheinlich wirst du heute noch allerlei erleben! Und das mit Recht! Denn was du treibst, ist schurkisch!«

Magdalen hatte sich endlich gefasst. Sie warf stolz und entschlossen den Kopf zurück. »Was ich getan habe, kann ich vor Gott und den Menschen verantworten. Wenn mich der Bauer trotzdem hinausjagt, gehe ich eben. Ich weiß von diesem Brief nichts. Hat ihn dieser Ludwig wirklich geschrieben? Ich habe ihn jedenfalls nicht in die Hände bekommen oder gesehen!«

»Wie kommt er dann zu deinen Sachen im Schrank?«

»Das muss die Polizei feststellen.«

Jetzt riss der Kathrin die Geduld. »Du bist doch die abgefeimteste Lügnerin und Betrügerin, die mir jemals unter die Augen gekommen ist!«, schrie sie. »Jetzt ist mir manches klar, was ich früher dem Bauern nicht glauben wollte, wenn er dich einen raffinierten Fratz nannte. Das bist du wirklich!« Damit verließ die Kathrin die Kammer.

Als Magdalen sich darauf allein sah, setzte sie sich aufs Bett und weinte laut schluchzend.

Sie wusste jetzt, mit welchen Mitteln die Kathrin gegen sie zu arbeiten versuchte, und sie fing an, sich davor zu fürchten. Sie wusste auch, dass sie diesen Kampf nicht allein durchstehen konnte. Nun durfte sie nicht mehr länger in diesem Haus bleiben, keine Stunde mehr.

Sie fürchtete sich nun wirklich vor der Kathrin. Sie würde den Bauern von ihrer furchtbaren Anklage gegen sie überzeugen, sobald er heimkam.

Offenbar erwartete sie ihn noch in dieser Nacht.
Und dann?

Es gab im Augenblick nur eine einzige Zuflucht, wo sie vor all diesen schrecklichen Angriffen und Erniedrigungen sicher war. Das war der Hochwieserhof.

Sie musste aus dem Schwaighof fliehen, in dieser Nacht noch, auf der Stelle, noch bevor der Bauer heimkam und in blinder Wut ebenfalls über sie herfiel.

Sie dachte jetzt nicht daran, dass sie den Weg im Dunkeln gehen musste und dass sie sich in Gefahr bringen könnte, wenn sie durch den steilen Felsgang hinaufstieg.

Sie dachte nur an den Hochwieserhof, an die Geborgenheit im Schutz dieser aufrichtigen Menschen. Sie dachte an den Michael, der ihr helfen würde. Er sollte sie zum ersten Frühzug an die Bahn bringen, damit sie zum Bauern vom Sand zurückgehen konnte.

Sie wusste, dass der Michael alles für sie tat; denn er liebte sie und wagte es nur immer noch nicht, es offen zu sagen, obwohl er längst erkannt haben musste, was er ihr bedeutete. Hastig zog sie sich an und packte das Notwendigste ein. Sie löschte das Licht und schlich sich auf den dunklen Flur hinaus. Sie erschrak über das leise Knarren der Türangeln, das in der Stille so laut zu sein schien.

Eine Weile horchte sie in das Haus hinein und schlich sich lautlos die Treppe hinab. Sie sah das lauernde Licht, das durch die Ritzen des Türrahmens aus der Stube herausdrang.

Dort war die Kathrin und wartete auf die Heimkehr des Bauern – in der Pflicht und im Recht der zukünftigen Bäuerin.

Magdalen tastete sich zur Haustür, zog sie lautlos auf und dann war sie draußen. Sie lief davon, vorbei an der Viehtränke, in die Tag und Nacht das Quellwasser plätscherte. Ein welkes Blatt wehte ihr ins Gesicht, das von einem Baum herübergewirbelt wurde.

Sie floh hinaus in die Nacht.

Und oben am verdunkelten Fenster blickte ihr der alte Tobis nach. Wenn auch sein Gehör schlecht war und seine Augen einen trüben Schimmer hatten, sah er dennoch recht gut. Er hatte die Magdalen auch sofort erkannt und ahnte sogleich, dass ihr Weglaufen um diese Zeit eine Flucht war. Kein Zweifel, die Magdalen floh hinauf zum Hochwieserhof. Warum nur?, fragte er sich. Was war denn vorgefallen? Mitten in der Nacht läuft das Mädchen davon!

Da hatte er schon seine Jacke über die Schulter geworfen. So leise wie die Magdalen vermochte er sich freilich nicht aus dem Haus zu stehlen. Dazu war er zu ungelenk, außerdem konnte er als Schwerhöriger die Geräusche nicht einschätzen.

Er war noch nicht draußen, als die Stubentür aufgerissen wurde und die Kathrin im Lichtschein stand, der ihr in den Rücken fiel.

»Du bist's noch?«, rief sie erstaunt. »Wohin?«

»Naus!«, antwortete er nur.

»Spinnst du? Schau, dass du in dein Bett kommst!« Sie vertrat ihm den Weg.

»Geh weg – oder ich schlag dich nieder!«, drohte er.

»Bist du verrückt?«

Er gab ihr keine Antwort, sondern stieß sie so heftig beiseite, dass sie gegen die Wand prallte.

Dann war er weg.

Kathrin ahnte, was vorgefallen war. Sie eilte hinauf in die Kammer Magdalens und fand sie leer.

Am alten Schrank stand die Tür offen. Auf dem Boden lagen noch in wildem Durcheinander die Briefe.

Wenn nachts ein starker Ostwind wehte, hörte man vom Rohrbachtal her eine lange Weile das Pusten und Rattern des Zuges oder sein Pfeifsignal, das er ausstieß, wenn er einen unbeschrankten Bahnübergang passierte.

Die Wolken, die am Abend aufgestiegen waren, hatten sich wieder verflüchtigt, am Himmel standen die Sterne, aber es war eine dunkle Nacht, weil Neumond war.

Kathrin wanderte ruhelos in der Stube auf und ab, dann wieder trat sie zum Fenster und horchte kurz hinaus, als erwartete sie noch etwas, das von entscheidender Bedeutung war.

Stunde um Stunde war vergangen, seit der Tobis das Haus verlassen hatte. Sie hätte es hören müssen, wenn er zurückgekommen wäre.

Aber sie wartete nicht nur allein darauf; es sollte sich in dieser Nacht noch etwas weit Wichtigeres ereignen, wovon nicht zuletzt ihre ganze Zukunft abhing.

Schließlich ging sie die Treppe hinauf und schaute in die Kammer des alten Tobis. Es berührte sie wie eine kalte Hand, als sie feststellte, dass sein Bett unbenutzt war. Wie gleich nach dem Ausschütteln wölbten sich die mit grobem, blau gewürfeltem Leinen überzogenen Kissen über dem Bett. An der weiß getünchten Holzwand tickte eine alte Uhr mit schweren Gewichten und verblichenen Ziffern. Auf der Truhe lagen Teile seines Sonntagsanzuges und daneben stand ein Paar Rohrstiefel. Am geöffneten, unverhängten Fenster stand ein alter Stuhl, so, als wäre er rasch zurückgeschoben worden.

Kathrin löschte das Licht, ging zum Fenster und schaute auf den nächtlichen Hofraum hinab. Sie sah den weißen Lichtstreifen, den die Stubenlampe weit und schmal über die Erde legte, dass er noch draußen auf den Wildbirnbaum traf. Sie hörte das Plätschern des Viehbrunnens und das ferne Pfeifsignal des Nachtzuges. Mit zusammengekniffenen Augen kehrte sie in die Stube zurück.

Sie wusste, dass der Bauer heut vom Markt zurückkam. Wenigstens hatte er ihr dafür den heutigen Tag genannt.

Sie traute dem alten Tobis nicht mehr. Vielleicht war er gar nicht so schwerhörig, wie er sich stellte? Wahrscheinlicher war, dass er sie alle täuschte. Dann hätte er womöglich den Streit zwischen ihr und der Magdalen mit angehört.

Und jetzt lief er wohl dem Bauern entgegen um ihr den Wind aus den Segeln zu nehmen. Er sollte zuvor von anderer Seite unterrichtet sein, ehe er von ihr damit überrascht wurde.

Sie hatte diesem Tobis zu wenig Beachtung geschenkt und hätte längst dafür sorgen müssen, dass er aus dem Haus käme. Sie hatte ihn nicht für voll genommen.

Aber das sollte er ihr büßen, dass er sie vorhin an die Wand gestoßen hatte! Das sollte ihm teuer genug zu stehen kommen, wenn sie erst einmal die Bäuerin war!

Bei diesem Gedanken stahl sich ein triumphierendes Lächeln in ihr hartes, bleiches Gesicht. Ihre unruhigen Blicke straften jedoch dieses Lächeln Lügen.

Sie war entschlossen heute ihren letzten und

höchsten Trumpf auszuspielen. Sie hatte die Entscheidung zu lange hinausgezogen und dadurch ihren Feinden zu viel Spielraum gelassen.

Die Uhr an der Wand schlug jetzt Mitternacht. Auf dem Tisch lagen ein paar Zeitungen und ein Brief von einer landwirtschaftlichen Versuchsanstalt, der mit der Post gekommen war.

Die Kathrin richtete dem Bauern immer alles schön her, weil sie wusste, dass er das liebte. Sie hatte auch noch sein Leibgericht vorbereitet für den Fall, dass er hungrig sein sollte.

Sie stellte sich vor den Spiegel, nestelte an ihrem Haar, glättete ihre starken schwarzen Brauen und ärgerte sich über ihre graue Gesichtsfarbe, die sie durch Reiben beleben wollte.

Aber da hörte sie Schritte vor dem Haus und erschrak.

Es war der Schritt des Bauern. Aus Hunderten hätte sie ihn herausgekannt.

Draußen fiel die Tür ins Schloss, noch ein paar feste, polternde Schritte im Gang, dann betrat Joachim Straub die Stube.

Seine Augen blinzelten, weil ihn das Licht blendete.

»Grüß dich, Kathrin, da bin ich!«, sagte er gut gelaunt.

»Ist recht, Bauer!«

»Hätt's nicht gebraucht, dass du auf mich wartest!«

»Ich versäum nichts. Wie ist's gegangen?«

»Ich bin zufrieden. Die ganzen sieben Stück gingen nach Gut Kronberg. Das ist eines unserer Mustergüter. Der Verwalter hat mir gesagt, dass er nur selten ein Aufzuchtvieh von dieser Qualität gefunden habe.«

»Ich gratuliere!«

Er ging an den Tisch und drehte den Brief ein paar Mal um, legte ihn beiseite und las ein paar Überschriften in den Zeitungen.

»Willst du noch etwas essen?«, fragte sie.

»Hm, wenn's nicht zu viel Mühe macht.«

»Ich hab es schon vorbereitet. Sofort!«

Sie ging in die Küche und er legte Jacke und Schuhe ab, setzte sich an den Tisch und brach den Briefumschlag auf. Es war ein Schreiben von der landwirtschaftlichen Versuchsanstalt, worin ihm bestätigt wurde, dass beim Ergebnis der diesjährigen Versuchssaaten an Bergweizen seine Kulturarten sowohl quantitativ als auch qualitativ an erster Stelle stünden, wozu ihm die Gratulation ausgesprochen sei. Das Schreiben war vom Leiter der Versuchsanstalt unterzeichnet.

Joachim Straub lächelte stolz und zufrieden vor sich hin, als Kathrin das Essen brachte, dem er gleich kräftig zusprach.

»Gute Nachricht«, sagte er und deutete auf den Brief.

»So?«

»Lies selbst!« Er schob ihr den Brief zu, den sie recht unaufmerksam überflog. Aber das merkte er nicht.

»Allerhand!«, sagte sie nur.

»Das soll mir einer nachmachen! Ob es draußen die Saat ist oder im Stall das Vieh! Knecht, sagt der

Bauer vom Sand! Ehemaliger Knecht! Erbschleicher! Wir werden ja sehen, was ein richtiger Bauer ist!«

In seiner Erregung stopfte er das Essen hinein, griff dann nach dem Krug und trank ihn mit einem gewaltigen Zug leer.

»Was Neues!«, fragte er und warf ihr einen Blick zu. Jetzt erst schien er zu bemerken, dass etwas nicht ganz in Ordnung war. Auf der Stirn der jungen Frau entdeckte er ein paar tiefe, finstere Falten.

»Was gibt's denn wieder?«, fragte er etwas unwirsch.

»Ärger!«

»Ärger? Wer macht hier wem Ärger?«

»Die Magdalen scheint ein gefährliches Doppelspiel zu führen. Während wir meinen, sie sei das brave, nette, fleißige Mädchen, leistet sie nebenbei für diesen Bauern vom Sand ganz gefährliche Spitzeldienste.«

Sein Gesicht spannte sich an. »Wie? Was ist mit der Magdalen?«

»Wenn ich ihr nicht zufällig dahinter gekommen wäre, dann würde sie dieses Spiel wohl noch lange weitertreiben. Und eines Tages flattert von einem Anwalt ein Brief ins Haus und der Prozess ist fertig. Meinst du nicht auch, dass dann der Spruch des Richters sich mehr der übervorteilten Tochter zuwenden könnte als dir, der du nur unter allen Umständen Bauer sein und bleiben willst?«

Er wischte sich mit der breiten, flachen Hand über den Mund und starrte sie aus finsteren Augen an.

»Was redest du da von einem Doppelspiel? Sprich

wenigstens deutlich, damit ich dich verstehen kann! Wer will mir hier den Bauer streitig machen? Ist das Testament nicht deutlich genug, als dass man daran herumdrehen könnte?«

»Natürlich ist es deutlich genug.«

»Na also! Wenn der Bauer vom Sand Geld übrig hat, dann mag er prozessieren! Man kann ja nach zehn Jahren nicht noch daherkommen und mir mein Recht streitig machen wollen!« Er schlug mit der Faust krachend auf den Tisch und unterdrückte einen harten Fluch.

»Du scheinst immer noch nicht zu erkennen, wer dir hier gut will! Du hast wohl gemeint, du könntest es abwarten, bis du die Magdalen so weit hast, dass sie dir um den Hals fällt und bittet: Nimm mich! Wie herrlich für dich; denn dann brauchst du ihr nicht einmal mehr ihr Erbteil auszubezahlen! Ich habe die Bäuerin gepflegt bis zu ihrem Tod, habe Tag und Nacht geschuftet, das Haus geführt, auf jede freie Stunde verzichtet. Alles tat ich für dich! Du hast mir Geschenke gemacht, hast mir verliebt in die Wange gekniffen: Es wird schon, Kathrin! Hab noch ein wenig Geduld! Ich habe dir geglaubt und alles ertragen, alle Anfeindungen und Boshaftigkeiten, den Spott von den Dienstboten und von den Leuten aus dem Dorf. ›Die verhinderte Bäuerin vom Schwaighof!‹ Ja, das hörte ich oft!« Sie wandte sich erschüttert ab und wischte mit der Hand über ihre Augen.

Er stand auf und machte ein paar Schritte durch die Stube. Dann drehte er sich zu ihr um. »Was willst du, Kathrin?«

»Wie du nur diese Frage noch an mich richten

kannst? Soll ich dir denn noch einmal sagen, was du mir versprochen hast?«

»Kathrin!« Es klang scharf und drohend.

»Meine Geduld ist zu Ende!«, antwortete sie ebenso heftig. »Du musst dich noch heute entscheiden zwischen mir und der Magdalen. Ich bin nicht rachedurstig, trotzdem soll es mich freuen, wenn sie dich aufs Kreuz legt. Denn du scheinst sie noch nicht zu kennen, aber ich kenne sie. Ich bin ihr schon viel länger auf der Spur, schon seitdem ich erfahren habe, dass sie mit dem Ludwig zusammensteckt.«

»Wie? Mit dem Ludwig?«

»Aha! Da wunderst du dich, gelt? Du hast gemeint, du brauchtest dem Ludwig nur dein Haus zu verbieten, damit sei alles erledigt. Du hast eben nicht mit der List deiner Stieftochter gerechnet, für die jeder Mann recht ist, der dein Feind ist! Ich habe schon lange geahnt, dass zwischen der Magdalen und dem Ludwig irgendeine heimliche Abmachung besteht, eine Verschwörung gegen dich.«

»Weißt du überhaupt, was du da redest, Kathrin? Wenn du auch auf die Magdalen eifersüchtig geworden bist, aber hier hört es auf! Eine solche niederträchtige Anschuldigung darfst du dir nicht erlauben, wenn du sie nicht beweisen kannst! Und das, meine ich, wird dir schwer fallen.«

»Ich kann es beweisen!«, rief sie triumphierend und riss den Brief aus ihrer Schürze. »Hier! Lies es selbst, was dein ehemaliger guter Freund an die Magdalen Moser zu schreiben hat!«

Er riss ihr den Brief aus den Händen. »Wo hast du das her?«

»Aus ihrem Schrank!«

»Du gehst an ihren Schrank?«

»Es war notwendig, wie du sehen wirst!«

Er las den Brief und sein Gesicht verzerrte sich nach und nach. Sein Blick ging an der Kathrin vorbei, dann lief er an den Tisch, blieb lange abgewandt stehen und fuhr mit der Hand über seinen Schädel.

»Hast nicht du einmal gewünscht, die Magdalen sollte diesen Ludwig heiraten, damit sie aus dem Haus wäre?«, fragte er jetzt mit völlig veränderter Stimme.

Sie antwortete nicht.

»Wenn man den Teufel an die Wand malt, dann kommt er auch bald persönlich«, fuhr er wie zu sich selbst fort.

Dann blieb es lange still. Auf einmal drehte er sich zu ihr um. »Hol die Magdalen her!«, befahl er.

Sie warf einen Blick auf die Uhr. »Ich müsste sie wecken ...«

»Ja, weck sie!«, schrie er.

Da ging sie hinaus und lief die Stiege hinauf.

Als sie zurückkam, hatte sie sich wieder völlig in der Gewalt. Sie schaute ihn mit herausfordernden Blicken an.

»Und?«, fragte er.

»Fort.«

»Wer ist fort? Die Magdalen?«

»Die Kammer ist leer?«

»Du hast ihr den Brief gezeigt?«, fragte er.

»Ja. Ich habe ihn ihr sogar um das Gesicht geschlagen. Eine solche Gemeinheit konnte ich nicht mehr ertragen!«

Er wandte sich wieder ab, lehnte sich an die Wand und schaute schweigend ins Licht.

Kathrin nahm das Essgeschirr vom Tisch und ging damit hinaus.

Er sagte nichts.

Als sie zurückkehrte, stand er noch auf dem gleichen Fleck. »Lass mich allein, Kathrin!«, sagte er.

»O nein, ich lasse dich jetzt nicht allein! Du weißt nicht, was alles gegen dich im Gange ist! Da gehöre ich zu dir!«

»Du kannst mir da nicht helfen.«

»Vielleicht doch! Ich bin sicher der einzige Mensch, der dir helfen kann.«

»Was heißt das? Dass ich nicht Mann genug bin, meine Rechte hier zu verteidigen?« Es klang höhnisch.

»Ich fürchte, du kannst es nicht ohne mich!«

»Täusch dich nur nicht in mir, Kathrin! Wenn es wahr ist, was da in diesem Brief steht, hat bei mir alle Rücksichtnahme ein Ende. Dann werfe ich dem Bauern vom Sand den Erbanteil für sein Mündel morgen schon vor die Füße!«

»Zweifelst du, dass es wahr ist?«

Er antwortete nicht gleich. »Jedenfalls gehe ich der Sache nach. Morgen fahre ich ins Suhrtal und suche diesen Ludwig auf.«

»Das ist das erste vernünftige Wort, das du bis jetzt in der Sache gesprochen hast. Dass aber der Ludwig ein Schurke ist, das weißt du auch.«

»Er war vier Jahre wegen einer ganz großen Gaunerei im Gefängnis. Das hätte ich heut der Magdalen gesagt.«

»Und sonst nichts?«, fragte sie hämisch.

Er antwortete nicht, wandte sich ab und wanderte wieder in der Stube herum.

»Ich warte auf deine Antwort«, sagte sie.

»Auf welche?«

»Wann ist die Hochzeit?«

»Das sage ich dir morgen.«

»Ich nehme dich beim Wort. Ein Bauer vom Schwaighof ohne Bäuerin ist kein Bauer!«

Auch diese Rede machte ihn stutzig. Er drehte sich zu ihr um und schaute sie an.

Da lachte sie.

»Geh jetzt, Kathrin! Ich will allein sein! Gute Nacht!«

Sie ging langsam zur Tür und blieb plötzlich aufhorchend stehen.

Nun hörte er auch den Schritt, der sich dem Haus näherte.

»Wer kommt denn noch?«

Sie zuckte die Schultern. Aus ihrem Gesicht entwich das Blut. Da fiel draußen die Haustür ins Schloss.

»Wer war denn noch fort?«, fragte er.

»Keine Ahnung.«

»Schau nach!«

Aber da ging die Tür schon auf und herein kam der alte Tobis. Seine Kleidung war so stark verschmutzt, als ob er sich auf der regennassen Straße gewälzt hätte. In seiner Hand blitzte der blanke Stahl eines Stiletts, als wollte er den nächsten Menschen, der ihm begegnete, abstechen. Seine sonst so trüben und friedlichen Augen flackerten wild und unstet.

»Aber was ist denn mit dir los, Tobis?«, schrie der Bauer.

»Ein Überfall, Bauer!«, sagte der Knecht und rang nach Atem.

»Ein Überfall? Bei uns? Wer ist überfallen worden?«

»Die Magdalen, oben im engen Felsgang, weißt schon, wo der Hohlweg zum Hochwieser hinaufführt!«

Straub warf der Kathrin einen Blick zu, nur nebenbei stellte er fest, dass ihr Gesicht so weiß wie die Wand war. Er befasste sich jetzt mit dem Tobis.

»Warum war die Magdalen in der Nacht auf diesem Weg?«, fragte er.

Das wusste der Knecht nicht.

»Und wo kommst du her?«, schrie der Bauer ihn an.

»Ich hab sie fortlaufen sehen und bin ihr nachgeeilt. Es ist ein gefährlicher Weg durch die dunkle Felsenge hinauf. Wenn sie stürzt, bleibt sie die ganze Nacht liegen, dachte ich. Und richtig, auf einmal hör ich sie schreien. Sie muss arg laut geschrien haben, sonst hätt ich's nicht gehört, weißt schon, Bauer. Ich springe durch den Felsgang hinauf und auf einmal fällt mich ein Kerl an, schlägt mich nieder und will mich über den Geröllhang hinabwerfen. Aber ich erwisch ihn bei den Füßen und bring ihn zu Fall. Bis er sich wieder auf mich stürzen kann, bin ich auf den Beinen und hab mein Messer gezogen. Ich stoß zu und muss ihn auch getroffen haben, weil er geschrien hat und davongelaufen ist.«

»Und was ist mit der Magdalen?«, fragte der Bauer.

»Die wird inzwischen zum Hochwieser hinaufgelaufen sein, denk ich. Ich hab sie nimmer gesehen.«

»Wer war der Kerl?«

»Ich hab ihn nicht gekannt, weil er eine schwarze Maske vor dem Gesicht gehabt hat.«

Der Bauer schüttelte verständnislos den Kopf und wandte sich an die Kathrin. »Was sagst du dazu, Kathrin?«

Sie war blass und lächelte verächtlich. »Du wirst doch nicht glauben, was der alte Hanswurst da zusammenphantasiert? Wann hat man denn schon gehört, dass jemand auf dem Weg zum Hochwieserhof überfallen worden ist?«

»Aber etwas muss doch gewesen sein!«

»Nichts war! Vielleicht bloß ein dummer Scherz, wie ihn sich unsere Burschen manchmal erlauben. Sicher hat bloß der Michael seinen Spaß mit ihr getrieben, so wie er es früher auch getan hat.«

In diesem Augenblick fiel dem Bauern nicht auf, was für einen Unsinn sie redete. Mindestens hätte er am Zustand des alten Knechtes, an seiner verschmutzten und zerschlissenen Kleidung und daran, dass er ein Messer in der Hand hielt, erkennen müssen, dass hier kein Spaß mehr vorlag.

Natürlich kam es immer wieder vor, dass junge Mädchen oder Frauen überfallen wurden, aber doch nicht auf einem solchen Weg, wie er zum Hochwieserhof hinaufführte, der nur von den beiden Söhnen oder gelegentlich von der alten Frau selbst benutzt wurde, wenn sie zur Kirche ging. Schon der Zufall allein, dass ausgerechnet zu dieser Stunde, als die Magdalen durch den engen, dunklen Felsgang hinaufstieg, so ein übler Wegelagerer auf sie gelauert haben sollte, hätte ihm zu denken geben müssen.

Im Augenblick aber fehlte ihm dazu die sachliche Überlegung.

»Ich werde mich schon darum kümmern, Tobis«, sagte er. »Geh ins Bett! Oder bist du verletzt? Dann lass dich von der Kathrin verbinden.«

Der alte Knecht hatte der Kathrin die Worte, die sie vorhin gesprochen hatte, vom Mund abgelesen und ließ sie nicht mehr aus seinen Augen. Er achtete nicht darauf, was der Bauer eben gesagt hatte.

»Du müsstest eigentlich mehr darüber wissen!«, wandte der Tobis sich an die Magd. »Auf alle Fälle weißt du, dass es kein Spaß war! Nicht umsonst hast du die Magdalen noch zum Hochwieserhof hinaufgeschickt!«

»Ich?«, schrie Kathrin ihn bissig an.

»Wer denn sonst?«

»Ich merk schon länger, dass es bei dir da nicht mehr recht stimmt!«, höhnte sie und tippte an ihre Stirn. »Du gehörst schon lange in ein Altersheim oder in eine Anstalt!«

Der Tobis musste erst übersetzen, was er ihr vom Mund abgelesen hatte. Sein verwittertes Gesicht bewölkte sich wie ein Gewitterhimmel. »Ich mein, die ganze Geschichte hängt mit dem Mann zusammen, der dich manchmal arg spät in der Nacht noch besucht!«, sagte er und seine Augen, die sonst so trüb und sanft waren, drohten ihr Gesicht zu durchbohren.

Der Bauer war dabei seine Stiefel auszuziehen. Den einen Fuß im Schuh, den anderen im Strumpf, kam er heran. Seine Augen funkelten jetzt aus schmalen Schlitzen.

»Hab ich nicht gesagt, dass er spinnt?«, schrie die Kathrin mit schriller Stimme.

»Welcher Mann?«, fragte der Bauer mit verändertem, dumpf grollendem Tonfall.

»Der Ludwig!«, antwortete der Alte.

Der Bauer wandte seinen Blick der Magd zu.

»Du hörst wohl nicht, was der Bauer gesagt hat!«, schrie sie den Tobis an. »Du sollst gehen! Also geh!«

Schweigend ließ der Knecht seinen Blick ein paar Mal zwischen dem Bauern und der Magd hin und her wandern. Es war totenstill. An der Wanduhr löste sich das Schlagwerk. Ein lautes Knacken und dann schlug die Stunde.

Tobis merkte, dass er noch immer das Messer in der Hand hatte. Er fingerte die Scheide aus der Tasche und zog sie über die Klinge.

Dann ging er hinaus.

Bauer und Magd sahen sich an. Es hatte den Anschein, als wollte er jeden Zug, jede einzelne Linie von Kathrins bleichem Gesicht studieren: die schwarzen, unergründlichen Augen, die markant hervorragenden Wangenknochen. Man konnte alles im Ausdruck dieses Gesichtes finden: Hass und Liebe, Leidenschaft und Skrupellosigkeit, Schönheit und Hinterlist.

Zum ersten Mal empfand er etwas wie ein Schaudern vor ihr.

»Rede!«, befahl er.

Sie warf den Kopf zurück. »Was denn? Soll ich mich vielleicht verteidigen wie eine Angeklagte? Bloß weil dieser alte Narr mit seinem verkalkten Hirn Dinge gesehen haben will, die es nicht gibt und nicht geben kann?«

»Was ist mit diesem Ludwig?«

»Nichts!«

»Aber er war da?«

Sie zögerte. »Er hat es einmal versucht. Ich hab nicht gewusst, worum es geht. Heut wissen wir, dass er sich mit der Magdalen treffen wollte. Der Beweis dafür ist der Brief!«

Er verriet nicht, wie weit er ihren Worten Glauben schenkte. Seine Hand fuhr über die Taschen, bis er das Knistern des Papiers vernahm. »Wir werden es sehen«, knurrte er dann und humpelte nach seinem zweiten Stiefel um hineinzuschlüpfen.

»Wo gehst du denn noch hin?«, fragte sie.

»Hinauf zum Hochwieser.«

»Nein! Du bleibst da!«

»Du meinst, dass du mir das nur zu befehlen brauchst? Nein, nein, so weit sind wir noch nicht, Kathrin. Es ist meine Pflicht mich um das Mädchen zu kümmern. Ich muss wissen, was geschehen ist und ob die Magdalen auch wirklich beim Hochwieser ist. Sie kann ja noch in der Dunkelheit herumirren und diesem Scheusal noch einmal in die Hände fallen.«

»Und dieser gemeine Brief sagt dir gar nichts?«

»Auch das wird sich klären. Und dann wird Ordnung im Haus geschafft, Kathrin, so oder so! Man hat wohl vergessen, wer hier der Herr ist!«

»Ja, du hast das vergessen!«, sagte sie schneidend. »Denn sonst hättest du es niemals geduldet, dass deine Stieftochter auf den Schwaighof zurückkehrt, wo sie nichts mehr zu suchen hat. Du hättest ihr die Tür weisen müssen. Aber dazu warst du zu feig! Du hast gemeint, du könntest ein paar Querköpfe aus dem Dorf gegen dich aufbringen und du wolltest doch als der gerechte und großherzige Mann erscheinen! Schließlich hast du in deiner Geldgier zu rechnen angefangen und überlegt, ob es dir vielleicht nicht gelingen könnte, das Herz der Magdalen zu gewinnen. Es gäbe für dich keine rentablere Heirat als die mit deiner Stieftochter. Dass du aber bereits mir die Heirat versprochen hast, das kümmerte dich nicht mehr. Da bist du nicht der einzige Schuft unter den Bauern. Zuerst entscheidet der Hof und das Geld. Das Vermögen kann nicht groß genug sein, dafür nimmt man jede Frau in Kauf!«

Er stand am Tisch und hielt sich an der Stuhllehne fest, als hätte er Angst, dass ihre Schmähungen ihn zu Unüberlegtheiten hinreißen könnten.

»Sprich dich ruhig aus!«, höhnte er. »Oder bist du fertig?«

Sie war noch nicht fertig. »Den Ludwig hast du aus dem Haus gejagt, weil du Angst hattest, er könnte dir den fetten Braten vom Teller stehlen.«

»Den Ludwig hab ich weggejagt, weil er ein Gauner ist, mit dem ein Bauer vom Schwaighof nicht paktieren kann ohne sein Ansehen zu gefährden!«, rief er dazwischen.

»Du hältst dich für einen klugen Mann und hast nicht einmal gesehen, in welche Gefahren du dich gebracht hast«, fuhr sie fort. »Aber ich habe es erkannt und ich bin es gewesen, die dich bis heut davor bewahrt hat, obwohl ich gesehen habe, dass du mir gegenüber wortbrüchig werden willst! Ich warne dich, Joachim Straub! Treib mit mir kein falsches Spiel! Du könntest dabei den ganzen Einsatz verlieren!«

Seine Hände auf der Stuhllehne wurden immer weißer, so sehr verkrampfte er sie. Jetzt warf er mit polterndem Krach den Stuhl um und richtete sich auf, als könnte er ihre Anschuldigungen nicht länger schweigend hinnehmen.

»Das klingt wie eine Drohung!«, sagte er und kniff die Augen zusammen. »Es ist heut nicht das erste Mal, dass ich meinen Fehler einsehe, nämlich, dass ich dir viel zu viel Rechte einräumte! Fahr noch eine Weile so fort und ich werde dich daran erinnern müssen, dass du hier nichts anderes bist als die beste Magd! Alles andere magst du dir eingebildet haben. Es tut mir Leid, wenn du nun enttäuscht bist. Aber alles im Leben hat seine Grenzen. Man kann keinen Stier in die Stube stellen, ohne dass er alles zerstört und Unrat macht, ebenso wenig …« Er brach ab.

Sie warf kampflustig den Kopf hoch. »Ebenso wenig kann man eine Magd zur Bäuerin machen! Das wolltest du doch sagen? Bist du nicht auch als Knecht auf den Schwaighof gekommen? Dennoch hat dich die Bäuerin zum Bauern gemacht!«

»Das hat sie freiwillig getan, ich habe sie nicht dazu genötigt!«, warf er ein.

»Aber zum Testament hast du sie genötigt! Du hast es ihr sogar vorgeschrieben, so, wie du es für dich gebraucht hast!«

»Kathrin!«, warnte er. »Noch ein solches Wort, und ich mache von meinem Hausrecht Gebrauch!«

Das war für Kathrin das Stichwort, das die Katastrophe auslöste.

»Von welchem Hausrecht willst du Gebrauch machen? Von deinem? Du?«, rief sie und lachte schrill auf wie eine Wahnsinnige. »Wer bist du denn? Nichts bist du! Niemand! Du bildest dir ein auf dem Schwaighof Herr und Bauer zu sein! Das bist du nur so lange gewesen, als ich dir diese Freude gönnte!«

Nun hatte er keinen Zweifel mehr daran, dass sie übergeschnappt war. So konnte nur eine Wahnsinnige aussehen – oder aber auch eine Verbrecherin.

Noch einmal überlief ihn ein kalter Schauer.

»Ich glaube, wir haben nun genug geredet«, sagte er. »Geh ins Bett und bring zuerst deine zerfahrenen Gedanken in Ordnung!«

Er wandte sich ab und ging zum Fenster. Er drehte ihr nur noch seinen breiten Rücken zu.

»Nein, es ist noch nicht alles gesagt«, begann sie noch einmal. »Ob ich morgen oder heute noch den Schwaighof verlasse, ist mir einerlei. Aber wenn ich von hier gehe, gehst auch du, Joachim Straub! Denn auch hier hast du die Rolle des Bauern ausgespielt und trittst von der Bühne ab.«

Er drehte sich zu ihr um. Ihre Augen blitzten ihn feindselig an.

»Dein Testament kannst du wegwerfen; denn darauf kannst du dich nicht mehr berufen. Es ist ein wertloser Fetzen Papier. Verstehst du?«

Er verstand es nicht und glotzte sie an.

Sie griff abermals in ihre Schürze, in ihrer Hand knisterte Papier.

»Pass gut auf, was ich dir nun vorlese!«, rief sie triumphierend.

Mit vor Erregung zitternder Stimme sagte sie nun das zweite Testament der verstorbenen Bäuerin auf. Sie sagte es tatsächlich nur auf, weil sie es längst auswendig kannte und nicht mehr lesen musste. Ihre schwarzen, unheimlichen Augen waren nicht auf das Papier gerichtet, sondern auf sein Gesicht, als wollte sie sich an seinem Erschrecken weiden, an seiner Niederlage, die sie ihm in diesem Augenblick bereitete.

»Du brauchst jetzt nur noch das Datum zu vergleichen und dann deinen wertlosen Wisch wegzuwerfen«, fügte sie hinzu. »Ob nun die Magdalen als junge Bäuerin vom Schwaighof dich zu ihrem Bauern machen wird, nur um nicht die Auszahlung deines Erbanteiles zu leisten, das bezweifle ich sehr. Denn ihr Bauer wird wohl der Hochwieser Michael sein, falls du noch nicht wissen solltest, dass die beiden sich auf Schritt und Tritt nachlaufen.«

Er musste sich erst fassen.

»Wie kommst du zu diesem Testament?«, fragte er fast tonlos, weil ihm die Stimme zu versagen drohte.

»Die Bäuerin hat es mir kurz vor ihrem Tod übergeben mit dem Auftrag, es dem Bauern vom Sand auszuhändigen. Ich wusste, was darin stand, denn ich habe es mit unterschrieben.«

»Du hast es unterschlagen?«

»Ich habe gewusst, dass es für dich nur ein Glück auf Erden gibt, nämlich Bauer vom Schwaighof zu sein und zu bleiben. Es geschah nur für dich, denn ich habe dich geliebt.«

Er kam langsam näher, Schritt für Schritt, seinen Blick unverwandt auf ihr Gesicht gerichtet. Er sah die roten Flecke, die jetzt auf ihren blassen Wangen brannten.

»Gib mir das Testament!«, befahr er.

»Nein!«

»Gib mir das Testament!«, wiederholte er schärfer.

Seine Hand fuhr an ihren Arm, klammerte sich daran fest. Mit Gewalt entriss er ihr das Schreiben.

Er trat damit unter die Lampe und las es noch einmal still durch.

»Es nützt dir nichts, wenn du es vernichtest. Ich kann den Wortlaut jederzeit unter Eid wiederholen«, sagte sie hinter ihm. »Und ich werde es auch tun!«

Er wandte sich zu ihr um. »Du hast eine schwere Schuld auf dich genommen, Kathrin! Vergrößere sie nicht noch durch deine Erpressung! Ob du es deshalb getan hast, um mir einen Liebesdienst zu erweisen oder um mich in deine Hand zu bekommen, es ist immer dasselbe. Es bleibt ein Verbrechen!«

»Ich habe es für dich begangen«, flüsterte sie mit bebenden Lippen.

»Nur für mich? Nein, auch für dich! Denn du wolltest Bäuerin vom Schwaighof werden. Vielleicht hast du dir gar kein so großes Gewissen dabei gemacht. Ich bin anders, Kathrin! Ich kann keine Stunde an dieser Schuld mittragen!«

Ihr Gesicht wurde wieder von einem spöttischen, verächtlichen Zug beherrscht. »Gut, dann geh in den Ruhestand und lass dir von der jungen Bäuerin vom Schwaighof das Essen reichen!«

»Ich werde das tun, was ich in diesem Fall tun muss: Ich werde dem Bauern vom Sand das unterschlagene Testament aushändigen!«

»Vielleicht hast du auch den Mut, dem Bauern vom Sand wenigstens zu bekennen, welchen Verrat du an der Bäuerin und an mir begangen hast!«

»Ich weiß von keinem Verrat!«

»Und deine Geschenke an mich? Deine Versprechungen?«

»Das war nach dem Tod der Bäuerin! Hätte ich von deiner Unterschlagung gewusst, hätte es keine Geschenke und kein Versprechen gegeben, sondern …«

»Sondern?«

»Gefängnis wie für alle Verbrechen!«

Sie erschrak. Nicht so sehr über seine Worte, sondern über seine Ruhe. Jetzt erkannte sie, dass sie sich in ihm völlig getäuscht hatte. Sie wurde unsicher. Der spöttische Zug in ihrem Gesicht, der bis jetzt vorgeherrscht hatte, verlor sich. An seine Stelle trat ein Ausdruck von Angst.

Er steckte mit herausfordernder Umständlichkeit das Testament in seine Tasche.

»Was rätst du mir, was ich tun soll?«, fragte sie.

»Was du tun musst, kannst du dir während dieser Nacht überlegen. Solltest du es bis morgen früh noch nicht wissen, müsste ich es dir sagen.«

»Dass ich den Schwaighof verlassen muss?«, fragte sie erbleichend.

»Willst du, dass ich dich anzeige?«

Sie trat zurück, griff nach der Tür ohne ihren Blick von ihm zu wenden. Sie wartete darauf, dass er noch irgendetwas sagen würde.

Aber er schwieg.

Kathrin drehte sich plötzlich um und floh aus der Stube.

Joachim Straub blieb regungslos stehen. Er kam sich plötzlich vor wie ein knorriger Baum, der sich vergeblich gegen die Axt wehrt, die ihn zu fällen versucht. Ein paar Schläge mehr und auch der knorrige Baum fällt … Verwehte Saat, die er gestreut hatte.

Es war jetzt totenstill im Haus. Sogar die Uhr war stehen geblieben und die Gewichte lagen am Boden.

Nun war alles, alles verloren, was er erarbeitet, gebaut und erhofft hatte.

Der Bauer schaute auf seine Stiefel nieder, an denen der vertrocknete Schmutz vom letzten Regen klebte. Morgen wollte er mit den Knechten die verschütteten Gräben am Wiesenrain ausräumen, damit das Wasser im Winter ablaufen konnte. Vorbei. Er hatte nichts mehr zu tun auf dem Schwaighof.

Schwer und schnaubend stieß er die Luft aus der Nase, dann griff er nach seinem Hut und ging hinaus in die Nacht.

Er schlug den Weg ein, der zum Hochwieser hinaufführte.

Wenn die beiden Hochwieserbuben schliefen, dann hätte man sie wegtragen können, ohne dass sie etwas davon bemerkt hätten. So tief und gesund war ihr Schlaf. Kaum hatten sie sich in ihrer einfachen Dachkammer ins Bett gelegt und sich noch ein paar Mal herumgedreht, waren sie schon fest eingeschlafen und wachten erst wieder auf, wenn in der Frühe laut und lang der Wecker schnarrte und sie langsam zu Bewusstsein brachte.

Anders die Hochwieserin. In ihrem Alter schlief man nicht mehr so tief und lag manche Stunde wach in seinem Bett und dachte über Dinge nach, mit denen man sich gerade beschäftigen musste.

Deshalb hörte sie auch gleich das Klopfen an die verschlossene Haustür, wunderte sich zuerst darüber, und als es nicht aufhörte, wusste sie, dass noch jemand zu ihnen wollte. Sie schlüpfte aus dem Bett, machte Licht und warf sich ein Kleid über. Dann ging sie in die Kammer ihrer Söhne.

Im ersten Bett schlief gleich der Michael, den sie mit Mühe wachrüttelte. Es dauerte lang, bis er endlich die Augen aufschlug und verwirrt in das vom Flur hereinfallende Licht blinzelte.

»Es klopft jemand an die Tür, es muss etwas passiert sein!«, sagte sie.

Er musste sich erst darauf besinnen, was die Mutter nicht ohne Aufregung zu ihm gesagt hatte. Dann setzte er sich endlich auf und rieb sich den Schlaf aus den Augen.

»Was ist los?«, fragte er.

»Es ist jemand an der Tür!«

»Wer?«

»Ich weiß es nicht. Horch! Es ruft jemand!«

Er sprang aus dem Bett und schlüpfte in die steife

Lederhose. »He, Lukas! Auf!«, schrie er zum Bett des Bruders hinüber, der bereits von dem Geschrei unruhig geworden war.

Noch ehe Lukas richtig wach war, ging Michael bereits die Treppe hinab.

Es wurde heftig an die Tür geklopft.

»Geduld! Ich komm schon!«, rief er und suchte nach dem Lichtschalter.

Von irgendwoher kam starke Zugluft und er fröstelte ohnehin, weil er aus dem Schlaf gerissen worden war.

Dann nahm er den schweren Holzriegel aus dem Haken und öffnete schnell die Tür.

Er hatte alles erwartet, nur nicht, dass es eine Frau sein könnte, die mitten in der Nacht am abgelegenen und einsamen Hochwieserhaus anklopfte.

»Magdalen!«, rief er dann teils erschrocken, teils erfreut, als er sie erkannte. »Was ist denn?«

Sie war völlig erschöpft und konnte ihm keine Antwort geben, sie rang nach Atem und hielt sich am Türrahmen fest.

»Ich bin geflohen!«, brachte sie endlich heraus.

Er griff sie am Arm und zog sie ins Haus, hinein in die Stube, wo sie sich auf die Fensterbank niederließ und in ein haltloses Schluchzen ausbrach.

Er setzte sich zu ihr und hielt sie fest und gerade das Bewußtsein, diesen sicheren Platz erreicht zu haben, ließ ihre Kraft zusammenbrechen.

Mittlerweile war die Hochwieserin und hinter ihr der verschlafene Lukas in die Stube gekommen.

»Die Magdalen ist's!«, erklärte Michael ihnen. »Sie ist geflohen.«

»Du lieber Himmel!«, jammerte die Hochwieserin und setzte sich gleich neben sie.

Magdalen weinte hemmungslos.

»Beruhige dich, Mädchen!«, tröstete die Hochwieserin und strich der Magdalen über den Scheitel. »Du bist bei uns! Es kann dir niemand etwas tun.«

»Der Tobis!«, rief Magdalen plötzlich, als wäre ihr in diesem Augenblick eine schreckliche Erinnerung gekommen.

»Was ist mit dem Tobis?«, fragte Michael.

»Ich hab gerade noch gesehen, wie er niedergeschlagen wurde und zusammenbrach.«

Die Mutter und ihre Söhne schauten sich erschrocken und verständnislos an.

»Von wem wurde der Tobis niedergeschlagen?«, fragte Michael.

»Ich weiß es nicht, der Kerl trug eine Maske vor dem Gesicht. Ich denke aber, dass es der Ludwig war.«

»Der Ludwig? Der Händler?«

»Ich weiß es nicht genau. Auf einmal stand er vor mir, als ich über den engen Felshang heraufstieg. Er hat mich gepackt, aber ich konnte mich losreißen und fliehen. Er verfolgte mich und dann war plötzlich der Tobis da. Ich habe nur immer geschrien.

Der Tobis versuchte den Kerl zu stellen, wurde aber von ihm niedergeschlagen. Ich rannte weiter und weiß nicht, was dann noch geschehen ist.«

»Das werden wir gleich wissen«, sagte Michael und warf seinem Bruder einen Blick zu. »Komm, Lukas! Machen wir uns fertig und gehen wir!«

Die beiden Brüder schlüpften eilig in ihre Schuhe

und griffen nach ihren Jacken, die sie erst anzogen, als sie bereits zur Tür hinaussprangen.

Die Hochwieserin folgte ihnen und legte an der Haustür den Riegel vor.

Dann kehrte sie in die Stube zurück. »Brauchst dich nicht mehr fürchten, armes Dirndl. Die zwei werden schon fertig mit dem Kerl, wenn sie ihn finden. Du bleibst jetzt bei uns, brauchst nimmer zurück auf den Schwaighof!«, tröstete sie das schluchzende Mädchen.

»Ich fahre morgen heim zum Bauern vom Sand«, erwiderte Magdalen.

Die Hochwieserin nickte. »Komm jetzt mit mir in die Küche, damit wir dir etwas Warmes machen. Du frierst ja wie ein geschorenes Lamm!«

Magdalen folgte der Hochwieserin in die Küche.

Nebenbei erzählte die Magdalen der Hochwieserin, was geschehen war, weshalb sie sich in der Nacht noch auf den Weg zum Hochwieserhof gemacht hatte.

Sie habe einfach keine Ahnung, wie dieser Brief in ihren Schrank gekommen sei. Sie habe ihn nie zuvor in ihrer Hand gehabt. Dass die Kathrin sie aber eine niederträchtige Lügnerin geheißen und ihr noch andere Unverschämtheiten gesagt hatte, das hätte sie nicht mehr ertragen …

»Ja, ja, diese Kathrin!«, sagte die Hochwieserin. »Damals, als sie deine Mutter pflegte, hätte man meinen können, ihr Herz sei voll Güte und Mitleid. Als dann später einmal das Gerede ging, dass sie darauf spekulierte, die neue Bäuerin vom Schwaighof zu werden, da hat man dann schon gewusst, warum sie sich so um alles kümmerte. Sie wollte sich eben an den Bauern heranmachen und der Straub mag ihr auch manches gesagt haben, was sie gern hörte.«

So sprachen die beiden Frauen und Magdalen trank den heißen Tee aus der Schale, den die Hochwieserin ihr hinstellte. Langsam wurde sie ruhiger.

Als dann später an die Tür geklopft wurde, ging die Hochwieserin hinaus um zu öffnen. »Wer ist's?«, fragte sie vorsichtshalber.

»Mach auf, Mutter!«

Der Lukas kam zurück, er war allein.

Er erzählte, dass sie das ganze Gelände abgesucht, aber nichts gefunden hätten. Der Michael habe ihn heimgeschickt, weil er glaubte, die beiden Frauen könnten sich allein fürchten.

»Und was ist mit dem Michael?«, fragte die Hochwieserin.

»Der ist zum Dorf hinabgelaufen. Er sagt, wenn es der Ludwig war, dann würde er ihn schon finden, wenn er auch den Wirt noch aus dem Bett trommeln müsste.«

»Es wird dem Tobis doch nichts geschehen sein?«, fragte die Magdalen bekümmert.

»Das werden wir bald wissen. Der Michael will auch zum Schwaighof gehen. Da muss ja der Tobis sein, wenn er heimgekommen ist. Wenn nicht, dann müssen wir halt noch einmal alles absuchen. Aber es ist in der Nacht so schwierig, weil doch viele Spalten und Schluchten da sein.«

Magdalen schlug die Hände vor das Gesicht. »Der arme Tobis!«, jammerte sie. »Er war der Einzige im Haus, dem ich alles sagen konnte! Es darf ihm nichts geschehen sein!«

»Soweit ich den Tobis kenne, hat er sich schon gewehrt«, wollte Lukas sie trösten.

»Aber er ist doch ein alter Mann!«, wandte Magdalen ein.

»Aber immer noch der Tobis!«

Es gab im Dorf Schwingel nur ein einziges Gasthaus. Es war das erste Gebäude am Eingang zur Ortschaft und lag direkt an der Straße. Es war sehr groß, denn seitdem der Fremdenverkehr jedes Jahr zunahm, hatte der Wirt das Gasthaus ständig vergrößert und einen Flügel für Gästezimmer angebaut.

Eigentlich war nur während der Sommermonate Hochbetrieb im Gasthaus von Schwingel, die übrige Zeit lagen die Fremdenzimmer leer bis auf einzelne gelegentliche Übernachtungen von durchreisenden Fuhrleuten oder Händlern, die hier Station machten.

Im Dorf war alles still und dunkel, nur an den Straßenkreuzungen brannten einige Lampen.

Michael kümmerte sich nicht darum, wie spät es schon war, als er heftig an der laut schallenden Hausglocke zog, die den tiefsten Schläfer aus seinen Träumen aufschrecken musste.

Der Wirt selbst öffnete nach kurzer Weile die Tür, nachdem in einem Fenster des Hauses das Licht angegangen war. In der Meinung, dass ein verspäteter Reisender bei ihm Nachtquartier suchen wollte, hatte er sich notdürftig gekleidet ohne sich um sein Haar zu kümmern, das ihm widerspenstig vom Kopf abstand.

»Ich muss dich nur etwas fragen, Wirt«, sagte Michael, als der Wirt ihn erkannt hatte und ein teils erstauntes, teils enttäuschtes Gesicht machte.

»Und da holst du mich mitten in der Nacht aus dem Bett nur um mich etwas zu fragen?«, sagte er unwillig.

»Es ist sehr wichtig!«

»Und das wäre?«

»Ist der Suhrtaler Händler heut Nacht bei dir einquartiert?«

»Der Ludwig? Ja, der ist da.«

»Schon im Bett?«

»Ich denk schon, ich hab ihn zwar am Abend nicht mehr gesehen, aber er kommt oft erst spät in der Nacht heim.«

»Aha!«, sagte Michael. Die Antwort schien ihn zu befriedigen.

»Was ist mit dem Ludwig?«

»Ich möchte zu ihm!«

»Heut noch? Weißt du überhaupt, wie spät es jetzt ist?«

»Das spielt keine Rolle; ich muss ihn sprechen!«

»Da wird er eine Freud haben!«

»Das denke ich auch«, bestätigte Michael und trat in den Gang.

»Klopf selber bei ihm an, gleich da um die Ecke, das erste Zimmer ist es«, sagte der Wirt und schloss die Tür.

Michael stand vor dem Zimmer und wartete, bis der Wirt sich zurückgezogen hatte. Dann klopfte er an die Tür. Aber erst nach mehrfachem Klopfen kam endlich eine Antwort.

»Ja? Was ist denn?«

»Aufmachen! Polizeikontrolle!«, sagte Michael mit leicht verstellter Stimme.

Eine Weile blieb es still.

Dann wurde die Tür geöffnet. Im gestreiften Schlafanzug stand Ludwig vor ihm, aber bevor er die Irreführung erkennen und darauf reagieren konnte, hatte Michael das Zimmer betreten.

»Jetzt erkenne ich dich erst!«, grollte der Händler. »Was soll denn dieser Unfug?«

Michael antwortete nicht, sondern schaute sich aufmerksam in dem einfachen Zimmer um. Es war nichts Auffälliges zu entdecken, einige Dinge lagen über dem Stuhl, wie ein Mann sie beim Schlafengehen ablegt. Am Fenstergriff hing ein Hemd, auch das war nichts Besonderes. Wo ließ sich ein Hemd besser unterbringen?

Aber an diesem Hemd entdeckte Michael dunkelrote Flecken, als wenn es mit Blut getränkt worden wäre.

Er ging darauf zu um es näher zu betrachten, dann wandte er sich zu dem Händler um. »Hast du dich denn verletzt, Ludwig?«, fragte er.

»Warum?«

»Auf deinem Hemd sind Blutflecken!«

»Wenn es dich interessiert: Ich bin heut im Stadel eines Bauern gegen eine Sense gerannt und hab mich an der Schulter verletzt. Es wär mir lieber, wenn du mir sagen würdest, was du bei mir zu suchen hast, ehe ich dich hinauswerfe!«

»Was ich bei dir suche? Das weißt du selbst am besten. Und ich glaube, ich habe es bereits gefunden.«

Er griff nach dem Hemd und untersuchte es gründlicher.

»Nimm deine Finger von meinen Sachen!«, knurrte der Händler.

»Dieses Märchen von der Sense kannst du anderen erzählen, mir nicht, Ludwig! Ich kann dir genau sagen, wie du zu deiner Verwundung gekommen bist!«

»Was du treibst, ist Hausfriedensbruch! Das geht die Polizei an!«, drohte der Ludwig.

»Die Polizei wird sich um etwas ganz anderes kümmern müssen, Ludwig, zum Beispiel um einen schändlichen Überfall auf ein junges Mädchen, das allein auf dem Weg vom Schwaighof zum Hochwieserhaus ist. Meinst du nicht auch?«

Michael kam auf ihn zu. Seine Miene wurde bedrohlich.

»Ich weiß nicht, wovon du redest!«, murrte der Händler. »Wenn du glaubst, anständige Leute aus dem Schlaf reißen zu können, nur weil du deinen Schabernack mit ihnen treiben willst, hast du dich in mir gründlich getäuscht!«, rief der Händler und riss die Tür auf. »He! Wirt!«

»Am liebsten würde ich dir jetzt die Knochen brechen!«, grollte Michael und es war ihm anzumerken, dass er sich nur noch mit Mühe zurückhalten konnte. »Ich kann mir denken, was du heut Nacht liefern wolltest. Aber es wird sich herausstellen und dann kommst du dorthin, wo du schon lang hingehörst! Ganz fremd bist du dort ja nicht und hast dich gleich wieder eingewöhnt, du niederträchtiger Schurke!«

Er war jetzt so laut geworden, dass das ganze Haus von seiner Stimme hallte.

Der Wirt eilte herbei. »Was ist denn da los?«

»Wirt! Schmeiß den Kerl da raus! Er gehört in ein Irrenhaus!«

»Und du gehörst ins Gefängnis!«, schrie Michael. »Ich bin kein Polizist, sonst würde ich dir jetzt Handschellen anlegen. Aber es gibt eine Polizei! Auch wenn du jetzt zu türmen versuchst, sie findet dich schon und reißt dir und deiner sauberen Spießgesellin die Larven vom Gesicht! Darauf kannst du dich verlassen! Du hast ausgespielt, Ludwig!«

Darauf ging Michael davon und stieß den Wirt, der ihm im Weg stand, einfach beiseite.

Der Wirt schnappte vor Empörung und Bestürzung nach Luft. »Was soll denn das bedeuten?«, fragte er.

»Ein Wahnsinniger!«, antwortete Ludwig völlig ruhig. »In Schwingel scheint man nicht viel darauf zu geben, andernorts kommen solche Leute in eine Anstalt.«

»Der Hochwieser Michael soll wahnsinnig sein?«

»Gibt es denn da noch einen Zweifel? Du dringst mitten in der Nacht in mein Zimmer ein und beleidigt mich in unverschämtester Weise, ohne dass ich jemals das Geringste mit ihm zu tun hatte. Wenn du ihn noch einmal einlässt, mache ich dich für alles verantwortlich! Gute Nacht!«

Kopfschüttelnd ging der Wirt davon. Er löschte das Licht und zog sich wieder in sein Schlafzimmer zurück um mit seiner Frau diesen ebenso aufregenden wie unbegreiflichen Zwischenfall zu besprechen.

Er hörte nicht mehr, dass gleich darauf der Händler Ludwig aus seinem Zimmer und aus dem Haus schlich um sich dem wütenden Michael an die Fersen zu heften.

Als er jedoch festgestellt hatte, dass der Einödlersohn tatsächlich die Richtung zum Hochwieserhaus einschlug und nicht zur Polizei, wie er befürchtet hatte, entsprang seinem Hirn sogleich ein neuer Plan. Er wusste, dass es dem Burschen heut nur zu spät war um noch zur Polizei zu laufen, die im größeren Nachbarort stationiert war. Aber morgen würde er es bestimmt tun, davon war Ludwig überzeugt. Und dann kam der Stein ins Rollen.

Jawohl, der Stein sollte rollen. Und Ludwig lief plötzlich, so schnell er konnte. Er musste den dunklen, engen Felsgang noch vor dem Hochwiesersohn erreichen.

Der Bauer Joachim Straub war auf dem Weg hinauf zum Hochwieserhaus. Die Wolken, die lange hinter dem Gebirge gehangen hatten, hatten sich jetzt vorgeschoben und Stern um Stern erlosch. Die Nacht wurde schwarz, kaum dass sich noch die Konturen der Berge gegen den Himmel abzeichneten.

Der Bauer grübelte vor sich hin. Ein Gedanke jagte den anderen. Sein ganzes Leben rollte vor ihm ab wie ein bunter, von Freud und Leid bewegter Film.

Die harte Arbeit hatte sich nicht ausgezahlt. Der Schwaighof gehörte ihm nicht.

Trotzdem: Recht musste Recht bleiben, was auch nun mit ihm geschehen würde. Er musste mit der Magdalen reden, ihr alles gestehen, wovon er selbst nichts gewusst hatte.

Der Bauer stieg in den finstern, engen Felsgang ein, rutschte aus auf dem nachtfeuchten, schlüpfrigen Gestein.

Er kroch die steile Steigung hinauf, hielt lauschend inne und erschrak über das dumpfe Gepolter, das über ihm einsetzte.

Steinschlag?

Und im gleichen Augenblick spürte er einen heftigen Schmerz am Rücken, als wäre ihm ein zentnerschwerer Stein ins Kreuz gefallen, der ihn niederwarf. Polternd kam der Steinschlag herab.

Dann verlor er das Bewusstsein.

Michael wusste nicht, wie spät es geworden war, er hatte nur das Gefühl, als müsste im Osten bald der neue Tag grauen. Noch herrschte ringsum tiefe Finsternis unter dem bewölkten Himmel. Ein kräftiger Wind war aufgekommen, ein Seewind, wie sie ihn nannten, der schlechtes Wetter brachte.

Warum war die Magdalen so spät noch zu seinem Haus hinaufgeeilt? Sie war geflohen. Mehr wusste er nicht. Wie aber kam es, dass sie ihrem Verfolger direkt in die Hände lief? Wer hatte sie zu dieser späten nächtlichen Stunde auf den Weg gebracht?

Die Kathrin?

Jetzt fiel ihm vom Schwaighof herab Licht in die Augen. Dort war man also noch wach.

Er musste der Magdalen berichten können, was mit dem Tobis los war. Sie würde ihn sofort danach fragen. Er verließ an der Kreuzung die Straße und schlug die Richtung zum Schwaighof ein.

Er sprang über den Zaun in den Hofraum und machte sich leise an das beleuchtete Fenster heran um einen Blick in die Stube zu werfen. Aber die zugezogenen Vorhänge hinderten ihn daran. Er lauschte, hörte aber nichts.

Schließlich ging er zur Tür und wunderte sich, dass sie nicht versperrt war. Er konnte ungehindert ins Haus gelangen. Durch die Ritzen in der Tür drang ein dünner Lichtschein heraus in den Gang.

Er klopfte, bekam jedoch keine Antwort.

Unaufgefordert trat er ein und fand die Stube leer. Auf dem Tisch im Herrgottswinkel lag eine aufgeschlagene Zeitung, daneben ein geöffneter Briefumschlag.

Es sah aus, als hätte man nur das Löschen des Lichtes vergessen, als man ins Bett ging.

Die Uhr an der Wand stand, die Gewichte lagen am Boden, weil niemand sie aufgezogen hatte.

Michael ließ die Tür offen stehen, damit das Licht hinausfiel auf den Gang. Er suchte die Treppe und stieg hinauf. Dort suchte er die Türen ab, die in die Kammern führten. Wenn er sich noch recht erinnerte, war die hinter dem Mauervorsprung die Schlafkammer vom Tobis.

Er drückte leise die Klinke nieder und fand die Tür unversperrt.

Er lauschte in die Kammer und vernahm Atemzüge. Eine Uhr tickte. Es roch nach altem Holz und Stall.

»Tobis!«, rief er mit unterdrückter Stimme.

Keine Antwort.

Er machte Licht.

Michael sah vom Bett her die Augen des alten Knechtes auf sich gerichtet, als wollte er in aller Seelenruhe erst einmal feststellen, wer da bei ihm einbrach.

Dann setzte er sich auf.

Michael knipste die Lampe auf dem Nachtkastl an.

»Was ist mit der Magdalen?«, fragte der Alte.

»Die ist bei uns«, antwortete der Hochwiesersohn.

Der Alte atmete erleichtert auf. »Gott sei Dank! Sie soll bei euch bleiben, solange dieses Luder im Haus ist!«

»Was ist überhaupt gewesen, Tobis?«

Der Alte berichtete es ihm, wie er es vorhin dem Bauern geschildert hatte.

»Daran ist nur die Kathrin schuld!«, knurrte er.

»Ich glaube es auch, Tobis. Und du meinst, dass du ihn verletzt hast?«

»Ganz gewiss!«

»Ich muss mit dem Bauern sprechen, Tobis!«

»Der schläft in der vorderen Kammer«, erklärte der Alte und stieg aus dem Bett. Er schlüpfte nur in seine Hose und ging barfuß voran ohne sich um den kalten Boden zu kümmern.

Sie wollten den Bauern wecken, und als das nicht gelingen wollte, öffnete Michael die Tür und machte Licht an und fand die Kammer leer. Das Bett war unberührt.

»Dann ist er noch einmal weggegangen«, meinte der Tobis.

»Wohin?«

Der Tobis zuckte die Achsel. »Vielleicht ist er zu euch gegangen um die Magdalen zu suchen.«

»Meinst du?«

»Ich glaub's schon.«

In diesem Augenblick fiel irgendwo eine Tür zu. Über den schwach beleuchteten Gang kam die Kathrin auf sie zu. Sie war noch völlig angekleidet.

»Was ist denn da los?«, fragte sie und musterte den Hochwiesersohn mit einem hochmütigen, herausfordernden Blick.

Michael zog finster die Brauen herab. »Das möchte ich dich fragen!«, erwiderte er.

»Schau du, dass du aus diesem Haus kommst!«

»Ich? Du hättest es eiliger als ich um von hier wegzukommen. Ich komme eben von deinem Spießgesellen, den du heut Nacht auf die Magdalen gehetzt hast. Was sollte er ihr denn in deinem Auftrag antun? He? Sollte er sie ermorden? Oder vergewaltigen? War sie dir vielleicht hinderlich bei deinem Aufstieg zur Bäuerin vom Schwaighof?«

»Ich hab dir gesagt, dass du von hier verschwinden sollst!«, herrschte sie ihn noch einmal an. Ihre Augen blitzten.

»Du hast mir gar nichts zu sagen. Ich will mit dem Bauern reden. Wo ist er?«

»Such ihn dir, wenn du von ihm lieber hinausgeworfen sein willst!«, war ihre Antwort.

»Ich meine, dass er zuvor dich hinauswirft, wenn er nun hört, was ich ihm zu sagen habe. Und dass dich, bevor der Tag kommt, die Polizei holt, dafür kann ich dir ebenfalls garantieren!«

Der Tobis hatte nicht alles gehört, weil zu schnell

gesprochen worden war, aber was er verstanden hatte, reichte aus um verächtlich vor sich hinzuspucken, als die Kathrin sich lachend abwandte und in ihre Kammer zurückkehrte.

Als Michael den Schwaighof verlassen hatte und den Heimweg antrat um seinen Leuten davon zu berichten, welche Entdeckung er gemacht hatte und dass er unverzüglich die Polizei verständigen müsste, blieb er plötzlich stehen und lauschte in Richtung Berg, von wo in diesem Augenblick ein dumpfes Donnern kam, wie wenn ein Steinschlag niedergegangen wäre.

Im Felsgang?, fragte er sich. Unmöglich! Seitdem er denken konnte, gingen sie diesen Weg, ohne dass einmal das Geröll über dem Felsgang in Bewegung gekommen wäre. Dennoch hatte es sich angehört, als wäre das Gepolter von dort gekommen.

Langsam gewöhnten sich seine Augen an die Dunkelheit. Er lief jetzt, so schnell er konnte, bergwärts.

Und als er dann oben in den finsteren Felsgang einstieg, entdeckte er auch gleich, was geschehen war. Es war in der Tat ein Steinschlag niedergegangen. Neben ein paar großen Felsbrocken hatte es eine Menge Geröll in den schmalen Aufstieg geworfen.

Er musste auf allen Vieren darüber hinwegkriechen um seinen Weg fortsetzen zu können.

Und da war es ihm, als hätte er ganz in der Nähe ein Stöhnen und Röcheln gehört. Erschrocken blickte er sich um, tastete sich vorsichtig weiter und stieß dann gegen einen Menschen, der, teilweise vom Geröll verschüttet, auf der Erde lag, das Gesicht nach oben, den Mund geöffnet.

Michael grub seine Finger in das Gestein und versuchte den Verunglückten zu befreien und zu erkennen. Er sprach ihn an und bekam keine Antwort. Der Verunglückte war bewusstlos.

Als er ihn vom Gestein befreit hatte, versuchte er ihn aufzurichten, aber er hing zu schwer in seinen Armen. Der leblose Körper eines großen und starken Mannes.

Er ließ ihn wieder auf die Erde nieder, warf seine Jacke ab und schob sie unter den Kopf des Verunglückten.

Trotz der Finsternis glaubte er jetzt den Mann zu erkennen.

Wenn ihn nicht alles täuschte, war es der Bauer vom Schwaighof. Und seine Gedanken durcheilten noch einmal das ganze Geschehen und suchten nach einer Erklärung:

Wahrscheinlich hatte der Bauer vom Tobis erfahren, dass die Magdalen auf dem Weg zum Hochwieserhaus überfallen worden war. Und da wollte er den Dingen nachgehen und die Magdalen selbst im Hochwieserhaus aufsuchen.

Dabei war er von dem Steinschlag niedergeschlagen worden. Welch eine Tücke des Schicksals!

Tausende Male waren er und sein Bruder und wohl auch sein Vater diese alte Abkürzung gegangen, ohne dass auch nur einmal ein Stein über die Felswand herabgestürzt wäre.

Atemlos kam Michael daheim an. Drei Augenpaare schauten ihm erwartungsvoll entgegen, als er in die Stube stürmte: Die Mutter, sein Bruder und die Magdalen.

Er hielt sich am Türrahmen ein, rang ein paar Mal nach Atem und rief seinem Bruder zu: »Schnell, Lukas! Wir brauchen eine Tragbahre! Über den Felsgang ist ein Steinschlag niedergegangen und hat einen erwischt!«

Zugleich hielten alle den Atem an.

»Wen?«, fragte die Hochwieserin.

»Den Bauern vom Schwaighof.«

Da sprangen sie alle gleichzeitig auf und schauten sich fassungslos an.

»Komm, Lukas! Er lebt noch! Wir dürfen keine Zeit versäumen!«

Lukas folgte seinem Bruder hinaus, die Laterne wurde vom Nagel geholt und dann liefen sie in den Schuppen, rissen eine Seitenwand aus dem Leiterwagen und eilten damit davon.

»Bringt ihr ihn hierher?«, rief die Hochwieserin ihnen nach.

»Wir müssen, Mutter! Weil wir ihn nicht über den Felsgang hinabschaffen können!«, rief Michael zurück.

Die Hochwieserin traf einige Vorbereitungen, sie trug ein paar Kissen herbei, die sie auf dem Kanapee bereitlegte.

»Wir wollen hoffen, dass es nicht so schlimm ist«, sagte sie zur Magdalen, die zitternd und mit bleichem Gesicht ihr überallhin nachlief.

Es sah schlimm aus für den Verunglückten. Erst beim Licht in der Stube sahen sie, wie schrecklich er zugerichtet war. Die Hochwieserbuben legten ihn vorsichtig auf das Kanapee. Die Kleidung hing ihm zerfetzt vom Leib, das Gesicht und alle freien Körperteile waren mit verkrustetem Blut bedeckt. Auf alle diese wunden Stellen legte die Hochwieserin mit Arnika getränkte Umschläge. Mehr konnte sie nicht tun.

Das Schrecklichste war, dass er bewusstlos war und so laut röchelte, als fiele er in die letzten Züge.

Michael eilte gleich ins Dorf um den Arzt zu rufen, der auch sofort die Sanitäter bestellen sollte, damit der Verletzte in ein Krankenhaus gebracht werden konnte.

Die Hochwieserin, Magdalen und Lukas umstanden den mit dem Tod ringenden Bauern ohne ihm helfen zu können.

Da geschah es einmal, dass er plötzlich die Augen aufschlug, wie nach einem langen Schlaf. Verstört blickte er um sich. »Magdalen!«, hauchte er nur.

Magdalen stand hinter der Hochwieserin, als wollte sie bei ihr Schutz und Hilfe suchen vor dem Furchtbaren, das sie erwartete.

Die Hochwieserin trat beiseite und schob das Mädchen vor.

Entsetzt blickte Magdalen auf den Mann nieder, sah seine Augen auf sich gerichtet, unverwandt, sprechend, bittend, sodass sie erschauerte.

Er schob seine Hand herauf über seine Brust.

»Nimm's! Das Testament! Ich hab's nicht gewusst! Die Kathrin –«

Mehr konnte er nicht mehr sagen, denn abermals fiel er in Bewusstlosigkeit.

Magdalen schaute sich in verzweifelter Hilflosigkeit nach der Hochwiesermutter um, als wäre nur von ihr allein die Erklärung zu erwarten.

Und die Hochwieserin legte jetzt behutsam ihre Hand auf seine Brust, fühlte sie ab und griff dann unter die zerfetzte Jacke.

Papier raschelte.

»Das wird es sein«, flüsterte sie und reichte Magdalen das zerknüllte Papier hin. »Ich kann es nicht lesen, lies du!«

Magdalen warf einen Blick darauf und erkannte die Handschrift ihrer Mutter, die mühsam hingequälten, unregelmäßigen und verschwimmenden Schriftzüge einer Sterbenden.

Ohne sich der eigentlichen Bedeutung des Schreibens bewusst zu werden – dazu war heut zu viel auf sie eingestürmt – versuchte das Mädchen die einzelnen Worte zu buchstabieren und ihren Sinn zu begreifen.

Es war das Testament, nach dem der Bauer vom Sand so eifrig und vergeblich gesucht und gefragt hatte.

Da war die unbeholfene und ungelenke Unterschrift der Hochwieserin, daneben die steil hingekratzte der Kathrin.

Wo kam dieses Testament her? Was wollte der Bauer mit seinen mühsamen Worten sagen? Dass er nichts davon gewusst hätte?

Die Hochwieserin ließ keine Blick von ihr. Auf ihrem Gesicht stand die ungeduldige Frage: »Nun? Was ist damit?«

»Ich weiß es nicht«, sagte Magdalen. »Ich werde es dem Bauern vom Sand geben.«

Die Hochwieserin nickte.

Mit dem Arzt kam auch ein Polizeibeamter, um über den Unfall seine Erhebungen zu machen. Alle seine Fragen konnte ihm nur der Michael beantworten, während der Arzt sich um den Verletzten kümmerte.

»Wir müssen ihn sofort in ein Krankenhaus schaffen; er hat schwere innere Verletzungen«, konstatierte der Arzt.

Aber die Sanitäter waren bereits verständigt. Bald darauf sah man die Scheinwerfer des Krankenwagens die gewundene Bergstraße heraufkommen.

Der Verletzte wurde abtransportiert und Michael begleitete den Polizisten hinab zum Felsgang um an Ort und Stelle des Unfalls seine Untersuchungen durchzuführen.

Im Osten graute der neue Tag, als Michael sich ermüdet heimschleppte. Sie saßen alle noch da, die Mutter, der Lukas und die Magdalen.

In der Stube roch es nach den Arzneimitteln, die der Arzt angewendet hatte.

»Was ist jetzt?«, fragte die Hochwieserin.

Michael zuckte die Schultern. »Ich habe ihm gesagt, dass hier noch nie ein Steinschlag niedergegangen ist. Es ist einfach unverständlich!«

»Wenn ich nicht selbst gesehen hätte, dass der Ludwig im Gasthaus war, hätte ich gesagt …«

Er brach ab. Aller Augen waren gespannt auf ihn gerichtet.

»Er war es schon, der Ludwig, der die Magdalen überfallen wollte. Ich hab sein blutiges Hemd entdeckt und der Tobis behauptet, dass er ihn mit einem Messer verletzt hat.«

Alle schauten die Magdalen an, die mit blutleerem Gesicht schweigend zuhörte.

»Was ist mit dem Tobis?«, fragte sie endlich.

»Nichts, er war daheim in seinem Bett.«

Magdalen atmete befreit auf.

»Draußen dämmert bereits der neue Tag«, sagte Michael.

Sie hatten alle vergessen, dass inzwischen die Nacht vergangen war. Die Hochwieserin löschte das Licht. Es war noch nicht hell genug um die einzelnen Gesichter deutlich unterscheiden zu können.

»Ich geh in den Stall«, sagte Lukas.

»Du musst ein wenig schlafen!«, wandte die Hochwieserin sich an die Magdalen. Aber die Magdalen dachte nicht an Schlaf. Sie wollte unverzüglich zum Bauern vom Sand fahren.

Und der Michael begleitete sie ins Dorf.

Drei Tage später kamen Magdalen und der Bauer vom Sand in den Schwaighof zurück. Sie brachten die Nachricht mit, dass Joachim Straub seinen schweren Verletzungen nach kurzer Zeit erlegen war. Eine Nierenblutung, die nicht mehr zum Stillstand gebracht werden konnte, hatte seine so kräftige Natur ausgelöscht.

Aber er war wenige Stunden vor seinem Tod noch einmal zu Bewusstsein gekommen. Sie hatten sogar noch mit ihm sprechen können.

Jetzt waren sie gekommen um die Vorbereitungen für die Beerdigung zu treffen. Es konnte keine Frage für sie sein, dass seine Leiche auf den Friedhof von

Schwingel überführt und in der Familiengrabstätte beigesetzt wurde.

Der Bauer vom Schwaighof zählte zu den angesehensten Bürgern des Dorfes und die gesamte Einwohnerschaft nahm teil an seinem Begräbnis. Von den Dienstboten des Schwaighofes fehlte jedoch diesmal die Hauptperson. Die Obermagd Kathrin.

Nach Aussagen des alten Tobis war sie seit jener Unglücksnacht nicht mehr gesehen worden. Sie musste das Haus heimlich verlassen haben um nicht mehr zurückzukehren. Darüber gab es hier und dort noch einiges Gerede.

Am Abend des Beerdigungstages rief der Bauer vom Sand die Dienstboten in die Stube um ihnen zu verkünden, dass es von dieser Stunde an auf dem Schwaighof eine neue Bäuerin gebe, an deren Rechtmäßigkeit von nun an kein Zweifel mehr bestünde. Es war ein fast feierlicher Akt, der Magdalen sehr zu Herzen ging. Trotzdem stand sie in ihrer jungen Kraft und Zuversicht stolz aufgerichtet da.

Der Bauer vom Sand klopfte dem alten Tobis auf die Schulter: »Und du, alter Tobis, du wirst deiner Bäuerin zur Hand gehen müssen, bis einmal ein junger Bauer da ist!«

Der alte Knecht nickte bereitwillig.

Und als die Magdalen auf ihn zukam um ihm kameradschaftlich die Hand zu reichen, stahlen sich ein paar Tränen in seine grauen, trüben Augen.

»Ich komme schon manchmal herüber und schaue ein wenig nach dem Rechten«, versprach der Bauer vom Sand.

Im Suhrtal stand abseits eines Dorfes in der Nähe einer Sandgrube ein kleines, altes Haus. Den größten Teil des Jahres war es unbewohnt.

Hier hatte der Händler Ludwig seinen Wohnsitz, wenn er auch im Ort nur höchst selten in Erscheinung trat. Das hatte seinen Grund darin, dass er nicht gerade das beste Ansehen genoss, seitdem er mehrere Jahre wegen Betrügereien eingesperrt gewesen war.

Dafür trieb er sich mehr auswärts herum, in Gegenden, in denen man ihn nicht so genau kannte. Nur an dem Licht, das gelegentlich am Abend aus einem der Fenster des alten Hauses schimmerte, war es ersichtlich, dass der Ludwig gerade wieder daheim eingetroffen war.

An einem spätherbstlichen Abend nun, als gerade wieder dieses Licht in die Nacht herausschimmerte, näherte sich dem alten Haus eine Frau. Sie klopfte an die Tür und begehrte Einlass.

Ludwig öffnete, und nachdem er sie erkannt hatte, führte er sie in sein Stübchen.

Sie löste das Tuch, mit dem sie ihr Gesicht verborgen hielt. Die Nächte waren jetzt schon empfindlich kalt. Man sprach von Schneewinden, die bald den Winter bringen würden.

Ludwig schaute in die schwarzen Augen, die ihm noch nie so gefährlich erschienen waren wie in diesem Augenblick.

»Ich war schon ein paar Mal da«, sagte sie.

Er nickte. »Ich bin erst heut heimgekommen. Hast du mir etwas zu sagen?«

Sie schüttelte den Kopf.

Es kam zu einer seltsamen Spannung.

»Wenn du gekommen bist, damit ich dir wieder einen Platz besorgen soll, wo die Bäuerin fehlt oder bald stirbt, es tut mir Leid, ich weiß keinen.«

Sie antwortete nicht, sondern blitzte ihn mit ihren schwarzen Augen nur auf eine unheimliche Weise an.

»Außerdem bist du auf der ganzen Linie eine Versagerin!«, fuhr er fort. »Sogar was du schon in der Hand hast, lässt du fahren, weil dir das Warten zu lang wird!«

»Du bist ein Mörder, Ludwig! Das weißt du doch?«

»Wieso ein Mörder?«

»Kein anderer als du hat den Bauern vom Schwaighof umgebracht. Noch weiß das niemand, aber es könnte doch einmal jemand auf den Gedanken kommen, dass es nicht allein die Naturkräfte waren, die das Geröll in Bewegung gebracht haben. Sein Tod geht auf deine Karte! Damit habe ich nichts zu tun! Das habe ich nicht gewollt! Ich nicht!«

»Ich auch nicht, Kathrin! So groß war mein Hass auf den Straub nicht, dass ich ihn umbringen wollte. Es gibt manchmal Verflechtungen von unglücklichen Umständen, gegen die wir einfach machtlos sind. Ich will dir sagen, wie es gekommen ist: Dieser Hochwieser Michael hat mich in der Nacht im Gasthaus aus dem Bett geholt, er entdeckte mein blutiges Hemd und war mir auf der Spur. Er drohte mir, mich anderntags anzuzeigen. Ich lief ihm heimlich nach, ich nahm eine Abkürzung, um den Felsgang früher zu erreichen. O nein, ich wollte ihn nicht töten! Er sollte nur ein paar Wochen liegen müssen, bis die Wellen der Aufregung sich etwas geglättet hätten. Es war stockdunkle Nacht, ich konnte nicht sehen, wer in den Felsgang einstieg. Aber nach meiner Berechnung musste es der Michael sein. Dann rollte der Stein, aber er riss eine Menge Geröll mit sich. Das konnte ich nicht voraussehen. Und dann war es zu spät ...«

»Du hast den Bauern vom Schwaighof getötet, Ludwig! Du bist ein Mörder! Du magst die Sache hindrehen, wie du willst!«

»Das sagst du! Ich habe eine andere Theorie. Wenn du mich nun anzeigst, sitzt du mit mir im Loch. Das weißt du doch? Die Anstifterin bist du!«

»Zum Mord?«, schrie sie.

»Meinetwegen. Du hast das Testament unterschlagen, und als du fürchten musstest, dass der Bauer dir alle Pläne durchkreuzen könnte, hast du mich engagiert. Wir sind uns in allen Punkten einig gewesen. Nun ist es eben so gekommen, wie wir es beide nicht wollten. Ein Schuft ist nur der, der sich jetzt aus der Schlinge zieht und den anderen allein hängen lässt!«

Daraufhin drehte sie sich zur Tür und ging davon.

Der Winter kam und verging. Zwischen dem Schwaighof und dem Hochwieserhaus waren die nachbarlichen Beziehungen wieder so gut wie früher: Man half einander aus, man kümmerte sich um den anderen. Mehr noch: Der Michael kam fast jeden Tag auf den Schwaighof um der jungen Bäuerin zu

Rate zu sein oder dem alten Tobis bei dieser und jener Arbeit auszuhelfen.

»Soll denn der Ludwig völlig ungestraft ausgehen?«, fragte er zuweilen. »Solche Taten gehören vor ein Gericht, Magdalen!«

»Lass den Ludwig, wo er ist, Michael! Wenn wir nichts tun, werden wir vor ihm auch unsere Ruhe haben. Mein guter Tobis hat das Verdienst mich vor ihm beschützt zu haben. Nur daran wollen wir denken.«

»Und was die Kathrin getan hat, soll wohl auch einfach so toleriert werden? Es war ein Verbrechen, worauf Freiheitsstrafe steht!«

»Wenn wir die Sache noch einmal aufrühren, schaden wir damit nur dem Andenken des Bauern. Es wird ein Gerede geben und er soll in Frieden ruhen! Das habe ich auch dem Bauern vom Sand gesagt. Er gab mir Recht. Ich wünsche der Kathrin nichts Böses, nur ihr Gewissen soll ruhelos bleiben. Dann büßt sie genug.«

»So wie du kann ich nicht denken, Magdalen!«

»Dann musst du es lernen«, lächelte sie. »Ich war noch nie im Leben so glücklich wie jetzt.«

Als die Osterglocken verklungen waren und auf den Feldern die erste Saat keimte, hatte sich Magdalen an einem Abend noch lange mit dem alten Tobis beraten und geplant.

»Wir bräuchten halt einen Bauern, Magdalen«, meinte der Knecht und kratzte seinen grauen Kopf. »Einen guten Bauern!«

»Der Bauer wird ja auch kommen, Tobis! Ein guter Bauer!«

Er schaute sie ein wenig spitzbübisch an. »Der Michael?«, fragte er dann.

Sie lächelte und nickte. »Mhm.«

Da strahlte sein Gesicht und wohlwollend umfasste er ihre Hand.

Noch spät am Abend saß die Magdalen in der großen Bauernstube und hatte das Wirtschaftsbuch vor sich liegen. Alle Aufzeichnungen, die sie darin fand, stammten vom Straub und waren so mustergültig geführt, dass man davon lernen konnte.

Woher dieser Mann auch stammen mochte und was er gewesen sein mag, er war ein Bauer, wie man ihn suchen musste, ein Bauer mit Leib und Seele, der die Erde, die er pflügte und für die Saat bereitete, in seinem Blut gehabt zu haben schien. Der Schwaighof war seine Welt gewesen, eine Welt ohne weitere Menschen, auf der er nur ganz allein gelebt hatte mit einer beispiellosen Hingabe an seine Arbeit und an seinen Erfolg.

Mit solchen Gedanken beschäftigte sich die Magdalen in dieser stillen, einsamen Stunde. Im Ofen brummte das Feuer, das sie noch einmal geschürt hatte, weil es ihr zu kalt geworden war in der Stube.

»Hoffentlich gibt es keinen Reif in der Nacht!«, hatte der alte Tobis noch gesagt und einen Blick auf die dick angelaufenen Fenster geworfen, denn draußen keimte die junge, zarte Saat.

Magdalen musste sich erst an die vielen großen und kleinen Sorgen einer Bäuerin gewöhnen. Aber sie machte sich schon recht gut als Bäuerin.

Im Haus war schon alles still. Deshalb hörte sie es auch gleich, als plötzlich von draußen leise an das Fenster geklopft wurde.

Sie dachte, dass es der Michael sei; denn er war am Abend noch ins Dorf gegangen und hatte ihr zugerufen, dass er später noch bei ihr vorbeikäme. Mit freudig pochendem Herzen ging sie hinaus, um die Tür zu öffnen.

Aber draußen stand nicht der Michael, sondern eine Frau. Zum Schutz gegen die Nachtkälte hatte sie ihr Gesicht in ein Tuch gehüllt; sie konnte die Person nicht erkennen.

»Ich muss mit dir reden, Magdalen!«
Die Stimme kannte sie doch? »Kathrin?«
»Bitte, nur ein paar Worte!«
Schweigen.
»Komm!«, sagte die junge Schwaighoferin und ging voran in die Stube.

»Du kannst hier nicht mehr bleiben, Kathrin, das wirst du wohl selber einsehen«, sagte die Magdalen und wunderte sich selbst über ihre ruhige, feste Stimme.

»Deswegen bin ich nicht gekommen!«
»Dann setz dich!«
Magdalen nahm ihren alten Platz am Tisch vor dem aufgeschlagenen Buch ein, während Kathrin sich bescheiden auf die Fensterbank niederließ.

Lange fiel kein Wort.

»Hast du vielleicht etwas vergessen?«, fragte Magdalen. »Du kannst dir deine Sachen natürlich holen.«

Kathrin hatte das Tuch nun abgelegt. Ihr Gesicht

war schmal und hager geworden. Die Wangenknochen standen hervor wie bei einer Leidenden. Das Feuer in ihren schwarzen Augen war erloschen.

Sie schüttelte den Kopf. »Du hast mich nicht angezeigt, Magdalen?«

Magdalen richtete sich ein wenig auf. Sie saß nun wirklich da wie eine Bäuerin – voller Kraft und Stolz. Sie würde in aller Ruhe ins Auge fassen, was auf sie zukäme.

»Nein, ich habe nichts davon, wenn du ins Gefängnis gehst. Es hat sich inzwischen viel geändert, Kathrin. Das weißt du alles selbst. Der Bauer ist tot und wir alle haben die Pflicht ihm das Andenken zu bewahren, das er verdient. Er wollte ja sofort an mich abgeben, was ihm nicht gehört hat. Und auf diesem Weg hat ihn der Steinschlag getroffen, der ihn das Leben kostete. Es war ein Gericht für uns alle.«

Nach diesen Worten schlug sie das Buch zu, das Joachim Straub geführt hatte, als wäre damit ein Abschnitt des Lebens abgeschlossen.

»Ich habe das Testament deiner Mutter unterschlagen, Magdalen!«, seufzte die Kathrin.

»Ich weiß es und damit machtest du dem Bauern noch ein paar schöne Jahre. Selbst das Verbrechen kann etwas Gutes haben.« Es war nicht spöttisch gemeint. Die Magdalen war nicht mehr das scheue, unbeholfene Mädchen von früher, sie war eine gereifte Frau.

»Ich selbst habe damals Ludwigs Brief in deinen Schrank gelegt um eine Handhabe gegen dich zu ergaunern!«, klagte die Kathrin sich an.

Magdalen nickte nur. »Wenn ein Mensch erst einmal zu weit gegangen ist, führen ihn seine Schritte immer tiefer in die Verstrickung. Ich habe dir nichts Böses gewünscht, Kathrin, und jetzt freue ich mich über die Unruhe deines Gewissens. Sie ist heilsam, glaube mir!«

Jetzt brach die Kathrin plötzlich in Tränen aus.

Magdalen warf ihr einen Blick zu. »Du hast nichts zu befürchten, Kathrin. Auch nicht vom Bauern vom Sand, denn er denkt wie ich. Geh also im Frieden!«

Magdalen ging mit ihr sogar noch vor die Tür und schaute ihr nach, bis sie aus dem Lichtschein der Hoflampe in die Nacht verschwunden war. Sie wusste, dass sie dieses Bild nie mehr vergessen würde. Dieser Gang der Reue und Buße, den die Kathrin da angetreten hatte, war wirksamer als eine Gefängnisstrafe.

Vor allem aber war er versöhnlicher.

Als es später noch einmal klopfte, war es der Michael.

»Gut, dass du noch auf bist!«, rief er. »Ich habe mich verspätet. Du glaubst gar nicht, wie langweilig manche Menschen sein können! Besonders, wenn man's eilig hat.«

»Warum hast du es denn so schrecklich eilig, Michael?«

»Ich wollte doch bei dir vorbeikommen!«

Da lächelte sie geheimnisvoll. »Es wird bald nicht mehr nötig sein, dass du bei mir vorbeikommst, Michael!«

Er schaute sie verständnislos an.

Sie ging zum Schrank, öffnete ihn und kam mit einem Brief. »Der Bauer vom Sand hat mir heut geschrieben. Lies selbst!«

Nur zögernd nahm er ihr den Brief aus der Hand und warf einen Blick darauf. Dann aber flogen seine Augen über die Zeilen hinweg, als gäbe es für sie kein Halten mehr.

»Was? Er will, dass wir möglichst bald heiraten? Magdalen! Ich soll? Ich …?«

»Der Schwaighof braucht einen Bauern, Michael, einen guten Bauern. Der Tobis sagt es mir jeden Tag.«

»O Magdalen, wie glücklich ich bin!«, rief er.

»Ich auch! Was ich sagen wollte: Die Kathrin war vorhin da.«

»Die Kathrin? Du hast sie hoffentlich hinausgeworfen, dass es nur so staubte?«

»Es war nicht nötig; denn sie ging von selbst und ganz ohne Hass. Ich habe ihr verziehen, weil ich es tun musste in meinem Glück.«

»Ich muss von dir noch viel lernen, Magdalen, und das werde ich tun, weil ich dich liebe.«

Mit kräftigem Arm zog er sie an sich.